Sabine Niodusch

Das Projekt

Sabine Niodusch

Das Projekt

Das gesamte Handwerkszeug des
Projektmanagements

Roman

Bibliographische Informationen Der Deutschen Bibliothek
Die Deutsche Bibliothek verzeichnet diese Publikation
in der Deutschen Nationalbibliographie;
detaillierte bibliographische Daten sind im Internet über
http://dnb.ddb.de abrufbar.

Biblographic information published by
Die Deutsche Bibliothek
Die Deutsche Bibliothek lists this publication in the
Deutschen Nationalbibliographie;
detailed bibliographic data
are available in the Internet at http://dnb.ddb.de.

Sabine Niodusch – Das Projekt
2. Auflage 2008
ISBN 978-3-8370-6173-4

Printed in Germany 2008.

Herstellung und Verlag:

Books on Demand GmbH, Norderstedt

Inhaltsverzeichnis

Alle Personen in diesem Buch sind frei erfunden. Die Beschreibungen der Firmen, des Projektes, der Projektinhalte, der handelnden Personen und Charaktere basieren auf einer Mischung aus Fantasie und Erfahrungen der Autorin in Projekten.

In diesem Buch soll das „Handwerkszeug" des Projektmanagements einfach dargestellt und die Anwendung in einem praktischen Fall aufgezeigt werden.

Vorwort

Liebe Leserin, lieber Leser,

stehen Sie vor der Aufgabe, ein Projekt zum Erfolg zu führen? Fühlen Sie sich vielleicht sogar jetzt schon unter Termindruck? Nehmen Sie sich trotzdem Zeit, in diesem Buch zu schmökern.

Sabine Niodusch hat aus den langjährigen Erfahrungen ihrer Projektarbeit geschöpft. Sie kennt die Höhen und Tiefen, die Freuden und Leiden eines Projektleiters, der sein Ziel vor Augen hat, aber immer wieder mit großen und kleinen Problemen kämpfen muss.

Am humorvoll geschilderten Beispiel in einem erfundenen Unternehmen lässt die Autorin die Geschichte eines Projektes abrollen. Wir erleben die Lust der ersten Zieldefinition, die kreative Phase der Planung und das mühselige Lösen von technischen und menschlichen Problemen. Alles, was man in einem Projekt erleben kann, kommt in diesem Buch spannend zur Sprache.

Das Werk ist aber nicht nur ein unterhaltsamer Roman. Wenn Sie es gelesen haben, werden Sie es nicht beiseite legen. Es dient Ihnen als praktisches Handbuch für Ihre eigenen Projektarbeit. Sie werden es immer wieder als wertvolles Nachschlagewerk nutzen. Das ausführliche Inhaltsverzeichnis lässt Sie bei Bedarf schnell die Themen finden, die Sie in Ihrem eigenen Projekt brauchen.

Bei der Lektüre dieses Buches wünsche ich Ihnen viel Spaß.

Halstenbek, Februar 2005 Hedwig Kellner

Projektidee

»Und eines noch, Herr Adler, ich gehe davon aus, dass das Projekt bis Ende 2012 abgeschlossen ist«, mit diesen Worten entließ Dr. Simon Profitlich, Vorstandsvorsitzender der H.UMOR AG, Helmut Adler endgültig aus seinem Büro.

Helmut Adler ging an den Vorstandsassistentinnen von Dr. Simon Profitlich vorbei, nickte kurz, war jedoch völlig in Gedanken versunken. In seinem Kopf tobten die Gedanken. *Neue Software und neue Hardware in die 1024 Filialen der H.UMOR AG ausliefern, das Ganze bis Ende 2012, also noch gut zwei Jahre. Eigentlich sollte das zu schaffen sein, wenn die Hardware pünktlich geliefert wird, wenn die Software dann fertig ist, wenn...* Helmut Adler war völlig verblüfft, als er merkte, dass er vor dem Eingang zum großen Konferenzraum stand. Eigentlich hatte er den Fahrstuhl nach unten zu seinem Büro nehmen wollen, doch er war sehr in Gedanken. Also ging er zurück zum Fahrstuhl.

Im 6. Stock stieg Charlie Keyser in den Aufzug. »Hallo Chef, wie geht's?«

»Mmh«, brummte Helmut Adler.

»Okay, ich sehe schon, kein guter Tag.«

Fast hätte Helmut Adler auch noch den 4. Stock verpasst, doch Charlie Keyser fragte ihn: »Willst du hier nicht aussteigen?«

»Doch, doch natürlich«, stammelte Helmut Adler und eilte in sein Büro. Hier schaute er lange aus dem Fenster, beobachtete das Spiel der Wolken, das genauso chaotisch zu sein schien wie seine Gedanken. Dann setzte er sich auf seinen Schreibtischstuhl, lehnte sich zurück und versuchte, seine Gedanken zu sortieren.

Helmut Adler, Mitte fünfzig, stets gut und eher sportlich gekleidet, immer mit Krawatte. Heute trug er statt dem sonst üblichen Jackett eine Wildlederjacke. Er war seit Jahren bei der H.UMOR AG, kannte das Unternehmen gut. Den IT- und den Organisationsbereich natürlich besonders gut, hatte er doch in der Vergangenheit viele Projekte in diesen Bereichen durchgeführt, die meisten selbst geleitet. Einige waren erfolgreich gewesen, andere das reinste Himmelfahrtskommando; doch das waren zum Glück nur wenige. Dr. Simon Profitlich hatte immer zu ihm gehalten. Sie hatten aus den schief gelaufenen Projekten viel gelernt. Und sie hatten sich wirklich bemüht, es beim nächsten Projekt besser zu machen.

Er saß an seinem Schreibtisch, fuhr sich mit den Händen durch das volle, inzwischen silbergraue Haar, stützte den Kopf auf die Hände, fuhr sich erneut durch das Haar. Er versuchte, seine Gedanken zu sortieren. Es gelang ihm nicht. *Sonderbar, ich habe schon so viele Projekte geleitet. Und bin immer noch aufgeregt, wenn Profitlich mich als Projektleiter benennt*, dachte er. Gleichzeitig war er mächtig stolz, dass Dr. Simon Profitlich ihn benannt hatte, zeigte es doch wieder einmal, dass er das vollste Vertrauen des Vorstandsvorsitzenden hatte. Helmut Adler lehnte sich zurück. Was hatte er aus den ganzen Jahren im Projektgeschäft gelernt? Es war unendlich wichtig, das Projekt von Anfang an richtig aufzusetzen. Dazu brauchte er einen Projektauftrag, der klar und deutlich den Umfang des Projektes festlegte. Um diesen Projektauftrag würde er Dr. Simon Profitlich bitten, wenn er selbst seine Gedanken etwas klarer sortiert hatte.

Kernteam

Wen will ich im Projektteam haben? Helmut Adler lehnte sich zurück und überlegte. *Es ist immer besser, wenn man selbst sagen kann, was man will. Oft bekommt man das dann auch.* Das zumindest war seine Erfahrung. Er lächelte.

Die Teilprojektleiter sollten intern besetzt werden. Das war klar. Nur mit wem? An Charlie Keyser kam keiner vorbei. *Herr der Netze* nannten ihn einige, hatte er doch die gesamte Netzwerkarchitektur in der H.UMOR AG aufgebaut. Er meldete zwar ständig seine Bedenken an, wenn er etwas hörte oder sah oder machen sollte, was er nicht kannte. Dann musste man ihn manchmal *an die Hand nehmen.* Um ihm dann wieder den vollen Gestaltungsspielraum zu geben, wenn es um inhaltliche Details ging. Dann war er in seinem Element, dann konnte er richtig gut arbeiten. Denn das konnte er! Waren erst einmal alle seine Bedenken ausgeräumt, dann legte er los – und zwar richtig. Das hatte Helmut Adler damals in dem Außendienstprojekt erstmalig erlebt, als Charlie noch neu war im Unternehmen. Alle Außendienstmitarbeiter hatten Notebooks bekommen, das war ein Riesenprojekt für die H.UMOR AG gewesen, eine gewaltige Kraftanstrengung – und alle hatten viel dabei gelernt! Also, Charlie musste ins Projekt. Blieb noch das Problem, dass Stefan Bieler, Leiter Systemadministration und Systembetrieb, und damit Charlies Chef, an ihm festhielt, ihn einerseits förderte, doch immer sofort zu jammern anfing, wenn Charlie eine Zeit lang in ein Projekt gehen sollte. Dieses Problem sollte besser Profitlich für ihn lösen.

Wer soll noch dabei sein? Helmut Adler ließ seine Gedanken schweifen, schmunzelte, als er merkte, dass er fast übermütig wurde in seinen Gedankenspielen. Doch Profitlich hatte ihm keine Einschränkungen auferlegt – das würde später sowieso kommen. Also wollte er aus dem Vollen schöpfen – und das bedeutete, er wollte Julia Matthies für die Software-Entwicklung haben. Die Frau war richtig gut, hatte schon mehrere Projekte erfolgreich abgeschlossen. Sie war sehr zielorientiert, so wie Frauen das in IT-Projekten sind. Von ihr hatte er gelernt, die Dinge, die anstehen, sofort zu erledigen. Und nichts auf die lange Bank zu schieben! Fachlich war sie brillant. Menschlich schätzte er sie sehr. Alle diese Fähigkeiten schienen in krassem Gegensatz zu ihrem Äußeren zu stehen, das eher naturbelassen war. Sie kleidete sich schlich, fast zurückhaltend. Äußerlich fiel sie kaum auf, wollte das vielleicht auch nicht. Er griff lächelnd zum Telefonhörer.

»Was machen Sie gerade?«

»Softwarewartung, das neue Release für die Außendienstsoftware. Nicht gerade der Traum meiner schlaflosen Nächte. Doch ...«, eine kleine Pause entstand, bevor sie zögerlich fragte: »Was ist eigentlich dran an dem Gerücht, dass die Filialen auch endlich neue Rechner und neue Software bekommen sollen? Das würde uns hier nämlich das Leben erheblich vereinfachen.« Und schon musste Helmut Adler einen Redeschwall über sich ergehen lassen. *Frauen*, dachte er, *gib ihnen ein Thema und sie hören einfach nicht mehr zu reden auf.*

»Darüber wollte ich gerade mit Ihnen reden.«

»Worüber?«

»Na, über die neue Hard- und Software für die Filialen. Haben Sie Zeit? Vielleicht heute Nachmittag?«

Schweigen am anderen Ende. »Also, was ist dran an dem Gerücht? Und seien Sie ehrlich. Ich will es genau wissen.«

Helmut Adler hatte keine Chance; er musste mit seinen Gedanken herausrücken: »Also gut, die Filialen bekommen neue PCs und neue Software. Profitlich hat mich damit beauftragt. Und ich mache mir gerade Gedanken, wen ich als Teilprojektleiter an Bord haben will. Und da sind Sie mir eingefallen. Doch behalten Sie das vorerst für sich. Lassen sie uns heute Nachmittag Genaueres besprechen.«

»Worauf Sie sich verlassen können. Ich bin um 14:00 Uhr bei Ihnen. Ist das in Ordnung?«

»Ja.«

»Und übrigens Herr Adler, vielen Dank dafür, dass Sie meinen Tag gerettet haben.«

Wenn das immer so einfach wäre... Helmut Adler schmunzelte. Jetzt fehlte ihm noch der Teilprojektleiter für die Hardware. Wer käme dafür infrage? Er ging die ihm bekannten Personen durch, warf einen Blick auf seine Telefonliste. Klar doch, Thomas Hartmann. Wer sonst? Der Mann, der schnelle Autos über alles liebte. Das war die private Seite; in der H.UMOR AG hatte er ihn als fleißig, zuverlässig, kompetent, meist ruhig und besonnen erlebt. Brauchte er noch mehr Eigenschaften, um ein guter Teilprojektleiter zu sein? Morgen würde er ihn auf dem Meeting für das Multiprojekt-Management der H.UMOR AG treffen. Dann würde er ihn fragen. Helmut Adler lehnte sich bequem zurück. *Warum bis morgen warten?* Er griff erneut zum Telefonhörer. Und hatte am anderen Ende nur die Voicemailbox von Thomas Hartmann. *Das ist auch so eine von den Erfindungen, die ich hasse. Wenn ich anrufe, dann will ich die Person sprechen und nicht ihren Anrufbeantworter.* Also schickte Helmut Adler eine E-Mail an Thomas Hartmann.

Wer fehlte jetzt noch? Für die Schulungen würde es später sicherlich noch ein eigenes Teilprojekt geben müssen. Doch das konnte er nachher mit Julia Matthies besprechen. Auch würde die Schnittstelle zum Großrechner bedient werden müssen, ebenso sollte jemand von der Systemintegration mit an Bord sein. Und nicht zu vergessen die Betriebsorganisation. Doch müssen das eigenständige Teilprojekte werden?

Ich will diesmal mit einer kleinen Mannschaft starten. Je ein Teilprojekt für Hardware, Software und Netze, das muss reichen, dachte er.

Berater ...

Die Teilprojektleiter werden sich später ihre Mitarbeiter selbst aussuchen wollen und das auch sollen, dennoch gibt es kaum genügend Mitarbeiter in der H.UMOR AG, die für dieses Projekt zeitweise freigestellt werden können. Also müssen die fehlenden Kapazitäten mit Externen abgedeckt werden, dachte Helmut Adler und griff beherzt zum Telefonhörer. Da die H.UMOR AG schon immer mit der Top-Berater AG zusammenarbeitete, rief er dort Piet Maatens, den lustigen Holländer, an.

»Sie wissen schon, ich brauche ein paar Berater, vor allen Dingen für Software-Entwicklung und Netze. Die sollen fit sein, auch was die soziale Kompetenz angeht.« Helmut Adler lehnte sich diesmal weit aus dem Fenster, hatte doch gerade eine Studie den führenden deutschen IT-Beratungsfirmen schlechte Noten für die soziale Kompetenz ihrer Berater gegeben.

Piet Maatens mailte sofort ein paar Beraterprofile; Helmut Adler wählte vier davon aus und vereinbarte einen Termin.

Die Berater kamen. Helmut Adler wählte nicht zum ersten Mal Berater aus, doch diesmal fiel ihm auf, dass die Vier alle gleich aussahen, die gleichen Anzüge, fast die gleichen Hemden, die gleichen Aktenkoffer, vermutlich auch die gleichen Schuhe. Nur die Krawatten waren unterschiedlich – wenigstens etwas. Von hanseatisch konservativ bis krass bunt. *Der ist wohl gerade bei Disney entlassen worden*, dachte Helmut Adler.

Man unterhielt sich über das anstehende Projekt, über das Können der jungen Männer. Zweifelsohne, die fachliche Kompetenz der Berater ließ nichts zu wünschen übrig, darin war die Top-Berater AG schon immer unübertroffen gewesen. Prädikatsexamen, Promotion summa cum laude. Projekterfahrungen vom Feinsten. Und alles war in den Projekten immer so glatt gelaufen, erzählten sie. Doch, doch, sie hielten den Fragen Stand, antworten oft geradezu brillant. Helmut Adler war sich allerdings im Anschluss an die manchmal ausschweifenden Antworten nicht ganz sicher, welche Frage er eigentlich gestellt hatte.

»Was machen Sie eigentlich, wenn ein Problem hochpeppt, das das ganze Projekt in Schieflage bringen kann?“, fragte Helmut Adler, nachdem ihn schon eine Weile die Antworten nur noch gelangweilt hatten.

»Im Decision Board muss dann schnellstmöglich eine Solution gefunden werden«, meinte der Disney-Typ.

»Ich will nicht wissen, was der Lenkungsausschuss machen soll. Ich will wissen, was Sie in der Situation machen, wenn Sie das Problem entdecken.« Das *Sie* betonte er jedes Mal außergewöhnlich stark. Er klang leicht gereizt.

Schweigen.

Helmut Adler schaute jeden direkt an. Nur der Disney-Typ hielt seinem Blick ein paar Sekunden lang Stand, dann blickte auch er vielsagend nach oben. Helmut Adler war sich nicht sicher, ob er da ein ganz leichtes, kaum sichtbares Achselzucken wahrgenommen hatte.

»Also noch einmal: Ein Problem kommt an die Oberfläche, keiner hat es bisher bemerkt. Das Problem kann das Projekt in Schieflage bringen, es im schlimmsten Fall versenken. Sie bemerken das Problem. Was machen Sie?«

Wieder preschte der Disney-Typ vor: »Klar, wir werden das Problem an die zuständigen Positions delivern. Vielleicht ist da noch ein Konzept notwendig, das die Probleme und die Tasks und die Does und die Donts verdeutlicht. Dann werden wir ein Konzept schreiben.«

Helmut Adler schüttelte heftig den Kopf: »Nein, nein, so nicht. Ich bin hier die zuständige Position im Projekt. Und an mich brauchen Sie nichts delivern, mir sollen sie ganz einfach mitteilen, wenn Sie ein Problem entdecken. Soll ich Ihnen mal was sagen«, und jetzt fing seine Stimme an, sich bedrohlich zu überschlagen, »wenn hier ein Problem auftaucht, dann werden Sie alles tun, um Ihren A... zu retten, koste es, was es wolle. Und das sind meine Kosten.« Er stieß dabei mit dem Zeigefinger mehrmals auf seine Brust. »Sie sollen reden! Reden! Verstehen Sie, ganz einfach reden, wenn es Probleme gibt, keine Konzepte schreiben. Nein, so geht das nicht. Bestellen Sie Piet einen schönen Gruß von mir. Er soll erst einmal was für Ihre Kommunikation, für Ihre soziale Kompetenz tun. Raus.« Er stand auf und ging wieder zu seinem Schreibtisch. Die Berater sahen sich ungläubig an.

»Herr Adler, ich verstehe Sie nicht. Wie meinen Sie das?", fragte einer.

»Um es Ihnen in aller Deutlichkeit zu sagen: Sie packen jetzt Ihre Sachen zusammen, stehen auf und verlassen dieses Zimmer und dann das Gebäude.«

Wieder schauten sich die Berater an.

»Was genau wollen Sie von uns?", fragte der Berater mit der hanseatisch konservativen Krawatte.

»Dass Sie jetzt gehen.«

»Aber vorhin wollten Sie doch wissen, wie wir ein Problem, das heute noch nicht existent ist, benennen würden, wenn es rein theoretisch betrachtet zukünftig eintreten sollte.«

Helmut Adler ging wieder an den Besprechungstisch zurück, schob den Stuhl, auf dem er gesessen hatte, zur Seite und stützte sich auf die Tischplatte: »Vorbei! Das ist schon lange vorbei! Packen Sie jetzt endlich Ihre Sachen und gehen Sie! Und schauen Sie mich nicht so ungläubig an. Ich meine das so, wie ich es sage.«

Die Berater verabschiedeten sich höflich und gingen.

Helmut Adler öffnete das Fenster, atmete ein paarmal tief durch, dann setzte er sich wieder an den Schreibtisch. *Ich brauche doch nur ganz normale Menschen, die Ahnung von der Materie haben und die im Projekt mit anpacken – und die einen ganz normalen, gesunden Menschenverstand haben. Ist das denn zu viel verlangt?* Er schüttelte den Kopf, faltete die Hände und streckte sie flehentlich zur Zimmerdecke.

Helmut Adler griff erneut zum Telefonhörer und rief Stefan Zimmermann an. Er hatte ihn vor langer Zeit in einem gemeinsamen Projekt kennen und schätzen gelernt. Gern erinnerte er sich an die Zeit, an ihre *gemeinsam geschlagenen Schlachten*. Inzwischen waren Jahre, sogar Jahrzehnte vergangen, Stefan Zimmermann hatte seine eigene Beratungsfirma und von Zeit zu Zeit hatte Helmut Adler ihm einen Gefallen tun können. Jetzt sollte Stefan Zimmermann ihm einen Gefallen tun.

»Du, Stefan, ich brauche Berater für ein Projekt. Software-Entwicklung und Netze. Und vor allen Dingen sollen sie klar reden und sich wie normale Menschen benehmen können. Und wirklich mit anpacken!«

»Ich sehe zu, was sich machen lässt«, sagte Stefan Zimmermann und dann redeten beide eine Weile über all das, was sich inzwischen ereignet hatte.

Keine zwei Stunden später hatte er Stefan Zimmermann wieder am Telefon. »Ich habe da eine Beraterin, absolut klar und taff. Die kann ich dir als Coach anbieten. Sie hat jede Menge Erfahrung in IT-Projekten, und sie hat eine hohe soziale Kompetenz. Genau das, was du brauchst.«

»Aber ich brauche keinen Coach, ich brauche Berater, die im Projekt mitmachen.«

»Denk doch einfach mal darüber nach! Ihr Profil habe ich dir schon gemailt. Außerdem kann sie auch Teamentwicklung für das Projektteam machen.«

»Stefan Zimmermann«, Helmut Adler holte tief Luft, »ich brauche Berater, die mitmachen. Verstehst du, die die Ärmel hochkrempeln. Die, die nur beraten, die habe ich gerade rausgeschmissen. Was ich brauche, sind Leute, die mit anpacken!«

»Helmut Adler, gib mir noch ein wenig Zeit, ich werde Leute für dich finden, vertraue mir. Und schau dir erst einmal das Profil von Anna Lembach an. Sie ist eine Top-Beraterin. Schau es dir an, dann denk drüber nach und ruf mich an! Und ich suche inzwischen weitere Berater für dich.«

Irgendwie hatte Stefan Zimmermann es wieder geschafft, beruhigend auf Helmut Adler zu wirken. Er hatte volles Vertrauen in Stefan Zimmermann. Er würde schon gute Berater für ihn finden. Einstweilen schaute er sich das Profil von Anna Lembach an. *Ach, auch eine von diesen Top-Beraterinnen. Irgendwie sind sie doch alle gleich*, dachte Helmut Adler.

Doch dann entdeckte er Lücken in ihrem Tätigkeitsprofil, Zeiten, in denen sie offensichtlich nicht gearbeitet hatte oder ein Projekt verschweigen wollte, das nicht so gut gelaufen war. Das wurde interessant. Außerdem hatte sie zusätzlich zu ihrem Informatik-Studium verschiedene interessante Zusatzqualifikationen, die darauf schließen ließen, dass es für sie eine Welt außerhalb von Bits und Bytes gab. *Und dann sieht sie, dem Foto nach zu urteilen, auch noch ganz gut aus,* fand Helmut Adler und wurde neugierig. Er vereinbarte einen Termin mit Anna Lembach.

... und Berater

Anna Lembach war ihm sofort sympathisch. Sie war Anfang vierzig, sehr gut gekleidet mit schwarzer Hose und bordeauxroter Seidenbluse, dazu einen eleganten schwarzen Blazer. Die dunkelblonden Haare hatte sie hochgesteckt. Auffällig waren ihre goldenen Ohrringe, die fast ein wenig groß geraten waren, und die goldene Halskette. Die Handtasche war für eine Business-Frau ungewöhnlich klein, ein großes Spiralheft trug sie unter dem Arm. Sie unterhielten sich über das anstehende Projekt und über die Höhen und Tiefen ihrer bisherigen Projekte. Sie sprach mit erstaunlicher Offenheit darüber, dass das eine oder andere Projekt auch mal *den Bach runtergegangen war*.

Helmut Adler wurde schnell klar, dass Anna Lembach nicht im Projekt mitarbeiten würde, jedenfalls sagte sie das ziemlich direkt, und ihre Worte ließen keine Zweifel. Er hätte sie dennoch gern im Projekt gehabt! Sie hatte den ganzen IT-Background, viel Projekterfahrung, hatte auch etliche Projekte selbst geleitet. Ihre Art gefiel ihm. Er redete und redete. Vielleicht konnte er sie doch überreden, im Projekt mitzumachen.

»Werter Herr Adler, es macht keinen Sinn, wenn ich mich wieder hinsetze und Konzepte schreibe. Die Zeiten sind vorbei. Ich kann Ihnen gerne Coaching und Teamentwicklung anbieten und bei Bedarf auch Seminare zum Thema Projektmanagement. Alles andere würde uns beide unglücklich machen.«

»Nun ja, ich kann mir schon vorstellen, dass Sie mich oder die Teilprojektleiter auch coachen«, sagte er verlegen. »Und wenn Sie mich dann coachen, sind Sie dann ständig hier und machen im Projekt mit?«

»Nein, wir vereinbaren feste Coaching-Termine, an denen ich hier bin.«

Das gefiel ihm. Klar und zielgerichtet. Ohne Schnörkel. Zu gerne hätte er sie im Projekt gehabt! Doch wie?

»Was genau wollen Sie von mir?«, fragte Anna Lembach direkt. »Schauen Sie, Ihre Zeit ist kostbar, meine auch. Wenn wir beide klar die Ziele unserer Zusammenarbeit benennen können, dann ist das eine notwendige, aber noch nicht hinreichende Voraussetzung. Wir müssen auch ganz klar *Ja* zu diesen Zielen sagen, und zwar beide. Sie können jetzt noch stundenlang auf mich einreden, ich werde keine Konzepte schreiben, die Zeiten sind einfach vorbei.«

Verdammt, erwischt, dachte Helmut Adler.

»Ich kann Ihnen, wie bereits erwähnt, Coaching anbieten, und falls nötig Teamentwicklung für das Leitungsteam. Und wenn wirklich nur wenig Projektmanagement-Know-how vorhanden ist, was ich allerdings nicht glaube, nachdem, was Sie mir erzählt haben, dann führe ich gern auch Schulungen zum Thema Projektmanagement durch, auch zu den Soft-Skills.«

Helmut Adler dachte: *Und irgendwann kriege ich Sie doch!* Beide schauten sich an, beide schmunzelten.

»Ich bin gerade dabei, meine eigene Firma zu vergrößern. Mal schauen, ob ich jemanden finde, der Sie im Projekt bei der Konzeption unterstützen kann.«

»Und bis Sie den oder die gefunden haben, solange machen Sie selbst mit?«

»Nein. Herr Adler. Wiederholung führt hier nicht unbedingt zu einem veränderten Ergebnis. Ich bleibe dabei: Coaching, Teamentwicklung, Projektmanagement-Seminare. Und mein Vorschlag ist: Sie überlegen sich, *Was* genau die Ziele unserer Zusammenarbeit sind. Und dann denken wir über das *Wie* nach. Genau wie im Projekt: Erst das Ziel definieren und dann die Aktivitäten, die zum Ziel führen. Es könnte sonst schief gehen.« Sie lächelte vielsagend.

»Also gut. Ich will Sie auf jeden Fall im Projekt haben. Sie haben viele Workshops moderiert, also können Sie unseren Ziele-Workshop moderieren, dann bin ich nicht gleichzeitig in den verschiedenen Rollen: Moderator, Experte und Projektleiter. Wir werden weiterhin bestimmt noch jede Menge Workshops haben, die sollen Sie dann auch moderieren.«

»Genauer bitte: Welche Workshops?«

»Sie nehmen es aber wirklich sehr genau. Gut, die Workshops werde ich noch benennen. Ich habe aber vorher noch eine Frage zum Coaching, das ist mir noch nicht so ganz klar. Was wird da genau gemacht, was passiert da?«

Offensichtlich hatte Helmut Adler jetzt den *Nagel auf den Kopf getroffen*, Anna Lembach schien in ihrem Element und erzählte und erzählte. Es klang alles einleuchtend. *Ob Profitlich ihm das genehmigen würde, einen Berater, der nur für ihn da ist und im Projekt sonst nicht mitmacht*?

»Sagen Sie mal, wie machen das denn Ihre anderen Kunden? Das mit dem Coaching? Wie verrechnen die das oder wie machen die das dem Vorstand klar?«

»Nun, der Vorstand weiß entweder schon, wie gut es ist, einem Projektleiter einen Coach zur Seite zu stellen. Ansonsten weiß er es spätestens nach Ende des Projektes! Die Rolle des Projektleiters ist eine einsame Rolle. Da ist es sehr praktisch, ab und an einen Sparringspartner zu haben, mit dem man sich austauschen kann. Ein Coach stellt sinnvolle Fragen, bringt dadurch einen anderen Blickwinkel in die Arbeit. Er darf Fragen stellen, die Ihnen kein Interner stellen dürfte. Er gibt Ihnen Feedback, wenn Sie es wünschen, geht mit ihnen das durch, was gerade anliegt. Das ist bereichernd.«

»Ja, das leuchtet mir ein. Aber ist das nicht sonderbar, sich nur mit dem Coach zu unterhalten?«

»Nun, das ist kein Plauderstündchen, das ist eine zielgerichtete Besprechung der aktuellen Projektsituation. Schauen Sie, Sie machen Ihren ganz normalen Job als Projektleiter. Viele Situationen müssen Sie mit Ihrer Crew, mit den Teilprojektleitern besprechen. Das bleibt. Jetzt haben Sie zusätzlich die Möglichkeit eines Austausches zu Themen, bei denen Sie die Meinung eines Dritten hören wollen oder auch, wenn Themen hochkommen, die Sie mit den Teilprojektleitern nicht unbedingt besprechen wollen oder können.«

»Dann wissen Sie ja richtig viel über das Projekt, dann könnten Sie auch mitmachen, sagen wir, etwas von meinem Job machen.« Helmut Adler lächelte spitzbübisch.

Anna Lembach schüttelte den Kopf. »Eines muss klar sein, Sie machen Ihren Job. Da halte ich mich raus. Sie können mich fragen und fragen und fragen. Und ich antworte. Doch die Entscheidungen müssen Sie selbst treffen. Das kann und das werde ich Ihnen nicht abnehmen.«

»Schade.«

Anna Lembach zog die Brauen hoch. Noch bevor sie etwas sagen konnte, ergriff Helmut Adler wieder das Wort: »Ist schon gut, sollte ein Scherz sein. Das also ist Coaching. Kann ich mir gut vorstellen. Endlich mal jemanden zum Austauschen. Ich bin neugierig. Was genau passiert bei der Teamentwicklung?«

»Das Leitungsteam ist ja auch ein Team. Und da dieses Team, so wie Sie mir erzählt haben, in dieser Konstellation bisher noch nicht zusammengearbeitet hat, wird es genau wie jedes andere Team auch durch die Phasen der Teamentwicklung gehen: Forming, Storming, Norming und Performing. Dabei kann ich Sie begleiten und unterstützen. Wir werfen einen Blick auf die Hauptaufgaben und auf die Rechte und Pflichten des Teams. Zusätzlich schaue ich gern auf das Motto, das das Team sich gibt, auf das Teamselbstverständnis, die Spielregeln im Team, die Kommunikation und den Umgang miteinander. Und wie das Team mit den Unterschiedlichkeiten der Personen umgeht. Denn eines ist klar: Was das Leitungsteam vorlebt, wird das Projekt nachmachen.«

»Gibt es dann auch Teamentwicklung für die einzelnen Teams?«

»Ja, das ist möglich, doch ich schlage vor, das zu gegebener Zeit zu überprüfen.«

»Und wie lange dauert das?«

Anna Lembach beantwortete geduldig alle Fragen: »Ich schlage am Anfang einen zweitägigen Workshop vor, dann nach etwa zwei bis drei Monaten einen Folgetermin. Und dann schauen wir weiter. Sie brauchen ja auch die Möglichkeit, die Themen, die aus dem Workshop heraus entstehen, in der Praxis anzuwenden. Und da macht es wenig Sinn, wenn wir uns jede Woche zusammensetzen, weil es so schön ist. Sie haben ja schließlich noch ein Projekt, das es fertig zu stellen gilt.«

Helmut Adler dachte nach. Das alles klang gut, die Frau verstand ihr Geschäft. Und sie schien ihn und das Leitungsteam wirklich unterstützen zu können und zu wollen. Er war sich sicher, sie würden sich einig werden.

Warum überhaupt Projektmanagement ...

Helmut Adler war glücklich. Er hatte Profitlich überzeugen können, dass er einen Coach braucht. Und er hatte Anna Lembach davon überzeugen können, dass sie mit ihm und den Teilprojektleitern gemeinsam das Projekt aufsetzte. Damit hatte er sie endlich *im Boot*, als Projektbegleiterin sozusagen.

Mit den Teilprojektleitern hatte er auch gesprochen. Alle waren einverstanden und wollten mitmachen. Damit hatte er genau das Team bekommen, das er sich vorgestellt hatte. Profitlich hatte ihm zugesichert, dass alle zu 100 % für das Projekt arbeiten würden, ein Traum. Der sollte allerdings erst später in Erfüllung gehen, denn Stefan Bieler musste sich erst langsam daran gewöhnen, auf Charlie Keyser zu verzichten und dessen Aufgaben auf die anderen Mitarbeiter in seiner Abteilung zu verteilen.

Helmut Adler war voller Tatendrang, das Kernteam war komplett, es konnte losgehen, und die Aussicht, das Projekt in genau vier Wochen zu starten, beflügelte ihn ungeheuer.

»Vier Wochen? Soll das ein Witz sein? In vier Wochen das gesamte Projekt aufzusetzen?« Charlie Keyser war entrüstet. »Ich habe auch noch ein paar andere Aufgaben. Außerdem hat es das noch nie gegeben, so viel Stress gleich am Anfang. Wir haben doch Zeit bis Ende 2012, wir können es doch langsam angehen lassen.«

»Und am Schluss hetzen wir dann wieder wie die Wilden und müssen zaubern«, hielt Julia Matthies dagegen. »Ich bin auch dafür, einen schnellen Start vorzulegen, dann kommt gleich der richtige Fahrtwind in das Projekt.«

»Sag mir, wie dein Projekt startet, und ich sage dir, wie dein Projekt endet«, ergänzte Anna Lembach ruhig.

»Wenn wir uns als Leitungsteam darin einig sind, dass wir alle Vorbereitungen treffen, damit das Projekt in vier Wochen beginnen kann, dann werden wir das auch schaffen. Komm Charlie, mach mit!« Helmut Adler beugte sich zu Charlie Keyser vor. »Vielleicht ist da ja etwas, was wir alle übersehen. Gibt es Gründe, die dagegen sprechen, dass wir die Projektinitialisierung in vier Wochen schaffen?«

»Chef, das ist echt Stress, Ziele definieren und Aktivitäten planen und schätzen.«

»Hat irgendwer behauptet, dass das Projekt ein Spaziergang wird?«, fragte Thomas Hartmann.

»Aber wir müssen doch noch mit den Leuten in den Filialen reden«, gab Charlie Keyser zu bedenken.

»Die Leute in den Filialen, die können Sie ruhig mir überlassen, die fachlichen Anforderungen dort, das ist meine Sache«, erwiderte Julia Matthies.

»Aber Sie haben keine Ahnung von den Netzen. Da muss ich schon dabei sein.

Das muss ich genau in Augenschein nehmen, was da alles für die Netze gemacht werden muss, jede Filiale einzeln. Es kostet Zeit, die bestehenden Verkabelungspläne zu analysieren, durch die Republik zu reisen und in den Filialen zu schauen, was für dieses Projekt getan werden muss.«

Anna Lembach meldete sich zu Wort: »Kann es sein, dass Sie schon bei der Umsetzung, also beim eigentlichen Tun sind, und wir hier aber erst bei der Planung sind?«

»Die Planung nützt mir nichts, die ist immer zu ungenau.«

»Genau diese Ungenauigkeit wird Sie das gesamte Projekt begleiten. Hier in der Projektinitialisierung geht es darum, die Ausgangslage anzuschauen, die Ziele zu definieren, eine erste Risikobetrachtung zu machen und die Aktivitäten zu planen, die Sie brauchen, um die Ziele zu erreichen. Für die Aktivitäten ist natürlich eine Aufwandsschätzung erforderlich. Zusätzlich brauchen Sie die Namen und die Verfügbarkeiten der Personen, die im Projekt mitmachen werden, damit Sie einen Mitarbeitereinsatzplan und einen Projektdurchführungsplan erstellen können.«

Charlie Keyser schüttelte den Kopf: »Aber das habe ich heute doch alles noch nicht, die Aktivitäten, die Aufwände, die Mitarbeiter, ganz zu schweigen von deren Verfügbarkeiten. So kommen wir nicht weiter. Ich muss da erst einmal unsere Dokumentation über die Filialen sichten, dann prüfen, ob ich eine Ortsbegehung machen muss, und dann kann ich planen.«

»Genau, das sind schon Aktivitäten, die Sie in den ersten Plan aufnehmen können: Sichten der Dokumentation, Planung der Ortsbegehung, Durchführung der Ortsbegehung.«

»Und, dann schaue ich mir die Dokumentation an, und dann ändert sich wieder alles und ich muss die Planung noch einmal machen«, sagte Charlie Keyser resigniert.

Anna Lembach redete beruhigend auf ihn ein: »Ja, genau das ist Projektmanagement, auch *rollierende Planung* genannt. Idee ist es, am Anfang das Projekt einmal durchzuplanen. Dabei sind die Aktivitäten, die zuerst kommen, ziemlich klar zu benennen. Je weiter die Aktivitäten in der Zukunft liegen, desto ungenauer wird's. Damit müssen wir leben. Diese Unsicherheit wird uns das gesamte Projekt begleiten. Doch wir brauchen einmal einen Grundstock an Planung. Sie wollen schließlich eine Aussage darüber treffen, wie lange Sie brauchen und wie viel das Ganze kostet.«

»Nein, der 31. Dezember 2012 ist bereits festgelegt. Und das Budget auch. Stimmt's Chef?«

Helmut Adler schüttelte den Kopf: »Ja, Charlie, ich meine: Nein.«

»Was denn nun – Ja oder Nein?«

»Also, der Endtermin ist vorgegeben. Das heißt doch aber nicht, dass wir auch wirklich so lange brauchen.«

»Soll das ein Scherz sein?«, fragte er kopfschüttelnd. »Ich habe noch kein Projekt bei der H.UMOR AG erlebt, das vor dem Endtermin fertig wurde.« Charlie Keyser rollte die Augen.

»Und woran lag's? Wir haben nicht richtig geplant. Nein, Charlie, ich will diesmal das Projekt ordentlich aufsetzen, damit es nach hinten hinaus nicht wieder so ein Durcheinander gibt. Und dazu brauchen wir eine vernünftige Planung. Frau Lembach hat Recht, wir müssen das Projekt einmal durchplanen und die Planung dann laufend aktualisieren. Das ist Projektmanagement. Und über das Budget hat Profitlich im Übrigen noch nichts gesagt.«

»Also, was ist, wollen wir anfangen?«, fragte Anna Lembach. »Im Moment drehen Sie sich nämlich im Kreis. Und das trägt leider nicht zum Projektfortschritt bei.«

»Werte Frau Lembach, ich habe keine Lust, ständig zu planen und alles wieder über den Haufen zu werfen«, sagte Charlie Keyser.

»Haben Sie einen anderen Vorschlag?« Pause. »Ich hänge auch nicht daran, doch ich habe noch keine Abkürzung kennen gelernt. Ich gebe zu, die Planung ist aufwändig, erfordert viel Zeit und muss laufend aktualisiert werden. Doch wenn Sie überhaupt nicht planen, dann müssen Sie, nach meiner Erfahrung, später sehr viel *zaubern*. Und Sie sind hier in der Kategorie Großprojekte; mir persönlich wäre das zu risikoreich, ganz ohne Planung zu arbeiten.« Inzwischen hatte Anna Lembach folgende Grafik am Flipchart skizziert.

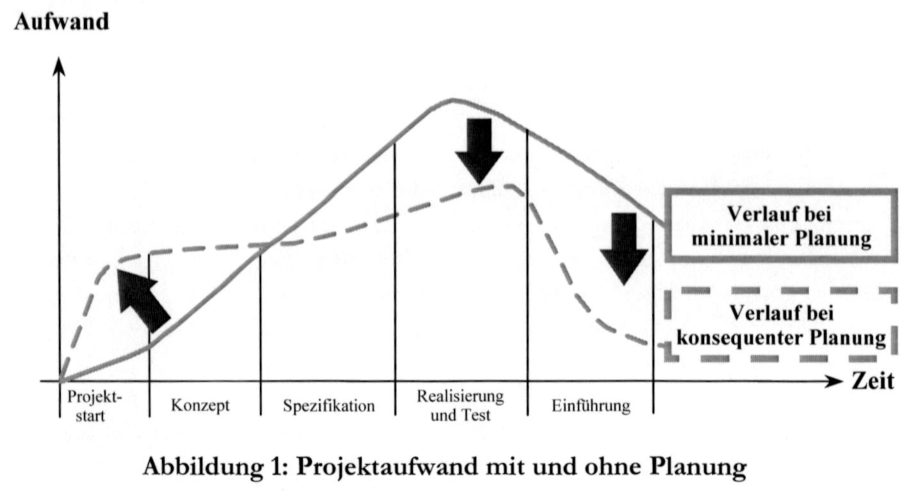

Abbildung 1: Projektaufwand mit und ohne Planung

»Vermutlich kennen Sie diese Skizze. Wenn Sie nicht planen und sofort loslegen, dann sparen Sie jetzt Aufwand.«

Charlie Keyser grinste: »Hab' ich doch gesagt!«

»Doch das bezahlen Sie später. Bleibt die Frage: Was ist Ihnen lieber, jetzt planen und später weniger *zaubern* oder eben *viel zaubern*? Also mehr Aufwand dann, wenn es ohnehin hektisch wird. In der Realisierung und bei der Einführung.«

»Ich bin hier der Projektleiter«, meldete sich Helmut Adler zu Wort. »Und ich bestimme, dass wir das Projekt ordentlich aufsetzen: Wir machen jetzt am Anfang eine Gesamtprojektplanung und werden diese dann laufend anpassen und aktualisieren.«

»Und wer bitte soll das machen?« Charlie Keyser ließ nicht locker.

»Du in deinem Teilprojekt und Frau Matthies und Herr Hartmann in ihren Teilprojekten. Charlie, du bist Teilprojektleiter, das ist dein Job. Dafür wirst du dich von der inhaltlichen Arbeit ein Stück weit verabschieden müssen.«

»Das hast du vorher nicht gesagt.«

»Aber das ist so.«

Charlie Keyser murmelte noch etwas Unverständliches.

Anna Lembach stand am Flipchart: »Also, was ist, können wir loslegen?« Alle nickten, auch Charlie Keyser.

Ausgangsanalyse

»Ist die Ausgangslage für dieses Projekt allen Beteiligten klar?« Anna Lembach blickte fragend in die Runde.

Charlie Keyser nickte: »Klar doch.«

Julia Matthies sagte: »Eigentlich ja. Mich würde dennoch kurz interessieren, welche Methode Sie hier einsetzen. Vielleicht ist es notwendig, vielleicht auch nicht, dass wir die Ausgangsanalyse für dieses Projekt machen.«

Anna Lembach erläuterte: »Nun, die Instrumente der Ausgangsanalyse sind einige Fragen, das Kontextmodell, die Schlüsselbeziehungen und gegebenenfalls weitere Fragen zur Geschichte des Projektes. Mit Herrn Adler bin ich die wesentlichen Fragen schon einmal durchgegangen. Ich bin also im Bilde. Mein Vorschlag: Ich stelle Ihnen die Instrumente vor. Und Sie füllen sie dann inhaltlich *mit Leben*. Wann immer wir hier eine Abkürzung *fliegen* können, sagen Sie es mir bitte. Hier brauchen wir uns wirklich nicht lange aufhalten. Ziel der Ausgangsanalyse ist es, dass alle Projektbeteiligten das gleiche Verständnis der aktuellen Situation haben. Zunächst die Fragen:«

- Welche **Probleme** liegen vor oder welche **Wünsche** bestehen?
- Wer ist bisher **beteiligt**?
- Wer ist in welcher Form **betroffen und noch zu beteiligen**?
- Wie ist die **Bedeutung** des Projektes für den Bereich, das Unternehmen, für das Projektteam zu sehen?
- Welche **Einstellung** haben die Beteiligten, das Unternehmen, das Projektteam dem Projekt gegenüber?
- Welche **Auswirkungen** hat es, wenn das Problem **gelöst** wird beziehungsweise das Problem **nicht gelöst** wird?
- Wie ist das **Umfeld** außerhalb des Projektes zu charakterisieren?

»Harte Kost«, sagte Thomas Hartmann. »Wenn wir das hier ehrlich zu Papier bringen, dann haben wir Einiges anzuführen. Und je mehr ich darüber nachdenke, desto mehr bin ich der Meinung, wir sollten die Fragen schriftlich beantworten. Herr Adler, das Notebook bitte. Und einen Beamer.«

»Vorschlag: Lassen Sie uns die Ergebnisse an der Pinwand festhalten, dann können es alle sehen«, sagte Anna Lembach.

»Und Sie tippen das dann ab, Frau Lembach?«, fragte Charlie Keyser mit leicht ironischem Unterton.

»Ich werde die Ergebnisse mit der Digitalkamera fotografieren und Ihnen die Dateien zur Verfügung stellen.«

Alle schauten gebannt auf die Pinwand; die Wünsche und Probleme waren in einem Brainstorming schnell zusammengetragen. Anna Lembach schrieb und schrieb.

»Betroffene? Klar unsere Filialen, also die Mitarbeiter dort, die werden wir auf jeden Fall dabei haben, da sehe ich auch kein Problem.« Julia Matthies lehnte sich zurück.

»Außer, dass sie ständig Änderungen haben wollen«, ergänzte Charlie Keyser.

»Das meine ich noch nicht einmal. Das kommt später. Ich überlege, wer noch betroffen sein könnte und wen wir beteiligen sollten. Und da fällt mir unser Gesamtbetriebsrat ein.«

»Der muss dabei sein! Und nach dem ganzen Hick-Hack beim letzten Außendienst-Rollout will ich auf jeden Fall auch die Datenschützer dabei haben«, ergänzte Helmut Adler.

»Was ist mit dem Controlling und den Wirtschaftsprüfern?«, fragte Anna Lembach.

»Kann sein, auf jeden Fall erst später.« Helmut Adler lehnte sich ebenfalls zurück. »Mit dem Gesamtbetriebsrat, das wird lustig werden. Profitlich ist im Moment nicht so gut auf ihn zu sprechen. Doch diese Software ist mitbestimmungspflichtig, also müssen wir den Gesamtbetriebsrat dabei haben.«

Julia Matthies zog die Brauen hoch: »Sind Sie sicher? Nicht nur informationspflichtig?«

»Absolut sicher, mitbestimmungspflichtig. Ich sehe da auch kein Problem, dass der Gesamtbetriebsrat sein Okay nicht geben wird. Was mühsam werden kann, sind die Verhandlungen. Wenn Profitlich – oder wer auch immer später im Lenkungsausschuss sitzt – mit dem Gesamtbetriebsrat zusammenkommt, dann ist da einfach Zündstoff drin.« Helmut Adler schaute aus dem Fenster. »Was sollen wir uns jetzt Gedanken machen über Probleme, die dann später doch nicht auftreten. Der Gesamtbetriebsrat muss dabei sein. Basta. Zunächst werde ich mit Profitlich darüber sprechen und dann mit Ralf Maier, unserem Gesamtbetriebsratsvorsitzenden. Vielleicht sollten Sie mich da begleiten, Frau Lembach.«

Zwischenzeitlich hatte Thomas Hartmann die Antworten auf die weiteren Fragen schon auf Karten geschrieben, an die Wand gepinnt und las seine Ergebnisse den anderen vor. Einiges wurde von den anderen ergänzt. »Frau Lembach, was genau meinen Sie mit *Auswirkungen* und *gelöst* beziehungsweise *nicht gelöst*?«

»Nun, hier geht es darum, ein Gefühl dafür zu bekommen, wie viel Energie in dem Projekt steckt. Handelt es sich bei diesem Projekt um eines der Gaga-Projekte, bei denen es nichts ausmacht, wenn nichts dabei herauskommt. Oder ist es ein

Projekt, das Ihnen die Überlebensfähigkeit des Unternehmens auch im Jahre 2008 noch sichert.«

»Na ja, nicht gerade die Überlebensfähigkeit«, antwortete Julia Matthies. »Aber dass die Rechner in den Filialen ausgetauscht werden sollen, das ist schon lange im Gespräch. Momentan haben wir da eine ziemlich umständliche Wartung, weil im Außendienst und in den Filialen unterschiedliche Software eingesetzt wird. Das macht es auf die Dauer nicht gerade einfach. Langfristig können wir uns das sicherlich nicht mehr leisten.«

»Also haben Sie ein Problem, wenn dieses Projekt nicht erfolgreich wird?«

Hier schaltete sich Thomas Hartmann ein: »Wir haben dann zusätzlich das Problem, dass wir neue Hardware gekauft haben, die dann rum steht. Das findet bestimmt keiner mehr lustig. Auch nicht in der H.UMOR AG.« Er schrieb diese Antworten wieder auf Karten.

Nachdem zu allen Fragen Antworten gefunden waren, fragte Anna Lembach: »Ist das für Sie soweit fertig?«

»Vollständig ist das bestimmt noch nicht, doch ich glaube, wir brauchen hier heute nicht unbedingt vollständig werden«, erwiderte Helmut Adler.

»Nein, ich warne Sie eher davor, sich hier auf die Vollständigkeit zu konzentrieren. Das kostet nur unnötig Zeit und bringt nicht viel. Sie können die Antworten jederzeit ergänzen. Es geht hier eher um den groben Überblick.«

Alle nickten.

Anna Lembach fuhr fort: »Das Kontextmodell.«

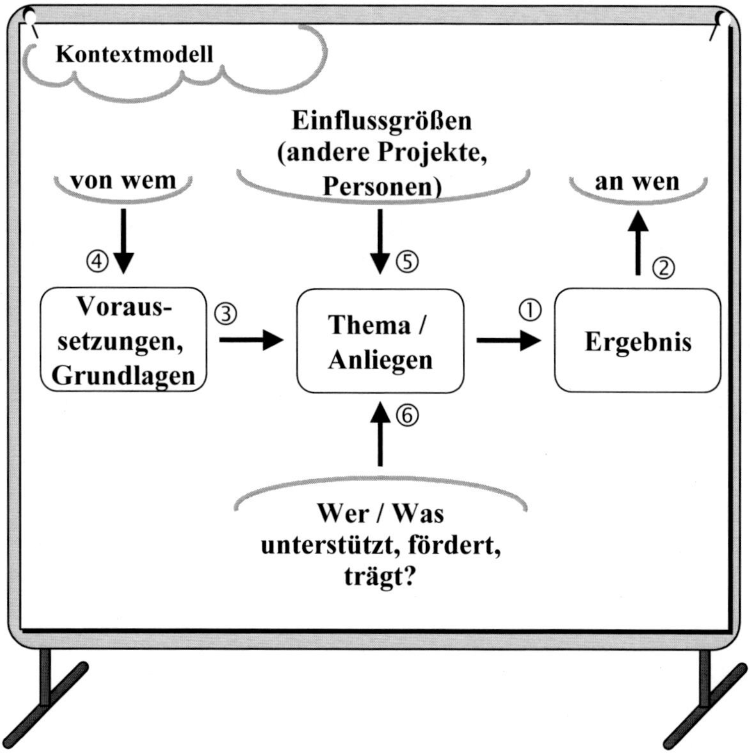

Abbildung 2: Kontextmodell

»Hier gilt es zu prüfen, in welchen Kontext das Projekt eingebunden ist. Auch hier beantworten Sie bitte die folgenden Fragen.«

1. Welches **Ergebnis** soll herauskommen?
2. **An wen** wird dieses Ergebnis geliefert?
3. Welche **Voraussetzungen oder Grundlagen** gibt es bereits?
4. Und **von wem** bekommen Sie diese?
5. **Wer oder was** kann das Projekt **beeinflussen**?
6. Und **wer oder was unterstützt** das Projekt?

»Und zwar genau in dieser Reihenfolge.«

»Ich schreibe«, sagte Thomas Hartmann. »Sie diktieren.« Wieder waren alle engagiert bei der Sache. Die Energie im Raum war konzentriert.

Julia Matthies lehnte sich zurück und sagte: »Mir kommt da eine ganz geniale

Idee zu den Voraussetzungen: Eigentlich können wir doch die Außendienst-Software auch in den Filialen nutzen. Diese Software haben wir bereits und es würde die Software-Entwicklung erheblich vereinfachen.«

»Leider vergessen Sie, Frau Matthies, dass die Filialen auch noch andere Produkte verkaufen sollen. Und sie sollen internetfähig sein.« Helmut Adler erzählte das, was Dr. Simon Profitlich ihm gesagt hatte. »Die Filialen sollen nach wie vor auch die Produkte von Profitlichs Fußballverein verkaufen. Und natürlich Eintrittskarten für Fußballspiele und so weiter.«

»Gut, dann ergänzen wir die bestehende Software einfach. Lassen Sie uns das als Voraussetzung an die Pinwand schreiben.«

»Zu schön, um wahr zu sein.« Helmut Adler war skeptisch.

Die Pinwand füllte sich. »Hey, das wird ja richtig was. Die Pinwand sieht klasse aus.« Charlie Keyser war sichtlich begeistert. »Und spätestens jetzt ist wohl allen klar, dass wir Profitlich als Sponsor oder Mentor oder so was dabei haben müssen. Sind wir damit schon fertig mit diesem Kontextmodell?«

Anna Lembach sagte: »Auch hier gilt wieder: Wenn Sie das Gefühl haben, dass es für Sie für heute vollständig ist, dann ist es das. Sie können es jederzeit ergänzen.«

Thomas Hartmann fuhr fort: »Lassen Sie uns weitermachen, wir sind gerade so im Fluss.«

»Gut, das Nächste sind die Schlüsselbeziehungen im Projekt.« Anna Lembach malte ein Diagramm an die Pinwand.

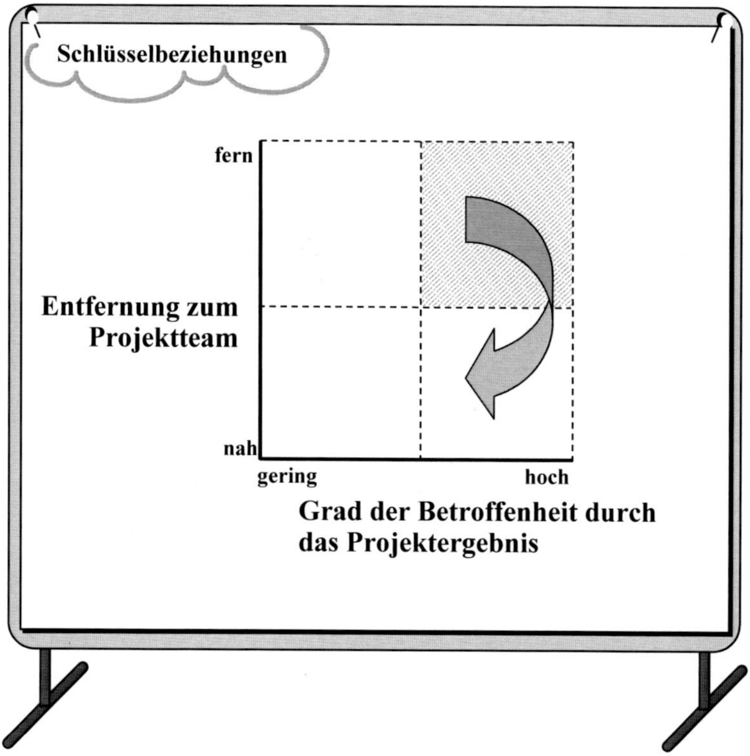

Abbildung 3: Schlüsselbeziehungen

Sie fuhr fort: »Wer ist vom Projektergebnis stark betroffen? Wer fällt Ihnen da ein?« Einige Namen wurden genannt. »Langsam, langsam, lassen Sie uns bei allen Personen oder Personengruppen schauen, wie nah oder wie fern sie dem Projekt stehen.« Und so entstanden mehrere Punkte in dem Diagramm, jeweils mit Namen versehen. »Wichtig ist, dass die Personen im oberen rechten Quadranten, die also stark vom Ergebnis betroffen sind und derzeit noch weit vom Projekt weg sind, näher an das Projekt herangeholt werden. In diesem Fall neben einzelnen Mitarbeitern in den Filialen, auch die Systemintegration, die Betriebsorganisation, die Datensicherheit und der Vorstand. Sie sollten sie näher an das Projekt holen. Dann haben Sie es später einfacher.«

Alle schwiegen und dachten offensichtlich nach. Drei Pinwände standen nebeneinander, alle gefüllt mit den Arbeitsergebnissen des heutigen Tages. Helmut Adler sagte: »Ich bin fasziniert, mit diesen drei Modellen haben wir schon einen ausgezeichneten Überblick über unsere momentane Situation. Frau Lembach, was kommt als Nächstes?«

»Normalerweise würden wir uns die Geschichte des Projektes noch anschauen. Doch dieses Projekt hat keine Geschichte, es wird erstmalig aufgesetzt. Das ist doch richtig?« Sie blickte Helmut Adler an, der nickte. »Wenn Sie den Fall eines erblich vorbelasteten Projektes haben sollten, dann ist dieses Diagramm hilfreich.«

Dauerthema	seit wann	welche Lösungsversuche	durch wen
~ ~ ~~	TT.MM.JJJJ	~~~~~~~ ~ ~~~	~ ~ ~ ~
~~ ~ ~~	TT.MM.JJJJ	~~~~~~ ~ ~~~	~~~~ ~ ~
~~ ~ ~~	TT.MM.JJJJ	~~~ ~~~~~	~~ ~~ ~

Abbildung 4: Geschichte eines Projektes

»Doch wir können hier die Abkürzung nehmen und direkt mit der Zieldefinition beginnen. Ich möchte mit Ihnen einen ganzen Tag lang, wenn es sein muss auch länger, die Ziele für dieses Projekt definieren. Schlagen Sie einen Termin vor.«

Der Termin war schnell gefunden. »Und bitte reservieren Sie sich auch den Folgetag, falls wir ihn noch zusätzlich brauchen sollten. Andernfalls werden wir dann mit der Risikobetrachtung weitermachen. Doch damit wir die Ziele klar definieren können, lieber Herr Adler, brauchen wir den Projektauftrag. Und da sehe ich Sie in der Verantwortung das mit Ihrem Auftraggeber, Herrn Dr. Profitlich, zu klären.«

»Ich habe verstanden«, erwiderte Helmut Adler vielsagend.

Projektauftrag

Helmut Adler hatte bereits lange mit Anna Lembach diskutiert. »Und Sie meinen wirklich, dass so ein ausführlicher Projektauftrag in schriftlicher Form notwendig ist?«, fragte er mit einer Mischung aus Ungläubigkeit und Irritation.

»Ich kann es Ihnen nur empfehlen, das hat eine andere Verbindlichkeit als dieser *Projektauftrag auf Zuruf*. Wie haben Sie es denn in der Vergangenheit gemacht?«

»Nun, wenn wir einen externen Dienstleister beauftragt haben, dann mussten wir es schriftlich machen, das ging ja nicht anders. Und nachdem eines der großen Projekte gründlich schief gegangen war, haben wir beschlossen, dass wir das zukünftig intern wie extern nur noch schriftlich machen. Eine Weile haben wir das auch durchgehalten. Na ja, Sie kennen das, irgendwann verläuft es wieder im Sande. Schade zwar, aber so ist das.«

Nur zu gerne hätte Helmut Adler diesen schriftlichen Projektauftrag umgangen. Doch vermutlich war es wirklich besser, die Anforderungen schriftlich festzulegen. Er griff zum Telefonhörer. Profitlich war gerade nicht da. Er bat um Rückruf. Kurze Zeit später meldete sich Profitlich: »Herr Adler, und Sie meinen wirklich, dass wir für ein paar PCs und ein bisschen Software so viel formalen Aufwand betreiben sollen? Gut, wenn es dem Projekt nützt, dann machen wir das. Ich will mich da nicht sträuben. Hatten wir das nicht schon einmal in der Vergangenheit? Sie wissen schon, nach dem vergeigten Großprojekt. Ja, doch, ich erinnere mich daran. In der letzten Zeit sind bei mir allerdings keine Projektaufträge mehr angekommen.«

Helmut Adler war erleichtert; Profitlich stellte sich nicht quer. Gemeinsam vereinbarten sie einen Termin, an dem auch Anna Lembach und Tim Lenze, Leiter der IT der H.UMOR AG, teilnehmen sollten.

»Dann lassen Sie uns gleich zur Sache kommen.« Dr. Simon Profitlich schien wenig Zeit und noch weniger Geduld zu haben. So trat er gerne auf und entsprach damit genau dem Bild, das man landläufig von einem Vorstandsvorsitzenden hat. Mit seiner äußeren Erscheinung versuchte er, seiner Rolle voll und ganz gerecht zu werden: Er war immer tadellos korrekt gekleidet, die Anzüge waren aus feinstem Tuch, sein Arbeitszimmer war edel eingerichtet. Hier fehlte eigentlich nur noch der Kamin, um sich rundum wohl zu fühlen. Das war die eine Seite des Dr. Simon Profitlich, die distanzierte. Gleichzeitig, und das machte ihn so überaus menschlich, lag ihm die H.UMOR AG mit ihren Mitarbeitern wirklich am Herzen. Er suchte den Kontakt zu den Mitarbeitern, bemühte sich stets darum, ihnen das Gefühl zu geben, dass er für sie da war, obwohl er der Chef war – oder gerade deshalb. Dieser

Spagat gelang ihm nicht immer. Das wusste er. Doch alle sahen, dass er sich wirklich bemühte, und das rechneten sie ihm hoch an, und das wiederum schätzte er an ihnen.

Helmut Adler hatte ihn um die Details zum Projekt gebeten, da wollte er auf jeden Fall in die Verantwortung gehen. Noch einmal verlieh er seiner Ungeduld Nachdruck: »Lassen Sie uns anfangen.«

»Was genau soll der Umfang des Projektes *Neue PCs in die Filialen* sein?«, fragte Helmut Adler.

»Also, meine Vorstellung ist, dass die Filialen endlich neue Rechner bekommen und dann das Geschäft so weiter läuft wie bisher.«

»Also zusätzlich zum normalen Geschäft auch der Verkauf von fremden Produkten?«

»Sie meinen die T-Shirts, Fahnen und Schals vom Fußballverein? Herr Adler, natürlich müssen die dabei sein und die Tickets für die Spiele auch. Das muss sein! Sie wissen schon, Kundenbindung und Cross-Selling«, jetzt redete Dr. Simon Profitlich sich warm, es ging um Fußball. »Die Tickets können wir zusätzlich über das Internet verkaufen, das erledigen Sie dann am besten gleich in Ihrem Projekt mit. Und wenn wir schon Karten fürs Stadion verkaufen, dann können wir doch auch gleich Tickets für andere Veranstaltungen verkaufen, Sie wissen schon, Oper, Konzert, Ballett, Theater usw.«

»Langsam, langsam, eins nach dem anderen. Wir haben zusätzliche Produkte in den Filialen. Das soll so bleiben?«, vergewisserte sich Helmut Adler.

»Ja.«

»Stichwort Internet: Die Kunden müssen doch nicht in die Filialen gehen, um im Internet einzukaufen.«

Dr. Simon Profitlich wurde nachdenklich. »Aber können wir das mit dem Kartenverkauf über das Internet nicht gleich mitmachen?«

»Wenn Sie gute Gründe dafür haben, dann ja«, hier meldete sich Anna Lembach zu Wort. »Wenn Sie keine guten Gründe haben, dann würde ich das auch lassen. Denn es gibt immer viele gute Ideen, die man in einem Projekt unterbringen will. Und ehe man sich versieht, ist das Projekt mit lauter guten Ideen so überladen, dass die eigentliche Projektidee nicht mehr zu erkennen ist.«

»Aber wir brauchen den Verkauf über das Internet, da kommen wir nicht dran vorbei. Unsere Mitbewerber haben das schon längst, da will ich nicht länger hintenanstehen.«

»Gut, verstehe ich, doch ich vermute, dass ist ein eigenständiges Projekt.« Helmut Adler und Tim Lenze nickten zustimmend. Anna Lembach fuhr fort: »Wie gesagt, ich will Sie nicht davon abhalten, doch die Frage ist: Wie viel Komplexität braucht ein Projekt, damit auch sicher gestellt ist, dass es niemals fertig wird?«

Schweigen. Dr. Simon Profitlich wandte sich an Tim Lenze: »Ist dem wirklich so, müssen wir für das Internet-Geschäft ein extra Projekt aufsetzen?«

»Ja, ich halte das auch für besser«, antwortete Tim Lenze. »Den Verkauf über das Internet brauchen wir in den Filialen nicht. Aber die Mitarbeiter in den Filialen sollen selbst im Internet nachschauen können, das halte ich schon für wichtig.«

Anna Lembach hatte bereits *Internet-Zugriff* an das Flipchart geschrieben. »*Internet-Zugriff* wofür genau?«

»Um wie jeder andere Mitarbeiter auch endlich Zugriff auf das Internet zu haben. Die Filialen hängen heute noch am Host, an unserem guten alten Großrechner. Die haben noch die Großrechner-Oberfläche und die alte Back-Office-Anwendung. Da muss was Moderneres her.«

»Also *Internet-Zugriff ganz allgemein*. Was noch?«

»Die gesamte Außendienst-Anwendung«, sagte Helmut Adler, »und vermutlich auch die Online-Host-Anbindung, die haben die Filialen heute auch.«

»Brauchen die Filialen die Online-Host-Anbindung heute noch?«, fragte Tim Lenze. »Wir haben ja immer noch die Zentrale. Im Innendienst können dort alle Mitarbeiter auf den Host zugreifen.«

Und dann entbrannte eine inbrünstig geführte Diskussion darüber, ob die Filialen einen Online-Host-Zugriff, einen direkten Zugriff vom PC auf den Großrechner, brauchen oder nicht. »Können Sie die Diskussion nicht ohne mich führen?«, fragte Dr. Simon Profitlich ungeduldig.

»Nein«, erwiderte Anna Lembach. »Sie sind der Auftraggeber und Sie bestimmen, welchen Umfang das Projekt haben soll. Ein Vorschlag: Wir sammeln erst einmal alles, was zum Projekt dazu gehört, ohne Bewertung, und dann diskutieren wir die einzelnen Punkte.«

»Okay«, sagte Dr. Simon Profitlich, »und dazu bestelle ich uns erst einmal etwas zu essen und weitere Getränke.«

Nach einigen Stunden waren mehrere Flipchart-Seiten gefüllt und allen Beteiligten war klar, was zum Projekt gehörte und was nicht.

»Und darüber erstellen wir jetzt ein Dokument?«, fragte Dr. Simon Profitlich.

»Ja«, antwortete Helmut Adler, »wir nehmen unsere Vorlage für den Projektantrag und tragen das ein, was am Flipchart steht. Dann unterschreiben Sie das.«

»Gut, schicken Sie mir die ausgefüllte Datei. Sie erhalten den Projektantrag, ausgedruckt auf Geschäftspapier und unterschrieben von mir höchstpersönlich.« Damit reichte Dr. Simon Profitlich Helmut Adler die Hand: »Hanseatischer Handschlag. Der gilt.« Beide Männer schüttelten sich kräftig die Hände.

»Ich hätte da noch ein ergänzendes Ritual vorzuschlagen«, meldete sich Anna Lembach leise zu Wort, so, als wollte sie diesen feierlichen Handschlag nicht stören. »Es könnten doch alle Beteiligten des heutigen Tages ihre Unterschrift auf das Flipchart setzen, auf dem die Punkte endgültig festgelegt sind.«

»Da ist doch gar kein Platz mehr drauf«, wandte Tim Lenze ein.

»Für unsere Unterschriften ist da immer Platz«, entgegnete Dr. Simon Profitlich und nahm einen Stift und unterschrieb. Die anderen machten es ihm nach. »So machen wir das jetzt öfters, das sieht doch gleich nach mehr Arbeit aus als ein ausgedrucktes Blatt Papier. Und außerdem macht es mehr Laune, es zu erstellen.« Die anderen nickten zustimmend. »Ich bin zufrieden, Herr Adler, hätte zwar gedacht, dass das alles schneller geht, doch was weg ist, ist weg. Vermutlich brauchen wir dann später nicht mehr so oft und so lange diskutieren.«

»Ich habe noch eine Frage«, mischte Anna Lembach sich ein. »Wir haben heute den gesamten Projektumfang festgelegt. Mit dem Projektleitungsteam werden wir einen Ziele-Workshop machen. Aus meiner Sicht ist es sinnvoll, wenn Sie als Auftraggeber dabei sind, mindestens jedoch die festgelegten Ziele noch einmal überprüfen. Denn mit den Zielen wird die Grundlage für das gesamte Projekt gelegt.«

Dr. Simon Profitlich schaute in seinen Kalender. »Am ersten Tag kann ich definitiv nicht, da bin ich nämlich nicht da. Am zweiten Tag kann ich gern mal vorbeischauen. Wann passt es Ihnen?«

Sie einigten sich schnell. Und Helmut Adler blieb noch Zeit für ein kurzes Gespräch mit Dr. Simon Profitlich. Beide Männer waren sichtlich zufrieden mit den Ergebnissen. Damit war eine gute Grundlage für die weitere Zusammenarbeit gelegt.

Zieldefinition

Profitlich hatte großzügig seinen Konferenzraum zur Verfügung gestellt. Hier ließ es sich gut arbeiten. Denn hier gehörten Kaffee, Tee, Kaltgetränke und Kekse quasi zur Standardausstattung. Helmut Adler hatte mit Anna Lembach gemeinsam diese beiden Tage vorbereitet. Sie bestand darauf, dass vorher auf jeden Fall eine Agenda mit den Inhalten verschickt werden sollte. Zusätzlich hatte sie diese Agenda an das Flipchart geschrieben und mit geschätzten Zeiten für die einzelnen Tagesordnungspunkte versehen.

»Ist das nicht alles ein bisschen überdimensioniert?«, fragte Helmut Adler.

»Ich nenne das professionell«, antwortete sie.

Gemeinsam hatten sie noch mehrere Pinwände organisiert. Das war gar nicht so leicht, denn diese Pinwände waren willkürlich in der gesamten H.UMOR AG verteilt. Und wo sie gerade waren, das wusste natürlich keiner. Also bedeutete das: *Suchen* – und eine E-Mail an die Betriebsorganisation schicken, sie mögen doch eine *Standortüberwachung für Pinwände* organisieren!

Der Ziele-Workshop konnte beginnen. Alle, außer Charlie Keyser, waren pünktlich. Julia Matthies hatte sich heute richtig in Schale geworfen. Nie im Leben wäre Helmut Adler auf die Idee gekommen, dass sie überhaupt einen Rock besitzt, heute hatte sie sogar ein Kostüm an, dazu eine Seidenbluse. Sie brachte Obst mit: »Das ist gesünder als diese ewigen Kekse«, kommentierte sie. Auch Thomas Hartmann hatte sich für diesen Tag fein gemacht: dunkler Anzug, Fliege (er hatte sich schon immer geweigert, eine Krawatte zu tragen: *das gebe immer einen Kampf mit dem Lötkolben und den gewinne dieser stets*!), seine dunkelblonden Haare waren modisch geföhnt. Beide, Julia Matthies und Thomas Hartmann, brachten mehrere Ordner mit – »man kann ja nie wissen«, kommentierte Thomas Hartmann das und loggte zusätzlich sein Notebook ins Netz ein.

»Was ist mit Charlie Keyser?«, fragte Helmut Adler.

Keiner wusste etwas.

»Also fangen wir an«, schlug Anna Lembach vor und Helmut Adler nickte kurz. »Warum sollen vier Personen warten, wenn einer nicht da ist.« Dieser Satz duldete keinen Widerspruch. Sie stellte die Agenda vor, fragte nach Ergänzungen, ließ die vorgeschlagenen Zeiten überprüfen, korrigierte sie und ergänzte.

»Wir legen heute den Grundstein für das Projekt. Alles Zukünftige baut darauf auf.« Die Tür öffnete sich und Charlie Keyser, der Herr der Netze, mit Anzug und Rollkragenpullover heute ebenfalls sehr gut gekleidet, kam herein. Noch bevor er überhaupt etwas sagen konnte, fuhr Anna Lembach fort: »Die Ziele des Projektes sind die Grundlage für die Aktivitäten und die spätere Planung. Mein Credo an dieser Stelle ist: *Wer kein Ziel hat, kann auch keines erreichen*. Sie müssen genau wissen, wohin Sie wollen. Denn sonst kann es leicht passieren, dass Sie irgendwo ankommen, wo Sie eigentlich gar nicht hin wollten! Um die Frage vorwegzunehmen, was ein Ziel ist, hier die Definition.«

Abbildung 5: Zieldefinition

»Diese Definition beinhaltet, dass ein Ziel eine genaue Formulierung hat. *Die PCs ausliefern* ist eine Aktivität, und die Aktivitäten kommen später dran. *Die PCs sind ausgeliefert*, das ist das Ziel. Merken Sie den Unterschied?«

»Ja, Sie sind pingelig«, antwortete Charlie Keyser und schaute sie ernst an.

»Stimmt, hier bin ich absolut pingelig. Denn hier wird die Grundlage für das Projekt gelegt. Und manche Projekte kranken leider daran, dass Ziele und Aktivitäten vermischt werden. Und das kann für das Projekt ein Desaster werden. Deshalb bin ich hier so genau mit der Formulierung. Mein Vorschlag: Sie sammeln jetzt die Ziele dieses Projektes. Ohne Bewertung, alles, was Ihnen einfällt.«

»Mit der von Ihnen vorgeschlagenen Formulierung?«, erkundigte sich Thomas Hartmann.

»Ja.« Sie hatte bereits vorher Moderationskarten und Stifte auf den Tisch gelegt, alle bedienten sich und fingen an zu schreiben. Konzentrierte Energie war im Raum zu spüren. Es war ganz still.

Nach einer Weile fragte Helmut Adler: »Wie detailliert sollen wir die Ziele definieren?«

»Gute Frage«, antwortete Anna Lembach. »Das ist immer eine Gratwanderung.

So detailliert wie nötig – diese Antwort wird Ihnen wahrscheinlich im Moment nicht ausreichen. Wirklich, es gibt da kein Patentrezept. Ziel dieses Workshops sollte es sein, dass alle Ziele benannt sind. Um den Detaillierungsgrad werden wir uns später kümmern.«

Alle waren konzentriert bei der Arbeit. Sie schrieben, schauten in die Ferne, dachten nach, hatten Ideen, schrieben sie auf. Zerrissen auch mal eine Karte, schrieben sie wieder neu. Anna Lembach fing an, die Karten einzusammeln. Sie hatte bereits mehrere Pinwände vorbereitet, um die Karten für alle sichtbar aufzuhängen und sie dann zu sortieren.

»Mir fällt nichts mehr ein«, sagte Charlie Keyser.

»Es kann sein, dass Ihnen später noch ein Ziel einfällt, dann können Sie das jederzeit ergänzen«, antwortete Anna Lembach.

»Aber wir sollen doch heute *alle* Ziele des Projektes definieren. Das habe ich doch richtig verstanden?«, fragte Helmut Adler.

»Ja, und aus meiner Erfahrung werden das heute 80 % der Ziele sein, vielleicht 90 %. Normalerweise fällt Ihnen im Laufe des Projektes noch das eine oder andere Ziel ein, an das heute noch keiner denkt. Und dann wird die Zieldefinition eben erweitert.«

»Warum machen wir denn hier diesen ganzen Aufwand, wenn wir doch nicht 100 % der Ziele herausfinden?« Charlie Keyser rollte die Augen und lehnte sich zurück.

»Weil wir dann wenigstens 80 % der Ziele haben, damit können wir allemal besser planen als mit 0 %«, wandte Thomas Hartmann ein. »Ich hätte zwar auch gerne 100 %, doch von diesem Wunsch muss ich mich wohl verabschieden.«

Anna Lembach nickte kurz. »Haben Sie die Ziele soweit notiert, dass wir mit dem Sortieren anfangen können?« Alle nickten. »Wohlgemerkt, Ergänzungen sind jederzeit möglich.«

Und nun wurden die Karten nach Themen in Spalten auf die Pinwände sortiert. Bei manchen Karten war die Zuordnung klar, bei einigen Karten wurde diskutiert.

»Gelbe Handgelenksablage, dass ich nicht lache«, meinte Charlie Keyser kopfschüttelnd bei der Karte, die Anna Lembach gerade vorgelesen hatte. »Für die Blumen in den Filialen sollen wir dann auch noch zuständig sein?«

»Nein, Spaß bei Seite«, entgegnete Thomas Hartmann, »ich erinnere mich noch, dass es mal ein Riesendrama gegeben hat wegen Ergonomie und unser aller Gesamtbetriebsrat sofort eingeschaltet wurde, weil es eben für einige Anwender notwendig war, dass sie eine Handgelenksablage bekommen. Deshalb diese Karte hier. Na ja, und ein wenig Farbe können die Filialen auch gebrauchen.«

»Muss das sein?« Charlie Keyser ließ nicht locker.

»Also, ich will das Ziel „Die Ergonomie ist berücksichtig" auf jeden Fall auf der

Pinwand stehen haben«, sagte Thomas Hartmann. »Über die Farbe lasse ich mit mir verhandeln.«

»Wir werden später noch eine Unterteilung in Muss- und Kann-Ziele vornehmen«, ergänzte Anna Lembach. »Es kann sein, dass wir dieses Ziel dann noch einmal *in die Hand* nehmen müssen.«

Sie kamen mit dem Sortieren der Karten zügig voran. Auf der nächsten Karte stand *Online-Host-Anbindung*.

»Online-Host-Anbindung, werte Frau Kollegin, wissen Sie, was das bedeutet?« Charlie Keyser lehnte sich weit über den Tisch.

»Ja, weiß ich«, antwortete Julia Matthies. »Das haben die Filialen heute auch.«

»Und Profitlich hat es auch gefordert, siehe Projektauftrag«, ergänzte Helmut Adler.

»Nein, ich bin dagegen«, sagte Charlie Keyser und brachte seine Gründe vor und sofort war eine heiße Diskussion um die Online-Host-Anbindung im Gange.

»Eine Bitte«, versuchte sich Anna Lembach Gehör zu verschaffen, »eine Bitte, lassen Sie uns die Karten heute nur sortieren. Das Thema scheint hier im Hause sehr viel Zündstoff zu bergen. Deshalb schlage ich vor, die Karten heute nur zu ordnen, die Diskussion kommt dann später.«

Das kam nicht an. Die Diskussion ging weiter. Zaghaft versuchte sie es erneut: »Wir müssen heute noch nicht die Lösung finden. Wir sind erst bei den Zielen. Lassen Sie uns hier weitermachen und vertagen Sie die Diskussion.«

»Worauf Sie sich verlassen können!«, gab Charlie Keyser zurück. »Und Sie, Frau Matthies, Sie ziehen sich dann sehr warm an.«

»Hallo Herr Keyser«, gab diese lächelnd zurück, »die Online-Host-Anbindung ist im Projektauftrag gefordert.«

»Jetzt ist Schluss, Leute. Die Karten werden weiter sortiert«, griff Helmut Adler lachend ein. Das verfehlte seine Wirkung nicht.

»*Begeisterte Anwender*, ist das ein Ziel?«, fragte Thomas Hartmann.

Charlie Keyser suchte nach einer Begründung, fand aber so recht keine Zustimmung in der Runde. Anna Lembach hakte nach: »Kann dieses Ziel mit Projektende erreicht werden?«

Charlie Keyser dachte nach: »Nein, eigentlich kann es erst nach Projektende erreicht werden.«

»Dann gehört es also in eine neue Spalte *Unternehmensziele* oder *Nicht-Ziele dieses Projektes*?«

»Ja, könnte man so sagen. Was sich eigentlich dahinter verbirgt, ist, dass wir die Anwender auf jeden Fall schulen müssen. Ich schreibe schon eine neue Karte mit *Die Anwender sind geschult*.«

Die weitere Sortierung ging zügig vonstatten. Die verschiedenen Spalten für die Ziele und die Nicht-Ziele füllten sich. Ab und an gab es einige kleinere Diskussionen.

»Umsatzsteigerung, Profitlichs Lieblingsthema. Wenn ich so darüber nachdenke, ist das eigentlich doch kein Ziel«, sagte Helmut Adler. »Jedenfalls keines, das wir am Projektende erreichen können. Also müsste es auch eines von den Nicht-Zielen sein. Stimmt doch, oder?«

Abbildung 6: Abgrenzung zwischen Projektzielen und Unternehmenszielen

»Wenn Sie an das Flipchart schauen«, sagte Anna Lembach, »dann sehen Sie hier die Gesamtziele des Unternehmens.« Sie deutete dabei auf den äußeren Kreis. »Projektziele sind immer ein Teil der Unternehmensziele. Doch die Gefahr ist, Unternehmensziele zu Projektzielen zu machen. Das kann das Todesurteil für ein Projekt sein.« Sie wandte sich an Helmut Adler und fuhr fort: »Meine Empfehlung an dieser Stelle: Sie als Projektleiter sind für den Erfolg dieses Projektes verantwortlich und für das Erreichen der Ziele. Deshalb prüfen Sie bitte, ob Sie die angegebenen Ziele auch wirklich bis zum Projektende erreichen können?«

»Bis jetzt ja«, sagte Helmut Adler. »Wohlgemerkt, wenn wir die Nicht-Ziele im Projekt unberücksichtigt lassen.«

»Dann habe ich das doch noch nicht ganz verstanden«, meldete sich Charlie Keyser zu Wort. »Ich muss noch mal auf die Online-Host-Anbindung zu sprechen kommen. Das ist ein Unternehmensziel, da stimme ich zu. Muss es denn ein Projektziel sein? Diese Anbindung zu ermöglichen, bedeutet richtig viel Arbeit.

Auch für Sie, Frau Matthies.«

Anna Lembach erwiderte: »Nicht, weil etwas schwierig ist, ist es automatisch ein Nicht-Ziel. Diese Variante wird gelegentlich gern gewählt und dann braucht das Projekt erst gar nicht zu starten, weil kein Ziel mehr übrig bleibt.« Sie lächelte vielsagend. »Es kann sein, dass sich ein Projektziel später als nicht oder nur sehr schwer realisierbar herausstellt. Doch dann können Sie es immer noch zu den Nicht-Zielen tun. Wenn ich Herrn Dr. Profitlich und Ihren IT-Leiter Herrn Lenze richtig verstanden habe, sollen die Filialen die Funktionalität erhalten, die sie heute auch haben. Das sind die Anforderungen. Bei der Online-Host-Anbindung wird vermutlich eine gründliche Analyse notwendig sein.«

Charlie Keyser seufzte: »Ja, sehr gründlich.«

»Komm Charlie, das kriegen wir hin«, versuchte Helmut Adler, ihn zu trösten. »Mir bereitet im Moment der Verkauf von Produkten viel größere Sorgen. Denn die Produkte müssen doch irgendwie gescannt werden. Bisher machen die Mitarbeiter das in den Filialen so nebenbei, kleine Handkasse, verstehen Sie. Doch das geht nicht mehr. Deshalb ist wegen ein paar T-Shirts und Kaffeebechern ein Riesenaufwand fällig.«

»Vergiss die Eintrittskarten für die Fußballspiele nicht, Chef, die sind exorbitant wichtig!«

Die restlichen Karten mit den Zielen wurden sortiert. Dann war die Zieldefinition fertig.

»Ich bin überrascht«, sagte Helmut Adler. »Guter halber Tag, na, sagen wir, ¾ Tag und wir haben die Ziele. Vielen Dank.«

»Sie haben wohl vergessen, dass unsere nette Moderatorin sich in ihren hübschen Kopf gesetzt hat, das ganze Projekt in vier Wochen auf die Schiene zu setzen«, warf Charlie Keyser ein. »Da wird sie sich mit den Zielen doch nicht länger als einen Tag aufhalten wollen! Nichts für ungut.« Mit einem schelmischen Blick schaute er zu Anna Lembach hinüber. Sie schmunzelte.

Nach einer längeren Pause trafen alle wieder pünktlich im Besprechungsraum ein. Helmut Adler legte eine Tüte Gummibärchen auf den Tisch: »Sie waren wirklich klasse, das muss belohnt werden. Ich bin begeistert. Was steht an?«

»Muss-Ziele und Kann-Ziele«, sagte Anna Lembach. »Muss-Ziele sind die Ziele, die auf jeden Fall erreicht werden müssen, sonst ist das ganze Projekt sinnlos oder unvollständig. Kann-Ziele, wie der Name schon sagt, können mit Projektende erreicht werden, müssen aber nicht. Das Ergebnis läuft auch ohne sie. Dahinter können sich oft die so genannten Nice-to-have-Funktionen verbergen, die eben für die Fertigstellung nicht unbedingt notwendig sind. Die Idee ist, alle gerade geschriebenen Karten mit einem M für Muss-Ziel oder einem K für Kann-Ziel zu kennzeichnen.«

Thomas Hartmann war bereits aufgestanden: »Ich bitte um Diktat, Frau Matthies, meine Herren.«

Die meisten Karten waren unstrittig, was die Kennzeichnung mit M oder mit K betraf, bei einigen Karten gab es erneut Diskussionen, ob dieses Ziel wirklich erreicht werden muss oder ob es nicht eher ein Kann-Ziel sei.

»Was ist mit der Ergonomie und der Handgelenksablage?«, fragte Thomas Hartmann in die Runde. »Ich bin der Meinung, dass die Karte ein M haben muss. Auch wenn ich zugebe, dass wir wichtigere Muss-Ziele haben als dieses. Doch wenn ich mir wieder die endlose Diskussion mit dem Gesamtbetriebsrat vorstelle, dann bin ich eher geneigt, ein Muss-Ziel daraus zu machen.«

»Sind die Software und die Hardware auch ohne diese Handgelenksablage funktionsfähig?«, fragte Anna Lembach.

»Ja.«

»Und können die Anwender auch ohne diese Handgelenksablage mit dem System arbeiten und es korrekt bedienen?«

»Ja. Nur ist es dann nicht so ergonomisch.«

»Entspricht es ohne Handgelenksablage den gesetzlichen Bestimmungen?«

»Ja.«

»Und den betrieblichen Bestimmungen?«

»Mmh, gute Frage, ich mache mich da noch mal schlau. Für heute ist das erst einmal ein Kann-Ziel«, entschied Thomas Hartmann.

»Sind Sie sicher, Herr Hartmann? Sie kennen unseren Gesamtbetriebsrat! Der hat schon mal ein Projekt zum Kippen gebracht. Mir wäre es lieber, es ist ein Muss-Ziel, dann behalten wir es auf jeden Fall im Auge«, sagte Helmut Adler.

»Na gut.«

Nachdem alle Ziele entsprechend gekennzeichnet waren, sagte Helmut Adler: »Ich vermute, wir sollen die Kann-Ziele jetzt noch priorisieren.«

»Prio was?«, fragte Charlie Keyser.

»Wir müssen jetzt noch festlegen, was mit den Kann-Zielen passieren soll«, erklärte Helmut Adler und Anna Lembach ergänzte: »Ja, es ist hilfreich, die Kann-Ziele jetzt zu priorisieren, das heißt, festzulegen, welche von den Kann-Zielen die höchste Priorität hat, um noch in diesem oder aber dann in einem nächsten Projekt berücksichtigt zu werden.«

»Müssen wir das jetzt machen?«, fragte Julia Matthies.

»Nein, Sie müssen es nicht. Es ist eine Möglichkeit, die Kann-Ziele zu gewichten, um zu ermitteln, was die wichtigsten Ziele nach den Muss-Zielen sind, die Zweitwichtigsten und so weiter.«

»So viele Kann-Ziele haben wir ja nun auch nicht«, sagte Helmut Adler. »Ich glaube, wir können das hierbei belassen. Und von Zeit zu Zeit werfen wir einen

Blick darauf. Mehr möchte ich an dieser Stelle nicht machen.«

»Das ist völlig in Ordnung«, sagte Anna Lembach. »Nächstes Thema: Abhängigkeitsanalyse. Gibt es Ziele, die voneinander abhängig sind? Oder anders gefragt: Welches Ziel beeinflusst das Erreichen eines anderen Zieles positiv oder negativ?«

Schweigen.

»Ein Beispiel: Sie bauen ein Auto, gönnen sich eine Super-Luxus-Innenausstattung. Damit wird das Auto schwerer. Gleichzeitig ist Ihr Ziel, dass das Auto nur drei Liter auf 100 km verbrauchen soll. Damit würde das Erreichen eines Zieles bedeuten, dass ein anderes Ziel nicht erreicht werden kann. Gibt es das in diesem Fall auch?«

»Darüber muss ich erst einmal nachdenken«, Helmut Adler lehnte sich zurück. »Wie geht's den anderen?«

»Online-Host-Anbindung und Zugriffszeiten«, sagte Julia Matthies. »Wobei ich zugeben muss, dass wir Zugriffszeiten gar nicht als Ziel haben.«

»Ich will ja nicht lästern«, sagte Charlie Keyser, »heißt das, Sie bekommen doch schon kalte Füße, was die Online-Host-Anbindung angeht?«

»Nein, das ist ein Ziel. Und dass das auf die Zugriffszeiten geht, ist mir auch klar. Doch darüber hat bisher noch niemand ein Wort verloren. Also lassen wir das. Mir fallen spontan keine Widersprüche auf.«

»Lassen Sie uns eine Nacht darüber schlafen«, sagte Helmut Adler. »Dann fällt uns vielleicht noch etwas ein.«

Anna Lembach ergänzte die Agenda für den Folgetag. Hier sollte die Abhängigkeitsanalyse wieder zur Sprache kommen. Auch schrieb sie *Nicht-Ziele* zusätzlich auf die Agenda. »Der Grund dafür ist, dass Sie noch einmal einen Blick auf die Nicht-Ziele werfen sollen. Ich möchte sie so weit wie möglich vollständig haben. Denn es ist so leicht, ein Projekt mit anderen Aufgaben zu beladen und zu belasten. Wenn allerdings von vornherein die Abgrenzung klar ist, dann wird das nicht passieren.«

Helmut Adler lehnte sich entspannt zurück und blickte auf die Uhr: »Und damit geht ein überaus erfolgreicher Tag zu Ende. Ich schlage vor: Morgen früh treffen wir uns wieder um 9:00 Uhr hier. Die Agenda steht bereits fest.«

»So ganz möchte ich Sie noch nicht in den wohlverdienten Feierabend entlassen«, sagte Anna Lembach. »Die Ziele müssen ja noch dokumentiert und vor allen Dingen präzisiert werden. Denn mit Sicherheit sicher wissen Sie nach vier Wochen nicht mehr, was Sie mit diesen Zielen en détail gemeint haben. Und das wäre schade.«

»Muss das noch heute sein?«, fragte Helmut Adler, der offensichtlich den heutigen Arbeitstag beenden wollte.

»Ja, denn wir haben morgen noch ein sportliches Programm vor uns. Und um die Dokumentation werden Sie nicht herum kommen. Also: Gibt es bei der H.UMOR AG Vorlagen für die Dokumentation von Zielen?«

Helmut Adler schien ein wenig genervt, wollte eigentlich diesen erfolgreichen Tag beenden und sich jetzt nicht auch noch mit den Vorlagen für die Dokumentation auseinander setzen müssen. *Berater*, dachte er. *Sie lassen manchmal einfach nicht locker. Der Tag war so erfolgreich – dabei hätten wir es doch belassen können.*

»Na ja, wir haben da ein Vorgehensmodell. Und das beinhaltet auch ein Projekthandbuch. Kennt sich jemand damit genauer aus?« Helmut Adler schaute in die Runde. Julia Matthies schüttelte heftig den Kopf, verschränkte die Arme. Helmut Adler erinnerte sich, dass sie zu Anfang ihrer Tätigkeit bei der H.UMOR AG mit diesem Vorgehensmodell konfrontiert war und dabei fast verzweifelt wäre. Er versuchte, aufmunternd zu wirken: »Na, kommen Sie, so schlecht ist das auch wieder nicht!«

»Nur, dass man Tage braucht, um das zu finden, was man sucht«, erwiderte sie bissig.

»Auf welchem Server liegt das Dokument. Ich suche es schnell, dann kommt das Notebook heute endlich zum Einsatz«, sagte Thomas Hartmann.

Gemeinsam suchten sie nach den Dateien, fanden zwar das Vorgehensmodell wie auch das Projekthandbuch im Intranet. Doch leider fanden sie keine Formulare, die für das Präzisieren der Ziele notwendig oder hilfreich gewesen wären.

Helmut Adler griff ein: »Vorschlag, ich schaue bei mir gleich noch einmal nach. Sie bitte auch bei sich. Vielleicht haben wir da ja etwas, was wir verwenden können. Und dann würde ich wirklich gern den Tag beschließen und Ihnen allen für die angenehme und konstruktive Zusammenarbeit danken.«

Anna Lembach wollte gerade etwas sagen; Helmut Adler ließ sie erst gar nicht zu Wort kommen: »Nein, jetzt sagen *Sie* auch nichts mehr. Für heute ist Schluss.«

Zieldefinition - Fortsetzung

Die Ziele waren festgelegt, jetzt musste der Vorstand noch zustimmen. Helmut Adler hatte mit großer Begeisterung Dr. Simon Profitlich von der erfolgreichen Zieldefinition erzählt. Er sprudelte nur so über. Dr. Simon Profitlich war neugierig; er wollte auf jeden Fall am zweiten Tag dabei sein. Beide trafen pünktlich um 9:00 Uhr ein. Die anderen waren schon da. Wer fehlte, war Charlie Keyser.

»Nun, den Fall, dass Charlie nicht da ist, den hatten wir ja schon. Also fangen wir an«, sagte Helmut Adler und zwinkerte Anna Lembach zu. Diese lächelte zurück.

»Wir haben heute einen Gast hier. Ich will einen kurzen Abriss von dem geben, was wir gestern gemacht haben.« Sie erklärte kurz die einzelnen Punkte der Agenda des gestrigen Tages und gab einen Ausblick auf den bevorstehenden Tag. »Gibt es von Ihrer Seite noch Ergänzungen?«

»Nein.«

»Gut, dann schlage ich vor, dass wir die erarbeiteten Ziele Herrn Dr. Profitlich vorstellen. Am besten, wenn jeder die Ziele präsentiert, für die er oder sie später auch verantwortlich ist. Wer fängt an?«

»Dann fange ich mal an«, sagte Thomas Hartmann. Er stellte seine Ziele vor, beantwortete Fragen aus der Runde, ergänzte, konnte sogar eines der Kann-Ziele gänzlich streichen. Dr. Simon Profitlich lehnte sich entspannt zurück. Er schien zufrieden. *Von Hardware hat er auch nicht allzu viel Ahnung*, dachte Helmut Adler. Als Julia Matthies ihre Ziele vorstellte, gab es schon mehr Diskussion. Dr. Simon Profitlich hinterfragte kritisch. Erneut schien die Diskussion um die Online-Host-Anbindung zu entfachen; Anna Lembach wusste das jedoch geschickt zu verhindern. Sie waren fast fertig mit den Zielen, für deren Erreichen Julia Matthies später verantwortlich sein würde, als Charlie Keyser hereinkam.

»Sie haben ein ungewöhnliches Zeitgefühl, Herr Keyser, es ist jetzt kurz nach 10:00 Uhr«, sagte Dr. Simon Profitlich in einem sehr scharfen Ton.

»Das sagen Sie jetzt bitte Herrn Bieler, und zwar in genau diesem Ton«, gab Charlie Keyser zurück. »Ihr werter Abteilungsleiter ist nämlich nicht in der Lage, meine Aufgaben auf andere Köpfe zu verteilen. Und ich denke, es ist Ihr Job, ihm das beizubringen. Und zwar möglichst bald, denn das Projekt fängt an und ich soll wenigstens vier Tage pro Woche dabei sein. Momentan sehe ich da schwarz.«

»Ist ja gut«, versuchte Dr. Simon Profitlich zu besänftigen. Doch Charlie Keyser hatte sich bereits in Rage geredet. »Und da fällt mir noch ein weiteres Projektziel ein: Einhalten von Vereinbarungen. Wenn ich mich so ganz dunkel erinnere, dann haben Sie Ihr Wort gegeben, dass wir zu 100 % im Projekt sind, von wegen

Wichtigkeit und Kontinuität und so weiter. Jetzt sind Sie gefordert. Und zwar dringend. Wenn Herr Bieler mich wegen jeder klitzekleinen Betriebssicherstellung ruft, dann wird er mich oft rufen. Und dann darf das Projekt eben auf mich verzichten.«

Dr. Simon Profitlich schüttelte den Kopf. »Beruhigen Sie sich doch, das kriegen wir schon hin.« Charlie Keyser schüttelte ebenfalls den Kopf, wollte etwas sagen, doch Helmut Adler kam ihm zuvor: »Das sehe ich auch so, Herr Dr. Profitlich. Ich brauche Charlie auf jeden Fall im Projekt. Ich weiß, dass es für die Abteilung schwer ist, auf Leute, die im Projekt sind, ganz oder wenigstens teilweise zu verzichten. Doch je eher Herr Bieler das lernt, desto besser.«

Dr. Simon Profitlich zuckte mit den Schultern.

Jetzt griff Anna Lembach ein: »Sie sind als Mentor, als Sponsor für dieses Projekt benannt worden. Ich gehe davon aus, dass das in Ihrem Interesse ist, und dass Sie diese Rolle aktiv wahrnehmen. Im Falle Charlie Keyser dürfen Sie sich zwischen zwei Problemen – dem Ja zum Projekt oder dem Ja zur Abteilung innerhalb der Hierarchie – entscheiden, und das ist keine angenehme Entscheidung. Doch ich fürchte, etwas anders gibt es nicht.«

»In Ordnung, ich rede mit Herrn Bieler«, gab Dr. Simon Profitlich nach.

»Wann?«, fragte Charlie Keyser.

»Früh genug«, antwortete Dr. Simon Profitlich. Er ließ sich nicht gern unter Druck setzen. »Herr Keyser, ich muss mir auch erst etwas einfallen lassen.«

»Darum bitte ich, denn das kann sonst in Stress ausarten. Und zwar auf meinem Rücken und dazu habe ich keine Lust.«

»Wir waren doch bei Ihren Zielen, Frau Matthies«, sagte Dr. Simon Profitlich, um endlich wieder zum ursprünglichen Thema zurückzukehren.

Julia Matthies erklärte ihre weiteren Ziele; es wurde nachgefragt, ergänzt, erweitert und gestrichen. Danach kam Charlie Keyser dran. Die Vorstellung der Ziele, die in seinen Verantwortungsbereich fielen, verlief zügig und gut. »Und dafür muss ich eben full time im Projekt sein. Am Anfang sind 80 % noch in Ordnung, später jedoch bitte 100 %«, schloss er seinen Vortrag.

»Das habe ich verstanden«, sagte Dr. Simon Profitlich.

Helmut Adler war inzwischen zur Pinwand gegangen, um seine Ziele vorzustellen. Auch das lief zügig, Dr. Simon Profitlich fragte, ergänzte, die anderen ergänzten ebenfalls. Helmut Adler stellte noch die erarbeiteten Nicht-Ziele vor, Dr. Simon Profitlich schüttelte den Kopf. Natürlich wollte er einige der Nicht-Ziele als Projektziele haben. Helmut Adler erläuterte den Unterschied zwischen Projektzielen und Unternehmenszielen. Dr. Simon Profitlich schüttelte immer noch den Kopf. »Wir machen das doch nicht zum Selbstzweck. Natürlich will ich den Umsatz steigern. Sonst bräuchte ich dieses Projekt doch nicht zu machen.«

Anna Lembach mischte sich ein: »Sie wollen also eine Umsatzsteigerung mit Projektende erreichen. Schauen wir mal, was sich da machen lässt. Wenn am 31. Dezember 2012 das Projekt fertig ist und die Mitarbeiter in den Filialen mit den neuen PCs und der neuen Software arbeiten, dann soll Ihrer Meinung nach der Umsatz bereits gestiegen sein. Wie viel Prozent schwebt Ihnen denn vor?«

»Vielleicht noch nicht am 31. Dezember 2012, aber danach.«

»Wann genau danach?« Anna Lembach ließ nicht locker. »Sehen Sie, wenn wir das in diesem Projekt berücksichtigen wollen, dann brauchen wir hier ebenfalls eine klare Zieldefinition. Ich bin mit Ihnen einer Meinung, dass Sie dieses Projekt nur machen, um langfristig den Umsatz beziehungsweise den Gewinn der H.UMOR AG zu steigern. Kann es sein, dass es sich dabei um ein eigenständiges Projekt handelt? Ein Projekt mit einem Titel: *Langfristige Umsatzsteigerung bei der H.UMOR AG mit IT-Unterstützung*?«

Dr. Simon Profitlich nickte zustimmend. »Ja, das macht Sinn. Aber es wäre doch schön, wenn Sie am 31. Dezember 2012 den Umsatz mit diesem Projekt gesteigert hätten«, sagte er und lächelte vielsagend. »Gut, ich sehe es ein, für die Umsatzsteigerung will ich dieses Projekt nicht auch noch verantwortlich machen. Ich glaube, das war eines der Probleme bei früheren Projekten, dass wir die total überladen haben und uns dann gewundert haben, dass sie gegen die Wand gefahren sind. Und genau das wollen wir hier nicht.«

Dr. Simon Profitlich machte sich Notizen; Helmut Adler beendete die Präsentation seiner Ziele: »Und damit haben wir alle Ziele und auch die Nicht-Ziele. Fallen Ihnen noch weitere ein?«

Charlie Keyser reichte noch einige Karten an Helmut Adler: »Die sind mir noch eingefallen. Ihretwegen, Frau Lembach, habe ich heute Nacht bereits davon geträumt!«

»Wie praktisch, dann haben wir Sie jetzt schon zu 100 % im Projekt, tagsüber zu 80 % und die restlichen 20 % nachts!«, sagte sie und zwinkerte Charlie Keyser zu. »Lassen Sie uns die Karten an der Pinwand einsortieren.« Gemeinsam diskutierten alle und sortierten die neuen Karten in die bestehenden Kategorien an der Pinwand.

»Und damit sind die Ziele für heute definiert. Es werden sich im Laufe der Zeit noch Ergänzungen oder Änderungen ergeben, doch das hier ist das Fundament.«

Dr. Simon Profitlich meldete sich zu Wort: »Sie haben doch erst gestern mit diesen Definitionen angefangen, nicht wahr?« Alle nickten. »Und bereits nach einem Tag sind Sie fertig! Find' ich klasse!« Dr. Simon Profitlich wandte sich an Helmut Adler: »Sie haben sich da eine tolle Crew zusammengestellt. In einem Tag, meine Damen, meine Herren, klasse Leistung. Weiter so. Und die Investition in die Beraterin hat sich gelohnt. Sie ist ihr Geld wert. Ich bin wirklich sehr zufrieden, nein, das ist nicht das richtige Wort, ich bin begeistert. Und ich freue mich auf das Projekt.«

Charlie Keyser blickte verlegen im Raum herum: »Ob das der richtige Moment ist, unseren Vorstandsvorsitzenden daran zu erinnern, dass er sich noch mit dem Gesamtbetriebsrat zusammensetzen muss?«

»Ja«, seufzte Dr. Simon Profitlich. »Herr Adler hat mich schon vorgewarnt. Doch im Moment will ich diese tollen Ergebnisse erst einmal genießen. Der Betriebsrat ist später dran.«

Nach einer kurzen Pause, während der die Projektmitglieder von Dr. Simon Profitlich mit Lob nochmals überschüttet wurden, sagte Anna Lembach: »Ich möchte Ihnen ein kleines Ritual vorschlagen. Aus Projektsicht sind der Vorsitzende des Lenkungsausschusses, der Projektleiter und alle Teilprojektleiter hier, also alle relevanten Personen. Was halten Sie davon, Ihre Unterschriften unter diese Ziele zu setzen?«

»Das haben wir doch neulich schon mal gemacht«, sagte Dr. Simon Profitlich.

»Eigentlich unterschreibe ich ja nichts ohne meinen Anwalt«, sagte Thomas Hartmann lächelnd. Alle unterschieben auf der Pinwand.

»Das hat jetzt so richtig Gewicht, so richtig verpflichtend ist das, finden Sie nicht auch?«, fragte Julia Matthies. »Das hätten wir auch schon früher in dem einen oder anderen Projekt machen sollen.«

»Komisch, mit unseren Lieferanten machen wir immer Verträge, manchmal feilen die Anwälte wochenlang an einem Satz, nur intern... Ich glaube, da können wir noch besser werden«, sagte Dr. Simon Profitlich. »Eine Frage: Brauchen Sie mich eigentlich noch?«

Anna Lembach stellte das weitere Vorgehen vor und man kam überein, dass man ihn bei Bedarf rufen würde. Er packte seine Sachen zusammen, dankte noch einmal für die vorzügliche Zusammenarbeit und die guten Ergebnisse und ging.

»Mein Vorschlag: Wir fangen mit der Abhängigkeitsanalyse, also den Abhängigkeiten zwischen den Zielen, an. Sind Ihnen da welche eingefallen?«

Gemeinsam legten sie die Ziele fest, die voneinander abhängig waren, bei denen das Erreichen eines Zieles das Erreichen eines anderen Zieles

- positiv beeinflusst, also erleichtert oder verstärkt oder
- negativ beeinflusst, also mit ihm konkurriert oder es sogar unmöglich macht.

Viele Ziele waren es nicht. Wieder war die Online-Host-Anbindung und die damit verbundenen Antwortzeiten für den Anwender Gegenstand der Diskussion. Doch es entbrannte längst kein so loderndes Feuer mehr wie am Vortag.

»Ich denke, wir können es dabei bewenden lassen«, schlug Anna Lembach vor.

»Viele Abhängigkeiten zwischen Zielen gibt es nicht. Diese Wenigen werden Sie im Auge behalten.«

»Schade, ich hätte so gern eines von den Tools eingesetzt. Da gibt es doch bestimmt auch etwas für die Abhängigkeitsanalyse«, sagte Charlie Keyser.

»Bestimmt, doch ich habe keine Lust, meine kostbare Zeit mit diesen Tools zu verbringen, die leider doch nur abstürzen oder Fehler produzieren«, antwortete Julia Matthies.

»Streiten Sie sich nicht«, griff Helmut Adler ein. »Sie werden noch früh genug Ihre helle Freude und Ihre größten Schmerzen mit diesen Tools bekommen. Lassen Sie uns mit Pinwand und Flipchart weitermachen, da können wir nicht viel verkehrt machen. Das hat auch seine Vorteile. Was kommt jetzt noch, Frau Lembach? Eigentlich sind wir doch fertig.«

»Noch nicht ganz, es fehlt noch die Einigung über die Dokumentation der Ziele«, antwortete sie. »Hat jemand von Ihnen Vorlagen für die Dokumentation von Zielen gefunden?«

»Sie vergessen auch wirklich nichts«, scherzte Helmut Adler.

»Nein, nicht wirklich.«

»Ich muss gestehen, ich habe das Vorgehensmodell wie auch das Projekthandbuch schon eine Weile nicht mehr in der Hand gehabt, so gut kenne ich mich da nicht mehr aus. Doch auf die Schnelle habe ich heute Morgen nichts zum Thema Dokumentation von Zielen gefunden.«

Alle anderen schüttelten ebenfalls den Kopf.

Charlie Keyser sagte: »Wofür haben wir eigentlich diese *Meterware an Papier*?« Damit meinte er offensichtlich das Vorgehensmodell.

»Lass' gut sein, Charlie«, antwortete Helmut Adler.

»Ja, das ist oft ein Manko von Vorgehensmodellen. Bei den Zielen und bei der Dokumentation von Zielen sind sie eher dünn«, sagte Anna Lembach.

Julia Matthies sagte: »Aus einem früheren Projekt habe ich diese Vorlage noch.« Sie verteilte Fotokopien. »Da steht aus meiner Sicht das Wichtigste drin.«

• Bezeichnung des Zieles	• ~~~ ~~~~~~~
• ausführliche Beschreibung des Zieles	• ~~~~~~~ ~~~
• Besonderheiten - Antwortzeiten - Kapazitäten - Lasten - Speicherplatz - ...	• ~~~~~~~~~ ~ - ~~ ~~ ~~~ ~~ - ~~~ ~~ ~ ~~ - ~~~ ~ ~~~ ~ - ~~~ ~~~~~ ~~
• Maßstab für Zielerreichung	• ~~~~ ~~~ ~~
• Abhängigkeiten zu anderen Zielen	• ~~ ~~~ ~~

Abbildung 7: Dokumentation der Ziele

»Was halten Sie davon?«, fragte sie in die Runde.

»Was genau ist mit *Maßstab für Zielerreichung* gemeint?«, fragte Thomas Hartmann. »Ich stelle mir vor, dass das bei jedem Ziel anders ist.«

»Ja klar. Bei Ihnen in der Hardware geht es vor allen Dingen um Zahlen, Daten und Fakten. Diese sind dann der Maßstab für die Zielerreichung. Wenn ich bei mir an die gut geschulten Anwender denke, muss ich ein wenig mehr Text schreiben und mir genau überlegen, was einen *gut geschulten Anwender* ausmacht.«

»Sie können an dieser Stelle auch fragen: Woran messen wir oder woran stellen wir fest, dass wir das Ziel erreicht haben oder dass wir erfolgreich waren«, ergänzte Anna Lembach. »Jedes Ziel hat seinen eigenen Maßstab. Gerade bei den weichen Zielen, denen man mit Zahlen, Daten und Fakten nicht so gut beikommt, ist es wichtig, ebenfalls einen Maßstab zu definieren. Das kann manchmal etwas aufwändiger sein. Doch schließlich wollen Sie ja am Ende des Projektes auch den Zielerreichungsgrad ermitteln. Und das geht nur dann, wenn Sie einen Maßstab definiert haben«, ergänzte sie. Sie schaute auf das Display ihres Notebooks und sagte: »Ich habe mal schnell in die Zieldefinitionen geschaut, die ich hier so auf meinem Notebook habe. Da steht auch nicht mehr drin. Begriffe wie Antwortzeiten, online synchron oder asynchron, offline, batch, Servicezeiten, Ausfallsicherheit sind bei Ihnen unter Besonderheiten zusammengefasst. Ich denke, das ist es. Aber vielleicht haben Sie ja noch Fragen oder Ergänzungen.«

Die anderen schüttelten den Kopf. »Dann ist mein Vorschlag, dass Frau Matthies diese Vorlage an Sie verteilt, und Sie dokumentieren damit Ihre Ziele.«

»Was, ich soll das machen?«, fragte Charlie Keyser völlig entrüstet. »Ich habe noch Tagesgeschäft. Und übrigens, dafür haben wir Berater.«

»Ich werde Ihren Job nicht machen.« Anna Lembach ließ sich nicht aus der Ruhe bringen. »Ich kann Ihnen diese Aufgabe noch nicht einmal abnehmen, weil ich inhaltlich überhaupt nicht im Thema stecke. Das ist Ihre Aufgabe. Das ist und bleibt so!«

»Sag' du was, Chef«, Charlie Keyser wandte sich an Helmut Adler. Doch der zuckte nur mit den Schultern. »Ich sehe das auch so, jeder dokumentiert seine Ziele.«

»Bis wann?«, fragte Anna Lembach.

»Sie lassen wirklich nicht locker; das muss ich Ihnen lassen«, sagte Helmut Adler. »Bis wann ist das realistisch?« Er blickte erst in die Runde, dann, wie alle anderen auch, in den Terminkalender. Sie einigten sich auf einen Termin, den sich Anna Lembach ebenfalls notierte.

»Soll dann ein Review, eine inhaltliche Überprüfung der Dokumentation gemacht werden?«, fragte sie. Alle blickten erst sie, dann Helmut Adler an.

»Ist das notwendig?«, fragte er unschlüssig.

»Ja und nein. Einerseits kostet es Zeit. Auf der anderen Seite sind Sie als Projektleiter für die Zielerreichung verantwortlich. Und da ist es schon wichtig, genau zu wissen, worauf Sie sich en détail einlassen. Die Entscheidung liegt bei Ihnen.«

»Also, gut. Wenn Sie fertig sind, mailen Sie mir die Dokumentation, ich lese sie dann gegen, dann sind wir auf jeden Fall auf der sicheren Seite.« Helmut Adlers Vorschlag wurde angenommen; die Termine für das Fertigstellen der Dokumentation noch einmal am Flipchart notiert.

»Und damit sind wir doch hoffentlich mit der Zieldefinition fertig?« Helmut Adlers Frage ließ eigentlich nur ein *Ja* zu.

»Ja, die Zieldefinition ist fertig«, antwortete Anna Lembach. »Und da wir noch ein wenig Zeit haben, schlage ich vor, dass wir mit der Risikoanalyse anfangen.«

»Ohne mich«, sagte Charlie Keyser. »Ihr Berater, Ihr seid doch alle gleich. Powern bis zum Umfallen und wir armen Mitarbeiter, wir kriechen dann nur noch auf dem Zahnfleisch. Nein, mir reicht es jetzt nach gut 1 ½ Tagen. Wir können gern einen Termin für die Risikoanalyse ausmachen. Aber nicht mehr heute.«

»Seufzen Sie ruhig, Frau Lembach«, sagte Helmut Adler. »Sie haben einen wirklich guten Job gemacht, und ich hätte nicht gedacht, dass wir in dieser kurzen Zeit die gesamten Ziele fertig haben, dass wir so gut und so schnell durchkommen. Doch Charlie Keyser hat Recht. Sie dürfen uns wirklich mal eine Verschnaufpause gönnen. Mag ja sein, dass Sie unbegrenzte Energie und unendliche Kraftreserven haben. Ich bewege mich da eher in der Endlichkeit; ich brauche jetzt eine Pause.«

»Sie wissen ja: *Es gibt unendlich viele Möglichkeiten, einen halben Tag im Projekt zu vertun – doch es gibt keine Einzige, ihn wieder zurückzubekommen*«, sagte Anna Lembach lakonisch.

»Moment mal, wir arbeiten hier hoch konzentriert und wollen den Rest des Tages einfach für uns.« Thomas Hartmann holte tief Luft. »Und Sie nehmen das Wort *vertun* ganz lässig in den Mund. Ich finde das erstens nicht sonderlich fair und wertschätzend uns gegenüber; wir haben hier immerhin Knochenarbeit geleistet und zweitens: *Sag mir, wie dein Projekt startet, und ich sage dir, wie es endet.* Jetzt sind Sie dran.«

»Ist ja schon gut. Ich finde, dass Sie hier einen ganz tollen Job gemacht haben. Ich wollte lediglich die verbleibende Zeit intensiv nutzen und ...« Sie konnte ihren Satz nicht zu Ende führen.

»Nein, jetzt keinen Streit«, Julia Matthies griff besänftigend ein. »Ich habe schon mal in meinen Kalender geschaut. Wie sieht es bei Ihnen mit einem Termin für die Risikoanalyse aus?«

Alle einigten sich auf einen Termin. »Vielen Dank«, sagte Anna Lembach. »Ich schreibe auch freiwillig das Protokoll dieser Besprechung. Heute Abend, spätestens morgen Mittag haben Sie es. Dann wünsche ich Ihnen viel Erfolg bei der Dokumentation. Und nochmals vielen Dank für die konstruktive Zusammenarbeit.«

Rituale - Pünktlichkeit

»Wie wollen Sie eigentlich mit dem Thema *Pünktlichkeit* im Projekt umgehen?«, fragte Anna Lembach, als sie in Helmut Adlers Büro waren. »Ich habe beobachtet, dass viele pünktlich sind, einige aber auch nicht, doch man wartet meist höflich auf sie.«

»Na, so ist das halt«, entgegnete Helmut Adler. Er wirkte ein wenig müde. »Meist ist ja irgendetwas dazwischen gekommen. Die Mitarbeiter bemühen sich schon, pünktlich zu sein. Doch Sie kennen das ja, dann kommt ein Anruf vom Chef und sofort lässt man alles stehen und liegen.«

»Und wie wollen *Sie* damit im Projekt umgehen?«

Helmut Adler zog die Schultern hoch. »Was schlagen Sie vor?«

»Nun, das Thema *Pünktlichkeit* ist ein heißes Eisen. Für mich hat es viel mit Wertschätzung den anderen gegenüber zu tun. Wie wichtig sind mir die anderen wirklich? Diejenigen nämlich, die schon im Besprechungsraum sitzen und darauf warten, dass es losgehen kann.« Sie blickte ihn nachdenklich an. »Und es stellt sich mir immer wieder die Frage: Warum sollen die, die pünktlich sind, auf die Person warten, die zu spät kommt?«

»Was hätten wir denn Ihrer Meinung nach machen sollen, bei dem Ziele-Workshop, als Charlie von seinem Chef festgehalten wurde. Ich glaube nicht, dass Charlie da irgendeine Chance hatte, seinem Chef klar zu machen, dass er jetzt in eine Besprechung muss.«

»Vielleicht hatte er das wirklich nicht. Doch er hat auch nicht angerufen und gesagt, dass es später wird. Bedenken Sie, wir hatten immerhin den Vorstandsvorsitzenden dabei. So gesehen war die Situation klasse, der Vorstandsvorsitzende persönlich bekommt die Projektschwierigkeiten mit und ist gefordert, selbst aktiv zu werden. Zurück zum Thema Pünktlichkeit und der Frage, wie Sie damit umgehen wollen.«

»Generell bin ich für Pünktlichkeit, aber auf ein paar Minuten soll es mir nicht ankommen.«

»Das heißt, die, die pünktlich sind, werden damit bestraft, dass sie warten müssen auf die, die nicht anwesend sind.« Anna Lembach lehnte sich mit provokativ verschränkten Armen zurück.

»Nun seien Sie doch nicht so genau.«

»*Sag mir, wie dein Projekt startet, und ich sage dir, wie es endet.* Ist Ihnen eigentlich klar, dass durch schlechtes Zeitmanagement, und dazu zähle ich auch das Zuspätkommen, Tage, Wochen und Monate verbraten werden, ohne dass Sie einen Nutzen davon haben? Am ersten Tag des Ziele-Workshops haben wir 5 Minuten später als geplant angefangen. Charlie Keyser fehlte. Wir waren zu viert und das macht genau 20 Minuten hochkostbare Projektzeit, die so mir nichts dir nichts, einfach den Bach runter gegangen sind. Sie können das locker auf ein ganzes Projekt hochrechnen. Und ich vermute, auch Sie werden über die nicht-produktive Zeit, verursacht durch Zuspätkommen, doch sehr überrascht sein. Also, wie wollen Sie damit umgehen?«

Helmut Adler war nachdenklich. »Unproduktive Zeit, das klingt ja nicht gerade freundlich. Darüber muss ich in Ruhe nachdenken. Wie gehen Sie eigentlich mit Unpünktlichkeit um?«

»Wenn ich auf andere warten soll, dann fange ich einfach an. Sie wissen ja: *Wer zu spät kommt, den bestraft das Leben*. Fehlen wichtige Personen, auf die ich auf keinen Fall verzichten kann, dann rufe ich an oder lasse anrufen. Spätestens beim zweiten Zuspätkommen spreche ich das Thema an. Und lasse die Gruppe Regeln erarbeiten, wie sie damit umgehen will. Eine sinnvolle Regel ist beispielsweise anzurufen, wenn es wirklich mal auf die Minute nicht klappen sollte. Dann wissen die anderen wenigstens Bescheid. Und sie fühlen sich wertgeschätzt. Ansonsten ist es blanke Ignoranz den Kolleginnen und Kollegen gegenüber.«

»Harte Worte.«

»Ehrliche Worte.«

Nach einer kleinen Pause fuhr sie fort: »Denken Sie einfach darüber nach, wie Sie mit dem Thema umgehen wollen. Denn so wie Sie damit umgehen, so wird das gesamte Projekt später auch damit umgehen. Der Projektanfang ist immer eine gute Möglichkeit, Signale zu setzen und zu verankern. Wenn Sie am Anfang lax damit umgehen und später versuchen, Stil hinein zu bringen, wird das ungleich schwieriger.«

»Ich überleg' mir was.«

Das war harte Kost für Helmut Adler. Gemütlich würde es mit dieser Beraterin bestimmt nicht. Doch ihm würde etwas einfallen.

Risikomanagement

Der Ziele-Workshop war klasse gelaufen und im Team war danach eine ausgezeichnete Stimmung. Helmut Adler freute sich auf die nächste Besprechung. Er fühlte sich kraftvoll, hatte Lust, weiter anzupacken.

Alle waren diesmal pünktlich. *Manchmal muss man die einfachsten Selbstverständlichkeiten nur mal wieder in Erinnerung rufen*, dachte er.

»Die Risiken unseres Projektes stehen heute auf der Tagesordnung. Wie wollen wir da vorgehen?«, eröffnete Helmut Adler die Besprechung.

»Wenn wir für die Dauer des Projektes keine Kekse bekommen, dann kann das zum Risiko werden.« Charlie Keyser musste sich offensichtlich erst einmal warm reden. »Nein, Spaß beiseite, wenn die Ausstattung im Projekt nicht stimmt, und dazu gehören eben auch Kekse, dann kann das zum Risiko werden.«

»Charlie Keyser, lassen Sie es gut sein. Das mit den Keksen, das kriegen wir schon hin, und das ist bestimmt kein Risiko. Denn wenn sie fehlen, dann wird deshalb nicht das ganze Projekt untergehen«, hielt Julia Matthies dagegen.

»Aber unser Job ist verdammt schwierig in diesem Projekt, das ist schon ein Risiko, das alles so zusammenzubringen, dass da am Schluss auch das dabei herauskommt, was Profitlich sich vorgestellt hat. Eigentlich ist unser Job ein einziges Risiko und die Hardware-Aktivitäten und die Software-Aktivitäten auch, und ...«, Charlie Keyser hielt inne. »Eigentlich ist das ganze Projekt ein einziges Risiko, weil alles ziemlich komplex und schwierig ist. Na ja, und der Termin ist sowieso ein Risiko.«

Jetzt ergriff Anna Lembach das Wort: »Der Termin ist ein Ziel dieses Projektes und damit kein Risiko. Ein Risiko trifft ein Projekt von außen. Es kann für das Projekt schwierig werden, wenn das Risiko eintritt. Allerdings können Sie Maßnahmen festlegen, die Sie vor oder beim Eintreten des Risikos ergreifen. Dann tut es vielleicht nicht mehr ganz so weh.«

»Aber wir haben hier verdammt viel Komplexität im Projekt, ich glaube, Sie unterschätzen das. Diese Komplexität ist für mich ein einziges Risiko.«

»Also, noch einmal«, wiederholte Anna Lembach. »Nicht, weil irgendetwas komplex oder schwierig ist oder schwierig zu sein scheint, ist es gleich ein Risiko. Ein Risiko trifft das Projekt von außen. Das kann dann sehr unangenehm werden. Ein Risiko wird das Projekt auf jeden Fall behindern, es im ungünstigsten Fall lahm legen. Auch wenn Sie noch so gut auf das Risiko vorbereitet sind, Sie können das Risiko allenfalls mindern, es aber nicht ausschließen. Risiken gibt es in den folgenden Kategorien.«

Risiko

- Personalausfall
- Lieferantenverzögerung oder -ausfall
- Produkt unbekannt
- Schnittstelle unbekannt
- Kompatibilitätsschwierigkeiten
- Hardware / Software ändert sich während der Laufzeit
- Gesetze ändern sich
- Politik (Betriebsrat, graue Eminenz, Umfeld)
- Schweigen

Abbildung 8: Risiko-Kategorien

»Und was ist, wenn wir den Termin nicht halten können?« Charlie Keyser ließ nicht locker. »Das ist ja durchaus möglich.«

»Noch einmal, ein Risiko ist etwas, das das Projekt auf dem Weg zum Ziel von außen mehr oder weniger volle Breitseite treffen kann. Es ist vorher nur mit einer Eintrittswahrscheinlichkeit abschätzbar. Sie können versuchen, das Risiko zu mindern. Sie können Maßnahmen bereithalten und ergreifen, wenn das Risiko eingetreten ist. Doch Sie können mir nicht glaubhaft machen, dass der Endtermin, der 31. Dezember 2012, Sie volle Breitseite erwischen kann. Denn er ist ein Ziel, also kein Risiko. Es ist Ihre Aufgabe, alles dafür zu tun, dass dieser Termin eingehalten wird. Oder es wohlbegründet zu kommunizieren, warum der Termin nicht zu halten ist. Doch ich persönlich würde erst einmal mit dem Projekt und der Projektplanung anfangen, bevor ich diese Geschütze auffahre.«

Und schon hatte Anna Lembach eine Pinwand zu sich herangezogen.

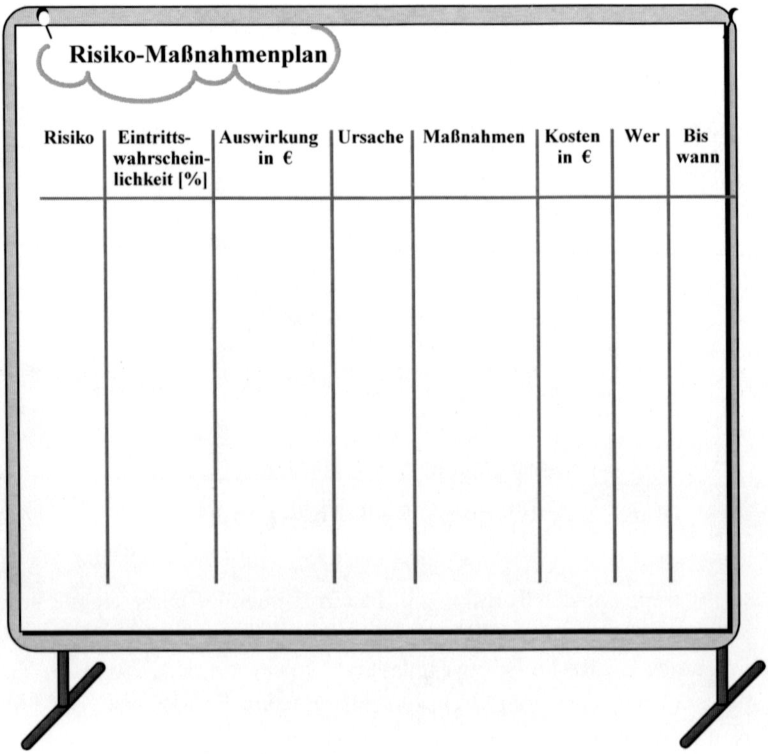

Abbildung 9: Risiko-Maßnahmenplan

»Also meine Dame, meine Herren – benennen Sie die Risiken Ihres Projektes.« Anna Lembach bezog vor der Pinwand Position, den Stift in der Hand. »Bedenken Sie immer: Es ist riskanter, nichts zu unternehmen, als ein Risiko und geeignete Maßnahmen aktiv anzugehen.«

Allmählich kamen die ersten Risiken: Ausfall durch Krankheit, Betriebssicherstellung (das Lieblingswort in den Abteilungen: damit konnte man bei der H.UMOR AG ganze Projekte lahm legen, indem man als Abteilungsleiter die Leute aus dem Projekt eben für diese Betriebssicherstellung abzog), Lieferschwierigkeiten bei der Hardware, Lieferschwierigkeiten bei anderen Software-Lieferanten, die Fachabteilung mit ihren tausend Extra-Wünschen. Anna Lembach wiegte den Kopf von der einen auf die andere Seite. »Eigentlich ist das ja kein echtes Risiko, was von außen kommt«, stellte sie fest.

»Und ob das von außen kommt!«, fast gleichzeitig konterten Julia Matthies und Helmut Adler. »Und noch dazu mit einer hohen Eintrittswahrscheinlichkeit, extremen Auswirkungen und hochgradig unberechenbar. Die sind wirklich in der Lage, ein ganzes Projekt gegen die Wand zu fahren. Auf die müssen wir ein Auge haben.«

»Okay, Sie haben mich überzeugt«, gab Anna Lembach nach, als Julia Matthies gerade kurz Luft holen wollte. Sie fuhr fort: »Es kann sein, dass Ihnen in den nächsten Tagen weitere Risiken einfallen. Mein Vorschlag: Ich erstelle aus diesem Ergebnis eine Tabelle, stelle sie auf den zentralen Server und jeder kann die Tabelle ergänzen. Wenn Ihnen schon Maßnahmen einfallen, die im Falle des Eintreffens eines Risikos zu ergreifen sind, dann tragen Sie das bitte in diese Tabelle ein.«

»Und wer behält die Risiken im Auge?« Julia Matthies blickte fragend in die Runde. »Mal ehrlich, wir sind mit dem Planen und dem Steuern des Projektes vollauf beschäftigt. Ich habe da nicht immer alle Risiken gleichzeitig im Kopf. Auch wenn das mein Job ist. Was haltet Ihr von einem Risikobeauftragten für das Projekt, einer, der nur die Risiken im Blick behält? Nur schaut, ob ein Risiko dem Projekt gefährlich nahe kommt?«

»Und wie soll das gehen? Was soll die Person den lieben langen Tag machen?« Thomas Hartmann war bisher sehr ruhig gewesen. »Ich meine, die Person kann ja nicht von all unseren Themen gleichzeitig Ahnung haben. Das müssen wir, die Teilprojektleiter, schon selbst machen.«

Julia Matthies fragte nach: »Und, haben Sie die Risiken wirklich immer alle gleich gut im Auge? Auch so, dass Sie sie frühzeitig erkennen?«

»Ja.«

»Ich wünsch' mir manchmal, dass außer mir auch noch jemand zusätzlich auf die Risiken schaut. War eben so ein Vorschlag, das mit dem Risikobeauftragten.«

»Ich finde die Idee erst einmal neu und ungewohnt. Lassen Sie uns darüber nachdenken«, Helmut Adler hing seinen Gedanken nach. »Klar ist, dass im Tagesgeschäft einiges untergeht. Und gerade beim Risiko, da sollten wir besonders achtsam sein. Was wir brauchen, sind Frühwarnindikatoren für Risiken, also Signale, die uns anzeigen, dass das Projekt justament auf ein Risiko zuläuft.«

»Was halten Sie davon, die obige Tabelle um die Spalte *Frühwarnindikatoren* zu erweitern?«, schlug Anna Lembach vor.

»Das ist ein guter Vorschlag. Akzeptiert. Doch wer kennt außer mir diese Frühwarnindikatoren? Wer achtet mit darauf, ob wir auf ein Risiko zulaufen?« Julia Matthies schaute zur Decke und fuhr fort: »Hier ist jeder Mitarbeiter gefordert. Vielleicht fällt Ihnen bis zum nächsten Mal zusätzlich noch etwas ein.«

»Apropos, nächstes Mal«, sagte Charlie Keyser. »Wann und wo treffen wir uns? Und was machen wir dann?«

Alle schauten in ihre Kalender. In der kommenden Woche wurde ein ganzer Tag geblockt. Dann sollte bereits mit der Planung angefangen werden.

Helmut Adler war begeistert: *Wir kommen wirklich wunderbar voran.*

Veränderungen durch das Projekt

»So schnell haben wir noch nie die Ziele und Risiken eines Projektes definiert«, lobte Helmut Adler. »Ich bin begeistert. Vielen Dank, Frau Lembach.«

»Haben Sie sich eigentlich schon Gedanken darüber gemacht, welche Veränderungen das Projekt im Unternehmen nach sich zieht?«, fragte sie.

Helmut Adler sah sie fragend an.

»Es ist immer gut zu wissen, welche Veränderungen auf Sie oder auf das Unternehmen zukommen. Manchmal gibt es da ein böses Erwachen: Die Software ist ausgeliefert, doch die Mitarbeiter sind leider nicht geschult. Oder die Abteilungen werden per Zufallsprinzip neu zusammengewürfelt und keiner findet sich mehr zurecht. Oder die Anwender sind nur noch damit beschäftigt, sich in der neuen Software zurechtzufinden, da stört jeder interne oder externe Kunde. Oder der Rechungsanstoß klappt nicht mehr. Oder die Lohnabrechnung kommt in eine Endlos-Warteschleife, weil die Geschäftsprozesse noch nicht definiert sind. Oder, oder ...«

Helmut Adler winkte ab und nickte: »Alles schon da gewesen. Ich weiß. Diese Fälle hatten wir alle schon.«

»Lassen Sie uns schnell einen Blick auf das *Hexagon of Change* werfen, dann wissen wir sofort, worauf wir noch ein besonderes Augenmerk haben müssen.« Sie skizzierte ein Sechseck, in das sie immer kleiner werdende Sechsecke zeichnete. »Das Sechseck zeigt den Grad der Veränderung an.«

- keine Veränderung
- mittlere Veränderung
- große Veränderung
- radikale Veränderung

Sie deutete dabei auf der Skizze von innen nach außen. »Das muss jetzt nicht auf den Millimeter genau sein, nur ganz grob, damit wir ein Gefühl für die Veränderungen bekommen.«

Gemeinsam zeichneten sie den Grad der Veränderung in den Bereichen Anwendung, Technologie, Daten, Standort, Organisation und Geschäftsprozesse ein.

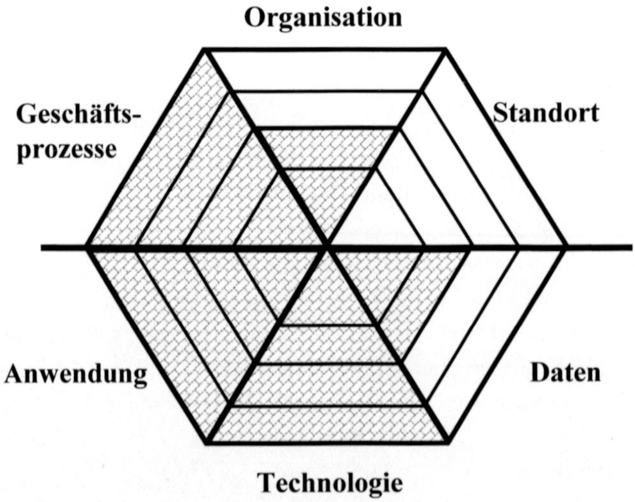

Abbildung 10: Hexagon of Change

»Im unteren Bereich sind die Veränderungen im IT-Bereich«, erklärte Anna Lembach. »Das haben wir sowieso gut im Blick. Im oberen Bereich sind die Veränderungen in der Organisation angesiedelt«, sie blickte Helmut Adler fragend an. »Wer passt die Veränderung bei den Geschäftsprozessen später im Unternehmen an?«

»Gute Frage, für den Bereich Betriebsorganisation ist Tim Lenze, Leiter der IT, zuständig. Doch vermutlich nur für die Dokumentation.«

»Doch wenn es auf dem Papier steht, dann kennen es die Mitarbeiter noch nicht unbedingt. Wer erklärt ihnen die geänderten Geschäftsabläufe?«

»Nun, einen Teil werden wir in den Anwender-Schulungen vermitteln.«

»Damit decken Sie aber nur den IT-bezogenen Teil der Geschäftsprozesse ab«, bemerkte Anna Lembach berechtigterweise.

»Ich weiß.«

»Gemäß diesem Diagramm ändert sich zusätzlich ein Teil der Aufbau- und ein großer Teil der Ablauforganisation. Nach meiner Erfahrung ist es sinnvoll, die Veränderungen in den Bereichen Aufbau- und Ablauforganisation, also bei den Geschäftsprozessen, in einem eigenen Teilprojekt durchzuführen, nämlich im *Change-Management*. Wenn das ein Teilprojekt dieses Projektes ist, dann können die organisatorischen und die IT-Veränderungen Hand in Hand umgesetzt werden.«

»Und wenn nicht?«

»Dann sind Sie erfahren genug, um zu wissen, dass Sie die Realität spätestens nach Auslieferung der Hard- und Software einholen wird: ungeklärte Zuständigkeiten, ungeklärte organisatorische Zuordnungen, unklare Abläufe. Fragen über Fragen, die die Anwender spätestens in der Schulung stellen werden. Wenn diese Fragen nicht bis zum Rollout geklärt sind, kann das den Vorteil dieses Projektes zunichte machen. Sie wissen schon: Nichts kann den Erfolg eines Projektes so sehr ad absurdum führen wie frustrierte oder wütende Anwender.«

»Wir haben einen Bereich im Unternehmen, der sich nur mit Change-Management beschäftigt, das sind Jörg Wechsler und sein Team. Ich werde Kontakt mit ihm aufnehmen.« Helmut Adler dachte nach. »Was passiert eigentlich, wenn wir die Projekte nacheinander machen?«

»Höhere Kosten«, Anna Lembach lehnte sich zurück. »Und vermutlich viel Ärger bei den Anwendern. Denn Anwender wollen respektvoll und wertschätzend behandelt werden. Sie können es absolut nicht leiden, wenn man sie überrollt und sie mit ihrem Schicksal allein lässt. Wenn es doch passiert, dann präsentieren sie Ihnen die Rechnung. Und die ist erfahrungsgemäß sehr hoch.«

»Höher vermutlich, als wenn wir das gleich von Anfang an berücksichtigen.« Helmut Adler wirkte nachdenklich.

Projektname

»Wie heißt das Projekt eigentlich?«, fragte Anna Lembach. Ihre Frage schien nicht gerade auf großes Verständnis zu stoßen.

»Versteh' ich nicht«, sagte Charlie Keyser.

»Jedes Projekt braucht einen Namen, um es benennen zu können. Gleichzeitig steckt auch ein Stück Corporate Identity dahinter. Das Projekt ist die tägliche Arbeit für alle Teammitglieder. Und da braucht jeder einfach ein bisschen Identifikation, die man auch beim Namen nennen kann.«

»Ach so, Sie meinen einen Projektnamen, wie damals PROFI oder EDV2000 oder so«, sagte Charlie Keyser. »Da finden wir bestimmt schnell einen Namen.«

»Projekt zur Einführung neuer Hard- und Software in den Filialen. Kurz: PEHSF. Wie finden Sie das?«, fragte Thomas Hartmann. Und erntete damit nur Kopfschütteln. »Na gut, es war ein Versuch.«

»Das muss doch zu machen sein, dass wir in kurzer Zeit einen Namen finden«, sagte Julia Matthies.

»Wieso wollen Sie sich unter Druck setzen?«, fragte Anna Lembach. »Kreative Ideen entstehen selten unter Zeitdruck. Gönnen Sie sich doch den Luxus, in Ruhe darüber nachzudenken. Sie müssen ja nicht gleich heute eine Antwort finden. Ich persönlich finde es nur schön, möglichst frühzeitig einen Namen zu haben - einen ansprechenden, wenn's geht. Das ist ein Stück Corporate Identity für das Projekt.«

»Ich unterstütze das«, sagte Helmut Adler. »Mailen Sie mir bitte Ihre Vorschläge bis zum nächsten Mal zu. Und dann suchen wir bei der nächsten Besprechung einen Namen aus.«

»Was gibt es zu gewinnen?«, fragte Charlie Keyser.

»Der Gewinner muss diesmal was ausgeben«, schlug Julia Matthies vor, »ich stehe auf Gummibärchen, Lakritze und Eis.«

Phasen und Teilprojekte

Die Zieldefinitionen waren fertig. Die Teilprojektleiter und Helmut Adler hatten sich mächtig ins Zeug gelegt, um mit den Dokumentationen termingerecht fertig zu werden. Helmut Adler hatte noch die Diskussion zum Thema Pünktlichkeit im Hinterkopf, deshalb hatte er mit jedem Einzelnen geredet. Für Charlie Keyser war das eine ungeliebte Disziplin. Doch er hatte Besserung gelobt. Und war tatsächlich als Erster mit den Zieldefinitionen fertig. Helmut Adler hatte zusammen mit ihm überlegt, was darin stehen müsste und wie detailliert. Die eigentliche Dokumentation hatte dann Christian Ruther, ein Mitarbeiter aus Charlies Team, gemacht. Der Review, die inhaltliche Überprüfung der Zieldefinition, war somit leicht, denn Christian Ruther war ein sehr erfahrener Mitarbeiter, er verstand sein Metier.

Das Überprüfen der Dokumentation der Ziele, die in Julia Matthies' Verantwortungsbereich lagen, war sowieso ein Selbstgänger gewesen. Wie gewohnt war ihre Dokumentation von höchster Qualität. Nach dem Review erwähnte sie ganz beiläufig, dass sie sich zusätzlich mit Anna Lembach getroffen hatte, um das Vorgehen für die Dokumentation der Ziele genauer festzulegen. »Ist doch nicht verboten«, war ihr Kommentar.

Bei Thomas Hartmann hatte es noch einige Diskussionen gegeben, vor allen Dingen über die Detailtiefe der Dokumentation.

»Der Text ist wirklich nicht zu lang!«, stellte Anna Lembach mit einem ironischen Unterton in der Stimme fest. »Stellen Sie sich vor, Sie – oder jemand aus Ihrem Team – lesen diesen Text in vier Wochen wieder. Der Leser sollte noch einigermaßen verstehen, was mit diesem Ziel gemeint war ...« Anna Lembach blickte Thomas Hartmann an. Dieser dachte nach und sie fuhr fort: »Natürlich haben Sie für die Dokumentation nur begrenzt Zeit zur Verfügung. Damit müssen Sie zwangsläufig Abstriche bei der Detailtiefe machen. Doch ich bin davon überzeugt, dass Sie sich wirklich etwas mehr als diesen Telegramm-Stil leisten können«, sie zwinkerte ihm zu. Er lächelte.

Thomas Hartmann ergänzte danach die Dokumentation und sicherte sich im zweiten Anlauf die Zufriedenheit aller.

Helmut Adler dachte bei sich: *Für so einen Review sind Berater wieder klasse. Die haben keine Ahnung vom Unternehmen, also stellen sie ziemlich naive Fragen, Fragen, die ein Mitarbeiter dieses Unternehmens gar nicht mehr stellen würde. Und damit regen sie zum Nachdenken an. Und sie sehen Dinge, die unsereins übersieht. Berater haben auch Vorteile!*

Nach Abschluss dieser Review-Phase saß Helmut Adler mit Anna Lembach zusammen. Dabei fragte sie ganz beiläufig: »Was ist eigentlich aus dem Projektnamen geworden?«

Helmut Adler grinste: »Wir standen neulich in der Kaffee-Küche zusammen. Und dann kam das Thema wieder hoch. Und wir redeten und redeten. Doch so recht passte da noch nichts. Und dann fiel mir meine kleine Nichte ein. Sie ist vier Jahre alt und hat jetzt eine Puppe geschenkt bekommen. Und auf meine Frage, wie denn die Puppe heißt, antwortete sie ganz selbstverständlich: *Puppe*. Dieses Projekt heißt also *Das Projekt*. Ich gebe zu, es gibt sicher Projektnamen, die klangvoller sind. Doch uns allen gefiel dieser Name und so bleibt es dabei. Zufrieden?«

Anna Lembach schmunzelte vielsagend: »Es ist Ihr Projekt und Sie müssen sich damit identifizieren.«

Helmut Adler nickte, ebenfalls vielsagend.

Heute standen Phasen und Teilprojekte auf der Tagesordnung. Anna Lembach war bereits früh da. Helmut Adler hatte somit genügend Zeit, ihr das Vorgehensmodell der H.UMOR AG vorzustellen. Er zeigte auf die fünf Ordner, die säuberlich in seinem Schrank aufgereiht waren. »Das ist es«, sagte er nicht ganz ohne Stolz, denn schließlich hatte er damals auch an ein paar Kapiteln mitwirken dürfen. Doch das war schon lange her. »Und hier«, er wies auf zwei weitere Ordner, »das ist unser Projekthandbuch.«

Anna Lembach zog jeden der Ordner soweit aus dem Schrank, dass sie sehen konnte, wie voll der Ordner war. Dann schob sie jeden Ordner wieder zurück. Nachdem sie auf die Papiermenge der sieben Ordner einen Blick geworfen hatte, sagte sie: »Das also ist Ihr Vorgehensmodell und Ihr Projekthandbuch?« Sie nickte dabei vielsagend, verräterisch vielsagend.

»Ja.«

»Also Schrankware.«

»Schrank-was?«

»Schrankware.«

Helmut Adler war sprachlos. Ein so vernichtendes Urteil hatte er nicht erwartet. Andererseits sprach sie damit das aus, was alle im IT-Bereich dachten. Das Vorgehensmodell hatte damals ein ganzes Heer von Beratern beschäftigt und Unmengen an Geld verschlungen. Und – wenn er ehrlich war – verstaubte es jetzt in den Schränken. Ein wenig mehr Anerkennung hätte er sich von ihr jedoch schon gewünscht.

»Nun ja, da stehen auch einige sinnvolle Sachen drin«, versuchte Helmut Adler, das Vorgehensmodell zu verteidigen.

»Das bestreitet auch niemand, aber mal ehrlich, Herr Adler«, sagte Anna Lembach. »Sie machen Ihren Job nicht erst seit heute, ich auch nicht. Wenn ein Vorgehensmodell oder ein Projekthandbuch mehr als 30 Seiten umfassen, ist es

Schrankware, das liest kein Mensch. Das gilt nicht nur für Ihres, die meisten anderen Vorgehensmodelle oder Projekthandbücher sind ebenfalls zu umfangreich. Bei der Zieldefinition, Sie erinnern sich, haben wir ein Formular für die Dokumentation von Zielen gesucht und im Projekthandbuch nicht gefunden. Ich kann verstehen, dass Sie das Gewerk verteidigen wollen, weil es die H.UMOR AG vermutlich eine Menge Geld gekostet hat. Doch wer nutzt es wirklich?«

»Ich weiß nicht genau. Einige schon.«

»Sie selbst auch?«

»Doch, ich habe schon mal hineingeschaut«, sagte er zögerlich.

»Und haben Sie auch das gefunden, was Sie gesucht haben? In endlicher Zeit?« Ein bissiger Unterton in ihrer Stimme war nicht zu überhören. »Und selbst wenn dem so war, sind deswegen Ihre Projekte erfolgreicher gewesen, weil Sie dieses Modell im Schrank stehen haben?«

Helmut Adler wehrte sich vehement: »Müssen Sie immer so hart und unbeugsam sein? Ein wenig mehr Anerkennung hätte ich von Ihnen schon erwartet. Sie können einem auch richtig die gute Laune verderben.«

»Das ist überhaupt nicht meine Absicht. Im Gegenteil, ich finde es besser, wenn Sie gut gelaunt sind. Doch mit Schönreden wurde noch kein Projekt erfolgreich. Und damit wir in diesem Projekt wenigstens einmal einen Blick in das Vorgehensmodell geworfen haben, lassen Sie uns doch herausfinden, was dort zum Thema Phasen und Teilprojekte steht.«

Gemeinsam suchten sie, allerdings gleich am Bildschirm, denn das ging wirklich schneller. Und sie wurden fündig. Dort war beschrieben, dass ein Projekt in die Phasen

- Vorstudie
- Fachgrobkonzept
- Fachfeinkonzept
- DV-Konzept
- Realisierung
- Integrationstest
- Einführung und Rollout

unterteilt werden soll.

»Na, das ist doch schon mal was«, sagte Anna Lembach. »Dann wollen wir die Phasen mal einzeln durchgehen.« Gemeinsam lasen sie, was bei den einzelnen Phasen dort beschrieben war und welches Ergebnis am Ende der Phase vorliegen sollte. »Wurde eine Vorstudie gemacht?«

Helmut Adler schüttelte den Kopf. »Nein, die gibt es nicht. Und in diesem Projekt geht es auch nicht mehr darum zu prüfen, ob es überhaupt machbar ist. Hier sollen die Filialen auf jeden Fall die PCs bekommen.«

»Fachgrobkonzept und Fachfeinkonzept: Welche Unterscheidung machen Sie hier?«, fragte Anna Lembach.

»Nun, das ist bei den Ergebnistypen beschrieben.«

»Ja, das sehe ich, doch mir ist der Begriff *Ergebnistyp* und die Definition zu abstrakt, ich brauche das konkret.«

Helmut Adler erklärte, versuchte zu beschreiben. Anna Lembach schüttelte energisch den Kopf. »Meinetwegen brauchen Sie sich hier nicht um Kopf und Kragen zu reden. Was genau ist der Unterschied zwischen Fachgrob- und Fachfeinkonzept? Ganz einfach erklärt. Bitte.«

Helmut Adler las noch einmal die Beschreibung aus dem Vorgehensmodell vor. Jetzt war er selbst verwirrter als vorher.

»Frage ich einmal andersherum: Wenn wir in diesem Projekt nur ein Fachkonzept schreiben, fehlt uns dann was?«

»Das Fachkonzept muss nur so detailliert sein, dass dann daraus sofort das DV-Konzept oder die Spezifikation geschrieben werden kann.«

»Und kann man das gleich auf einen Rutsch so detailliert schreiben? Oder sind dazu unbedingt zwei Phasen notwendig?«

»Nein, das kann auch in einer Phase geschehen. Erfahrungsgemäß ist es aber immer so, dass später noch Änderungen kommen. Dann ist es hilfreich, wenn das Ganze erst einmal grob beschrieben ist. Dann lassen sich die Änderungen leichter unterbringen. Erst wenn wir fachlich vollständig sind, wird das Ganze fein beschrieben. Doch in unserem Job werden wir wohl niemals vollständig werden ...«

»Sind für das Fachkonzept zwei Phasen unumgänglich?«, fragte Anna Lembach hartnäckig.

»Nein, eine Phase reicht.«

»Was die einzelnen Phasen angeht, so gehen sie später fließend ineinander über, das heißt, dass eine Person noch am Fachkonzept schreibt, während eine andere Person bereits mit der nächsten Phase angefangen hat. Und was die Änderungen betrifft, so müssen wir uns dafür generell ein Szenario einfallen lassen, wie wir damit umgehen wollen. Und das nicht nur im Fachkonzept.«

Helmut Adler nickte.

»Also, *eine* Phase für das Fachkonzept. Wie sehen Sie die weiteren Phasen? Brauchen wir die im Projekt?«

»Ja, allerdings heißt *DV-Konzept* bei uns jetzt *Spezifikation*.«

»Soviel zum Thema *Aktualität der Dokumentation von Vorgehensmodellen*.« Anna Lembach zwinkerte ihm zu. »Machen Sie sich nichts daraus, Sie sind nicht der Einzige, der darunter leidet. Da gibt es leider viel Schrankware auf dem Markt und sie nützt keinem.«

»Doch, den Beratern, die sie erstellt haben«, Helmut Adler schaute sie von der Seite an und grinste.

»Stimmt.«

Anna Lembach schrieb die Phasen untereinander an eine Pinwand. »Das sind die Phasen dieses Projektes. Welche Teilprojekte brauchen wir? Teilprojekte bearbeiten möglichst in sich geschlossene Aufgabengebiete und haben wenige Schnittstellen nach außen oder zu anderen Teilprojekten. Ein weiteres Kriterium kann die Anzahl der Personen im Teilprojekt sein. Denn ein Teilprojekt ist mit 7 bis 10 Personen optimal besetzt, bei einem erfahrenen Teilprojektleiter können es auch mal mehr sein. Ab 15 Personen, spätestens ab 20 Personen sollten weitere Teilprojekte definiert werden. Welche Teilprojekte wird es in diesem Projekt geben?«

Helmut Adler lehnte sich zurück. »Hardware, Software und Netze auf jeden Fall. Dann brauchen wir sicherlich noch die Host-Anbindung. Das würde ich gern vom Teilprojekt Netze und auch vom Teilprojekt Software trennen. Denn in dem Teilprojekt Host-Anbindung wird es ausschließlich um die Zugriffe auf den Host gehen. Es gibt zwar Schnittstellen zum Teilprojekt Netze und auch zum Teilprojekt Software, doch im Moment bin ich mir sicher, dass wir ein eigenes Teilprojekt brauchen. Zu einem späteren Zeitpunkt wird es dann das Teilprojekt Schulung geben, das möchte ich nicht auch noch im Teilprojekt Software unterbringen. Das Teilprojekt Change-Management will ich hier im Moment nicht aufführen. Es wird ganz klar eine Zusammenarbeit mit dem Team von Jörg Wechsler geben. Doch *er* übernimmt die Verantwortung für die Umsetzung der Veränderungen, die unser Projekt auslöst.«

Anna Lembach hatte alle Teilprojekte ebenfalls an die Pinwand geschrieben. »Klingt so, als seien das alle«, sagte sie.

»Ja. Ich bin mir auch sicher, dass wir damit hinkommen.«

»Dann lassen Sie uns mal schauen, welches Teilprojekt welche Phase durchläuft.«

»Lassen Sie es mich lieber umgekehrt machen. Ich sage Ihnen, dass das Teilprojekt Schulung die Phasen Spezifikation und Integrationstest nicht durchlaufen wird. Das können Sie an die Pinwand schreiben. Und dann glaube ich, dass die anderen Teilprojekte wirklich alle Phasen durchlaufen müssen.«

Teilprojekte und Phasen

	Hard-ware	Soft-ware	Netze	Host-Anbindung	Schulung
Fachkonzept					
Spezifikation					nein
Realisierung					
Integrationstest					nein
Einführung/Rollout					

Abbildung 11: Phasen und Teilprojekte

Anna Lembach hatte alles an der Pinwand notiert. »Dies ist die Grundlage dafür, dass wir in der nächsten Besprechung wirklich mit den Aktivitäten anfangen können. Denn da werden wir dann je Teilprojekt und Phase von oben nach unten die Aktivitäten sammeln.«

»Zufrieden?«, fragte Helmut Adler.

»Ja, ziemlich.«

»Und wann sind Sie ganz zufrieden?«

Beide schmunzelten.

Rituale – noch einmal Pünktlichkeit

»Bevor wir mit der Planung anfangen, möchte ich zum Thema Pünktlichkeit noch etwas sagen.« Helmut Adler fiel es sichtlich schwer, das Thema anzusprechen.

»Also Chef, ich bin diesmal aber super pünktlich«, beschwerte sich Charlie Keyser.

»Ja, Charlie, wir haben ja auch schon über das Thema gesprochen. Doch mit den anderen habe ich noch nicht darüber gesprochen.« Helmut Adler räusperte sich. »Also, ich habe mir ein paar Gedanken darüber gemacht, wie wir mit dem Thema Pünktlichkeit in diesem Projekt umgehen wollen. Jede Unpünktlichkeit, jedes Warten kostet enorm viel Zeit und damit Geld. Und auf die Dauer können wir uns das nicht leisten. Also, ich bin dafür, dass wir in allen Besprechungen pünktlich anfangen. Und wer zu spät kommt, der hat eben Pech gehabt. Denn es gibt immer tausend gute Gründe für das Zuspätkommen. Nur leider müssen die anderen warten. Und damit wir gleich von Anfang an Stil in dieses Projekt bekommen, fangen alle Besprechungen pünktlich an. Das gilt für diese Runde ebenso wie für alle anderen Besprechungen. Auch in Ihren Teilprojekten. Bringen Sie es Ihren Teammitgliedern frühzeitig bei!«

Schweigen. Dann schloss sich eine Diskussion an, die mit aller Inbrunst geführt wurde. Schließlich hätten diejenigen, die zu spät kommen, ja immer gute Gründe dafür! Und die verdienten auch Respekt!

»Belassen Sie es doch einfach dabei!« Helmut Adler schien ein wenig entnervt. »Wir fangen pünktlich an. Und damit basta. Ich will diese ewigen Entschuldigungen gar nicht hören, denn derjenige, der zu spät kommt, der raubt den anderen zusätzlich Zeit, indem er tausend Gründe oder Ausreden aufführt. Und die, die sowieso schon gewartet haben, sollen sich das auch noch anhören. Wer pünktlich sein will, der schafft das auch. Und ansonsten gibt es mehrere Möglichkeiten der modernen Kommunikation, sein späteres Erscheinen anzukündigen.«

Planung

Anna Lembach hatte die Pinwand mit den Phasen und Teilprojekten bereits vorgestellt, die Teilprojekte wurden erst einmal so belassen. »Wenn es sein muss, dann ändern wir das später noch einmal. Doch für mich gibt es im Moment noch keinen Grund, von diesen Teilprojekten abzuweichen«, sagte Helmut Adler.

»Heute fangen wir mit der Planung an«, sagte Anna Lembach. »Ihre Aufgabe wird es sein, das Projekt einmal in Gänze durchzuplanen, das heißt Sie sammeln sämtliche Aktivitäten, die notwendig sind, um die Ziele zu erreichen, ordnen Rollen oder Personen zu und machen eine Aufwandsschätzung.«

»*Alle* Aktivitäten?«, fragte Thomas Hartmann und das Entsetzen war ihm deutlich ins Gesicht geschrieben.

»Ja, *alle* Aktivitäten bis zum Projektende. Und zwar je Teilprojekt und je Phase. Je weiter Sie die Aktivitäten für die späteren Phasen planen, desto ungenauer wird es. Doch das ist normal. Was wir hier jetzt machen, ist eine Gesamtprojektplanung. Eine Feinplanung werden Sie später jeweils 8 bis 12 Wochen im Voraus machen. Diese Grobplanung ist allerdings notwendig, um zu wissen, ob der Endtermin überhaupt realistisch ist, und um eine Basis für das Projekt-Controlling zu schaffen.«

Charlie Keyser schüttelte den Kopf: »*Alle* Aktivitäten, ich fass' es nicht, das sind doch Mengen. Wer soll da noch den Überblick behalten?«

»Der Teilprojektleiter«, entgegnete Julia Matthies und grinste. »Spaß beiseite. Wenn ich das alles noch recht in Erinnerung habe, müssen wir uns jetzt wirklich einmal die Mühe machen, das Ganze zu planen. Dafür steht das dann auch. Und der Rest ist dann nur noch die schon erwähnte Feinplanung.«

»Werte Frau Kollegin, ist Ihnen eigentlich klar, was das heißt? Ich habe Unmengen von Aktivitäten! Soll ich da jeden kleinen Pups aufschreiben? Nein, da mache ich nicht mit. Das ist doch Beschäftigungstherapie!«, Charlie Keyser lehnte sich kopfschüttelnd zurück.

»Für die einen ist es Beschäftigungstherapie, für die anderen ist es ...« Julia Matthies konnte ihren Satz nicht beenden, Thomas Hartmann unterbrach sie: »Wie detailliert müssen denn diese Aktivitäten sein? Es gibt sicherlich eine Hand voll Aktivitäten, die dauern nicht lange, sind aber ungeheuer wichtig, und wenn sie keiner macht, dann können sich die Filialen ihre PCs abschminken.«

»Das ist wieder die berühmte Gratwanderung«, antwortete Anna Lembach. »Es gibt da das Sprichwort: *Plane nur so genau wie nötig und nicht so genau wie möglich.* Wenn Sie eine Aktivität haben, die von projektentscheidender Wichtigkeit ist, dann muss sie auf jeden Fall aufgenommen werden. Über die Aufwände unterhalten wir uns zu einem späteren Zeitpunkt noch. Hier geht es erst einmal darum, alle Aktivitäten zu sammeln.«

»Und Sie glauben wirklich, dass wir jetzt schon *alle* zu fassen kriegen? Ich lege meine Hand dafür ins Feuer, dass drei Minuten vor dem Rollout noch irgendwer feststellt, dass wir etwas vergessen haben.« Charlie Keyser lehnte sich zurück, verschränkte die Arme. Er wirkte verärgert.

»Ja, da stimme ich Ihnen zu. Es ist normal, dass es zwischendurch und auch kurz vor Ende noch ein paar Änderungen gibt. Hier geht es darum, die Planung überhaupt zu machen und damit die Grundlage für das spätere Projekt-Controlling zu legen. Wenn Sie nicht planen, können Sie später auch kein Projekt-Controlling machen.« Anna Lembach war die Ruhe in Person. »Und um überhaupt planen zu können, brauchen wir alle Aktivitäten, die notwendig sind, um Ihre Projektziele zu erreichen. Dass sich später Änderungen und Ergänzungen ergeben, ist normal. Manchmal können Sie dann die Planung ganz wunderbar aktualisieren. Und manchmal ergibt sich eben eine so kurzfristige Änderung, dass Sie keine Zeit haben zu planen, da müssen Sie einfach schnell reagieren. Das ist Projektmanagement.«

»Ist das immer so, Chef?«, vergewisserte sich Charlie Keyser bei Helmut Adler.

»Ja, meiner Erfahrung nach schon. Wenn ich mir das so überlege, dann haben wir in der Vergangenheit oft ziemlich halbherzig geplant, ein bisschen hier, ein bisschen da, doch nicht so richtig. Und dann haben wir uns gewundert, dass wir Stress bekommen haben. Ich persönlich tendiere auch dazu, diesen Weg zu beschreiten und einmal das ganze Projekt durchzuplanen.«

»Ich auch«, sagte Julia Matthies. »Ich will mal wieder ein schönes Projekt haben. Und zaubern müssen wir am Ende sowieso noch genug. Alles, was ich dann schon in einem Plan stehen habe, das muss ich wenigstens nicht auch noch im Kopf behalten. Mir gefällt das, auch wenn wir vermutlich die nächsten Tage nur mit dem Sammeln von Aktivitäten beschäftigt sind. Wäre es nicht sinnvoll, das mit den Mitarbeitern zu machen, die später auch in meinem Teilprojekt sind?«

»Ja«, sagte Anna Lembach. »Ich überlege mir schon die ganze Zeit, wie ich Sie dazu bewegen kann, auch hier strukturiert vorzugehen. Sie sind schon mitten in einer heißen Diskussion über das Für und Wider der Planung; diese Diskussion ist berechtigt. Doch eigentlich wollte ich Ihnen heute nur die Aktivitätenmatrix für die Planung vorstellen.«

»Das ist bei uns öfters so...«, entgegnete Charlie Keyser schmunzelnd.

Anna Lembach wies noch einmal auf die Pinwand mit den Phasen und den Teilprojekten: »Auf dieser Pinwand steht nichts anderes als der Projektstrukturplan, nur in der Matrix-Darstellung.« Sie hatte inzwischen an einer zweiten Pinwand Auszüge aus dem klassischen Projektstrukturplan skizziert.

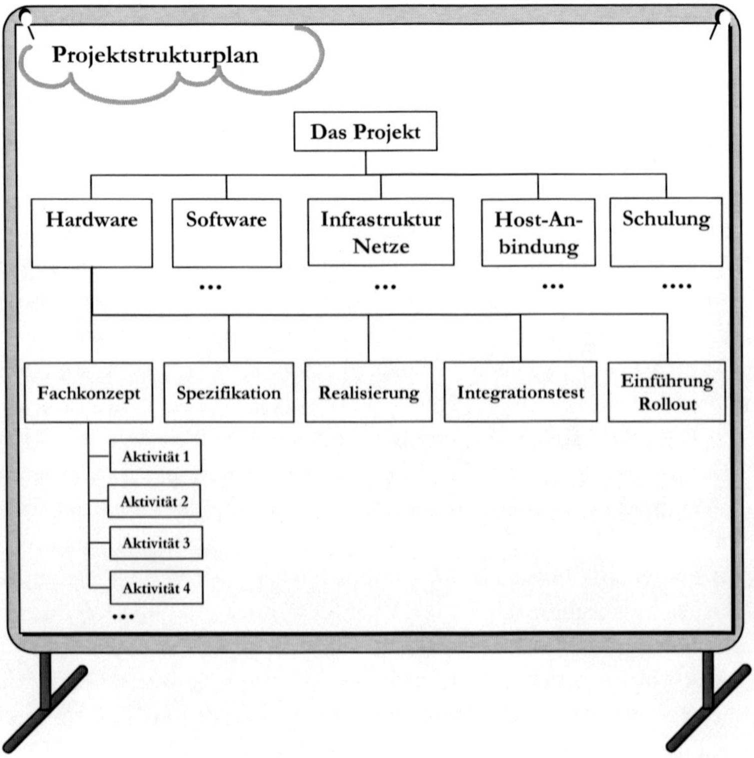

Abbildung 12: Auszug aus dem Projektstrukturplan

»Hier habe ich die Phasen für das Teilprojekt Hardware aufgeschrieben, diese Phasen gelten natürlich auch für die anderen Teilprojekte. Lediglich das Teilprojekt Schulung hat nur die Phasen Fachkonzept, Realisierung und Einführung. Jede Phase beinhaltet mehrere Aktivitäten. Eine Aktivität - manchmal auch Aufgabenpaket oder Aufgabe genannt, da bin ich völlig leidenschaftslos - eine Aktivität also ist die kleinste Einheit, die Sie für die spätere Bearbeitung nicht weiter unterteilen können.« Sie schaute kurz in die Runde, fuhr dann fort: »Ziel der Planung ist es, alle Aktivitäten zu sammeln. Damit sind Sie dann die nächsten drei bis vier Tage beschäftigt.« Sie grinste, blickte wieder in die Runde. Julia Matthies nickte zustimmend. »Dann haben Sie vermutlich etliche tausend Aktivitäten zusammen, die Sie dann mühsam strukturieren müssen. Deshalb strukturieren wir von Anfang an. Sie sammeln zunächst die Aktivitäten der Phase Fachkonzept, dann die Aktivitäten der Phase Spezifikation und so weiter. Und damit Sie nicht nur sammeln - das wäre wirklich zu einfach«, sagte sie mit einem süffisanten Grinsen, »habe ich Ihnen die

Aktivitätenmatrix kopiert.«

		Rolle					Ergebnisse		Aufwand		
Nr.	Aktivität	Projekt-leiter	Daten bank-Admin.	System-analytiker	...	...	IN	OUT	PT	Dauer	Bemerkung

Abbildung 13: Aktivitätenmatrix

Sie verteilte die Kopien und erläuterte: »Diese Matrix füllen Sie für Ihr Teilprojekt nacheinander je Phase aus. Sie sammeln im ersten Schritt die Aktivitäten, schreiben sie untereinander. Jeder Aktivität ordnen Sie eine oder mehrere Rollen zu. Und zwar genau die Rollen, die diese Aktivität später auch bearbeiten sollen. Hinter einer Rolle verbirgt sich das fachliche Profil, das die Person mitbringt, die diese Rolle später besetzt. Falls Sie die betreffende Person schon kennen, dann nehmen Sie den Namen dieser Person, andernfalls besagtes fachliches Profil. Rollen oder Namen tragen Sie in die einzelnen Spaltenüberschriften oben ein. In der Zeile, in der die Aktivität steht, steht unter der Rolle beziehungsweise unter dem Namen ein D, ein M oder ein I. Das bedeutet:«

D Durchführungsverantwortung
M Mitarbeit
I Information

»Jede Aktivität hat ein D, also genau einen Durchführungsverantwortlichen, kann mehrere M haben oder auch keines. Das gilt auch für I.«

»Genial«, sagte Julia Matthies. »Ich lege hier bereits fest, wer für die einzelne Aktivität verantwortlich ist, nicht wahr?«

»Ja.«

»Das gefällt mir. Wir nähern uns dem Thema *Verantwortung im Projekt*.« Julia Matthies strahlte.

Anna Lembach füllte die Aktivitätenmatrix auf dem Overheadprojektor aus.

		Rolle					Ergebnisse		Aufwand		
Nr.	Aktivität	Projekt-leiter	Daten bank-Admin.	System-analytiker	...	...	IN	OUT	PT	Dauer	Bemerkung
	A1		D	M							
	A2		D								
	A3	I	M	D							
	A4										
	...										

Abbildung 14: Beispiel einer ausgefüllten Aktivitätenmatrix

»So könnte das beispielsweise aussehen. Statt A1, A2 und so weiter werden Sie natürlich die Namen Ihrer Aktivitäten verwenden. In der Spalte IN tragen Sie für jede Aktivität das ein, was der Aktivität von Anfang an als INPUT oder Voraussetzung zur Verfügung steht. Das können Daten, Listen, Studien, Konzepte oder auch das Ergebnis einer anderen Aktivität sein. Und in der Spalte OUT steht dann das produzierte Ergebnis der Aktivität, der OUTPUT. Das können auch wieder mehrere Ergebnisse sein, beispielsweise Konzepte, Programme oder Listen. Um den Aufwand der Aktivität, also um PT und Dauer, brauchen Sie sich im Moment noch nicht zu kümmern. Wir werden später eine Schätzkonferenz machen.«

»Das ist eine Menge«, sagte Thomas Hartmann. »So ganz klar ist mir das mit den Rollen und den Namen noch nicht. Ein Beispiel: Unser Sebastian Zink wird auf jeden Fall im Projekt dabei sein. Dann trage ich den Namen *Sebastian Zink* beispielsweise in der Spalte nach *Systemanalytiker* ein.« Anna Lembach nickte. »Und er kann dann auch ein D, ein M oder ein I bekommen.« Sie nickte wieder. »Ich werde aber auf jeden Fall noch weitere Mitarbeiter für das Teilprojekt Hardware brauchen. Die kenne ich jetzt natürlich noch nicht. Also würde ich dann eine neue Spalte mit der Überschrift *Hardware-Mitarbeiter* aufmachen.«

Anna Lembach antwortet: »Mein Vorschlag: Schreiben Sie die genaue Rollen-Anforderung auf. Und machen Sie eine 1:1-Zuordnung zwischen Rolle und späterer Person, die diese Rolle dann besetzt. Sonst wird es zu unübersichtlich, wenn Sie mehrere Personen mit einer Rolle meinen. Das gilt übrigens auch für Personen aus anderen Teilprojekten und für Personen aus dem Fachbereich. Diese können Sie dann ebenfalls in den Rollen aufführen und Ihnen ein entsprechendes

Kennzeichen geben, also ein D, ein M oder ein I.«

»Und in jeder Zeile darf ich dann nur genau ein D haben. Ist ja auch sinnvoll, dass einer dafür verantwortlich ist«, sagte Thomas Hartmann, offensichtlich aber mehr zu sich selbst als zur Gruppe.

Anna Lembach nickte: »Schauen Sie, dass Sie die Verantwortung gleichmäßig verteilen. Es muss nicht immer dieselbe Person die Durchführungsverantwortung haben, streuen Sie diese, verteilen Sie sie auf mehrere Schultern. Und ich empfehle Ihnen, dass Sie sich selbst nicht für alle Aktivitäten ein D geben. Denn Ihre Aufgabe wird sein, das Teilprojekt zu leiten, da haben Sie nur begrenzt Zeit, inhaltlich mitzuarbeiten.«

»Ist es sinnvoll, die Durchführungsverantwortung auf einen Mitarbeiter aus einem anderen Teilprojekt oder aus dem Fachbereich zu übertragen? Ich denke dabei an die vielen Außendienstthemen, die Frau Matthies bearbeiten muss«, sagte Thomas Hartmann.

»Wenn Sie einem Mitarbeiter aus einem anderen Teilprojekt die Durchführungsverantwortung übertragen, dann ist die Frage natürlich berechtigt, warum die Aktivität nicht gleich in dem anderen Teilprojekt aufgenommen wird. Die Verantwortung auf einen Mitarbeiter aus dem Fachbereich zu übertragen, ist generell möglich. Prüfen Sie immer, ob der Mitarbeiter das auch kann und will. Und ob es wirklich in seinem und in Ihrem Interesse ist!«

»So ganz habe ich das mit der Durchführungsverantwortung wohl noch nicht verstanden. Ich bin doch als Teilprojektleiter für das gesamte Teilprojekt verantwortlich«, wandte Charlie Keyser ein. »Da muss ich doch überall ein D haben.«

Anna Lembach schüttelte den Kopf: »Das D bezieht sich auf die Durchführungsverantwortung für eine einzelne Aktivität. Und da müssen Sie als Teilprojektleiter nicht unbedingt der Durchführungsverantwortliche sein. Ich kann Ihnen auch nur davon abraten, sich selbst für jede Aktivität ein D zu geben, denn dann sind Sie vollständig mit inhaltlichen Aktivitäten beschäftigt. Ihren Job als Teilprojektleiter können Sie dann nicht mehr wahrnehmen. Sie haben selbstverständlich die Verantwortung für das gesamte Teilprojekt. Und das werden Sie später auch steuern. Doch dazu müssen Sie nicht alles selbst machen.«

Jetzt schüttelte Charlie Keyser energisch den Kopf: »Aber ich muss doch später wissen, ob die Aktivität beendet ist oder länger dauert. Wie bekomme ich das mit?«

»Sie fragen den Durchführungsverantwortlichen.«

»Das kostet Zeit.«

»Stimmt. Doch das gehört zu Ihrem Job als Teilprojektleiter.«

»Charlie, das kriegen wir hin.« Helmut Adler klopfte ihm väterlich auf die Schulter.

»Mich macht das im Moment erst einmal nachdenklich. Wo sind denn dann eigentlich meine Aktivitäten, die ich als Teilprojektleiter machen soll?«, Charlie Keyser sah Anna Lembach fordernd an.

»Gute Frage«, sagte Anna Lembach. »Die können Sie natürlich auch in diese Matrix aufnehmen. Das macht die Sache aber eher unübersichtlich.«

»Können wir die denn nicht pauschal zusammenfassen, die Aktivitäten des Projektleiters und der Teilprojektleiter?«, fragte Helmut Adler. »Wir hatten da immer einen *Sammeltopf*, auf den wir gebucht haben, und haben dann nur noch grobe Kategorien gebildet, wie Besprechungen, Planung aktualisieren, Projektdokumentation und so weiter. Charlie, dort kannst du dann deine Aktivitäten aufschreiben.«

Charlie Keyser nickte. »Und wo sollen wir das Ganze aufschreiben? Doch wohl nicht am Flipchart.«

»McTable«, antwortete Julia Matthies. »Das würde sich geradezu anbieten. Die Tabellenkalkulation ist in den Zeilen und Spalten flexibel. Da kann ich jederzeit zusätzlich etwas einfügen.«

»Tja, wir werden wohl um McProject, das Projektmanagement-Tool für Planung und Steuerung, nicht herumkommen«, sagte Helmut Adler an Anna Lembach gewandt. »Das Tool ist bei uns im Hause eigentlich Standard. Momentan ist aber die Diskussion wieder voll im Gange. Die kleinen Projekte hatten sich beschwert, dass sie die Planung und Steuerung mit McProject machen müssen, denn das ist viel Aufwand. Unser Multiprojekt-Management braucht aber die Pläne. Nach meinem Wissensstand dürfen die kleinen Projekte die Planung wieder mit McTable machen, müssen die Zahlen aber nach einem standardisierten Verfahren dem Multiprojekt-Management melden, damit die ihre Pläne automatisch aktualisieren können. Da ich nicht glaube, dass wir zu den kleinen Projekten gehören, heißt das, dass wir schon jetzt die gesamte Planung und Dokumentation in McProject machen sollten.«

»Muss das wirklich sein?«, fragte Julia Matthies. »Ich mag McProject nicht und ich bin bestimmt nicht die Einzige. Wir haben damals das Außendienstprojekt vollständig mit McTable gemacht. Und das ging auch.«

»Ja, das ging! Ganz wunderbar sogar!« Der bissige Unterton in Charlie Keysers Stimme war nicht zu überhören. »Und dann hat es uns auf einmal ganz schöne Probleme bereitet.«

»Glauben Sie denn wirklich, nur weil wir McProject einsetzen, wird es einfacher und wir haben keine Probleme?«, erwiderte Julia Matthies Stimme gereizt. »Ich habe noch nicht erlebt, dass ein Tool ein Projekt rettet. Im Gegenteil. Mich treibt McProject immer zur Verzweiflung.«

»RB – reiner Bedienerfehler«, entgegnete Charlie Keyser schadenfroh.

»Streiten Sie sich nicht!« Helmut Adler mischte sich ein: »Ich kläre das bis morgen. Dann wissen wir Bescheid. Wer schon heute anfängt, der soll mit McProject dokumentieren. Denn aus McProject kann man meines Wissens Tabellen für McTable erstellen.«

Julia Matthies stöhnte: »Ich hasse dieses Tool. Und ich lasse mich nur ungern in den Wahnsinn treiben! Auch von Ihnen nicht!«

Tools

Helmut Adler hatte den ganzen Vormittag mit den Herren vom Multiprojekt-Management zusammengesessen. *Ziemlich arrogant, die Herren*, dachte Helmut Adler. *Ich will eine einfache Auskunft haben und die nerven mich mit ihren Problemen. Und was die alles von mir haben wollen! Was sie alles unbedingt brauchen! Die haben Anforderungen! Nun gut, den Projektauftrag kann ich ihnen ja liefern, doch das fertige Projekt leider noch nicht – das hätten sie am liebsten. Wer macht hier eigentlich die Projekte?* Helmut Adler wurde immer wütender. *Ich kann Julia Matthies ja gut verstehen, wenn es nach mir gegangen wären, dann hätten wir die Planung mit McTable gemacht. Das ging früher, und das geht auch heute. Doch der McProject-Kelch geht diesmal leider nicht an uns vorbei, leider ...* Helmut Adler seufzte.

Nun gab es ja bei der H.UMOR AG das Vorgehensmodell, das auch das Projekthandbuch enthielt. Dort war klar geregelt, was ein Projekt ist und was nicht. Und ab welcher Größe die Projekte mit dem Projektmanagement-Tool McProject geplant werden müssen. *Das Projekt* fiel nun einmal in die Kategorie Großprojekte. Da gab es keine andere Möglichkeit.

Helmut Adler musste sich seine Wut und Enttäuschung über den Vormittag erst einmal von der Seele reden. »Wie planen Sie eigentlich Ihre Projekte?«, fragte er Anna Lembach.

»Wenn ich ehrlich sein soll«, sagte sie und hob ihren rechten Arm, peilte dabei über den nach oben gerichteten Daumen. »Pi mal Daumen.«

»Das habe ich befürchtet. Und wenn Sie mal richtig, also ordentlich und korrekt planen müssen?«

»Dann nehme ich Papier und Bleistift. Wenn das nicht mehr ausreicht, dann nehme ich McTable. Und wenn das wirklich nicht mehr ausreicht oder wenn ich ein Tool einsetzen muss, dann nehme ich eben ein Planungstool. Und McProject ist so ein Planungstool. Ich habe unter dem Tool schon fürchterlich gelitten, hatte manchmal den Eindruck, wahnsinnig zu werden. Vielleicht bin ich es ja auch. Es gibt noch ein paar andere Tools, alle haben allerdings so ihre Vor- und Nachteile.«

»Netzpläne erstellen Sie also auch nicht mehr per Hand, das beruhigt mich«, sagte Helmut Adler.

»Nein, die Zeiten sind endgültig vorbei. Bei der Art von Projekten, wie wir sie hier machen, ist es völlig überflüssig, Netzpläne per Hand zu erstellen. Dafür gibt es ja Tools. Denn an dieser Stelle ist McProject wieder genial, es erstellt Ihnen die Netzpläne automatisch.«

»Automatisch ja, manchmal zu automatisch. Ich hatte schon Netzpläne, da habe ich mich allen Ernstes gefragt, ob ich die Theorie nicht ganz verstanden habe oder das Tool sie nicht sauber abbildet.« Helmut Adler zog die Schultern hoch.

Anna Lembach erwiderte: »Nun, McProject ist eine Software und es gibt nun einmal keine fehlerfreie Software. Und das Tool arbeitet mit heuristischen Algorithmen. Das sind eben nur Annäherungen. Und diese beiden Punkte zusammen, heuristische Algorithmen und Software, die leider nicht fehlerfrei ist, haben mir das Leben auch schon verdammt schwer gemacht.«

»Und nicht nur Ihnen«, entgegnete Helmut Adler. »Ich habe ja heute mit dem Multiprojekt-Management gesprochen. Bei unserer Projektgröße müssen wir mit McProject arbeiten. Ich hatte so ganz im Stillen gehofft, dass *dieser Kelch an uns vorübergeht*, doch dem ist leider nicht so. Und wenn ich das heute schon weiß, dann kann die ganze Planung samt Dokumentation gleich in McProject erstellt werden. Dann brauchen wir keine doppelte Arbeit zu machen. Ich habe mir überlegt, dass jeder Teilprojektleiter seine eigene Planung macht und wir konsolidieren das dann auf Projektebene. Wir bekommen Macros, kleine Programme, für das Zusammenführen der einzelnen Pläne zur Verfügung gestellt. Was halten Sie davon?«

Anna Lembach nickte zustimmend: »Können alle mit dem Tool arbeiten?«

»Ja, alle haben schon mit dem Tool gearbeitet, das sollte also kein Problem sein. Auch wenn ich zugeben muss, dass ich die neueste Version noch gar nicht kenne. Begeisterungsstürme habe ich darüber allerdings noch nicht gehört.«

»Ich auch nicht.«

»Gibt es denn da wirklich keine Alternative?«

Anna Lembach schüttelte den Kopf: »Nein. Wenn dieses Tool bei Ihnen unternehmensweit eingesetzt wird, dann ist es notwendig, dass alle es verwenden. Ansonsten muss das Multiprojekt-Management sich seine Zahlen per Hand zusammensuchen. Und das ist zu umständlich. Ich persönlich kenne wirklich nur die Varianten mit Papier und Bleistift oder mit Pinwand und Filzschreiber. Das geht auch bei großen Projekten. Alles schon ausprobiert! Nur die Zahlen liegen dann eben nicht elektronisch vor. Oder die Variante mit McTable, das klappt auch hervorragend. Ich habe selbst schon ein größeres Projekt damit geplant und durchgeführt. Das hat dann allerdings einige Elemente nicht, die McProject hat. Und an McProject bin ich ebenso wie Sie schon fast verzweifelt. Doch das ist schon ein paar Jahre her.« Sie schmunzelte.

»Also haben Sie nicht nur rosige Projekterfahrungen?«

»Nein. Ich hatte erfolgreiche Projekte und Projekte, die gescheitert sind.«

»Haben Sie als Projektleiterin auch Projekte gegen die Wand gefahren?«

»Ja, das auch. Doch da hatten verschiedene andere Personen auch noch Aktien drin. Ich bin früh genug abgesprungen, bevor das Projekt dann endgültig den Bach runter ging.«

»Wenigstens eine ehrliche Antwort«, murmelte Helmut Adler. »Und was halten Sie von Tools ganz allgemein.«

»Soll ich ehrlich oder höflich sein?«

»Ehrlich, bitte.«

»Mir wird die Tool-Gläubigkeit zu groß geschrieben in den Projekten. Ich habe es noch nicht erlebt, dass sich ein Projekt von allein erledigt hat, nur weil McProject oder irgendein anderes Tool verwendet wurde. Und genauso hat noch kein Tool dieser Welt ein Projekt aus der Schieflage gerettet. Ein Tool ist ein Hilfsmittel. Von sich aus macht das Tool nichts. Es muss ständig mit Zahlen gefüttert werden. Dann kann es neue Berechnungen durchführen. Das kann sehr hilfreich und unglaublich arbeitserleichternd sein. Doch daneben bedarf es der Kommunikation. Die ist für mich das A und O im Projekt. Das miteinander Reden, miteinander im Gespräch sein, das ist für mich die Hauptaufgabe des Projektleiters und der Teilprojektleiter.«

»Ja, das sehe ich auch so. Ich habe mal behauptet, dass ein gut funktionierendes Projektteam kein Planungstool braucht. Inzwischen sehe ich allerdings die Vorteile dieser Tools!«

Anna Lembach nickte: »Auch in einem gut funktionierenden Projektteam ist Planung notwendig. Ob die unbedingt mit einem Tool auf einem PC gemacht werden muss, das lasse ich dahin gestellt sein. Denn was zeichnet ein gut funktionierendes Projektteam aus? Die reden alle miteinander!«

»Das will ich für dieses Projekt auch haben. Und das, obwohl wir McProject verwenden müssen. Wie kriegen wir das hin?«

»Mit meiner Kernkompetenz: Teamentwicklung.« Anna Lembach strahlte.

Planung – Fortsetzung

Helmut Adler hatte auf Julia Matthies eingeredet, immer wieder. Sie war nicht dazu zu bewegen, die Planung in McProject zu erfassen, denn sie hatte für ihr Teilprojekt die Planung bereits in McTable gemacht. Und das sah sehr gut aus. »Doch auch das wird Ihnen nichts nützen; wir gehören nun einmal in die Kategorie Großprojekte, da müssen wir uns an die Regeln halten. Ich kann verstehen, dass Ihnen das nicht behagt. Ich kann mir auch glücklichere Lösungen vorstellen. Doch da ist leider nichts zu machen.«

»Wirklich nicht?«

»Wirklich nicht.«

»Und wenn wir das noch mal ganz genau überlegen«, Julia Matthies ließ nicht locker. »Ich bin der Meinung, dass wir auch ein so großes Projekt mit McTable planen können. Das haben wir schon mal gemacht. Das geht.«

»Sie können mir noch fünfundzwanzigtausend weitere Argumente liefern, die gegen McProject sprechen. Es gibt ein paar Unternehmensregeln und dazu zählt auch, dass in Großprojekten McProject eingesetzt wird. Und das werde ich auch machen. Punkt. Und für Sie bedeutet das, dass Sie die gesamte Planung bereits jetzt mit McProject machen werden.«

Julia Matthies schmollte.

»Kommen Sie jetzt bloß nicht auf die Idee, alles noch einmal per Hand in McProject einzugeben. Es gibt Makros, die die Daten aus McTable in McProject konvertieren.«

»Und das kann dann keiner mehr lesen.« Sie war sichtlich beleidigt.

»Doch, das können Sie noch lesen, denn die Daten werden nur in McProject hinein kopiert, die Verknüpfungen müssen sie dann manuell definieren.«

Julia Matthies war wirklich geknickt. »Manchmal ist die Welt grausam. Ich hatte so gehofft, dass ich um dieses Tool herumkomme.«

Helmut Adler schüttelte den Kopf, sah sie mitfühlend an. »Mehr kann ich heute leider nicht für Sie tun«, sagte er und ging.

Er schaute noch mal kurz bei Charlie Keyser vorbei, der saß bereits mit Christian Ruther zusammen. Sie sammelten die Aktivitäten und erfassten sie gleich in McProject. Die beiden arbeiteten so konzentriert, da schien jede Frage zu stören. »Wie läuft's?«, wollte Helmut Adler wissen.

»Mmh«, war alles, was Charlie Keyser von sich gab. Christian Ruther nickte nur.

Hier scheint alles im grünen Bereich zu sein, dachte Helmut Adler und ging zu Thomas Hartmann. Der stand mit Sebastian Zink und Markus Käfer am Whiteboard.

»Wie läuft's?«, fragte Helmut Adler auch hier.

»Soweit ganz gut. Wir sammeln erst einmal die groben Aktivitätsgruppen und arbeiten uns dann von oben nach unten durch. Frage: Können wir nicht auch ganze Aktivitätsgruppen in den Plan aufnehmen, dann haben wir nicht so viele Aktivitäten?«

»Das ist wieder das alte Thema: Wenn wir viele Aktivitäten im Plan haben, dann wird der Plan groß und umfangreich. Dafür sind die Aktivitäten den Personen besser zuzuordnen und wir können genauer schätzen. Wenn wir Aktivitäten zusammenfassen, dann lassen sie sich nur schwer schätzen und die Zuordnung zu einzelnen Personen ist schwieriger. Dafür ist der Plan klein und übersichtlich. Ich bin dafür, dass wir uns den Luxus der Genauigkeit gönnen sollten, da, wo es möglich ist.«

»Und wenn die Aktivitäten noch ungenau sind, weil sie noch weit in der Ferne liegen?«

»Da müssen wir eben mit der Ungenauigkeit leben. In der Feinplanung werden Sie diese Aktivitäten dann genauer planen müssen.«

»Ich denke, damit kommen wir gut klar.« Thomas Hartmann wandte sich an die beiden anderen. »Habt ihr noch Fragen?« Beide schüttelten den Kopf.

»Und das Ergebnis erfassen Sie dann bitte direkt in McProject«, sagte Helmut Adler.

»Dann konnte sich Frau Matthies mit ihrem Wunsch nach McTable doch nicht durchsetzen?«

»Nein, das Projekt ist einfach zu groß. Wir gehören in die Kategorie Großprojekte und da müssen wir uns an die Regeln halten und die Planung mit McProject machen.«

Planung – der erste Rauswurf ...

Die drei Teilprojekte Hardware, Software und Netze waren ganz mit der Planung beschäftigt. Julia Matthies hatte sich inzwischen wieder beruhigt. Sie hatte sich mit Heiko Lister und Corinna Sommer zwei erfahrene Mitarbeiter ins Team geholt. Die Dokumentation mit McProject hatte Heiko Lister freiwillig übernommen.

Für das Teilprojekt Schulung hatte Helmut Adler bereits Kontakt zu Patrick Schuler aufgenommen. Das war zunächst schwierig gewesen, denn Patrick Schuler war nie zu erreichen. Nach mehreren erfolglosen Versuchen hatte es dank seiner Beharrlichkeit endlich geklappt. Und über dieses Gespräch ärgerte sich Helmut Adler später gewaltig. Patrick Schuler hatte ihm klar gemacht, dass er für die Aufgabe als Teilprojektleiter Schulung nicht infrage käme. Gut, hier hatte Dr. Simon Profitlich mal wieder seine Macht spielen lassen. Damit war diese Hürde genommen. Doch dann hatte Patrick Schuler darauf bestanden, sein Teilprojekt völlig autark zu führen.

»Haben Sie schon mal davon gehört, dass Projektarbeit Teamarbeit ist?« Helmut Adler musste sich beherrschen, er hätte ihn sonst angeschrieen. Doch das Dickste war, dass Patrick Schuler es als unter seiner Würde als Teilprojektleiter betrachtete, die ganze Planung selbst zu machen. Er lehnte das schlicht ab.

»Das heißt, Sie machen die Planung nicht?« Helmut Adler rang nach Luft.

»Ja.«

Wenn das jetzt schon so los geht, das kann ja noch heiter werden, dachte Helmut Adler. Wütend fragte er: »Wer soll dann Ihrer Meinung nach die Planung für das Teilprojekt Schulung machen?«

»Ich weiß es nicht. Und außerdem sind da im Moment noch so viele Sachen unklar. Da kann ich keine Planung machen.«

»Sie sind Teilprojektleiter für das Teilprojekt Schulung, Sie machen die Planung.« *Vielleicht hilft ja Druck*, dachte sich Helmut Adler.

»Ich habe so viele andere Verpflichtungen, ich habe wirklich keine Zeit.«

»Ich lasse das eskalieren, Dr. Profitlich soll sich dieses Falles annehmen.«

»Wie Sie wünschen«, sagte Patrick Schuler gleichgültig.

Das ist die Arroganz in Person, dachte Helmut Adler auf dem Weg zu Dr. Simon Profitlich.

»Das Projekt hat noch nicht richtig angefangen und schon muss ich diese Situation eskalieren lassen.«

»Dafür bin ich doch da«, sagte Dr. Simon Profitlich beruhigend. »Zwar weiß ich nicht, warum Herr Schuler sich weigert, doch irgendeinen Grund wird er dafür schon haben, vielleicht verrät er uns den ja.«

»Er hat keine Zeit.«

»Glaube ich nicht, denn ich habe mit seinem Chef gesprochen. Der war eher dankbar dafür, dass Herr Schuler wieder in ein Projekt kommt.« Pause. »Herr Adler, ich rede mit ihm. Ich bin zuversichtlich, dass Herr Schuler ab morgen mit der Planung anfangen wird.«

Das hatten beide gehofft. Doch Patrick Schuler meldete sich krank und war dann ein paar Tage nicht zu sehen. Und dabei hatte er Dr. Simon Profitlich hoch und heilig versprochen, dass er mit der Planung anfangen und im Projekt mitarbeiten werde.

»Eilt es denn mit der Planung?«, fragte Dr. Simon Profitlich.

»Sie wissen doch, dass es in Projekten immer eilt. Ich will einfach keine Zeit verlieren. Und Sie wollen doch schließlich so schnell wie möglich wissen, wann wir anfangen, wann wir fertig sind und was das Ganze kostet.«

Beide beschlossen, noch einmal mit Patrick Schuler zu sprechen. Das Gespräch war freundlich. Patrick Schuler sagte zu, dass er im Projekt als Teilprojektleiter Schulung mitmachen werde, dass er sich darauf freue. Und dass er unverzüglich mit der Planung anfangen werde.

Leider passierte gar nichts. Helmut Adler fragte mehrfach nach. Er hatte Glück, wenn er ihn überhaupt zu fassen bekam. Helmut Adler erklärte ihm noch einmal genau, was bisher passiert war, welche Ergebnisse bereits erzielt worden waren, was die Ziele des Projektes waren und was jetzt konkret zu tun war. Patrick Schuler weigerte sich nach wie vor, aktiv zu werden. »Sie können ja einen Berater einsetzen«, war seine lapidare Antwort.

Jetzt war guter Rat teuer. Das Teilprojekt Schulung brannte Helmut Adler zwar nicht unter den Nägeln, doch auch hier musste eine Planung gemacht werden. Eigentlich hatte er Profitlich nicht schon wieder damit nerven wollen, denn das sah fast so aus, als hätte er sein Projekt nicht im Griff. *Doch eigentlich ist Profitlich genau dafür da. Wenn jemand nicht mitarbeitet, dann habe ich als Projektleiter keine Möglichkeit zu agieren. Ich bin nicht seine disziplinarische Führungskraft. Ich bin nicht weisungsbefugt. Projektarbeit beruht auf Freiwilligkeit und auf Verantwortungsbewusstsein. Und beides scheint bei Patrick Schuler nicht unbedingt im Übermaß vorhanden zu sein!*

Wieder wurden Gespräche mit Patrick Schuler geführt. Wieder machte dieser Zusagen, wieder passierte nichts.

»Dann wird Patrick Schuler eben nicht im Projekt mitmachen«, Helmut Adler konnte sich gerade noch beherrschen, nicht in den Telefonhörer zu schreien. Dr. Simon Profitlich versuchte, ihn zu beruhigen. »Nein, dieses Theater mache ich nicht mit. Bei Ihnen ist er lammfromm und macht Versprechungen aller Art. Und hier passiert nichts und er erzählt mir gerade, dass er sich beeilen müsse, er habe um 15:30 Uhr ein Tennismatch. *Sag mir, wie dein Projekt startet, und ich sage dir, wie es endet.* Nein, nein, suchen Sie mir einen anderen Mann, der den Job als Teilprojektleiter macht. Ich bin verantwortlich für den Projekterfolg. Und wenn jemand nicht mitmachen will, dann soll er es bleiben lassen. Doch das darf nicht auf Kosten des Projektes gehen.«

Am anderen Ende der Leitung war zunächst Schweigen. »Wollen Sie es nicht doch noch einmal probieren ...«

»Nein«, erwiderte Helmut Adler und bemühte sich, beherrscht zu klingen, denn seine Stimme war kurz davor, sich zu überschlagen. »Wie viele Gespräche haben wir geführt? Es kann doch nicht sein, dass immer noch nichts passiert ist. Als Vorstandsvorsitzender ist es wohl kaum Ihr Job, jemanden zur Jagd zu tragen. Meiner ist es auch nicht. Wenn Patrick Schuler bei Ihnen lieb und brav ist und zu allem Ja und Amen sagt und mir dann sagt, dass er nicht mitmacht und das zum wiederholten Male, dann sage ich Ihnen, dass dieser Mann keine Lust auf dieses Projekt hat und lieber Tennis spielt. Dann soll er eben Tennis spielen! Mit dieser Einstellung will ich keinen im Projekt! Das ist kontraproduktiv.« Helmut Adler atmete tief durch. »Und jetzt besorgen Sie mir einen neuen Teilprojektleiter Schulung. Denn das liegt nun wirklich in Ihrem Verantwortungsbereich als Vorsitzender des Lenkungsausschusses.«

Damit hatte sich Helmut Adler erst einmal Luft gemacht. *Nein, das darf ich auf keinen Fall dulden, diesen Schlendrian. Das hat mich jetzt mehrere Tage Zeit gekostet. Und passiert ist nichts. Die anderen sind mit der Planung fast fertig. Und hier fehlt mir immer noch der Teilprojektleiter. Na, wenigstens ist klar, dass jemand, der keine Lust hat, auch nicht im Projekt ist. Denn das wäre dann später richtig zäh geworden. Wenigstens die Klarheit habe ich jetzt.*

»Was machen Sie eigentlich mit Mitarbeitern, die Stein und Bein schwören, dass sie eine Aufgabe erledigen und dann passiert doch nichts?«, fragte er Anna Lembach, kaum war sie in sein Büro gekommen.

»Ich kläre die Gründe für das Verhalten im Vier-Augen-Gespräch. Dann schauen wir gemeinsam, wie wir die Situation für alle Beteiligten verbessern können. Und dann prüfe ich nach, ob das vereinbarte Ergebnis vorliegt.«

»Und wenn selbst nach dem x-ten Versuch noch kein Ergebnis kommt?«

»Dann habe ich hoffentlich vorher die Konsequenzen dieses Verhaltens aufgezeigt und mir auch absegnen lassen – und dann raus aus dem Projekt. Schlechtes Verhalten oder schlechtes Benehmen, und dazu zähle ich auch das Nichtstun, ist nämlich genauso schlimm wie Viren: Alle anderen werden schnell davon infiziert.«

Helmut Adler lehnte sich zufrieden zurück. »Genau das habe ich heute gemacht.

Den Teilprojektleiter für das Teilprojekt Schulung wieder rausgeschmissen.«

»Patrick Schuler? Stark! Hätte ich Ihnen auf den ersten Blick gar nicht zugetraut. Meine Hochachtung. Sie bringen Stil in das Projekt!« Sie strahlte ihn an, schüttelte ihm die Hand. »Kompliment, Kompliment.«

Helmut Adler sog dieses Lob auf: »Es musste sein. Wenn ein Teilprojektleiter nichts tut, dann passiert in dem Teilprojekt später auch nicht viel. Dafür habe ich mich zwar mit Dr. Profitlich angelegt, doch das war das geringere Übel. Ich will Begeisterung und Engagement im Projekt. Vom Reden und Nichtstun ist noch kein Projekt fertig geworden.« Helmut Adler lehnte sich zufrieden zurück. »Haben Sie schon beim Teilprojekt Host-Anbindung reingeschaut. Die wollten einen Moderator haben, und ich war mit diesem Fall hier beschäftigt.«

»Hab' ich. Und es schaut ganz gut aus. Es waren alle da: Frau Matthies, Herr Keyser und die Mitarbeiter aus den Teilprojekten. Die Aktivitäten sind wohl einigermaßen vollständig zusammengetragen und mit McProject dokumentiert.«

»Erzählen Sie mehr, ich brauche heute noch ein Erfolgserlebnis.«

»Da gibt es nicht viel zu erzählen. Alle haben hochkonzentriert gearbeitet; ich habe moderiert. Das war auch wichtig, denn die Versuchung war schon groß, auf die Lösungsebene abzudriften. Doch die ist hier noch gar nicht gefragt. Mein Eindruck war, dass es nach anfänglichen heißen Diskussionen jetzt eine ganz gute Basis gibt, was die Realisierbarkeit und auch die Zusammenarbeit betrifft. Wenn ich es richtig verstanden habe, dann wird überlegt, ob Jan Grosser oder einer seiner Mitarbeiter mit mindestens 60 % ihrer Arbeitszeit dem Projekt zur Verfügung steht.«

»Jan Grosser leitet den Bereich Großrechner. Er hat natürlich noch viele andere Aufgaben. Wenn er im Projekt wäre, und sei es auch nur zu 60 %, das wäre schon gut. Wer war sonst noch im Gespräch?«

»Pascal Ajour, ein Franzose, ein Mitarbeiter aus dem Team von Herrn Grosser. Er könnte wohl zeitlich zu 80 % mitarbeiten und Herr Grosser würde ihn unterstützen.«

»Klingt auch gut. Und wie sieht es mit den Inhalten aus? Als ich beim ersten Mal dabei war, gab es natürlich die bekannte Diskussion darüber, ob die Online-Host-Anbindung überhaupt machbar ist. Und der Sinn des Ganzen wurde infrage gestellt. Julia Matthies hat sich danach noch lange mit Jan Grosser unterhalten, die beiden haben dann geprüft, ob es überhaupt machbar ist. Nach meinem Wissensstand geht das grundsätzlich.«

»Ja, das ist auch meiner. Das Thema birgt lange nicht mehr den Zündstoff, den es am Anfang hatte. Es scheint da noch die eine oder andere Stolperstelle zu geben. Die haben wir auch gleich in den Risiko-Maßnahmenplan aufgenommen. Doch prinzipiell ist von dieser Seite ein klares *Ja* zu erwarten. Die personelle Besetzung für den Teilprojektleiter wird noch geklärt, die Aktivitäten sind bereits in McProject dokumentiert.«

»Und damit ist auch dieses Teilprojekt ins Rollen gekommen. Das sollten wir feiern«, sagte Helmut Adler unvermittelt. »Ich lade Sie sofort zu einem Kaffee aus dem Automaten ein.«

»Und Kuchen! Auch aus dem Automaten?«, scherzte Anna Lembach.

Aufwandsschätzung

Es sah gut aus, alle Teilprojektleiter hatten sich ins Zeug gelegt. Die Aktivitäten waren zusammengetragen und mit Rollen versehen, ganz so, wie Anna Lembach es vorgeschlagen hatte. Selbst das Teilprojekt Host-Anbindung war fertig geworden, und Pascal Ajour war der neue Teilprojektleiter. Die anderen empfingen ihn gebührend und er bedankte sich dafür auf seine überschwängliche französische Art. Er war gut gekleidet, trug eine legere Kombination, auf die Krawatte verzichtete er. Die dunklen Locken versuchte er mit viel Haargel zu bändigen, was ihm nur bedingt gelang. Er lebte schon lange in Deutschland, war nach seinem ersten Projekt geblieben und lebte offensichtlich gern hier.

Das Teilprojekt Schulung war immer noch nicht neu besetzt, doch damit musste Helmut Adler jetzt leben. Da dieses Teilprojekt im Moment noch nicht die Brisanz hatte, die die anderen Teilprojekte hatten, konnte er entspannt darauf vertrauen, dass er bald den richtigen Teilprojektleiter finden würde.

»Was machen wir eigentlich heute?«, fragte Thomas Hartmann.

»Aufwandsschätzung«, erwiderte Helmut Adler. »Was schlägt der Profi vor?« Damit übergab er das Wort an Anna Lembach.

»Was soll ich vorschlagen?«

»Wie wir zu genauen Aufwandszahlen kommen, die später auch noch stimmen und für alle Ewigkeiten gelten und nie mehr geändert werden müssen«, sagte Thomas Hartmann.

»Hat jemand eine Kristallkugel dabei?«, fragte Anna Lembach. Alle lachten. »Im Ernst, wenn jemand eine Kristallkugel hat, dann können wir damit in die Zukunft schauen.« Sie blickte in die Runde. »Nein? Na, dann müssen wir uns auf die niedrige Ebene der Aufwandsschätzung unter Unsicherheit begeben. Und die beinhaltet eben Ungenauigkeiten.«

»Gibt es denn keine sichere Methode zur Aufwandsschätzung?«, fast flehentlich wandte sich Thomas Hartmann an Anna Lembach.

»Lassen wir mal die Kristallkugel außen vor. Ich kenne sonst keine.«

»Echt nicht?«

»Echt nicht.« Anna Lembach ließ eine Pause entstehen. »Ihr Wunsch ist verständlich. Sie wollen so viel Genauigkeit wie möglich, damit Sie später die Aktivitäten und den Plan nicht mehr korrigieren müssen. Es geht hier um Schätzungen unter Unsicherheit. Und da gibt es keine Methode, dieser Unsicherheit Herr zu werden. Gut, es gibt ein paar mathematische Modelle. Doch die Arbeit und die Zeit, die Sie in das Verstehen und Anwenden dieser Modelle stecken, können Sie besser in Ihre Projektmanagement-Aufgaben und die Projektarbeit stecken.«

»Also schätzen wir am Besten immer noch Pi mal Daumen?«, fragte Julia Matthies und blickte dabei triumphierend in die Runde.

»Im Endeffekt: ja. Damit es nicht ganz so hemdsärmelig bleibt, möchte ich Ihnen die Schätzkonferenz vorschlagen. Bei dieser Schätzkonferenz werden die zu schätzenden Objekte zusammengetragen. Soweit ich weiß, haben Sie alle die Aktivitäten in McProject dokumentiert. Nun schätzt eine Gruppe von drei bis maximal sieben Personen die einzelnen Aktivitäten. Dabei wird der Aufwand je Rolle, die ein D oder ein M hat, geschätzt. Hat eine Rolle ein I, so ist das reine Information, damit sollte dann keine weitere Aktivität verbunden sein, denn sonst wäre ein M notwendig. Der Gesamtaufwand für eine Aktivität ist dann die Summe der Aufwände aller Rollen. Ich schlage vor, dass Sie die Einheit Projekttage, also PT, wählen. Dabei würde ich persönlich als kleinsten Wert 0,5 Projekttage wählen. Kleinere Werte sind nicht sinnvoll, weil die Realität Sie später doch einholen wird.« Alle hörten gebannt zu. »Bei dieser Schätzkonferenz gibt es ein paar Regeln, die Sie sich selbst geben. Da ist zu klären, ob

- der Projektleiter ein Veto-Recht hat. Doch Vorsicht! Das kann dazu führen, dass diese Schätzkonferenz zur Farce wird, wenn der Projektleiter immer und überall das letzte Wort hat;
- ob die einfache Mehrheit für die Entscheidung reicht oder eine Dreiviertel-Mehrheit oder ob alle dem Schätzergebnis zustimmen müssen.

Das Vorgehen bei der Schätzkonferenz ist denkbar einfach: Je Aktivität und Rolle wird von jeder Person der subjektiv geschätzte Aufwand genannt. Haben alle Personen einen Wert genannt, gibt es ein Minimum und ein Maximum. Darüber wird diskutiert. Und das bitte sehr respektvoll. Ich betone das deshalb, weil hier die individuellen Schätzstrategien deutlich zu Tage treten: Der eine schätzt sehr risikofreudig, der andere eher vorsichtig. Das ist auch in Ordnung. Wichtig ist, ausreichend Raum für eine wertschätzende Diskussion zu haben. Denn der, der eine hohe Zahl nennt, kann ja Dinge sehen, die die anderen noch nicht beachtet haben. Oder er kann beim Schätzen sämtliche Eventualitäten berücksichtigen, damit auch ja genügend Puffer da ist. Und umgekehrt, derjenige, der eine niedrige Zahl nennt, schätzt einfach eher sportlich, oder es ist wirklich nur ein geringer Aufwand notwendig.«

»Und wenn keiner in der Gruppe vom Aufwand für die Aktivität auch nur den blassesten Schimmer hat?«

»Dann holen Sie sich einen Experten hinzu, der den Aufwand besser einschätzen kann als Sie.«

»Sie sagten, dass in Teams geschätzt werden soll«, Helmut Adler schien laut zu denken. »Wir haben die Teilprojekte. Das sind ja schon die Teams. Aber eigentlich könnten doch die Teilprojektleiter auch allein schätzen, nicht wahr?«

»Ja und nein«, antwortete Anna Lembach. »Aus eigener Erfahrung weiß ich, dass ich dann das Gefühl habe, dass die Last der ganzen Welt auf meinen Schultern liegt und ich noch stärker für den Erfolg verantwortlich bin. Ich fühle mich ziemlich mies, wenn ich zu einer Aktivität überhaupt nichts sagen kann, wobei ich eigentlich so tun müsste, als ob ich alles wüsste. Bei der Schätzkonferenz wird die Tatsache genutzt, dass mehrere Personen einfach unterschiedliche Blickwinkel haben und sich ergänzen können.«

»Oder das Ganze endlos ausdiskutieren«, wandte Charlie Keyser ein. »Ich stelle mir gerade vor, dass da zwei unterschiedliche Charaktere zusammenkommen. Das dauert ja dann Stunden oder Tage, bis die sich einigen.«

Anna Lembach nickte verständnisvoll: »Am Anfang wird es schon so sein, dass die Diskussion länger dauert. Alle Beteiligten müssen sich erst einmal aufeinander einstimmen. Dann läuft es meist recht gut. Erfahrungsgemäß kommt dann eine Phase, in der es wie auf einem Basar zugeht: *Ich habe dir gerade zwei Tage gegeben, jetzt kannst du mir auch mal einen Tag gönnen!* Diese Art von Handel ist normal. Wichtig ist auch hier, dass die Ernsthaftigkeit gewahrt bleibt, dass das Ganze nicht ins Lächerliche abgleitet. Und dass Sie Ihre kritischen oder besonders schwierigen Aktivitäten nach wie vor genau unter die Lupe nehmen, soll heißen, angemessen und ehrlich schätzen.«

»Und wie lange dauert das?«, fragte Thomas Hartmann.

»Ich habe einen Blick auf Ihre Aktivitäten geworfen, da müssten Sie in einem halben, maximal in einem Tag mit durch sein.«

»Mit Moderator?«

»Ich denke, diese Rolle kann Herr Adler sehr gut übernehmen.«

»Dann brauchen wir vier Tage, bis alle Teilprojekte geschätzt sind«, sagte Charlie Keyser.

»Muss ich denn wirklich überall dabei sein?«, fragte Helmut Adler. »Von Hardware habe ich so gut wie keine Ahnung, da verlasse ich mich auf Herrn Hartmann. Und Netze sind nun mal dein Metier, Charlie.«

»Ich hätte dich aber doch gern als Moderator dabei.«

Alle holten ihre Terminkalender und schnell waren die Termine der einzelnen Schätzkonferenzen festgelegt.

»Ich will in dieser Runde noch eine Frage klären«, sagte Helmut Adler. »Sie sprachen vorhin von einem Veto-Recht des Projektleiters. Ich bin dafür, dass ich das nicht habe. Denn sonst kann ich alles platt machen. Damit haben die Teilprojektleiter in ihren Schätzkonferenzen auch kein Veto-Recht.«

Alle nickten.

»Eine Sache möchte ich noch ergänzen«, Anna Lembach wandte sich nochmals an die Runde. »Sie werden ja den Aufwand pro Rolle oder Person schätzen. Der Gesamtaufwand der Aktivität ist die Summe der einzelnen Aufwände und wird in der Spalte PT eingetragen.« Sie legte erneut die Folie mit der ausgefüllten Aktivitätenmatrix auf den Overheadprojektor.

		Rolle					**Ergebnisse**		**Aufwand**		
Nr.	Aktivität	Projekt-leiter	Daten bank-Admin.	System-analytiker	...	...	IN	OUT	PT	Dauer	Bemerkung
	A1		D	M							
			3	2					5	3	
	A2		D								
			15						15	30	
	A3	I	M	D							
		-	4	7					11	10	
	A4										
	...										

Abbildung 15: Aktivitätenmatrix mit Aufwänden

»In die Spalte Dauer tragen Sie bitte die Zeit ein, die diese Aktivität Ihrer Meinung nach auf der Zeitachse einnimmt. Die Dauer kann dabei das Maximum der einzelnen Aufwände sein, dann, wenn alle Personen zu 100 % und parallel an der Aktivität arbeiten, oder die Aktivität kann sich auf der Zeitachse auseinander ziehen. Es geht darum, einen Anhaltspunkt dafür zu bekommen, wie lange die Aktivität auf der Zeitachse dauert. Denn das soll eine Orientierung für den späteren Durchführungsplan sein.«

»Na, dann wollen wir mal an die Arbeit gehen«, sagte Helmut Adler. Nachdem alle gegangen waren, wandte er sich noch einmal an Anna Lembach. »Die Schätzkonferenzen gefallen mir; ich glaube auch, dass wir damit zu guten Ergebnissen kommen. Hand aufs Herz, haben Sie jemals mit der Function-Point-Methode gearbeitet?« Er war neugierig.

»Nein, ich habe sie mir erklären lassen, fand sie zu aufwändig und habe dann beschlossen, dass das nichts für mich ist. Soweit ich weiß, erfordert diese Methode auch eine ständige Dokumentation und sehr viel Pflege. Und das wird selten gemacht.«

»Und welche anderen Verfahren haben Sie eingesetzt?«

»Eigentlich nur die Schätzkonferenz. Damit habe ich bisher die besten Erfahrungen gemacht. Einen ganz guten Anhaltspunkt bietet auch noch die Prozentsatzmethode. Dabei wird die folgende Verteilung des Gesamtaufwandes auf die einzelnen Phasen angenommen:

Vorstudie	5 %
Fachkonzept	30 %
Spezifikation	15 %
Realisierung und Integrationstest	40 %
Einführung	10 %
	Σ 100 %

Wenn ich den tatsächlichen Aufwand der Vorstudie in Projekttagen kenne, kann ich damit den Aufwand des gesamten Projektes ermitteln. Das ist am Anfang ganz hilfreich. Nur in diesem Fall haben wir überhaupt keine Vorstudie. Und das Fachkonzept ist auch noch nicht fertig. Denn sonst könnte man aus dem tatsächlichen Aufwand des Fachkonzeptes die Aufwände der restlichen Phasen ermitteln.«

»Und was ist mit den formalen Methoden, die viele Bücher füllen und die verschiedenen Risikostufen mitberücksichtigen?«

Anna Lembach runzelte: »Sie können mich jetzt noch mehr löchern, werter Herr Adler, ich kenne die Methoden wirklich nicht. Ich habe in ein paar Bücher hineingeschaut. Doch mir persönlich ist das zu abstrakt und zu theoretisch. Ich brauche immer ein Handwerkszeug, das ich sofort und ohne viel Tamtam einsetzen kann.«

Helmut Adler schüttelte den Kopf, so, als wollte er sie tadeln: »Ihre Berater-Kollegen würden jetzt sofort ein paar Modelle zücken und mir den gesamten Aufwand formal-theoretisch fundiert ermitteln.«

»Und? Wären Sie dann glücklicher, wenn Sie den Gesamtaufwand dieses Projektes zum jetzigen Zeitpunkt auf vier Nachkommastellen genau kennen?« Helmut Adler schmunzelte. »Und was machen meine Berater-Kollegen, wenn später ein Mitarbeiter krank wird oder eine Aktivität viel länger als geplant dauert oder die Hardware nicht pünktlich kommt oder, oder, oder? Herr Adler, Sie und ich sind lange genug im Geschäft, um zu wissen, dass die beste Planung nichts taugt. Das Leben holt uns früher oder später doch ein. Also, warum so viel Aufwand hier in die Schätzung stecken?«

»Ich wollte ja eigentlich auch nur wissen, was Sie von diesen anderen Methoden halten. Einerseits bestätigen Sie, was ich schon lange vermutet habe, nämlich, dass diese ganzen formal-theoretischen Methoden dazu da sind, um Bücher zu füllen oder als Berater Geld zu verdienen. Und andererseits«, er schaute sie direkt an, »gefällt mir wieder einmal Ihr pragmatischer Ansatz.«

Personalauswahl

Die Schätzkonferenzen waren für alle eine neue Erfahrung und klappten nach anfänglichen Schwierigkeiten recht gut. Helmut Adler und Anna Lembach waren immer dabei. »Das gibt mehr Sicherheit«, war Thomas Hartmanns Begründung dafür.

»So langsam müssen wir uns doch mal um die Personen kümmern, die im Projekt mitarbeiten sollen«, sagte Helmut Adler. »Wir können bald anfangen und haben bisher nur eine Hand voll Personen benannt.«

»Mit wie vielen Personen wollten Sie denn starten?«, fragte Anna Lembach.

»Also, in der Vergangenheit war es bei der HUMOR AG immer so, dass die Berater möglichst frühzeitig ins Projekt gekommen sind, damit alle das Fachkonzept schon kennen und wir keinen Know-how-Verlust zwischen den einzelnen Phasen haben. Das hieße, wir starten mit voller Besetzung, ich schätze mal so 50 Personen. Vorsichtshalber habe ich schon mal Räume, Schreibtische, Telefone und PCs dafür reservieren lassen.«

Anna Lembach schaute ihn halb entsetzt, halb ungläubig an: »Und was sollen diese 50 Personen bitte schön machen?« Sie betonte jedes Wort einzeln.

»Das habe ich mich dann auch gefragt. Für das Fachkonzept brauchen wir vielleicht insgesamt 20 Personen. Das müsste reichen. Den Teilprojektleitern habe ich gesagt, sie sollen sich Gedanken machen, wen sie im Projekt haben wollen. Gleich zu Anfang, als wir mit der Planung anfingen.«

»Lassen Sie uns in die Planung schauen«, schlug Anna Lembach vor. »Dann sehen wir genau, wie viele Personen mit welchen Qualifikationen wir noch brauchen.«

Gemeinsam schauten sie die Planungsdaten für das Fachkonzept an. Dort waren die einzelnen Rollen und Namen aufgeführt. Sie konnten direkt ablesen, welche Rollen noch zu besetzen waren. Die Planung ergab, dass das Teilprojekt Hardware insgesamt fünf Teammitglieder brauchte, das Teilprojekt Software sechs, das Teilprojekt Netze vier und das Teilprojekt Host-Anbindung drei. Ein Teil der Teammitglieder war schon namentlich benannt. Das Teilprojekt Schulung musste noch komplett zusammengestellt werden. Hier hatte sich Dr. Simon Profitlich dafür stark gemacht, dass Nicola Lehmann Teilprojektleiterin würde. Helmut Adler hatte ihr bereits all das erklärt, was sich bis zu diesem Zeitpunkt im Projekt ereignet hatte – einschließlich der Gründe für den unglücklichen Teilprojektleiter-Wechsel – hatte ihr die Ziele und den Projektstrukturplan erklärt. Sie war im Moment damit beschäftigt, die Schätzung für ihr Teilprojekt zu machen. Sie brauchte dringend Unterstützung, denn die Sammlung der Aktivitäten und die Aufwandsschätzung sollten nun einmal besser im Team gemacht werden.

»Ich bin überrascht«, sagte Helmut Adler. »Sieht ganz so aus, als ob die Teilprojektleiter ihre Wunschkandidaten bekommen hätten oder zumindest einige. Das ist immer so eine Sache. Manche Leute bekommen Sie sofort ins Projekt, weil sie sonst nichts zu tun haben. Manchmal sind sie dann ganz gut bei der Sache, aber oft kommt das Projekt doch besser ohne sie aus! Und die richtig guten Leute, darum streiten sich alle. Die sind richtig schwer zu kriegen.«

Anna Lembach nickte zustimmend.

Helmut Adler fuhr fort: »Ich möchte wissen, wie weit die Teilprojektleiter mit der Auswahl von Externen sind, da sollten wir langsam mal mit anfangen, denn das geht auch nicht von heute auf morgen.«

»Fragen wir doch einfach die Teilprojektleiter, wie weit sie mit ihrer Personalauswahl sind«, schlug Anna Lembach vor. »Sonst müssen wir beide unnötig raten.«

Diese Gespräche bestätigten, dass die Teilprojektleiter weitestgehend ihre Wunschkandidaten bekommen hatten.

»Das war auch ein echter Kampf«, sagte Julia Matthies fast vorwurfsvoll.

»Bei mir nicht!«, triumphierte Charlie Keyser. »Ich habe einfach mein halbes Team ins Projekt mitgenommen.«

»Und wer pflegt die Netze in der H.UMOR AG dann?«, fragte Helmut Adler besorgt, ahnte er doch, dass das nicht gut gehen würde, wenn die Abteilung zu dünn besetzt ist, weil sich die meisten im Projekt tummelten.

»Ist mir doch egal! Nein, Spaß beiseite. Manche sind nur zu 60 % im Projekt. Und Herr Bieler will endlich neue Leute einstellen, damit wir in Ruhe im Projekt arbeiten können. Wundersame Sinneswandlung! Auch Führungskräfte sind lernfähig! Nichts für ungut! Ich glaube, da hat es Stunk gegeben, gewaltigen Stunk. Mit Profitlich.«

Das sollte Helmut Adler einstweilen egal sein. Für ihn war es wichtig, dass die zugesagten Verfügbarkeiten für das Projekt von Herrn Bieler wirklich eingehalten wurden. Da würde er noch einmal ein Gespräch mit ihm führen. Später. Zunächst mussten für die offenen Rollen Externe gesucht werden. Das sollte kein allzu großes Problem sein, hatte Helmut Adler doch viele Kontakte zu Beratungsfirmen. Die kamen immer wieder gern vorbei, wenn sie ein Geschäft witterten.

»Die Teilprojektleiter sollen sich ihre Projektmitarbeiter selbst aussuchen«, sagte er. »Delegation ist alles!«

Mit Charlie Keyser und Thomas Hartmann gab es allerdings wieder Diskussionen darüber, dass sie keine Zeit für die Auswahlgespräche hätten.

»Und genau das ist Ihr Job! Das gehört dazu!«, Helmut Adler wiederholte das immer wieder. »Ich muss nämlich später nicht mit den Leuten zusammenarbeiten, sondern Sie. Und dann sollten sie auch in Ihr Team passen.« Die beiden hatten das zähneknirschend akzeptiert und ihn gebeten, bei den Auswahlgesprächen dabei zu sein. Bei Julia Matthies war er dagegen nur einmal dabei. Hier hatte Dr. Simon Profitlich einen Berater der Top-Berater AG angeschleppt, den musste er aus irgendwelchen nicht nachvollziehbaren Gründen im Projekt unterbringen. »Ich schulde dem Vorstandsvorsitzenden noch einen Gefallen«, hatte er zu Helmut Adler im Vertrauen gesagt. Julia Matthies schüttelte den Kopf, als sie das Profil dieses Beraters sah. »Total überqualifiziert«, war ihr lapidarer Kommentar. Doch nach einigem Hin und Her hatte sie sich zu einem Gespräch mit Eduardo Gonzalez bereit erklärt.

»Ich weiß nicht, was er in meinem Teilprojekt soll«, sagte sie später zu Helmut Adler. »Er ist eher ein Managementberater, und damit kaum jemand, der darauf brennt, ein Fachkonzept für Software zu schreiben.« Doch Dr. Simon Profitlich bestand darauf, dass er im Teilprojekt Software eingesetzt wird.

»Und wie wehre ich mich gegen Mitarbeiter, die ich gar nicht im Projektteam haben will?« Julia Matthies schaute Helmut Adler fragend an.

»Frau Matthies, Sie werden das schon schaffen. Sie werden sicher genügend Aufgaben finden, um Herrn Gonzalez zu beschäftigen. Sprechen Sie eigentlich Spanisch.«

»Ja.«

»Wirklich? Das hätte ich gar nicht gedacht.«

»Doch, doch, ich lerne die Sprache schon seit Jahren. Inzwischen bin ich auch richtig gut, glaube ich. Mein Traum ist doch, irgendwann einmal für längere Zeit nach Südamerika zu reisen und auf den Spuren der alten Inkas zu wandeln. Sie wissen schon, Machu Picchu und so.« Und ehe sich Helmut Adler versah, erzählte sie ihm in epischer Breite, was sie dort erwarten würde, und wie das wohl damals gewesen war, bei den alten Inkas. *Frauen*, dachte Helmut Adler. *Ich hatte vergessen, dass sie so gern reden.*

»Darf ich Sie ...«, versuchte Helmut Adler, ihren Redefluss zu unterbrechen, »darf ich Sie jetzt wieder mit der Realität einer deutschen Großstadt konfrontieren ...?« Sie blickte ihn enttäuscht an. *Schade! Falsche Frage*, dachte er und zuckte mit den Schultern.

Schließlich antwortete sie: »Also gut, ich versuche, Señor Gonzalez einzuplanen. Doch ich brauche Ihre Zusicherung, dass ich ihn auch wieder aus dem Teilprojekt rauswerfen darf, wenn das nicht klappt. Ich habe da nämlich kein gutes Gefühl.«

»Sie sollen Herrn Gonzalez einplanen und nicht mit ihm oder über ihn oder für ihn fühlen. Verstehen Sie: Planen und beschäftigen, nicht fühlen.« Er ließ eine kleine Pause entstehen, Julia Matthies blickte ihn völlig verständnislos an. »Frau Matthies, fangen Sie doch erst einmal an und dann schauen wir.«

»Habe ich Ihre Zusicherung?«

»Wofür?«

»Dass ich ihn auch wieder aus dem Projekt rauswerfen darf. Habe ich da Ihre Zusicherung? Ja oder nein?«

»Der Mann ist noch nicht da, und Sie erpressen mich schon.«

»Ja oder nein?«

»Also gut: Ja.«

... noch mehr Planung

»So langsam müssten wir doch mit der Planung fertig sein«, meinte Charlie Keyser. »Ich finde, wir haben schon genug gemacht.«

»Sie haben alle viel gemacht und super gearbeitet«, erwiderte Helmut Adler. »Doch jetzt geht es erst richtig los. Ich hatte Sie doch alle gebeten, Ihre Mitarbeiter, die demnächst im Projekt sein werden, zu fragen, wann sie für das Projekt zur Verfügung stehen und wann nicht.«

Charlie Keyser reichte ihm ein Blatt Papier. »Alles fertig, Chef.«

Name:	**Monat:....**	1	2	3	4	5	6	7	8	9	10	11	12	13	14	15	16	17	18	19	..
Keyser						X			S	S	S	X							X		
Ruther									S	S	S										
Stöber		U	U	U	U	U															
Stark													X			X	X		U	U	

Abbildung 16: Mitarbeitereinsatzplan

»Ja, genau so habe ich mir das vorgestellt. Wenn Sie bitte alle einen Blick darauf werfen wollen? Hier steht pro Mitarbeiter und Tag, wann der Mitarbeiter nicht verfügbar ist. Die einzelnen Kennzeichen bedeuten:«

U – Urlaub
S – Schulung
X – anderweitiger Einsatz
K – Krankheit

»Genau diese Daten tragen Sie dann auch in McProject ein. Und aktualisieren Sie sie bitte laufend. Das heißt auch, dass Sie von Ihren Mitarbeitern über Änderungen auf dem Laufenden gehalten werden müssen! Und zwar so früh wie möglich. Sagen Sie das Ihren Teammitgliedern. Und damit können wir endlich den Durchführungsplan erstellen, nicht wahr, Frau Lembach?«

»Ja, genau. Der Mitarbeitereinsatzplan ist fertig. Der nächste Schritt ist, die Aktivitäten in die richtige Reihenfolge zu bringen. Und da Sie bereits alle Aktivitäten in

McProject erfasst haben, ist das jetzt natürlich sehr leicht, die Aktivitäten miteinander zu verknüpfen. Das ist wirklich einer der unschätzbaren Vorteile von McProject. Das könnte dann zum Beispiel so aussehen.« Sie skizzierte am Flipchart einen Projektablaufplan.

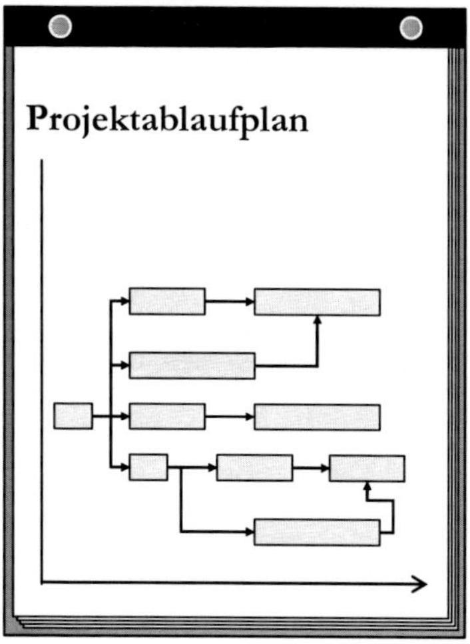

Abbildung 17: Projektablaufplan

»Das ist ja jetzt richtig cool«, sagte Thomas Hartmann. »Ich habe die Aktivitäten mit den Namen der Mitarbeiter oder den Rollen bereits erfasst, und jetzt muss ich nur noch die Ausfallzeiten der Mitarbeiter eintragen und die Aktivitäten in die richtige Reihenfolge bringen und dann ist der Plan fertig. Echt super. Und was haben wir früher Pläne gepinselt.«

»Find' ich auch«, bestätigte Charlie Keyser. »So ein Tool ist doch wunderbar. Ich weiß gar nicht, was Frau Matthies dagegen hat.«

»Ich werde Sie dezent darauf hinweisen, wenn es soweit ist«, sagte Julia Matthies. »Wenn ich mich noch richtig erinnere, dann ist es auf jeden Fall sinnvoll, die Verknüpfungen per Hand zu machen und jeden Automatismus in McProject erst einmal auszuschalten.«

Anna Lembach nickte zustimmend: »Ich kann das nur bestätigen! Ein Beispiel: Sie haben die Dauer der Aktivität geschätzt. Sie erinnern sich, damals bei der Aufwandsschätzung? Das Tool versucht natürlich, die Dauer zu optimieren. Und Sie hatten sicher gute Gründe, die Dauer so festzulegen.«

Helmut Adler nickte: »Ja, das kann ich bestätigen. Schalten Sie in Ihrem eigenen Interesse bitte jeden Automatismus aus. Und machen Sie alles von Hand.«

»Und dann schlage ich auch vor, mit vier Tagen pro Woche und sechs Stunden pro Tag zu planen«, ergänzte Anna Lembach. Helmut Adler nickte wieder.

»Warum das denn?«, fragte Charlie Keyser. »Die Externen können doch sogar mehr arbeiten, die haben ja ihren Betriebsrat nicht hier.«

»Nein, Charlie«, wandte sich Helmut Adler an ihn. »Mit vier Tagen und sechs Stunden zu planen ist sinnvoll. Wir haben ja bisher nur die reinen Aktivitäten geschätzt, da sind noch keine Meetings und keine Projektmanagement-Aktivitäten dabei. Da kommt noch einiges zusammen!«

Anna Lembach hatte inzwischen ein Flipchart erstellt: »Hier sind einige Erfahrungswerte für die zusätzlichen Aufwände, die als Zuschlag zum bereits ermittelten Gesamtaufwand dazukommen.«

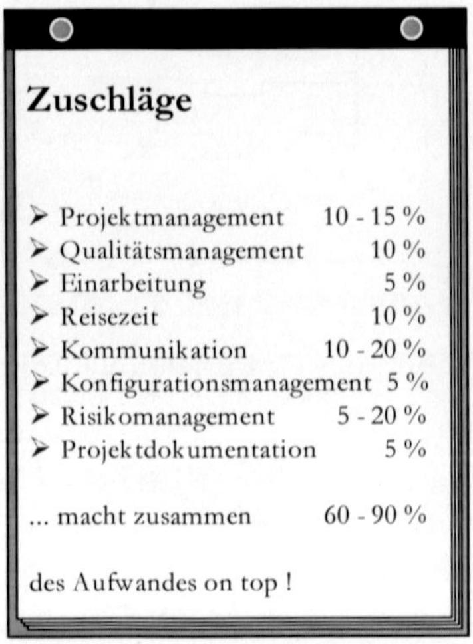

Abbildung 18: Zuschläge

»Aber sonst ist alles okay?« Charlie Keyser schüttelte den Kopf. »Sie wollen mir doch nicht allen Ernstes weiß machen, dass ich zu meinem Aufwand noch einmal 60 – 90 % dazurechnen soll.«

»Dann mach' ich dir das weiß, Charlie«, sagte Helmut Adler. »Ich erinnere mich noch sehr gut an Projekte, in denen wir nur mit den geschätzten Aufwänden geplant haben. Also brutto gleich netto. Und dann wurden wir nie termingerecht fertig.« Julia Matthies nickte bestätigend. »Ja, Frau Matthies war auch eine der Leidtragenden. Und ich habe mir seit dieser Zeit angewöhnt, zum geschätzten Aufwand immer 100 % zu addieren.«

»Das bekommen wir nie genehmigt«, protestierte Charlie Keyser.

»Das habe ich auch immer gedacht. Aber hier kommt es auf die Verpackung an. Dr. Profitlich mag es inzwischen auch lieber, ehrliche Zahlen zu hören, als später immer wieder Nachschlag zu genehmigen oder sich ständig anhören zu müssen, dass wir nicht fertig werden.«

»Und was sagt die Expertin?«, fragte Thomas Hartmann.

»100 % Zuschlag zum Aufwand ist eine gute Richtlinie. Ein Vorschlag: Lassen Sie uns die Zuschläge für Ihr Projekt einmal genauer unter die Lupe nehmen.«

Alle nickten.

»Projektmanagement 15 % und Qualitätsmanagement 10 %, da stimme ich sofort zu«, sagte Helmut Adler. »Einarbeitung mit 5 %, das klingt auch noch ganz vernünftig, doch bei den Reisezeiten kommen deutlich mehr als 10 % zusammen. Charlie, hilf' mir mal, wir haben bei einigen Filialen sicherlich Ortsbegehungen zu machen, dann müssen in allen Filialen die Leitungen für die PC-Netze neu verlegt werden. Da die Netze bereits vor dem Rollout verlegt sein müssen, werden wir beim Rollout ein weiteres Mal in die Filialen reisen müssen.« Charlie Keyser nickte. »Ich schätze, dass wir insgesamt auf 20 % Reisezeit kommen, denn unser Außendienst oder die Filialen werden ab und an auch noch im Projekt sein. Und diese Aufwände müssen wir ebenfalls berücksichtigen. Charlie, wie siehst du das?«

»Ja, Chef«, sagte Charlie Keyser. Diese Antwort half Helmut Adler wenig.

»Sind da auch die Aufwände für die Reisen in die Filialen enthalten, wenn es später um die Feinabstimmungen zwischen Fachabteilung und Projekt geht?«, fragte Julia Matthies. »Und die Reisen für die Schulungen?«

»Ich bleibe bei 20 %, ich will ja nicht gleich übertreiben, denn wir sprechen hier von 20 % vom Gesamtaufwand«, Helmut Adler gab sich sicher.

»Nächster Punkt: Kommunikation«, sagte Anna Lembach. »Ich kann im Moment noch nicht einschätzen, wie gut die Kommunikation in Ihrem Haus ist. Das Projekt findet an einem Ort statt und die Projektbesetzung ist vorwiegend national, also kein zusätzlicher Zuschlag für unterschiedliche Orte, Sprachen und Kulturen.«

Alle blickten auf Pascal Ajour. »Ah, bin ich jetzt dafür verantwortlich, dass die Kommunikation einen höheren Zuschlag bekommt?«

»Nein«, sagte Anna Lembach. »Ich hatte damit wirklich die internationalen Projekte gemeint.«

»Ist französisch nicht international?«, fragte Charlie Keyser und grinste.

»Doch, natürlich. Doch die meisten Mitarbeiter hier im Projekt kommen doch aus Deutschland, nicht wahr?« Helmut Adler nickte ihr zu.

»Kriegen wir nicht noch einen Spanier? Ich habe da was läuten gehört«, sagte Charlie Keyser.

»Eduardo Gonzalez kommt aus Argentinien«, sagte Julia Matthies. »Und für ihn brauche ich wohl eher einen Risikozuschlag.« Sie lächelte bitter.

»Ich würde den Zuschlag für Kommunikation dann eher auf 30 % erhöhen«, sagte Helmut Adler. »Wenn Ihr jetzt schon mit solchen Kleinigkeiten anfangt, dann kann das ja noch heiter werden.« Anna Lembach notierte diese Änderung am Flipchart.

»Konfigurationsmanagement. Damit sind hier die Release-Wechsel in den Tools gemeint, die wir selbst im Projekt verwenden. Nehme ich jedenfalls an«, wandte sich Helmut Adler an Anna Lembach. Sie nickte. »Da kommen wir, denke ich, mit 5 % gut aus. Und das Risikomanagement möchte ich gern bei 20 % belassen, auch wenn das Projekt sicherlich nicht eines der risikoreichsten Projekte bei der HUMOR AG ist. Das ist mir lieber. Die Projektdokumentation ist mit 5 % meines Erachtens ebenfalls realistisch eingeschätzt. Und damit sind wir nach meiner Rechnung bei 110 % Zuschlag auf den Aufwand.« Anna Lembach zählte die geänderten Zahlen zusammen, schrieb die Zahl an das Flipchart und nickte. »Nicht schlecht«, sagte Helmut Adler. »Eine so genaue Betrachtung habe ich noch nie gemacht. Ich freue mich auf das Projekt-Controlling.« Er wandte sich erneut an Anna Lembach: »Was sind Ihre Erfahrungen mit Projekten dieser Größenordnung?«

»Nun, ich lag mit den 100 % Zuschlag meist ebenfalls ganz gut. Ich hatte mir überlegt, dass ich hier maximal einen Zuschlag von 120 % geben würde. Mehr nicht. Dies ist kein hochrisikobehaftetes Großprojekt mit 1.000 Projektmonaten und etlichen hundert Mitarbeitern, verteilt auf verschiedene Standorte in der ganzen Welt. Denn dann sind Sie schnell bei einem Zuschlag von 300 %. Doch das trifft hier nicht zu.«

»300 %! Gibt es das wirklich?« Charlie Keyser starrte Anna Lembach ungläubig an.

»Ja, natürlich. Wenn Sie diesen Zuschlag nicht berücksichtigen, dann fahren Sie ein solches Projekt mit Sicherheit gegen die Wand. Da ist dann kein Puffer mehr und keine Luft. Und das bedeutet dann den Untergang für das Projekt. Deswegen kann ich die Bitte von Herrn Adler hier auch nur unterstreichen: Planen Sie mit vier Tagen pro Woche und sechs Stunden pro Tag. In der verbleibenden Zeit führen sie dann diese Aktivitäten durch«, sie wies auf das Flipchart. »Und lassen Sie zwischen den einzelnen Aktivitäten auch mal ein bisschen Luft. Das brauchen die Mitarbeiter einfach.«

»Wäre es denn nicht sinnvoller, für die einzelnen Punkte am Flipchart eigenen Aktivitäten zu definieren?«, fragte Thomas Hartmann.

»Wenn Sie je eine Aktivität für jeden Punkt am Flipchart definieren, dann wird das jeweils eine große Aktivität, die sich über die gesamte Projektlaufzeit erstreckt. Damit liegt sie automatisch auf dem kritischen Pfad. Und sie bindet Ressourcen«, antwortete Anna Lembach. »Wenn Sie dagegen für jede einzelne Besprechung eine Aktivität definieren, dann haben Sie binnen kürzester Zeit etliche tausend Aktivitäten zusätzlich definiert. Und damit wird Ihr Plan unübersichtlich.«

»Ich bin auch dagegen, die Besprechungen einzeln aufzunehmen. Das bringt nichts«, sagte Helmut Adler. »Der Plan wird erfahrungsgemäß schon komplex genug. Lasst uns diese Aufwände auf dem Flipchart später lieber auf ein Gesamtkonto buchen.«

»Und wer pflegt das alles?«, wollte Charlie Keyser wissen.

»Sie«, antwortete Julia Matthies. »Sie haben doch so laut gekräht, als es damals um die Verwendung des Tools ging. Aber die Frage ist auch irgendwie berechtigt. Denn ich überlege mir, ob wir für jedes Teilprojekt einen eigenen Plan machen oder insgesamt nur einen. Und wer überhaupt Zugriff auf den Plan oder die Pläne hat. Denn das endet in einer Katastrophe, wenn mehr als eine Person schreibend auf den Plan zugreifen darf.«

»Stimmt«, Helmut Adler lehnte sich zurück. »Das müssen wir noch einmal ausführlich besprechen. Im Moment schlage ich vor, dass jedes Teilprojekt seinen eigenen Plan erstellt. Die können wir problemlos konsolidieren. Und das zukünftige Szenario legen wir später fest.«

Alle schauten wieder auf das Flipchart, an dem Anna Lembach ein weiteres Balkendiagramm skizzierte. »Sie haben die Reihenfolge der Aktivitäten, Sie kennen die Mitarbeiter und haben deren Verfügbarkeiten. Jetzt brauchen Sie nur noch den Projektdurchführungsplan erstellen. Ich habe hier einen kleinen Projektdurchführungsplan skizziert. Die Aktivitäten ziehen sich jetzt erfahrungsgemäß auseinander, aufgrund der Verfügbarkeiten der Mitarbeiter. Das ist auch richtig so. Darüber hinaus ist es auch notwendig, denn damit gleichen Sie automatisch einen Teil der Zuschläge aus.«

Abbildung 19: Projektdurchführungsplan

»Und versuchen Sie bitte nicht, diesen Plan bis ins letzte Detail zu optimieren«, warnte sie nachdrücklich. »Wenn ein Mitarbeiter wirklich einmal einen halben Tag lang nichts zu tun hat, dann ist das okay. Denn er wird sicher auch mal an einem anderen Tag zu 150 % verplant sein.« Helmut Adler nickte zustimmend und lächelte vielsagend. »Es lohnt sich wirklich nicht, die Planung bis zur Perfektion zu betreiben. Das Leben wird Sie sowieso einholen!«

»Stimmt!«, sagten Julia Matthies und Helmut Adler gleichzeitig.

»Diese Planung ist doch ein ziemlicher Aufwand. Wie machen das die kleinen Projekte bei uns im Haus eigentlich?«, wollte Thomas Hartmann wissen.

»Die Planung? Mit McTable oder mit der guten alten Stecktafel oder auf dem Whiteboard mit Magnetstreifen«, antwortete Julia Matthies.

»Und dann kommt hoffentlich keiner der Reinigungskräfte auf die Idee, die Magnetstreifen farblich und der Größe nach zu sortieren«, sagte Thomas Hartmann.

»Auch das hat es bei der H.UMOR AG schon gegeben, dass die Planung auf dem Whiteboard fein säuberlich geschrieben stand und eine liebe Putz-Fee meinte, dass man über die Feiertage so ein Geschmiere doch nicht auf der Wand stehen lassen könnte!«, Helmut Adler wischte mit einem imaginären Schwamm in der Luft. »Und wusch! Alles war weg. Und damals gab es noch keine Digitalkamera! Danach habe ich die Planung immer an der Pinwand gemacht.«

»Doch wir planen mit McProject und brauchen nur noch ein paar Zahlen eingeben. Und dann können wir mit dem Projekt anfangen, nicht wahr?« Charlie

Keyser lehnte sich entspannt zurück. »Gibt es eigentlich einen Kick-off-Workshop?«

»Ja, auf jeden Fall«, antwortete Helmut Adler. »Lassen Sie uns schon mal einen Termin finden. Denn das will ja auch noch vorbereitet sein.« Alle schauten in ihre Kalender.

»Sie wollen doch nicht allen Ernstes für diese 20 Leute zwei Tage für einen Kick-off investieren«, protestierte Thomas Hartmann.

»*Sag mir, wie dein Projekt startet, und ich sage dir, wie es endet*«, erwiderte Helmut Adler. »Ich will hier von Anfang an Maßstäbe setzen. Und das heißt, dass wir zwei Tage in ein Hotel gehen und dann das Projekt starten.«

»Klasse, das zahlt die Firma«, Charlie Keyser rieb sich die Hände. »Aber bei dem Termin sind wir ja weit über die vier Wochen hinaus, in denen das Projekt aufgesetzt werden sollte.«

»Vier Wochen und vier Tage, um genau zu sein«, konterte Anna Lembach. »Ja, das kann passieren, dass ich mich verschätze und mein geplantes Ziel von vier Wochen nicht erreiche.«

»Das sollte Ihnen als teuer bezahlte Beraterin aber nicht passieren. Das darf Ihnen nicht passieren!«

»Werde ich jetzt gelyncht?«

»Merken Sie das nicht?«, fragte Julia Matthies und grinste. »Der unfehlbare *Herr der Netze* persönlich lyncht Sie. Aber Spaß beiseite, was hat eigentlich zu den Verzögerungen geführt?«

»Aus meiner Sicht war es die Personalauswahl. Ich hatte sie nicht eingeplant, und sie hat wirklich Zeit gekostet.« Anna Lembach blätterte in ihrem Kalender. »Alles andere ging sehr zügig vonstatten. Da gab es aus meiner Sicht keine gravierenden Abweichungen.«

Charlie Keyser wollte etwas sagen; Helmut Adler schnitt ihm das Wort ab: »Sag' jetzt nichts Charlie, das kann immer mal passieren. Ja, ich weiß, das sind auch 20 % mehr als ursprünglich geplant. Doch daran können wir jetzt nichts ändern. Und die Zeit für die Vorbereitung des Kick-off-Workshops brauchen wir auf jeden Fall. So, Sie erstellen Ihre Pläne und ich kümmere mich um den Kick-off-Workshop.«

Der vorläufig endgültige Projektplan

Überraschend schnell waren die Pläne fertig. Die Crew vom Multiprojekt-Management stellte ein paar Programme und Tools zur Verfügung, damit die Pläne weitestgehend automatisch zusammengefasst werden konnten. Das klappte allerdings erst nach mehreren Anläufen. Julia Matthies war völlig entnervt. Sie schimpfte in ihrer bekannten Manier über McProject. Helmut Adler hatte Mühe, sie wieder zu beruhigen.

»Hilfe, Herr Adler«, schrie Julia Matthies ins Telefon. »Ich habe die Pläne vollständig konsolidiert. Sie müssen sofort kommen, das ist ein Wunder oder es kann zu einer Katastrophe werden, je nachdem, wie Sie es sehen wollen.«

Helmut Adler eilte sofort zu Julia Matthies. Sie blickte gebannt auf den Bildschirm. »Wir sind laut Plan am 22. September 2012 fertig. Und ich finde den Konsolidierungsfehler nicht.«

»Das kann doch sein. Wenn ich mich richtig erinnere, dann brauchte keines der Teilprojekte die ganze Zeit bis Mitte Dezember. Also kann es doch sein, dass alle Teilprojekte zusammen ***auch*** früher fertig sind.«

»Rein theoretisch betrachtet ja, doch das finde ich strategisch ungeschickt. Denn dann kann jemand auf die Idee kommen, uns auf diesen Termin festzunageln. Und das ist jetzt sicherlich noch nicht notwendig.«

»Ich habe doch von Anfang an gesagt, dass es nicht sicher ist, ob wir die Zeit bis Dezember 2012 wirklich brauchen. Wenn wir laut Plan weniger brauchen, klasse. Meine persönliche Grobplanung ging eher in Richtung Sommer oder Herbst 2012; gar nicht so schlecht getippt.« Helmut Adler klopfte sich selbst auf die Schulter.

Beide schauten sich den Plan noch einmal genauer an, prüften, waren sich schließlich einig, dass das errechnete Ergebnis stimmte. »Fügen Sie bitte einen Puffer ein, der genau bis zum 15. Dezember 2012 geht. Und diesen Puffer müssen wir jetzt nicht an die große Glocke hängen«, Helmut Adler zwinkerte Julia Matthies zu. »Der Endtermin ist der 15. Dezember 2012.«

Helmut Adler war begeistert. Er war davon überzeugt, dass sein Team gut geplant hatte und es gab sogar noch einen kleinen Puffer. *Kann man immer gut gebrauchen. Wer weiß, was alles noch kommt*, dachte er sich. Anna Lembach war inzwischen in sein Büro gekommen; sie musste die Nachricht natürlich sofort erfahren: »Laut konsolidiertem Plan sind wir am 22. September 2012 fertig. Ich bin begeistert. Und damit wir den Dezember-Termin, also den 15. Dezember 2012, nach außen hin wahren, habe ich einen Puffer eingeplant.«

»Dann werden Sie auch erst im Dezember fertig werden«, sagte Anna Lembach trocken. Helmut Adler schaute sie entgeistert an. »Ist doch klar. Wenn Sie allen erzählen, dass sie am 15. Dezember 2012 fertig sind, dann werden Sie auch am 15. Dezember 2012 fertig sein. Das Datum prägt sich im Unterbewussten ein. Und alle werden so handeln, dass sie am 15. Dezember 2012 fertig sind. Wenn Sie einen späteren Termin benennen, dann wird der spätere Termin angepeilt, bei einem früheren Termin der frühere. Haben Sie schon von *sich selbst erfüllenden Prophezeiungen* gehört?«

»Ja und nein.«

»Das ist so: Wenn Sie fest an etwas glauben, dann wird das auch eintreffen. Und dahinter steht die gewaltige Macht des Unterbewussten. Wenn das Unterbewusste entsprechend programmiert ist, dann arbeitet es auch so. Und wenn es auf den 22. September 2012 programmiert wird, dann wird dieses Ziel angestrebt.«

»Was schlagen Sie vor?«

»Welchen Nachteil haben Sie, wenn Sie den September-Termin veröffentlichen?«

»Ich habe keinen Puffer mehr«, erwiderte Helmut Adler.

»Nicht auf dem Papier, das stimmt. Doch Sie haben einen heimlichen Puffer; damit haben Sie die Option, erst am 15. Dezember 2012 fertig sein zu müssen. Was hindert Sie, den 22. September 2012 zu veröffentlichen?«

»Profitlich wird mich darauf festnageln. Dann habe ich keinen Spielraum mehr.«

»Also ist Ihre eigentliche Befürchtung, dass Sie den Termin im September nicht halten können. Laut Plan sind Sie dann aber fertig. Was bräuchten Sie, damit Sie davon auch überzeugt sind?«

Helmut Adler dachte lange nach. »Ich habe da ganz gern einen Puffer. Das ist immer hilfreich. Und beruhigend.«

»Haben Sie den auch, wenn Sie den 22. September 2012 jetzt als Endtermin bekannt geben und wissen, dass Sie eigentlich erst am 15. Dezember fertig sein müssen?«

»Eigentlich schon.«

»Und uneigentlich?«

»Gute Frage. Ich glaube, ich gebe doch den 22. September 2012 heraus. Dann können sich alle danach richten.« Helmut Adler setzte sich an den PC: »Warten Sie einen Moment, ich nehme den Puffer wieder heraus. Zur Zeit haben nur Frau Matthies und ich eine Schreibberechtigung auf den Plan. So, damit ist der Endtermin der 22. September 2012.« Er wandte sich wieder an Anna Lembach: »Ich wollte den Plan ausdrucken. Helfen Sie mir beim Zusammenkleben?«

»Pläne ausdrucken und zusammenkleben ist ein Puzzle-Spiel für hochbezahlte Manager«, sagte sie und grinste.

»Also nicht?«

»Nein.«

Sichtlich enttäuscht ergänzte Helmut Adler: »Ich finde es immer schön, den ersten Plan auszudrucken. Dann können ihn alle anschauen. Auch so als Erinnerungsstück.«

»Da spricht überhaupt nichts gegen. Gegen den Ausdruck, meine ich. Ich finde nur das Zusammenkleben erstens mühsam, und zweitens überflüssig, es sei denn, Sie brauchen eine neue Tapete.«

Helmut Adler schaute sie irritiert an und sagte leicht zynisch: »Danke für den Tipp.«

»Vielleicht ist die Idee mit dem Ausdruck doch gar nicht so schlecht. Dann aber bitte auf eine DIN A4 Seite. Denn Sie sollten sich den Plan von Profitlich auf jeden Fall genehmigen lassen. Das gesamte weitere Vorgehen baut auf diesen ersten Plan auf.«

»Ist das Ihr Ernst?«

»Ja klar. Er ist der Auftraggeber. Er muss die Planung zur Kenntnis nehmen. Und außerdem hat seine Unterschrift ein ganz anderes Gewicht als ein *Ihr-könnt-loslegen* auf Zuruf. Ich denke, Herr Profitlich wird den Plan gern unterschreiben, zumal Sie ihm einen früheren Endtermin präsentieren.«

Kosten

Helmut Adler hatte je Mitarbeiter oder Rolle einen Tagessatz festgelegt. Bei den Externen war das einfach, da konnte er den Euro-Betrag nehmen, der mit dem Beratungsunternehmen vereinbart war. Bei den internen Mitarbeitern musste er mit kalkulatorischen Sätzen arbeiten. Bei seinen eigenen Mitarbeitern kannte er diese Tagessätze bereits. Wenn es darum ging, solche Zahlen zu ermitteln, dann waren die Mitarbeiter von der Buchhaltung unschlagbar. Meist störten sie ja nur, doch hier hatten sie ganze Arbeit geleistet und ihm innerhalb kürzester Zeit die Kosten für die Mitarbeiter der Fachabteilung und des Außendienstes zur Verfügung gestellt. Helmut Adler stellte überrascht fest, welchen kalkulatorischen Tagessatz ein Außendienstmitarbeiter hat, welche Kosten er verursacht. *Und dafür bringen sie auch das Geld rein*, einen Vortrag dieser Art hatte er sich schon einmal von Dr. Simon Profitlich anhören dürfen. Er trug die Tagessätze der Mitarbeiter in McProject ein. Und per Knopfdruck ermittelte das Tool die Kosten für das gesamte Projekt. Mit dieser Zahl ging er zu Profitlich.

»Unsere Teilprojektleiter sind mit der Planung fertig. Es sieht ganz gut aus, der 31. Dezember 2012 ist machbar. Wahrscheinlich werden wir sogar früher fertig. Und hier habe ich die Kosten ermittelt.« Damit Dr. Simon Profitlich nicht gleich der Schlag treffen würde, hatte Helmut Adler die Personal-Kosten je Teilprojekt und je Phase einzeln zusammengestellt. Die Kosten für Hardware und weitere Sachkosten hatte er extra aufgelistet.

Doch Dr. Simon Profitlich konnte ausgezeichnet im Kopf rechnen. »Stolze Summe, an welchen Schrauben lässt sich noch drehen? Lassen Sie uns das Ganze einmal genauer anschauen. Ich will ja nicht behaupten, dass das nicht stimmt, doch mit dieser Summe habe ich, ehrlich gesagt, in meinen kühnsten Träumen nicht gerechnet.« Helmut Adler hatte eine noch detailliertere Kostenaufstellung dabei; beide arbeiteten diese Stück für Stück durch.

»Nun, fachlich kann ich das überhaupt nicht beurteilen, da vertraue ich auf Sie und Ihre Mannschaft«, sagte Dr. Simon Profitlich. »Die kalkulatorischen Sätze für unsere Außendienstmitarbeiter überraschen mich doch. Aber wie ich Sie kenne, haben Sie unsere Buchhaltung so lange genervt, bis die die Zahlen rausgerückt hat. Und denen müssen wir einfach glauben. Die Zuschläge zum Aufwand haben Sie vermutlich auch schon berücksichtigt.«

»Ja, wir haben diesmal mit einem Zuschlag von 110 % gerechnet, das schien mir realistischer.«

»Sonst hatten wir 100 % Zuschlag, nicht wahr?« Dr. Simon Profitlich legte die Stirn in Falten. »Selbst wenn Sie nur mit 100 % Zuschlag kalkulieren, wird die Zahl auch nicht deutlich geringer. Ist da wirklich nichts zu machen?«

»Wir verzichten auf die Hardware.« Pause. Beide Männer schauten sich ungläubig an. »Geht nicht, ich weiß. Wir lassen die ganzen Zuschläge weg. Und tun so, als ob das der Plan wäre.« Helmut Adler schüttelte den Kopf.

»Das Spiel haben wir in der Vergangenheit nun schon oft genug gespielt. Und ich habe begriffen, zwar nur langsam und mühsam, aber ich habe begriffen, dass es nichts bringt, wenn wir uns hier etwas vormachen. Denn dann stehen Sie jede Woche bei mir auf der Matte und erzählen mir, dass Sie doch nicht so fertig geworden sind, wie ursprünglich geplant. Und ich habe keine Lust auf chronisch schlechte Nachrichten.«

Helmut Adler zog die Schultern hoch.

»Was sagt denn Ihre Beraterin dazu?«

»Sie hatte auch 100 % Zuschlag geschätzt.«

»Das scheint eine magische Zahl zu sein, da kommt wohl keiner drum herum. Gut, verpacken wir das Ganze nett, dann ist auch der Aufsichtsrat zufrieden. Aber das mit dem Kick-off, mit der Zwei-Tages-Veranstaltung im Hotel, das lassen wir mal lieber. Ich kriege sonst ernsthafte Probleme. Sie wissen, ich bin großzügig, ich will wirklich nicht am verkehrten Ende sparen, doch wenn Sie jetzt mit Ihrem Projekt zwei Tage ins Hotel gehen, kostet das ja auch einiges für 20 Personen. Dann habe ich gleich ein paar andere Projekte, die auch ihre Forderungen stellen. Und Sie wissen ja, so rosig sind die Zeiten im Moment nicht. Ich mache Ihnen einen Vorschlag: Sie machen den Kick-off hier, ich halte eine kleine Ansprache, und wenn das Projekt läuft, dann können Sie zwischendurch einen, wie heißt das doch gleich auf Neudeutsch, einen Event planen. Darauf haben Sie mein Wort.«

Helmut Adler war enttäuscht. Gern wäre er mit dem gesamten Team für den Kick-off ins Hotel gegangen. Doch dieses Zugeständnis musste er im Moment wohl machen. Das würde sonst Ärger geben. Dafür hatte Dr. Simon Profitlich seinen Füllhalter gezückt und den Plan und auch die Kostenübersicht anstandslos unterschrieben. Außerdem hatte er die Zusage, mit der gesamten Crew während des Projektes etwas außer der Reihe zu machen. Und Dr. Simon Profitlich hielt stets sein Wort.

Der Besuch beim Gesamtbetriebsrat

Den Besuch beim Gesamtbetriebsrat hatte Helmut Adler mit Anna Lembach sorgfältig vorbereitet. *Für solche Situationen sind Berater klasse; sie haben einen unerschöpflichen Vorrat an Fragen. Und sie stellen Fragen, auf die ich selbst im Traum nicht gekommen wäre*, dachte er. Gemeinsam hatten sie einen Fragenkatalog erstellt, hatten auch für dieses Treffen eine Agenda vorbereitet, die Ralf Maier, Gesamtbetriebsratsvorsitzender der H.UMOR AG, vorher bekommen hatte. Eigentlich hatten sie auch Dr. Simon Profitlich dabei haben wollen, doch der hatte abgewehrt.

»Dabei fühlt sich der Betriebsrat besonders wertgeschätzt, wenn der Vorstand Rede und Antwort steht.« Anna Lembach hatte noch versucht, ihn mit Engelszungen zu überreden. Doch Dr. Simon Profitlich vertraute darauf, dass beide das Gespräch schon im Interesse der Firma führen würden. Ganz wohl war Helmut Adler aber bei dieser Sache doch nicht.

Ralf Maier war ein untersetzter Mann in den mittleren Jahren, der selten lächelte. Manchmal trug er einen Anzug, manchmal Jeans, dazu immer ein kariertes Hemd. Seit Jahren leitete er die Geschicke zunächst des örtlichen Betriebsrates, später des Gesamtbetriebsrates. Er hielt sich standhaft als Gegenpol zu Dr. Simon Profitlich. Es war offensichtlich ein stillschweigendes Abkommen zwischen ihnen oder auch nur die Einsicht, dass sie bisher immer eine Lösung gefunden hatten. Beide begegneten sich nur ungern, und wenn es sich wirklich nicht vermeiden ließ, dann möglichst kurz. Sichtlich erleichtert nahm Ralf Maier somit zu Kenntnis, dass Dr. Simon Profitlich bei diesem Gespräch nicht dabei sein würde.

Anna Lembach führte zunächst das Gespräch mit ihm. Sie erläuterte sachlich und ruhig alle Punkte, die er als Gesamtbetriebsratsvorsitzender wissen musste. Sie legte dar, welche Teile der späteren Anwendung gemäß Betriebsverfassungsgesetz informationspflichtig und welche mitbestimmungspflichtig waren. Sie erklärte, wie man im Projekt damit umzugehen gedenke. Ralf Maier fragte, Anna Lembach antwortete, wies auch auf die schwierigen Punkte hin und lud ihn ein, im Projekt mitzumachen, wenigstens dabei zu sein.

»Wissen Sie, Herr Maier, wir brauchen Sie hier im Projekt. Ohne Sie können wir das ganze Projekt knicken, denn Sie sind gemäß Betriebsverfassungsgesetz in der Lage, das Projekt zu kippen, wenn wir uns nicht an die Regeln halten. Und wenn das Betriebsverfassungsgesetz erst einmal von Ihnen hervorgeholt und zitiert wird, dann haben wir wahrscheinlich schon verloren. Deshalb brauchen wir Ihre Mitarbeit. Folglich brauchen wir Sie ganz nah am Projekt, denn Sie müssen Ihre Zustimmung geben.« Ralf Maier war durch diesen Redeschwall sichtlich irritiert.

Normalerweise trug er aufgrund seiner Rolle das *Ich-bin-dagegen*-Schild vor sich her. Und hier lud ihn eine externe Beraterin dazu ein, in einem Projekt mitzumachen.

»Hat Profitlich Sie bestochen?«, fragte er unvermittelt.

»Nein. Ich habe ein ehrliches Interesse an diesem Projekt, auch als externe Beraterin, denn ich will Erfolg, Ihren und meinen. Dazu brauche ich, brauchen wir, Sie. So einfach ist das. Wenn Sie nicht mitmachen, dann haben wir ein Problem. Also, machen Sie mit?« Sie legte ihm erneut die Möglichkeit seiner Einflussnahme offen dar, führte die Besprechungen auf, bei denen er unbedingt anwesend sein sollte, schlug ein Szenario der Informationsweitergabe vor. Ralf Maier war das nicht gewohnt. Es kam ihm überaus verdächtig vor. »Denken Sie in Ruhe darüber nach. Und dann rufen Sie Herrn Adler oder mich an. Gern auch, wenn Sie weitere Fragen haben.«

»Und was sagen Sie zu all dem«, wandte er sich an Helmut Adler. »Ist das einer von Profitlichs Tricks? Wurde die Frau bestochen oder vorgeschickt oder ist das ernst gemeint?«

»Letzteres. Ich kann das nur bestätigen«, sagte Helmut Adler.

Ralf Maier schüttelte den Kopf. Helmut Adler hatte Verständnis. So war Ralf Maier als Gesamtbetriebsratsvorsitzender bisher noch nie in ein Projekt eingeladen worden. Doch er schien langsam Vertrauen zu gewinnen. Gemeinsam fingen sie an, die verschiedenen Möglichkeiten der Zusammenarbeit zu erörtern und zu überlegen, wie der Gesamtbetriebsrat in das Projekt eingebunden werden kann.

»Ich glaube nicht, dass es notwendig ist, wenn Sie bei jeder Besprechung des Projektleiters mit den Teilprojektleitern dabei sind«, sagte Anna Lembach. »Ich kann mir jedoch sehr wohl vorstellen, dass Sie bei den Aktivitäten dabei sind, bei denen Sie informiert sein müssen oder bei denen Sie mitbestimmen müssen. Wahrscheinlich ist es sogar sinnvoll, dass Sie bei den einzelnen Aktivitäten eingeplant werden.«

»Soweit ich weiß, haben sowohl Julia Matthies als auch Thomas Hartmann Vertreter des Gesamtbetriebsrates oder des örtlichen Betriebsrates eingeplant«, ergänzte Helmut Adler.

»Werden wir denn auch gefragt, ob wir da können?« Ralf Maier hatte endlich zu alter Stärke wiedergefunden. »Ihr könnt uns doch nicht einfach in einem Projekt verplanen und dann können wir gar nicht.«

»Werter Herr Maier, Sie erwarten doch nicht allen Ernstes, dass wir das Projekt um die Verfügbarkeitstermine des Gesamtbetriebsrates herum planen. Wir geben Ihnen die Termine vor, stimmen sie selbstverständlich mit Ihnen ab und Sie schicken dann eine Person. Und bitte möglichst immer dieselbe Person, denn jede neue Person muss sich wieder neu einarbeiten.«

»Und wenn das nicht geht?«

»Fangen wir doch erst einmal an«, entgegnete Helmut Adler. Er hatte keine Lust auf eine Diskussion. »Und dann schauen wir, wie wir zusammenarbeiten. Wir müssen doch nicht gleich von Anfang an alle Eventualitäten mit einplanen. Ich gehe einfach davon aus, dass Sie uns auch entgegenkommen wollen. Und wenn nicht, Sie wissen ja, der Sponsor für dieses Projekt ist Profitlich höchstpersönlich, und ich lasse alles, was sich störend auf das Projekt auswirkt, schnell eskalieren. Einstweilen schlage ich vor, dass wir uns gemeinsam anschauen, was das Team bisher erarbeitet hat und auch die Stellen, an denen der Gesamtbetriebsrat gefordert sein wird. Selbstverständlich kann ich Ihnen regelmäßig die Protokolle und die Statusberichte zukommen lassen. Und für die Aktivitäten, bei denen Ihre Mitarbeit erforderlich ist, erhalten Sie jeweils gesondert eine Einladung. Die Detailabstimmung hierfür obliegt den Teilprojektleitern.«

Ralf Maier nickte.

»Und was bedeutet das Nicken?« Helmut Adler gab nicht nach.

»Ja, informieren Sie uns regelmäßig.«

»Das heißt natürlich auch im Gegenzug, dass wir Ihre Reaktion auf die Information erwarten und Ihre Anwesenheit in den verschiedenen Besprechungen auch wirklich brauchen.«

»Ja, habe ich verstanden. Das ist nur wieder so verdammt viel auf einmal. Wir stecken mitten in den Vorbereitungen für die nächste Tarifrunde und dann legt uns Profitlich so ein Ei ins Nest, das schon vorgekocht ist. Und man kann nichts mehr machen. Und wenn man an irgendeiner Stelle mal Bedenken anmeldet, dann heißt es sofort *Eskalieren* oder *Schiedsstelle*.«

»Oh, wenn wir schon bei diesen Begriffen sind«, mischte sich Anna Lembach wieder ein, »ich will noch etwas zum Thema Controlling anmelden. Wir brauchen für das Projekt-Controlling die Rückmeldung der tatsächlich geleisteten Arbeitsstunden pro Mitarbeiter und Aktivität. Da es sich dabei um personenbezogene Daten handelt, hole ich immer gern die Genehmigung des Gesamtbetriebsrates ein.« Helmut Adler warf ihr einen feindseligen Blick zu, der soviel bedeutet wie: *Fordern Sie nie zu viel auf einmal vom Betriebsrat! Es kann sein, dass Sie gar nichts mehr bekommen.*

Ralf Maier wiederholte ihre Worte: »Sie wollen also für jeden Mitarbeiter wissen, wie viel er gearbeitet hat? Das ist Kontrolle.«

»Ja, das ist Kontrolle. Ich kenne keine andere Möglichkeit des Controllings im Projekt. Wenn Sie eine adäquate Variante haben, dann nennen Sie mir diese gerne.« Pause. »Andernfalls müssen wir die Daten personenbezogen erheben. Oder die H.UMOR AG verzichtet auf Projekt-Controlling. Oder auf das Projekt.«

Berater, dachte sich Helmut Adler. *Müssen die immer gleich so scharf schießen.*

Das wäre doch sicherlich auch eleganter gegangen. »Ich will mal so sagen. Wir brauchen wirklich die Daten pro Mitarbeiter, sonst weiß ich als Projektleiter nicht, wo das Projekt steht. Und dann ist das nur etwas Vages, wie früher in den Projekten, wo wir nie fertig geworden sind. Es herrscht ein ganz schöner Druck im Moment, das wissen Sie so gut wie ich. Denken Sie darüber nach. Es geht wirklich nicht ohne die tatsächlichen Zahlen.«

»Dann nehmen Sie wenigstens Nummern statt Mitarbeiternamen.«

»Ob ich jetzt Nummern nehme oder Namen, aus den Nummern ist der Name jederzeit ableitbar. Wenn ich gleich die Namen nehme, dann erspare ich mir die Übersetzung der Nummern in die Namen und umgekehrt.«

»Aber das darf dann nur mit Genehmigung von uns weitergeleitet werden.«

»Sie meinen also, wenn das Projekt kurz vor dem Abgrund steht oder ein Mitarbeiter richtig Mist baut, komme ich zuerst zu Ihnen und frage Sie, ob ich das Profitlich melden darf. Diesen Vorschlag unterbreiten Sie ihm bitte persönlich. Ich mache meinen Job als Projektleiter. Sie machen Ihren als Gesamtbetriebsratsvorsitzender. Von Ihnen brauche ich die Genehmigung für das personenbezogene Controlling. Und falls Sie dem nicht zustimmen, bin ich ganz schnell bei Profitlich.« Helmut Adler war richtig wütend. *Ich kann das ewige Gejammer nicht mehr hören. Wir sind in einem Unternehmen, Mensch, wir sollten doch zusammenarbeiten.* Er schüttelte den Kopf.

»Gibt es denn wirklich keine andere Möglichkeit?«, fragte Ralf Maier. Er schien doch angeschlagen zu sein.

»Ich kenne keine«, mischte sich Anna Lembach ein. »Ich will Ihnen das Leben jetzt nicht schwer machen. Controlling geht immer nur personenbezogen. Alles andere ist Spekulation.«

»Aber dann können Sie aufgrund der personenbezogenen Daten die Personen kontrollieren. Und diese Daten weiterleiten und sogar Maßnahmen daraus ableiten.«

»Ralf Maier«, Helmut Adler holte tief Luft. »Ich brauche die Zahlen für das Controlling des Projektes. Ich werde mit Sicherheit Maßnahmen für das Projekt daraus ableiten und die müssen nicht unbedingt personeller Natur sein. Ich habe absolut kein Interesse, diese Daten weiterzuleiten, es sei denn, ein Projektmitarbeiter benimmt sich derart daneben, dass das notwendig wird. Denken Sie darüber nach, ob Sie uns unterstützen wollen. Dann geben Sie mir bitte bis Ende der Woche Bescheid. Im Übrigen steht der Termin für die Kick-off-Veranstaltung schon fest, zu der ich Sie hiermit sehr herzlich einlade.« Helmut Adler stand auf, packte seine Sachen zusammen und machte Anstalten zu gehen.

»Wir brauchen Ihre Unterstützung. Sie müssen mitbestimmen, ganz klar. Wir brauchen Ihre Zustimmung für das Projekt-Controlling. Sonst geht gar nichts«,

Anna Lembach betonte noch einmal die Brisanz der Situation.

Ralf Maier nickte nur.

Helmut Adler war wütend. Er hatte dieses Gespräch so gut vorbereitet. *Doch die vom Gesamtbetriebsrat haben immer noch nicht kapiert, dass alle zusammen in einem Unternehmen arbeiten und dass es um das Wohl des Unternehmens geht.*

»Shit happens«, kommentierte Anna Lembach dieses Gespräch lapidar. »Es lohnt sich nicht, sich darüber aufzuregen. Ich gehe einfach davon aus, dass er seine Zustimmung geben wird. Er weiß, dass wir mit der Eskalation ernst machen. Und seine Beziehung zu Profitlich scheint nicht die beste zu sein.«

»Umgekehrt auch nicht. Aber Profitlich kann immer Umsatzzahlen, Gewinneinbußen und sinkende Aktienkurse aus dem Hut zaubern.«

»Und der Betriebsrat kann nur glückliche Mitarbeiter dagegen halten. Das wird er sich gut überlegen, denn schließlich wird auch ein Ralf Maier aus den Umsätzen der H.UMOR AG bezahlt. Ich übrigens auch.« Sie grinste. »Vielleicht sollte ich mich mit ihm darüber unterhalten.«

Es dauerte keine 24 Stunden, da rief Marco Steinmetz bei Helmut Adler an. Marco Steinmetz war Mitglied des örtlichen Betriebsrates und hatte in einer Filiale gearbeitet: »Ich habe gehört, dass Sie ein Projekt starten, das mitbestimmungspflichtig ist. Ich würde mich gern mit Ihnen darüber unterhalten.« Beide vereinbarten einen Termin, trafen sich, unterhielten sich. Wie sich herausstellte, war Marco Steinmetz einfach nur neugierig. Er wollte genau wissen, an welchen Stellen die Mitbestimmungspflicht zum Tragen kam, fragte nach dem Szenario dafür. Sie sprachen auch über das Controlling. Marco Steinmetz hatte auch kein Patentrezept. Er versprach, darüber nachzudenken. Auch bekundete er reges Interesse, an den Stellen, an denen der Gesamtbetriebsrat gebraucht wurde, aktiv im Projekt mitzuarbeiten.

»Dafür lege ich meine gesamten Filial-Kenntnisse in die Waagschale«, sagte er.

Helmut Adler war überrascht. *So geht es also auch*, dachte er und notierte Telefonnummer und E-Mail-Adresse von Marco Steinmetz in seiner Liste der Projektbeteiligten. Ihn wollte er gern im Projekt haben.

Kick-off-Workshop: die Vorbereitung

Die Teilprojektleiter waren inzwischen schon mit der Fein-Planung für das Fachkonzept beschäftigt. Nicola Lehmann, die neue Teilprojektleiterin für das Teilprojekt Schulung, hatte mit Unterstützung von Helmut Adler, Julia Matthies und Anna Lembach die Aktivitäten für die einzelnen Phasen zusammengetragen, eine Schätzkonferenz durchgeführt, nach einem weiteren Mitarbeiter Ausschau gehalten, diesen auch gefunden und die Planung für ihr Teilprojekt ebenfalls fertig gestellt. Wieder bat Helmut Adler Julia Matthies, die Pläne mit Unterstützung des Multiprojekt-Managements zu konsolidieren.

»Wieso ich schon wieder?«, beschwerte sie sich. »Ich finde das Tool nicht so toll. Charlie Keyser hat doch am lautesten *hier* geschrien.«

»Aber Ihnen vertraue ich. Bei Ihnen bin ich mir sicher, dass Sie sorgfältig arbeiten. Und Sie machen es für das Projekt, also für uns alle. Außerdem ist Charlie gerade mal wieder im Zugriff von Herrn Bieler, seinem Chef, und ich habe alle Hände voll zu tun, ihn wieder für das Projekt frei zu schaufeln.«

Neben dieser Aufgabe, mit Stefan Bieler endlich eine klare Regelung für den Einsatz von Charlie Keyser zu finden, musste er dringend den Kick-off-Workshop vorbereiten, denn das sollte eine gelungene und richtungsweisende Auftaktveranstaltung für das gesamte Projekt werden.

»Frau Lembach«, wandte er sich an seine Beraterin, »was schlagen Sie vor? Ich will eine supergelungene Auftaktveranstaltung haben.«

»Gegenfrage: Was haben Sie sich bereits überlegt?«

»Gegenfragen sind unhöflich.«

»Ich weiß, doch vermutlich haben Sie schon eine Menge Ideen zum Kick-off und zum Begriff *super-gelungen*.«

Helmut Adler nickte: »Wenn ich an viele vorherige Kick-off-Veranstaltungen denke, dann will ich die Fehler der Vergangenheit nicht unbedingt wiederholen. Wir hatten zum Beispiel reine Informationsveranstaltungen, anderthalb Stunden Zahlen, Daten, Fakten. Die Leute sind dann rausgegangen und haben sich gefragt *Ja, und?* Die hatten dann zwar jede Menge Informationen über das Projekt, aber sie kannten die Menschen im Projekt nicht. Leider haben sie die Informationen auch schnell wieder vergessen. Mir schwebt eine Veranstaltung vor, bei der ich zum einen Informationen rüberbringe, andererseits will ich auch, dass die Leute sich kennen lernen. Denn die, die dabei sind, sollen bis Herbst 2012 zusammenarbeiten. Und es ist schlimm, wenn die Crew am Anfang keine Zeit hat, sich kennen zu lernen. Dann knallt es später.«

»Storming-Phase«, kommentierte Anna Lembach. Helmut Adler blickte sie fragend an. Sie fuhr fort: »In der Teamentwicklung gibt es vier Phasen: Forming, Storming, Norming und Performing. In der Forming-Phase geht es darum, dass die Teammitglieder sich kennen lernen und auch ausreichend Zeit dafür haben. Ich kann Ihre Erfahrungen nur bestätigen. Denn haben die Teammitglieder keine Zeit für das Kennenlernen, dann müssen sie das irgendwie nachholen. Meist knallt es dann in der Storming-Phase.«

»Ist das wirklich so?«

»Ja. Schauen Sie, Sie bieten hier beim Kick-off die Plattform für das Kennenlernen. Gut, einige Personen kennen sich schon, einige auch nicht. Wichtig ist, dass sich alle kennen lernen. Denn sie sollen ja immerhin bis Ende September 2012 zusammenarbeiten, das sind gut zwei Jahre. Wenn Sie den Menschen die Plattform zum Kennenlernen nicht bieten, dann suchen sie sie sich selbst. Und das dauert erfahrungsgemäß wesentlich länger. Ich behaupte, dass Projekte, die den Bach runtergegangen sind, keine ausreichende Forming-Phase, oft auch keinen Kick-off hatten.«

»Mmh«, Helmut Adler war nachdenklich. »Das war bei der H.UMOR AG auch so. Die Projekte, die den Schnell-Schnell-Start hatten, also quasi von Anfang an mit der heißen Nadel gestrickt waren, hatten keinen Kick-off, und die haben wir dann auch gegen die Wand gefahren, na ja, manchmal mit vielen Schrammen ganz knapp vorbei. Das gibt zu denken. Und deshalb will ich einen Kick-off. Dafür wollte ich sogar zwei Tage ins Hotel. Doch da macht Profitlich gerade Probleme.« Und er erzählte ihr von seinem Gespräch mit Dr. Simon Profitlich. Er hatte über die Kosten des Projektes schwer geschluckt. Und deshalb den externen Kick-off-Workshop im Hotel gestrichen, dafür aber in Aussicht gestellt, dass es einen Event während der Projektlaufzeit geben sollte.

»Dann lassen Sie uns mal rechnen«, Anna Lembach ließ, wie gewohnt, nicht locker. »20 Personen mit einem durchschnittlichen kalkulatorischen Tagessatz von 1.000 Euro, durchschnittlich wohlgemerkt, macht bei zwei Tagen 40.000 Euro. Beim Hotel können wir, großzügig gerechnet, mit einer Tagespauschale von 150 Euro pro Person und Tag kalkulieren, macht bei 20 Personen und zwei Übernachtungen 6.000 Euro. Damit sind wir bei einer Investition von 46.000 Euro im Promille-Bereich gemessen an den Gesamtkosten des Projektes. Das sollte immer drin sein, schließlich ist der Kick-off-Workshop *die* Auftaktveranstaltung für das ganze Projekt.«

»Die Veranstaltung selbst kann bleiben, lediglich das Hotel hat Profitlich gestrichen. Und die internen oder politischen Gründe dafür überblicke ich im Moment nicht.«

»Na gut, dann machen wir es uns hier zwei Tage gemütlich.« Anna Lembach war begeistert. »Was schlagen Sie vor?« Schnell schrieben beide verschiedene Ideen auf, wie sie den Kick-off auf der Sach- und auf der Beziehungsebene gestalten können.

»Ich will auch irgendetwas dabei haben, wo die Leute miteinander reden, miteinander ins Gespräch kommen. Denn später müssen sie auch als Team zusammenarbeiten. Ich dachte an so etwas wie den *Würstchenverkäufer* von Tom DeMarco. Ein Eiswagen ist mir dabei in den Sinn gekommen: Stellen Sie sich vor, einen ganzen Eiswagen samt Verkäufer ins Unternehmen bugsieren. Doch leider wird von Eis allein keiner richtig satt. Oder Brötchen mit Wurst und Käse zum Selbstschmieren. Oder ...« Jetzt begann eine interessante und kreative Phase, verbunden mit einer lustigen Internet-Recherche. Beide waren begeistert, sie konnten ihre gesamte Kreativität ausleben. Und binnen zwei Stunden stand der Ablauf der Kick-off-Veranstaltung fest:

Agenda Kick-off

1. Tag:
- Begrüßung: Adler, Profitlich
- Vorstellungsrunde der TN
- - Pause -
- Was bisher geschah?
- Ziele des Projektes
- gemeinsames Mittagessen
- Gruppenarbeit in den Teilprojekten
- - Pause -
- Präsentation, Fragen und Diskussion
- Abschlussrunde

Agenda Kick-off

2. Tag:
- Projektplanung
- Projektorganisation
- - Pause -
- Chancen und Risiken
- Rahmenbedingungen
- gemeinsames Mittagessen
- Ihre Erwartungen: Gruppenarbeit und Präsentation
- - Pause -
- „Spielregeln“
- Fragen und Diskussion
- Abschlussrunde

Abbildung 20: Ablauf der Kick-off-Veranstaltung

»Das sieht richtig gut aus«, Helmut Adler schien zufrieden. »Fehlt eigentlich nichts mehr.«

»Zeiten sollten wir noch angeben und Pausen natürlich«, ergänzte Anna Lembach.

»Gut, wir fangen am ersten Tag um 10:00 Uhr an, dann müssten die, die extra anreisen, auch hier sein. Und am zweiten Tag können wir dann um 9:00 Uhr oder schon um 8:30 Uhr anfangen.« Helmut Adler rieb sich freudig die Hände. »Das wird richtig gut. Ich schreibe schnell die Agenda ab und verteile sie an die Teilnehmer. Natürlich lade ich nebst Profitlich auch den Gesamtbetriebsrat, die Systemintegration und unsere Qualitätssicherer ein.«

»Weiß eigentlich schon der Außendienst von seinem Glück, dass er auch zum Projekt gehört?«

»Ja. Julia Matthies hat bei der Planung bereits viel mit Herrn König gesprochen. Er leitet unseren Außendienst. Er äußerte sich sehr zufrieden darüber, dass man ihn so früh integriert hat. Und er will auf jeden Fall mitmachen und gute Leute ins Projekt schicken. Er schien dankbar für die ganzen Informationen zu sein. Da sieht man mal wieder, worauf es im Projekt ankommt: reden, reden, reden. Und die Leute so früh wie möglich einbeziehen und ihnen eine Chance geben, das Ganze zu verstehen und mitzumachen. Doch, ich bin sehr zufrieden und sehr stolz auf uns.«

»Genau das bringen Sie bitte auch auf dem Kick-off rüber.« Anna Lembach lächelte ihn an.

Projektorganisation

»Ich habe gerade das Organigramm für das Projekt erstellt«, sagte Helmut Adler zu Anna Lembach. »Da kommt doch ganz schön was zusammen. Ich wollte diese Organisation auf dem Kick-off vorstellen, damit sich jeder wiederfindet. Jeder bekommt dann dieses Diagramm zusammen mit der Liste der Projektbeteiligten.« Anna Lembach nickte.

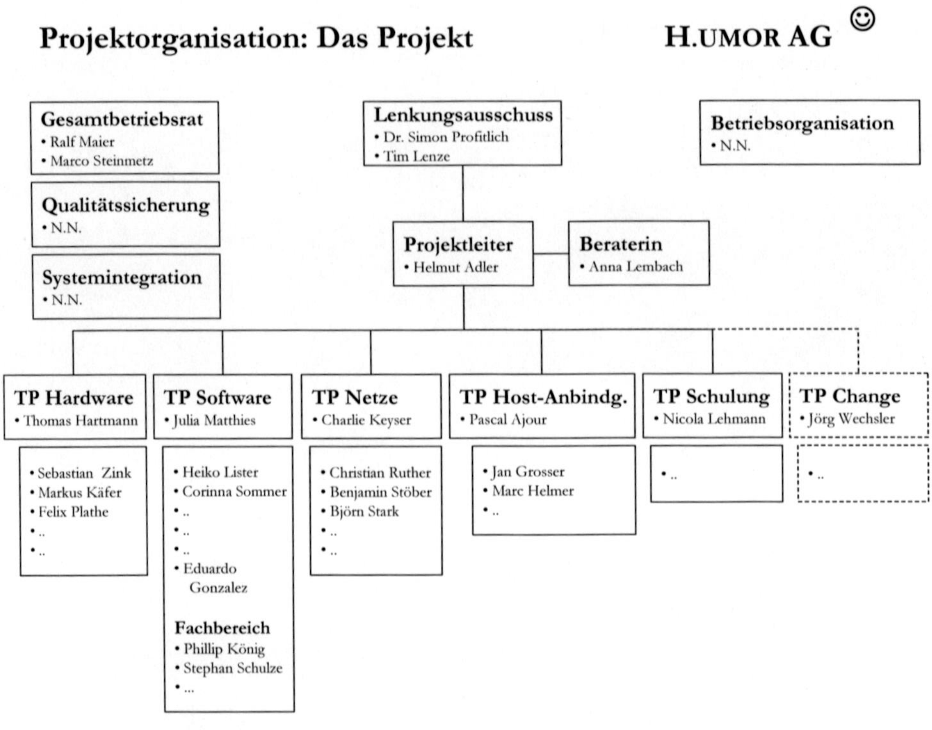

Abbildung 21: Organigramm der Projektorganisation

»Ist der Zeitumfang, in dem Charlie Keyser dem Projekt zur Verfügung steht, inzwischen geregelt?«, fragte sie.

»Ja und nein. Er ist zu 80 % dabei. Sein Chef, Stefan Bieler, muss gerade mühsam lernen, wie man delegiert. Nur kann er diesmal nicht an Charlie Keyser delegieren, denn der ist bei uns. Ich lasse das jetzt erst einmal anlaufen und dann schauen wir.«

»Und was ist mit Pascal Ajour? Er hat seinen eigenen Chef, Jan Grosser, als

Mitarbeiter im Projektteam. Das kann zu Problemen führen.«

»Ist bekannt«, wehrte Helmut Adler ab. »Ich habe mich lange mit beiden unterhalten, genau über diese Problematik. Pascal Ajour steht dem Projekt zu 80 % zur Verfügung. Jan Grosser würde dem Projekt maximal zu 50 % zur Verfügung stehen. Es ist also besser, dass Pascal Ajour Teilprojektleiter und Jan Grosser sein Mitarbeiter ist. Und wie beide dieses Durcheinander *ein Mitarbeiter im Teilprojekt ist der Chef vom Teilprojektleiter* lösen, das überlasse ich den beiden. Wir hatten da schon die wildesten Konstellationen und Standesunterschiede. Und das größte Chaos. Das kann nämlich in Stress ausarten, wenn Hierarchen meinen, sie müssten kraft ihrer eigentlichen Rolle dazwischenfunken. Ich bin das mit beiden durchgegangen. Im Moment sieht es so aus, als ob die beiden eine ganz gute Regelung gefunden hätten.«

»Wie sieht die Regelung aus?«

»Im Projekt hat Pascal Ajour das Sagen und darf Jan Grosser auch immer wieder daran erinnern, dass er jetzt der Teilprojektleiter ist. Sie werden sich dafür noch eine eigene Sprache zurechtlegen.«

Anna Lembach nickte. »In Ordnung, probieren wir das erst einmal aus. Was das Organigramm betrifft, so fände ich es klasse, wenn es auch auf dem Flur hängt, jetzt wo alle auch räumlich einigermaßen zusammen sind. Dann können alle sehen, wer in welchem Teilprojekt ist.«

»Finde ich auch gut«, entgegnete Helmut Adler. »Doch unser Gesamtbetriebsrat hat etwas dagegen, wegen personenbezogener Daten und so. Also lassen wir das. Jeder bekommt dieses Organigramm in Papierform ausgehändigt. Und auf dem Server steht die Datei auch noch.«

Projektmarketing

»Ich finde es wichtig, dass die Teammitglieder auf der Kick-off-Veranstaltung einen guten Überblick darüber bekommen, was bisher schon gelaufen ist«, sagte Anna Lembach. »Mein Vorschlag ist, dass wir die bisher erarbeiteten Ergebnisse auf Pinwänden oder in einer McGraphic-Präsentation auf dem Notebook vorstellen.«

»Ich finde Pinwände besser«, sagte Julia Matthies. »Das sieht dann so richtig nach Arbeit aus. Und außerdem haben wir das meiste bereits auf den Pinwänden stehen.«

»Frau Kollegin«, wandte sich Thomas Hartmann an sie. »Sie müssen zugeben, dass eine McGraphic-Präsentation professioneller aussieht und wirklich mehr hergibt. Man kann einfach viel mehr mit den Animationen und den vielen Farben und Symbolen machen.«

»Und erst die blinkenden Felder«, schwärmte Charlie Keyser. Und sofort war eine lebhafte Diskussion zwischen den Dreien im Gange: Über die vielfältigen Möglichkeiten von McGraphic und über die vielen Vorteile. Und dass eine solche Präsentation nach viel Arbeit aussieht und mit ihrer Brillanz einfach besticht.

»Und vor lauter Geblinke und den vielen Farben wird dem Zuschauer ganz schwindelig im Kopf. Am Ende kann er dann gar nichts mehr lesen.« Julia Matthies schüttelte den Kopf.

»Was ist denn mit beidem?«, fragte Anna Lembach. »Eine übersichtliche McGraphic-Präsentation, die als Hand-out an die Teilnehmer verteilt werden kann, und die bisher erarbeiteten Ergebnisse auf den Pinwänden. Und da die Anhänger der einzelnen Darstellungsmedien auch schon ziemlich klar sind, dürfte es auch kein großes Gerangel um die Ausarbeitungen geben.«

Alle einigten sich darauf, dass sie am Abend die Pinwände und die McGraphic-Präsentation erstellen würden, alle in einem Raum, damit sie sich gegenseitig bereichern und ergänzen könnten.

»Was soll denn eigentlich auf den Folien stehen?«, fragte Charlie Keyser.

Abbildung 22: Die acht wichtigsten Folien für das Projekt-Marketing

»Das sind die wichtigsten Folien«, sagte Anna Lembach. »Die Pinwand-Fraktion bringt jeweils vier Themen davon auf eine Pinwand. Und in McGraphic bietet sich je Thema eine Seite an; die Reihenfolge ist quasi auch schon vorgegeben.«

Was jetzt passierte, war ein Paradebeispiel für Kreativität. Gemeinsam erstellten die Teilprojektleiter zunächst die Folien, dann die Pinwände. Sie waren engagiert dabei. Die Stimmung war klasse. *Wenn gute Reden sie begleiten, dann fließt die Arbeit munter fort*, dachte Helmut Adler.

»Das macht Laune, das können wir öfters machen«, sagte Charlie Keyser.

»Aber bitte nicht um diese Uhrzeit«, wandte Thomas Hartmann ein. »Dann bekomme ich Krach mit meiner Frau.«

»Ich auch!«, unterstützte ihn Helmut Adler. »Und außerdem mag ich diese Nachtschichten nicht. Heute will ich mal eine Ausnahme machen. Doch ansonsten ist im Normalfall um 20:00 Uhr spätestens Schluss mit der Arbeit. Das sollten Sie auch in Ihren Teilprojekten bekannt geben. Ich will kreative Mitarbeiter. Und wer von 9:00 Uhr bis 20:00 Uhr durcharbeitet, der produziert danach nur noch

Verschlimmbesserungen. Davon hat keiner etwas. Im Gegenteil. Also gewöhnen Sie sich und Ihre Teammitglieder rechtzeitig daran. Ich erlaube mir ab und an, den Strom abzuschalten.«

Alle starrten ihn ungläubig an. »Das stimmt«, sagte Julia Matthies. »Glück für den, der seine Daten vorher wenigstens auf der Festplatte gesichert hat, sonst ist nämlich alles – futsch.« Mit einer großzügigen Geste wischte sie über einen imaginären Tisch im Raum.

»Sie sehen«, ergänzte Helmut Adler, »das wirkt. Und zwar so, dass Frau Matthies sich nach Jahren noch daran erinnert. Wie lange ist das her? Es muss eines Ihrer ersten Projekte hier gewesen sein.« Schnell waren die beiden damit beschäftigt, genau herauszufinden, wann Helmut Adler ihr den Strom abgeschaltet hatte, so dass sie einige Seiten eines Konzeptes noch einmal hatte erstellen müssen.

»Das schult!«, erzählte sie kopfschüttelnd. »Und so weit ich mich noch erinnern kann, hatten Sie uns genau einmal vorgewarnt.«

»Ja, natürlich, denn sonst wäre das auch nicht so lange in Ihrem Gedächtnis haften geblieben. Und bevor ich es vergesse und Sie gleich alle gehen«, Helmut Adler sprach diese Worte fast ein wenig feierlich aus, »ich will Maßstäbe setzen mit diesem Kick-off. In allem. Auch, was die Kleidung betrifft. Wir haben hier im IT-Bereich nicht die super-strenge Kleiderordnung. Doch wir werden viel mit dem Außendienst zu tun haben. Und da möchte ich, dass wir denen ebenbürtig sind.«

»Und was heißt das?«, wollte Thomas Hartmann wissen.

»Kostüm und Anzug«, sagte Anna Lembach so, als gäbe es keine anderen Möglichkeiten.

»Na ja, so förmlich meine ich das nicht, aber ich möchte doch gerne gut gekleidete Teilprojektleiterinnen und Teilprojektleiter sehen«, ergänzte Helmut Adler hastig.

»Also, Rollkragenpullover«, sagten Charlie Keyser und Thomas Hartmann gleichzeitig.

Helmut Adler nickte: »So, und jetzt alle raus.«

Kick-off-Workshop: die Durchführung

Bevor der Kick-off starten konnte, gab es noch viel zu organisieren: Hand-outs erstellen, drucken und binden lassen, Namensschilder erstellen. Der Kick-off-Ablauf musste wenigstens einmal geprobt werden. Auch wenn Helmut Adler ein Profi war, er wollte eine perfekte Veranstaltung. Das verlangte eine perfekte Vorbereitung!

Anna Lembach war ihm inzwischen sehr vertraut geworden; er mochte sie nicht mehr missen. *Es gibt Berater, die sind richtig klasse. Frau Lembach war ein echter Glücksgriff, denn sie hat hier richtig angepackt*, dachte er. *Auch wenn ich es nicht mag, bis spät in den Abend zu arbeiten, so haben wir gemeinsam noch wirklich etwas auf die Beine gestellt.* Die McGraphic-Präsentation, die sie gemeinsam mit allen Teilprojektleitern erstellt hatten, war bis zur Perfektion gereift: Sie hatten immer wieder geändert, ergänzt, gestrichen, solange, bis es die ausgefeilteste Präsentation war, die die HUMOR AG je zu sehen bekommen würde.

»Und lassen Sie uns auch noch einen Folienausdruck davon machen«, sagte Anna Lembach.

»Wieso das denn? Wir haben doch einen Beamer«, protestierte Helmut Adler.

»Ich dachte, Sie wollen sich perfekt, mindestens jedoch höchst professionell präsentieren. Der Beamer kann ausfallen. Und dann?«

»Dann lasse ich eine neue Birne für diesen Beamer besorgen oder ein Austauschgerät.«

»Und in der Zwischenzeit? Sollen 20 Personen darauf warten, dass ein Ersatzteil oder ein Austauschgerät organisiert wird? Folien tun's dann auch. Und Sie haben weniger Stress mit der Situation. *Vorbereitung ist die halbe Miete*!«

»Ich gebe es nur ungern zu«, Helmut Adler sah Anna Lembach spitzbübisch an, »Sie haben mich überzeugt. Und dafür dürfen Sie jetzt die Folien drucken.«

»Nicht, dass ich mich dagegen wehren will, aber ...«, protestierte sie, »bin ich nicht ein bisschen zu teuer dafür?« Beide grinsten.

Helmut Adler hatte mehr schlecht als recht geschlafen. Heute war der große Tag, heute fand der Kick-off-Workshop statt, der Startschuss für *Das Projekt*. Nun konnte es endlich losgehen. *Wie viele Projekte hast du eigentlich schon gemacht?* fragte er sich. *Und immer noch bist du aufgeregt wie ein Schuljunge, wenn es dann richtig losgeht. Kaum zu glauben.* Er schüttelte den Kopf, während er so zu sich selbst sprach. *Es ist immer wieder ein kleines Abenteuer, auf das ich mich da einlasse. Ja, keiner weiß, ob es gut geht. Viele Hoffnungen sind heute da, dass es gut laufen möge. Viel Begeisterung ist da, viele Wünsche, viele Erwartungen. Und wie wird es dann wirklich? Werden alle so mitmachen, wie ich mir, wie wir uns das vorstellen? Antoine de Saint-Exupéry hatte einmal gesagt: ›Wenn du ein Schiff bauen willst, fang nicht an, Holz zusammenzutragen, Bretter zu schneiden und Arbeit zu verteilen, sondern wecke in den Männern die Sehnsucht nach dem großen, weiten Meer.‹ Wird mir das heute gelingen? Die Sehnsucht für dieses Projekt in allen zu wecken?* Er kam sich selbst ein wenig pathetisch vor. *Auf der anderen Seite, niemand verlangt Übermenschliches von mir. Ich stehe zwar als Kapitän auf der Brücke, doch die Crew ist gefordert mitzumachen. Selbst Profitlich ist gefordert.* Heimlich schickt er ein Stoßgebet zum Himmel. *Das wird bestimmt helfen*, dachte er. *Und hier sieht das ja keiner.* Er warf noch einen letzten prüfenden Blick in den Spiegel, der Anzug saß tadellos, die Krawatte war perfekt darauf abgestimmt. Er gab seiner Frau wie jeden Morgen einen Kuss und ging.

Anna Lembach wartete bereits vor seinem Zimmer. Helmut Adler blickte sie sprachlos an: dunkelblaues Kostüm, der Rock fast bodenlang. Sie schien aus einer anderen Welt zu kommen. Dazu ein elegantes Seiden-T-Shirt mit tiefem Ausschnitt. Er wusste nicht, ob er überrascht oder irritiert war, diese fast festliche Kleidung übertraf seine kühnsten Erwartungen.

Als habe sie seine Gedanken erraten sagte sie: »Ich habe nur solche Kostüme. Tragen Sie es mit Fassung.«

»Ich bin beeindruckt, nein überwältigt«, sagte er und gemeinsam gingen sie in den größten Besprechungsraum der H.UMOR AG. Die Trennwände zu einem weiteren Raum waren geschlossen. Nicht einmal den Teilprojektleitern hatte Helmut Adler etwas über seine Essenspläne gesagt, nur Anna Lembach und Dr. Simon Profitlich waren eingeweiht.

Sie waren früh dran, jetzt konnte er noch in aller Ruhe seine letzten Vorbereitungen treffen. Charlie Keyser kam herein. Anthrazitfarbener Anzug, dunkler Rollkragenpullover, elegante Schuhe, diese Art von Kleidung trug er ab und an und er fühlte sich offensichtlich wohl. Trotzdem merkte man ihm seine Enttäuschung immer noch an, die Enttäuschung darüber, dass diese Veranstaltung hier im Haus und nicht in einem Hotel stattfand.

»Kopf hoch, Charlie«, versuchte Helmut Adler ihn aufzumuntern. »Davon geht die Welt wirklich nicht unter, wenn wir diesmal nicht in ein Hotel gehen. Es gibt wirklich Schlimmeres. Die Zeiten sind aus verschiedenen strategisch-politischen Gründen ungünstig, einen Ausflug zu machen, wo gleichzeitig an anderen Stellen die Kosten gesenkt werden müssen.«

»Und warum trifft es ausgerechnet uns?«

»Das trifft auch ein paar andere Abteilungen, nämlich die, die sich überlegen müssen, wie sie ihre Kosten senken. Und welche Personen zukünftig vielleicht nicht mehr im Unternehmen sind. Außerdem hat Profitlich uns in Aussicht gestellt, dass es während der Projektlaufzeit mal einen größeren Event gibt, quasi als Ausgleich. Und Profitlich hält normalerweise sein Wort.«

Nach und nach kamen die anderen Teilprojektleiter herein: Nicola Lehmann mit eleganten Hosenanzug bekleidet, Pascal Ajour trug eine modische Kombination. Und Thomas Hartmann war heute ebenfalls mit dunklem Anzug und Rollkragenpullover bekleidet. Er und seine Teammitglieder hatten kleine blinkende Chips, die man üblicherweise auf PC-Platinen finden, am Revers, das unübersehbare Kennzeichen des Teilprojektes Hardware.

Etwas außer Atem kam Julia Matthies in den Raum: »Ich habe noch schnell eine Kerze für uns in der Kirche angezündet«, sagte sie, gekleidet in ein elegantes Kostüm mit passendem Top. Helmut Adler schaute sie völlig verdattert an, wusste nicht, ob ihre Kleidung oder ihre großzügige Geste ihn mehr verwunderten. »Göttlichen Beistand können wir in diesem Projekt wirklich gebrauchen.« *Damit habe ich nun überhaupt nicht gerechnet. Sieh an, sieh an. Schaden wird's bestimmt nicht,* dachte Helmut Adler.

Die ersten Teammitglieder trafen ein, nach und nach füllte sich der Raum. Jeder wurde von Helmut Adler mit Handschlag begrüßt. Jeder bekam ein Namensschild. »Alles in Ordnung mit dir?«, fragte Charlie Keyser. »Oder was soll die Begrüßung mit Handschlag heute?«

»Ich will von Anfang an Zeichen setzen, Charlie. Klar, du bist den Handschlag nicht gewohnt, doch ein bisschen Höflichkeit kann uns im Projekt nicht schaden.« Charlie Keyser schüttelte den Kopf. Helmut Adler bemerkte das und sagte: »Nicht den Kopf schütteln, Charlie, nachmachen. Auch in deinem Teilprojekt gibt es Menschen, die wollen höflich, zuvorkommend und respektvoll behandelt werden.«

»Wo soll das noch enden?«

»In einem begeisterten und engagierten Projektteam, in dem Wertschätzung und hohe Achtung dem anderen gegenüber gelebt wird«, mischte sich Anna Lembach ein.

»Okay, Jungs, von höchster Stelle und auch von unserer Top-Beraterin ist heute der Handschlag verordnet. Machen wir's mit.«

»Give me five«, sagte Christian Ruther, Teammitglied im Teilprojekt Netze, Mitarbeiter von Charlie Keyser.

»Chef, gilt das auch, dieses Abklatschen?«

»Charlie, nicht fragen – WUSCH – machen«, ermunterte ihn Helmut Adler lachend. Seine Laune war gut, die Aufregung verflog von Minute zu Minute.

»Hallo Herr König, schön, Sie endlich wieder einmal in einem unserer Projekte begrüßen zu dürfen. Lang, lang ist's her, dass wir miteinander zu tun hatten.« Mit diesen überschwänglichen Worten wandte sich Helmut Adler an Phillip König, Leiter des Außendienstes der H.UMOR AG, und damit nach Profitlich einer der wichtigsten Männer im Unternehmen. Er trug wie gewohnt einen eleganten Maßanzug. Zwar konnte dieser die Leibesfülle und die geringe Körperlänge nicht ausgleichen, doch er wirkte darin sehr gut. Zwischen beiden entwickelte sich der übliche Smalltalk, der so laut geführt wurde, dass andere einfach mithören mussten. Dr. Simon Profitlich kam dazu, an Eleganz in Kleidung und Auftreten wie immer nicht zu übertreffen, und die drei schienen die Welt um sich herum zu vergessen. Man schwelgte in alten Zeiten, in alten Projekten und darin, dass man letzten Endes doch immer erfolgreich gewesen war.

»Hoffen wir das Beste auch für dieses Mal«, Helmut Adler wagte, diese Lobeshymne auf die guten alten Zeiten zu unterbrechen. »Wenn wir alle gemeinsam an einem Strang ziehen, dann sollte es klappen. Die H.UMOR AG hat schließlich schon größere Projekte gestemmt.« Flehentlich sah Helmut Adler zu Anna Lembach in der Hoffnung, sie möge ihn aus dieser Situation befreien. Die grinste nur, schüttelte den Kopf, und Helmut Adler meinte gehört zu haben, dass sie Julia Matthies ganz leise so etwas wie *Männer* zugeflüstert hatte.

»Wollen wir nicht mal langsam anfangen?«, fragte Julia Matthies. »Auch für Sie, Herr König, gilt unser neues Ritual: Pünktlichkeit.« Das war zwar das Stichwort, doch nicht so ganz in der Art und Weise vorgetragen, wie Helmut Adler sich das vorgestellt hatte. *Frauen*, dachte er, *manchmal sind sie etwas sehr direkt.*

»Kommen Sie«, und jetzt wandte er sich an alle, »lassen Sie uns anfangen. Sie kennen ja den Satz: *Sag mir, wie dein Projekt startet, und ich sage dir, wie es endet.* In diesem Sinne lade ich Sie herzlich zum Kick-off-Workshop für *Das Projekt* ein.« Jetzt erzählte er ein wenig über das, was Einzelne vielleicht schon gehört hatten, was sich über den hervorragend funktionierenden Flur-Funk der H.UMOR AG verbreitet hatte. »Ich werde selbstverständlich noch genauer auf das Projekt eingehen, zunächst jedoch wird unser Vorstandsvorsitzender, Herr Dr. Profitlich, Sie einladen, mit ihm und uns gemeinsam dieses Projekt erfolgreich durchzuführen.« Und damit übergab er das Wort an Dr. Simon Profitlich. Dieser machte eine kurze Skizze über das Projekt, von der ersten Idee vor einigen Jahren bis zum heutigen Zeitpunkt, warb um die Unterstützung und die Begeisterung aller für das Projekt und bat jeden um sein ganzes Engagement. »Ich habe genau 15 Minuten Redezeit erhalten«, wandte er sich schmunzelnd an die Gruppe. »Ich will mich hier an die Regeln halten. Das erwarte ich auch von Ihnen. Und damit wünsche ich uns allen ein gutes und erfolgreiches Projekt. Vielen Dank.« Er gab das Wort wieder an Helmut Adler.

»Ich danke Ihnen, Herr Dr. Profitlich. Sie, meine Damen und Herren, werden später noch Gelegenheit haben, mit Herrn Dr. Profitlich einige Worte zu wechseln.

Wir werden jetzt erst einmal unter uns sein, er wird später wiederkommen. Das haben wir abgestimmt.« Das war das Stichwort für Dr. Simon Profitlich. Er nickte kurz in die Runde und ging. Ein kaum wahrnehmbares, erleichterndes Aufatmen ging durch den Raum.

»Dann lassen Sie uns anfangen«, Helmut Adler schlug die vorbereitete Flipchart-Seite auf und erklärte, wie die Vorstellungsrunde ablaufen soll.

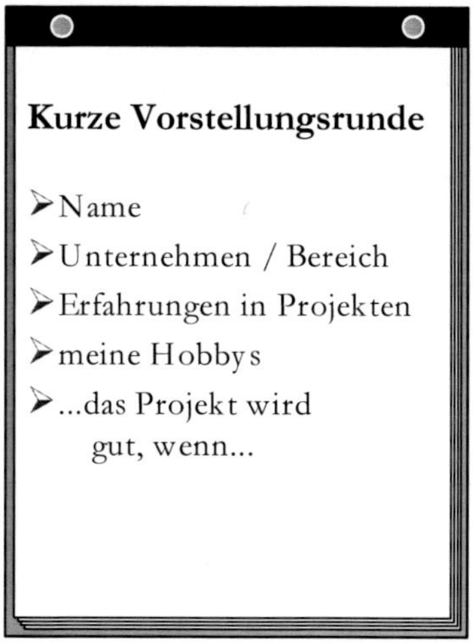

Abbildung 23: Vorstellungsrunde

»Verstehe ich das richtig, wir sollen *alle* etwas dazu sagen?« Charlie Keyser runzelte die Stirn.

»Ja, genau, das hast du richtig verstanden.«

»Aber wir kennen uns doch alle oder wenigstens die meisten kennen sich, dann ist es doch nicht notwendig.«

»Doch, Charlie, es ist notwendig. Einige Leute hier kennen sich noch nicht und für uns alle ist es *die* Chance, uns kennen zu lernen. Dann muss das später nicht in den Teilprojekten nachgeholt werden.« Und im Stillen dachte Helmut Adler: *Damit das später nicht so knirscht im Projekt.* »Und deshalb fange ich gleich an. Und für mich wie für alle anderen gilt eine Redezeit von maximal drei Minuten. Teilen Sie sich die Zeit also gut ein.« Und dann erzählte Helmut Adler ein wenig über sich, peinlich darauf bedacht, die Redezeit von drei Minuten auch einzuhalten. Er schaute noch einmal auf das Flipchart und vervollständigte den letzten Satz: »Und das Projekt wird gut, wenn wir *in time* und *in budget* fertig sind, und Sie alle begeistert und engagiert bis zum Schluss dabei sind. Und das Ergebnis einfach top ist.« Das gab zu denken.

»Und dann schlage ich vor, dass Sie, Herr König, weitermachen.« Da Phillip König als Leiter des Außendienstes gewohnt war, sich verbal großzügig zu geben, tat er dies auch bei der Vorstellung seiner Person, und Helmut Adler musste ihn erinnern, sich kurz zufassen und nur die Punkte, die am Flipchart standen, zu beantworten. »Mir scheint, Herr Adler, Sie machen Ernst mit Ihren Regeln. Aber ich kann Sie ja verstehen, wenn man da von Anfang an keinen Schliff hinein bringt, dann wird das auch nichts.« Phillip König holte Luft, diese Chance nutzte Helmut Adler und bat den Nächsten, sich vorzustellen. Die Vorstellungsrunde kam zügig voran. Ab und an musste Helmut Adler auf die Zeit schauen, ab und an auch ein Signal geben, dass die Redezeit vorbei war. Doch im Großen und Ganzen hielten sich alle an die Regeln. Helmut Adler war zufrieden; er blickte auf die Agenda, die jetzt eine Pause vorsah. *Die kann jetzt auch ruhig länger dauern, die Teilnehmer haben sich jetzt ein wenig kennen gelernt, sollen sie sich noch weiter kennen lernen*, dachte er. Er nickte Anna Lembach zu, die gerade zwei Pinwände vorbereitete.

»Ehe ich es vergesse, meine Damen und Herren, tragen Sie bitte in der Pause an der einen Pinwand Ihre Ergänzung des Satzes ... *das Projekt wird gut, wenn* ... ein. Sie wissen schon, für schlechte Zeiten, damit wir uns immer daran erinnern. Und auf die andere Pinwand schreiben Sie bitte, was *Sie* zu tun gedenken, damit das Projekt auch wirklich erfolgreich und gut wird.«

»Nur mit meinem Anwalt«, protestierte Charlie Keyser. »Da kann ich ja nachher zur Verantwortung gezogen werden.«

»Genau, Charlie, das ist der Sinn der Sache. Überleg' dir also gut, was du da aufschreibst! Und schreib auch nur das auf, was du auch wirklich einhalten kannst! Commitment heißt das auf Neudeutsch. Und das heißt nichts anderes, als dass wir alle Verantwortung für das Projekt übernehmen.«

Genau darüber wurde in der Pause geredet. Ralf Maier vom Gesamtbetriebsrat versuchte noch kurz, das Betriebsverfassungsgesetz dahin zu drehen, dass das nicht erlaubt sei. Doch Marco Steinmetz, sein Kollege vom örtlichen Betriebsrat, hatte bereits den Stift in der Hand und sagte: »Ralf, auch wir können eine Menge zum Projekterfolg beitragen. Und ich will das gern tun. Herr Adler, wie lange geht die Pause? Ich will eigentlich nur wissen, wie viel Zeit ich habe, meine persönlichen Commitments hier aufzuschreiben.«

Das also kann ein Betriebsrat auch sein, ein Betriebsrat der neuen Generation, dachte sich Helmut Adler. Er blickte in die Runde. Einige standen draußen vor der Tür und rauchten, andere standen dort, wo Kaffee, Tee und Kaltgetränke aufgebaut waren. Alle waren in Gespräche vertieft, niemand stand allein da.

»Die Leute sind miteinander im Gespräch«, flüsterte er Anna Lembach zu.

»Glückwunsch! Das war schon mal ein gelungener Auftakt«, sagte sie. Beide mischten sich unter die Menge, in der Charlie Keyser und Phillip König am lautesten zu hören waren.

Alle waren immer noch angeregt in Gespräche vertieft, als Helmut Adler sie nach gut einer halben Stunde wieder an den Tisch bat. Er skizzierte kurz, was bisher geschehen war, bat die Teilprojektleiter entsprechend zu ergänzen. Die Projektziele las er einzeln vor, gab Erläuterungen dazu und beantwortete geduldig die Fragen.

»Das, meine Damen und Herren, sind die Ziele dieses Projektes und Sie alle werden für die Dauer dieses Projektes dafür verantwortlich sein, dass wir alle zusammen diese Ziele erreichen. Wenn Sie also zu dem Schluss kommen, dass Sie sich mit den Zielen nicht oder nicht länger identifizieren können, dann sagen Sie mir das bitte rechtzeitig. Wir finden dann eine Lösung. Wenn Sie während der Projektlaufzeit feststellen, dass wir nicht mehr *auf Kurs sind*, wir also eines oder mehrere Ziele nicht erreichen können, dann sagen Sie das mir oder Ihrem Teilprojektleiter ebenfalls. Nichts ist schlimmer und frustrierender, als in einer schwierigen Situation zu hören *Ich habe es euch doch gleich gesagt*. Das heißt nämlich im Umkehrschluss, dass Sie, als Sie ein Problem oder eine Schwachstelle erkannt haben, nichts gesagt haben oder es nicht laut genug gesagt haben. Und dafür habe ich wenig bis gar kein Verständnis. Die Ziele können wir nur gemeinsam erreichen, keiner von uns schafft das allein. Und deshalb ist es Ihre Pflicht, mir zu sagen, wenn es Probleme gibt. Werden Sie das auch tun?« Er blickte in die Runde. Schweigen. »Ich meine das sehr ernst. Ich will Ihre Zustimmung auf meine Frage. Und zwar von jedem einzeln. Und meine Frage lautet: Werden Sie mich darauf hinweisen, wenn Sie ein Problem erkennen?«

»Und wenn ich das Problem nicht lösen kann?«, fragte einer aus der Runde.

»Die Lösung ist die nächste Stufe. Ich will zunächst darüber informiert werden, dass es ein Problem gibt. Machen Sie mit?« Wieder blickte er in die Runde. Wieder Schweigen.

»Das kann doch nicht wahr sein, ich stelle Ihnen eine Frage und ich ernte nur Schweigen. Und mit Ihnen soll ich heute aus dem sicheren Hafen auf die Weltmeere segeln?«

»Vielleicht gibt es da Sanktionen, wenn einer ein Problem anspricht.« Das war ein Externer.

»Über Verantwortlichkeiten unterhalten wir uns dann auch noch. Ja, es kann sein, dass es personelle Konsequenzen gibt. Doch die Kultur in unserem Haus hat hier eher den Charakter eines behüteten Nestes. Aus meiner Sicht haben Sie da so schnell nichts zu befürchten, es sei denn, Sie haben absolut Mist gebaut. Außerdem überlegen wir gerade, wie ich von Ihnen anonymisierte E-Mails erhalten kann, E-Mails, bei denen ich den Absender nicht sehen kann. Dann brauchen Sie sich noch nicht einmal zu outen. Also, noch einmal meine Frage: Informieren Sie mich sofort, wenn ein Problem auftaucht oder Sie einen Eisberg aus dem Nebel vor sich auftauchen sehen?«

»Ja, Chef. Das heißt aber auch, dass du nicht in deiner Kajüte liegst und schläfst.«

»Danke, Charlie.« Helmut Adler blickte in die Runde, und einer nach dem anderen nickte oder sagte klar *Ja*. Auch der Betriebsrat, die Mitarbeiter der Qualitätssicherung und der Systemintegration nickten. Und zum Schluss sagte Anna Lembach laut: »Na klar.« Helmut Adler ergänzte: »Ich auch«.

»Denn es ist für Sie auch von Vorteil, wenn ich ein Problem erkenne. Das sollen Sie dann auch von mir erfahren.« Er blickte auf die Uhr. »Wenn an dieser Stelle keine weiteren Fragen sind, dann schlage ich vor, dass wir jetzt die Mittagspause machen.«

»Ich verhungere schon fast«, kommentierte Thomas Hartmann. »Und das ist übrigens ein Problem, dass da gerade hochpeppt.« Er grinste und Helmut Adler musste ebenfalls lächeln. Helmut Adler begann die Trennwände zu öffnen, die anderen folgten ihm. Im anderen Teil des Raumes hatte ein Catering-Service alles vorbereitet: An der linken Wand diente eine lange Tischreihe als Büfett, Vorspeisen, Salate, Nachspeisen und Brot standen dort festlich aufgereiht, ebenso Teller, Bestecke und Getränke. An der Wand, die den Trennwänden gegenüber lag, stand eine Tischreihe aus Edelstahl, in der Mitte war eine Art Ofen auszumachen. Köche mit roten Schürzen hantierten dort. Einer bereitete gerade einen Teig zu, rollte ihn aus, warf ihn kunstvoll in die Luft, ließ ihn auf einem Finger rotieren und legte ihn zur weiteren Bearbeitung wieder auf den Tisch. In der Mitte des Raumes waren mehrere runde Tische für die Teilnehmer gedeckt.

»Es gibt Pizza, lassen Sie es sich schmecken«, sagte Helmut Adler.

»Chef, das ist doch wohl nicht dein Ernst«, Charlie Keyser schwankte zwischen Entsetzen und Erstauen.

»Spricht was dagegen?«

»Heute ist Kick-off und der soll noch bis morgen gehen und es gibt *nur* Pizza.« Das Wort *nur* betonte er so stark, dass es alle gehört haben mussten. »Ich hätte gedacht, das Unternehmen lässt da ein bisschen mehr springen.« Er schüttelte den Kopf.

»Fang erst einmal an Charlie, du musst dir deine Pizza nämlich jetzt selbst zubereiten. Und wenn du dann immer noch was zu nörgeln hast, dann sprich mich wieder an. Das gilt auch für alle anderen. Wir haben hier einen mobilen Pizza-Service, es ist alles soweit vorbereitet. Nur die Pizzas, die müssen Sie selbst belegen.

Und wenn ich noch einen Tipp geben darf: Sie können sich auch eine Pizza teilen, dann geht es schneller.«

»Oder Sie beginnen mit Antipasti«, ergänzte einer der Köche, »oder mit einem Salat.«

»Kommen Sie, Herr Keyser«, Thomas Hartmann zerrte Charlie Keyser am Ärmel in Richtung Edelstahltisch. »Ich habe richtig Hunger, und wenn wir die Ersten sind, dann bekommen wir auch sofort eine Pizza.« Er schaute in die Behälter, die die verschiedenen Pizza-Beläge enthielten. »Also, ich stehe ja auf Ananas mit Schinken.«

»Schinken ja«, Charlie Keyser zog die Augenbrauen hoch, »aber Ananas, nö, lieber Artischocken und Oliven.«

»Dann mischen wir eben.«

»Und noch eine Peperoni.«

Und es entstand ein lustiges Gespräch der beiden Teilprojektleiter über ihre geschmacklichen Vorlieben bezogen auf einen Pizza-Belag. Andere machten es ihnen nach. Mit dem Belegen der Pizzas schienen alle vollständig beschäftigt zu sein. Da ging es darum, wer sich mit wem eine vegetarische Pizza teilte, ob auf einer Salami-Pizza noch eine Ecke für Thunfisch frei war, ob das geschmacklich überhaupt passt. Oder ob das optisch nicht einfach ein Stilbruch war. Es war eine lebhafte Diskussion im Gange. Einige bedienten sich bei den Vorspeisen und am Salatbüfett. Andere beobachteten. Phillip König, Leiter des Außendienstes, schien über irgendein Thema zu dozieren. Einige hörten ihm zu. Julia Matthies war mit der optisch schönen Gestaltung einer Pizza für ihr Team beschäftigt. Eduardo Gonzalez gab ihr Anweisungen, die sie jedoch offensichtlich – oder absichtlich – nicht wahrnahm.

»Echt cool«, sagte Helmut Adler. »So einfach ist es, Leute miteinander ins Gespräch zu bringen.«

»Und darüber werden alle noch lange reden«, versicherte ihm Anna Lembach. »Bis ich hier an die Reihe komme, das wird noch lange dauern. Ich bin kurz draußen, falls Sie mich suchen.«

Helmut Adler wollte sie noch festhalten, doch das war zwecklos und im Moment auch nicht wichtig: *Das war ein wahrhaft gelungener Auftakt für ein Projekt, zumindest im ersten Teil*, dachte er.

Das Mittagessen dauerte insgesamt drei Stunden. Und der Redefluss brach nicht ab. Immer noch schienen die Leute neugierig aufeinander zu sein, tauschten Informationen aus. Egal, ob es etwas mit der Pizza oder mit dem Projekt zu tun hatte. Sie redeten und die Stimmung war ausgezeichnet. So langsam wurden alle satt. Anna Lembach war inzwischen auch wieder da; sie hatte Dr. Simon Profitlich im Schlepptau. Ralf Maier war gerade damit beschäftigt, sich eine Pizza zu belegen.

Also zog sie Dr. Simon Profitlich zielsicher zum Edelstahltisch. Er versuchte zwar, Widerstand zu leisten, doch sie flüsterte ihm zu: »Nur Sie können ihm die Hand reichen, umgekehrt ist das schwerer.«

»Hallo Herr Maier, wären Sie bereit, Ihre Pizza mit uns zu teilen? Ich habe noch ein bisschen Hunger und Ihr Vorstandsvorsitzender fällt vor Hunger fast um.«

Es ist manchmal richtig schön, wenn Frauen lügen, dachte Helmut Adler.

Ralf Maier legte die Stirn in Falten, Dr. Simon Profitlich wollte schon die Flucht ergreifen, da kam Pascal Ajour dazu: »Ein kleines bisschen Pizza, das brauche ich noch. Was halten Sie von Spinat und Crème fraîche?«

»Also ich wollte da doch Salami drauf haben«, protestierte Ralf Maier.

»Ja, das ist auch in Ordnung. Haben Sie noch spezielle Wünsche?«, wandte sich Pascal Ajour an Dr. Simon Profitlich. »Vielleicht was Fruchtiges?«

Wieder protestierte Ralf Maier: »Nein, nein, die Ananas-Fraktion ist da hinten bei König und Hartmann.«

»Wie wäre es mit Anchovis?«, versuchte Anna Lembach zu vermitteln.

»Tomaten und das Grüne da«, entschied sich Dr. Simon Profitlich. Man merkte deutlich, dass es nicht zu seinen täglichen Aufgaben gehörte, einen Pizza-Belag zu kreieren. Doch er hielt sich tapfer. Und schließlich fanden die vier auch eine Zusammenstellung, die allen zusagte.

»Nur den Rotwein, den vermisse ich als Franzose schon«, wandte Pascal Ajour ein, als die Pizza im Ofen war.

»Herr Ajour, das kann ich sehr gut verstehen. Doch vor langer Zeit haben wir uns gänzlich gegen Alkohol während der Arbeitszeit ausgesprochen. Und das gilt natürlich auch für dieses Projekt.« Er wandte sich an Ralf Maier: »Da waren wir uns völlig einig.« Beide nickten.

»Ich bin pappsatt«, sagte Anna Lembach nach dem Essen zu Helmut Adler. Dr. Simon Profitlich hatte sich inzwischen wieder auf sicheres Terrain zu Phillip König begeben. Charlie Keyser hielt Anna Lembach einen Teller mit Pizza-Stücken vor die Nase mit dem Kommentar: »Auch Berater müssen hier mitmachen.« Jeder Protest schien zwecklos. Denn Charlie Keyser war in seinem Element, während er die Pizza-Stücke großzügig verteilte.

Es war nicht einfach, die Teilnehmer dieser Kick-off-Veranstaltung jetzt zur geplanten Gruppenarbeit in ihren Teilprojekten zu bewegen. Alle waren in Gespräche eingebunden, redeten mit ihrem Nachbarn am Tisch, stehend über Tische hinweg oder mit einer Tasse Kaffee in der Hand am Büfett. Helmut Adler versuchte, sich Gehör zu verschaffen, nannte die Themen, die es zu bearbeiten galt. Nur zögerlich fanden sich die Teilprojekte zusammen. Keine Gruppe wollte den Raum verlassen.

»Gut, das macht auch nichts. Ich denke, beide Räume zusammen sind groß genug.« Mit diesen Worten läutet er endgültig die Gruppenarbeit ein, in der es darum ging, sich in jedem Teilprojekt Gedanken darüber zu machen, welche Rechte und Pflichten der Teilprojektleiter und welche das Team hat. Jedes Team bekam eine vorbereitete Pinwand.

Da Dr. Simon Profitlich noch anwesend war, schlug Anna Lembach vor, gemeinsam mit ihm und Helmut Adler die Rechte und Pflichten des Projektleiters und des Lenkungsausschusses einmal genauer unter die Lupe zu nehmen. Dr. Simon Profitlich willigte ein: »Es wird noch richtig gemütlich hier bei Ihnen.« Er zwinkerte Helmut Adler zu.

Die Trägheit nach dem Mittagessen wirkte zwar noch nach, doch in einer halben Stunde hatten die Teams ihre Ergebnisse auf Pinwänden zusammengetragen.

Rechte und Pflichten

	Rechte	**Pflichten**
Projektteam	• Information über das Projekt • klare Ziele • klare Arbeitsaufträge • transparenter Einsatzplan • Gestaltungsfreiheit bei der Umsetzung • notwendige Arbeitsmittel	• erledigen der Arbeitsaufträge im vereinbarten Rahmen • Standards einhalten • ehrliche Statusberichte abgeben • auf Risiken hinweisen • für gutes Klima sorgen • Dokumentation • im Team arbeiten
Teilprojekt-leiter	• Ressourcen einfordern • Mitbestimmung bei der Besetzung des Teams • Informationen vom Team und vom PL • Entscheidungen einfordern vom PL / Lenkungsausschuss • weisungsbefugt im Teilprojekt	• Planen und Steuern im Teilprojekt, Ressourcen abstimmen • regelmäßige Besprechungen durchführen, Informationen weitergeben, Statusberichte • im Teilprojekte entscheiden • an den PL berichten • anwesend sein, zuhören • Rückendeckung für das Team

Abbildung 24: Rechte und Pflichten - Projektteam und Teilprojektleiter

Die Ergebnisse wurden für jedes einzelne Teilprojekt präsentiert, diskutiert und ergänzt. Schließlich stellte Helmut Adler die Ergebnisse vor, die er mit Anna Lembach und Dr. Simon Profitlich zusammen erarbeitet hatte. Auch hier wurden einzelne Punkte ergänzt.

Rechte und Pflichten

	Rechte	Pflichten
Projekt-leiter	• Ressourcen einfordern, Mitbestimmung bei personeller Besetzung im Projekt • Informationen von den Teilprojektleitern und dem Lenkungsausschuss • Entscheidungen einfordern vom Lenkungsausschuss • weisungsbefugt im Projekt • Delegation	• Planen und Steuern des Projektes • regelmäßig Informationen weitergeben, Besprechungen, ehrliche Statusberichte • Entscheidungen treffen • Verantwortung übernehmen • zum Projekt stehen • Entscheidungen vom Lenkungsausschuss einfordern
Lenkungs-ausschuss	• Ziele ändern • auf Informationen aus dem Projekt • Projekt stoppen • Projektleiter benennen • Projekt überwachen • Statusberichte	• Statusberichte lesen • Entscheidungen treffen! • Ressourcen bereitstellen • Finanzierung • Ergebnisse abnehmen • den Projektleiter informieren • das Projekt unterstützen • Ziele definieren und möglichst beibehalten

Abbildung 25: Rechte und Pflichten - Projektleiter und Lenkungsausschuss

»Ich sehe«, sagte Dr. Simon Profitlich. »Wir haben hier ausreichend Erfahrungen, wie man es im Projekt besser nicht machen sollte. Auch mein erklärter Wunsch ist es, dass wir erfolgreich sind. Ich für mich kann nur sagen, dass ich im Laufe der Zeit bei jedem Projekt dazugelernt habe. Daher meine Bitte an Sie: Informieren Sie mich, wenn es Probleme gibt. Denn nur so kann ich aktiv werden. Und erwarten Sie bitte nichts Übermenschliches von mir. Ich kann auch nicht zaubern. Doch ich bin felsenfest davon überzeugt, dass wir es gemeinsam schaffen. Und mit Helmut Adler haben Sie einen sehr erfahrenen Projektleiter.«

Im Anschluss an diese Worte läutete Helmut Adler die Abschlussrunde für diesen Tag ein, in der jeder kurz sagen sollte, wie der Tag für ihn war. Das Feedback war geradezu überwältigend, das Pizza-Essen war der absolute Höhepunkt. Alle lobten den Tag, lobten Helmut Adler.

»Sag mir, wie *Das Projekt* startet, und ich sage dir, wie *Das Projekt* endet«, flüsterte ihm Anna Lembach lächelnd zu.

Der zweite Tag war damit fast ein Heimspiel. Alle waren gut gelaunt. Sie kamen bei den Tagesordnungspunkten gut voran. Zu einzelnen Punkten der Planung gab es Fragen, sogar einige Verbesserungsvorschläge. Bei den Risiken des Projektes gab es wieder eine lebhafte Diskussion, ähnlich der, die die Teilprojektleiter schon zu Beginn des Projektes geführt hatten. Anna Lembach hatte in weiser Voraussicht die entsprechenden Flipcharts mitgebracht, hängte sie auf und erklärte noch einmal, was genau ein Risiko ist.

»Sagen Sie mir bitte, wenn Ihnen an dieser Stelle noch etwas unklar ist«, forderte sie die Teilnehmer auf. »Ich erkläre das gern. Mir ist sehr daran gelegen, dass Ihnen allen klar ist, was ein Risiko ist. Denn nur dann können sie adäquat reagieren.«

»Wir haben ja nachher noch den Punkt der *Spielregeln* auf der Tagesordnung«, sagte Helmut Adler. »Ich möchte hier schon ein wenig vorgreifen. Eine der Spielregeln ist, dass Sie die Risiken benennen, die Sie sehen. Und zwar sofort. Denn auch hier ist nichts schlimmer und frustrierender für Sie, für mich und für alle anderen als zu hören: *Das habe ich doch kommen sehen*, und zwar genau dann, wenn wir am Abgrund stehen. Wenn Sie ein Risiko erkennen, dann benennen Sie es auch sofort. Wenn Sie dann absolut kein offenes Ohr finden sollten, das bereit ist, sich das Risiko anzuhören, dann gibt es auch hierfür die anonymisierten E-Mails. Diese E-Mails landen bei mir, und ich kann den Absender definitiv nicht sehen.« Er machte eine Pause, um die Wirkung seiner Worte zu beobachten. »Ach, und noch eines: Gehen Sie bitte sensibel mit diesen anonymisierten E-Mails um!«

Anna Lembach fuhr mit der Skizzierung der Projektrisiken fort, danach erläuterte Helmut Adler die unterschiedlichen Rahmenbedingungen, die es zu wissen und zu berücksichtigen galt.

»Die Mittagspause werden wir natürlich auch heute wieder gemeinsam gestalten, allerdings in unserer Kantine, die ebenfalls ein vorzügliches Essen bereit hält.«

»Dann müssen wir uns heute wohl selbst was einfallen lassen«, sagte Charlie Keyser. Er zwinkerte dabei Julia Matthies vielsagend zu.

Nach dem Mittagessen schickte Helmut Adler alle wieder in eine Gruppenarbeit, in der sie sich Gedanken über Erwartungen, Wünsche und Befürchtungen machen sollten. Die Ergebnisse wurden präsentiert, es gab einige lebhafte Diskussionen, denn auch Helmut Adler hatte Erwartungen an das Projektteam. Alle Ergebnisse wurden an das Flipchart geschrieben: »Damit wir sie immer wieder hervorholen können – um uns daran zu erinnern«, sagte Helmut Adler. »Und wenn wir schon dabei sind, ich habe gerade eine Idee. Beantworten Sie mir doch bitte die Frage: Wie sieht aus Ihrer Sicht der optimale Projektleiter aus?« Anna Lembach konnte gar nicht so schnell schreiben, wie die Antworten aus dem Plenum kamen.

»Um es auf den Punkt zu bringen«, sagte Thomas Hartmann, »der ideale Projektleiter ist die Eier-legende-Wollmilchsau: Er weiß alles, er kann alles, er macht alles.«

»Nicht, dass ich mich vor der Verantwortung drücke«, sagte Helmut Adler schmunzelnd mit Blick auf das Flipchart. »Falls es noch nicht bekannt ist, ich bin auch nur ein Mensch, und ich tue bestimmt mein Bestes. Und im Moment sehe ich, dass Sie ganz schön viel von mir verlangen. Gut zu wissen. Darf ich mir dann auch überlegen, was aus meiner Sicht ein optimales Teammitglied ist?«

»Ja gerne. Bei dem Brainstorming bin ich dabei«, sagte Julia Matthies, »ich möchte als Teilprojektleiterin schließlich auch nur optimale Teammitglieder haben!« Sie lächelte. »Und wenn wir schon dabei sind, dass Sie für alles und jedes verantwortlich sind, dann haben wir Teilprojektleiter beschlossen, Ihnen ein Stück entgegenzukommen, damit Sie nicht so ganz allein dastehen.« Sie blickte die anderen Teilprojektleiter Hilfe suchend und fragend an: »Oh nein Jungs, muss ich denn das hier wirklich alles allein machen? Sie sind auch Teilprojektleiter!«

»Sie machen das hervorragend, Frau Kollegin«, Thomas Hartmann lehnte sich genüsslich zurück.

»Also gut«, fuhr Julia Matthies fort, »nachdem das Essen gestern eine tolle Überraschung für uns war und ein echt gelungener Auftakt, haben wir, die Teilprojektleiter, beschlossen, dass wir da auch etwas bieten müssen. Und deshalb haben wir den Kuchen für die Kaffeepause organisiert.« Applaus. Das wurde von allen gern angenommen.

Nach dieser angenehmen Unterbrechung ging Helmut Adler auf die schon angekündigten Spielregeln im Projekt ein. In aller Klarheit zeigte er die Dinge auf, die zu tun beziehungsweise besser zu unterlassen waren.

»Vermutlich werden im Laufe des Projektes noch einige Ergänzungen dazu kommen. Ich kann Ihnen nur empfehlen, sich an die Regeln zu halten, das macht das Miteinander für alle Beteiligten einfacher.«

»Können wir auch so eine Liste bekommen?«, fragte Corinna Sommer, Mitarbeiterin im Teilprojekt Software.

»Oder können wir diese Regeln nicht gleich für alle sichtbar aufhängen?«, fragte ein anderer.

»Von mir aus gern«, sagte Helmut Adler. »Was sagt der Gesamtbetriebsrat dazu?«

»Ich finde das gut, aus meiner Sicht ist nichts dagegen einzuwenden«, sagte Marco Steinmetz und wandte sich an Ralf Maier. Der nickte zufrieden.

»Wer nimmt das Veröffentlichen der Regeln in die Hand?«, fragte Helmut Adler. Keiner meldete sich. »Meine Damen und Herren, wir werden im Projekt immer wieder Aufgaben haben, für die nicht gerade Ihre Kernkompetenz gefordert ist, wohl aber Ihr gesunder Menschenverstand und ein echtes Interesse für dieses Projekt. Wer also organisiert das Veröffentlichen der Regeln?« Einer meldete sich. »Ich danke Ihnen. Und für Sie alle: Beim nächsten Mal dürfen Sie sich bitte schneller melden. Jeder kommt einmal dran. Und es fällt dabei bestimmt niemandem ein Zacken aus der Krone.«

Nach diesem kleinen Intermezzo kamen auch schon die ersten Ergänzungen zu den Regeln, die von Anna Lembach am Flipchart festgehalten wurden.

»Wenn Sie zukünftig eine Regel finden, die sich längst überholt hat«, ergänzte Helmut Adler, »dann streichen Sie sie bitte. Das macht das Leben nämlich erheblich leichter.« Er blickte in die Runde und fuhr fort: »Und damit sind wir beim letzten Punkt auf unserer Agenda angekommen. Ab jetzt stehe ich Ihnen für Fragen zur Verfügung.« Die eine oder andere kleine Diskussion entwickelte sich noch. Offensichtlich waren damit alle Fragen fürs Erste beantwortet.

»Noch eine ganz wichtige Frage habe ich an Sie alle. Und hier will ich von jedem Projektmitglied eine Antwort haben«, sagte Helmut Adler, wobei er das *jedem* mehr als deutlich betonte. »Weiß *jeder* von Ihnen, was er oder sie am kommenden Montag zu tun hat, dann startet das Projekt nämlich offiziell?« Er blickte in die Runde. Einige nickten. »Ich will von jedem, wirklich *jedem*, eine Antwort. Schauen Sie bitte in den Plan, den Ihr Teilprojektleiter hat.«

»Bis Montag wird uns schon etwas einfallen, keine Sorge«, sagte Eduardo Gonzalez, Mitarbeiter im Teilprojekt Software.

Julia Matthies holte tief Luft: »Da braucht Ihnen nichts einzufallen, denn Sie werden ab Montag das Konzept für Integration der Außendienstsoftware schreiben.«

»Darüber sprechen wir noch.«

»Darüber brauchen wir nicht zu sprechen. Sie sind für diese Aufgabe eingeplant und daran wird sich auch nichts ändern. Das fängt ja gut an!«, zischte sie.

Helmut Adler zog das Gespräch wieder an sich: »Und wie sieht es bei den anderen aus, weiß jeder, was er oder sie am Montag zu tun hat?« Einige nickten, Eduardo Gonzalez blickte zur Decke. »Herr Gonzalez, wissen Sie, was Sie zu tun haben?« Pause. »Und ich würde mir an Ihrer Stelle die Antwort jetzt sehr gut überlegen.«

»Ja.«

Helmut Adler blickte wieder in die Runde, einige schauten noch in den Aktivitätenplan, nickten dann. »Meine Damen und Herren, werfen Sie auch selbst einen Blick in die Pläne, warten Sie nicht, bis jemand auf Sie zukommt, kümmern Sie sich auch selbst um Ihre Aufträge. Ich lade Sie nochmals ein, das Projekt aktiv mitzugestalten. Uns, damit meine ich die Teilprojektleiter und mich, uns kann auch einmal etwas durchgehen, wir können auch mal etwas vergessen. Dann bitte ich Sie, mich oder Ihren Teilprojektleiter darauf hinzuweisen.« Mit diesen Worten begann er die Abschlussrunde. Alle Teilnehmer waren sehr angetan von den zwei Tagen, hatten den einen oder anderen kleinen Verbesserungsvorschlag parat, denn darum hatte Helmut Adler sie auch gebeten. Er beendete die Abschlussrunde: »Ich freue mich auf die Zusammenarbeit mit Ihnen.«

Das Projekt fängt an ...

»Guter Anfang, gratuliere«, sagte Anna Lembach anerkennend. »Dann wollen wir mal loslegen.«

»Ich würde mich jetzt am liebsten zurücklehnen und mir das Ganze anschauen. Mal sehen, was passiert«, hielt Helmut Adler dagegen.

»Das ist eine große Gefahr. Die erste Anstrengung ist gemeistert, das Projekt ist gestartet, eine kleine Pause scheint notwendig. Manche Projektleiter vergessen, dass Sie eigentlich nur einen Tag Pause machen wollten.« Sie zwinkerte ihm zu. »Anwesende natürlich ausgenommen.«

»Das ist eine gute Idee, ich mache ein, zwei Tage Pause, dann habe ich wieder viel mehr Elan. Wenn ich so darüber nachdenke, könnte ich mich wirklich zurücklehnen: das Projekt ist aufgesetzt, alle haben einen Arbeitsplatz, alle wissen, was sie zu tun haben. Doch ich befürchte«, er legte die Stirn in Falten, »meine geniale Beraterin wird mir sofort sagen, was noch alles zu tun ist.«

»Wenn Sie es hören wollen!«

»Nun legen Sie schon los!«

»Zeiten und Räume für Besprechungen festlegen. Festlegen, wer wann ein Protokoll schreibt, an wen das Protokoll verteilt wird, wo auf dem Server die Protokolle abgelegt werden, welches Medium, Papier, Fax, E-Mail, für den Versand von Protokollen verwendet wird. Wie Sie die Rückmeldung über die geleisteten Stunden je Aktivität gestalten wollen. Da fällt mir ein, dass wir dafür die Genehmigung oder mindestens ein Nicken des Gesamtbetriebsrates benötigen.« Sie musste Luft holen. »Abstimmen mit dem Gesamtbetriebsrat wegen der Mitbestimmungspflicht für die Software. Lassen Sie mich überlegen. Statusberichte und automatisches Aktualisieren des Projektplanes. Sie wollen sicherlich nicht selbst die Aktivitäten in McProject aktualisieren.« Sie sprach immer schneller. »Vorbereiten der ersten Lenkungsausschusssitzung, Gespräche mit Profitlich. Dann können Sie schon mal die Events für die Meilensteine planen. Sie haben doch noch etwas gut bei Profitlich. Was ist eigentlich mit Qualitätsmanagement? Risikomanagement nicht zu vergessen. Haben Sie bereits ein Szenario für Änderungen während der Laufzeit, auch *Change Requests* genannt? So langsam sollten Sie schauen, wo Sie weitere Personen für die nächsten Phasen herbekommen. Ach ja, Marketing fällt mir noch ein. Und Projektrituale sind auch immer gut. Und den Außendienst, den sollten Sie ganz besonders hegen und pflegen, den brauchen Sie. Und Ihre Mitarbeiter und die Teams natürlich noch viel mehr. Soll ich weitermachen? Mir fällt bestimmt noch etwas ein.«

»Danke, es reicht. Ich ahnte es. Das ist der große Unterschied zwischen

Männern und Frauen. Männer hätten mir jetzt zugestimmt, vielleicht die eine oder andere Anregung gegeben. Frauen hören überhaupt nicht mehr auf mit dem Reden, wenn sie einmal angefangen haben. Und schon ist die Ruhe dahin.«

»Und, wovon haben Sie mehr?«

»Raus.« Helmut Adler lachte sie an.

»Eigentlich hatte ich gerade vor, Sie zum Essen einzuladen, ich habe ein wunderbares vegetarisches Restaurant entdeckt.«

»Vegetarisch?«, Helmut Adler verzog das Gesicht. »Jetzt aber wirklich raus!«

Teamzusammenarbeit

»Haben Sie schon darüber nachgedacht, wie Sie sich als Leitungsteam positionieren wollen?«, fragte Anna Lembach.

»Nun ja«, kam die Antwort zögerlich von Helmut Adler, »die Teilprojektleiter und ich, wir sind ein Team. Was sonst?« Die Frage irritierte ihn jedoch offensichtlich.

»Der Hintergrund meiner Frage ist der Folgende: Was Sie vorleben, das lebt das gesamte Team nach. Den ersten Schritt haben Sie mit dem Kick-off gemacht. Das war ein gelungener Anfang. Jetzt sind Sie gefordert, weiterhin Sinn zu stiften, Werte zu vermitteln und sie vorzuleben. Denn alle werden *genau* das nachmachen, was das Leitungsteam vorlebt. Deshalb ist es für Sie und die Teilprojektleiter äußerst hilfreich, sich Folgendes bewusst zu machen:«

- Was ist unser Motto?
- Was sind unsere Regeln?
- Wie sehen wir uns selbst? Wie sehen uns die anderen?
- Wie wollen wir gesehen werden?

»Zugegeben, das herauszufinden ist eine Herausforderung bei einem so vielseitigen und vielschichtigen Team. Doch es lohnt sich.«

»Erzählen Sie mir mehr davon. Was ist das? Wie geht das?«

Anna Lembach lehnte sich zurück und fing an, den Ablauf eines Teamentwicklungsprozesses zu beschreiben. Sie war ganz in ihrem Element: »Im ersten Schritt finden Sie das gemeinsame Motto dieses Teams. Da gibt es aus meiner Erfahrung viel zu klären, denn hier sollen sich die Teammitglieder auf ein *gemeinsames* Motto einigen. Dann legen Sie die zentrale Botschaft dieses Teams fest. Dabei machen Sie eine Unterscheidung zwischen dem, was der Rest der Welt sehen darf, sozusagen das Motto, das Sie nach außen vertreten und dem, was nur Sie als Team nach innen benennen und leben. Das ist immer ein Unterschied, doch je größer er ist, desto schwieriger wird es für Sie im Projekt sein. Danach definieren Sie die wichtigsten Grundprinzipien für ihr Team. Schließlich legen Sie die Spielregeln fest. Einige Regeln haben Sie bereits benannt, das ist eine gute Grundlage. Zusammen ergeben all diese Punkte eine immense Transparenz im Team und viel Klarheit.« Sie hielt inne und beobachtete Helmut Adler. Dieser war in Gedanken versunken, schaute aber sofort auf, als sie ihren Redefluss unterbrach: »Reden Sie ruhig weiter, ich höre ganz neugierig zu.«

Anna Lembach fuhr fort: »In einem weiteren Schritt werden wir uns das Verhalten des Leitungsteams nach außen anschauen, so wie Sie sich sehen und wie Sie glauben zu wirken. Dieses Verhalten nach außen basiert auf Ihren Fähigkeiten, die wiederum auf den vorherrschenden Werten und Glaubenssätzen beruhen. Dahinter verbirgt sich die einzigartige Individualität dieses Teams.«

Abbildung 26: Identitätspyramide

Sie hatte die Graphik inzwischen am Flipchart skizziert.

Helmut Adler schaute sie nachdenklich an: »Das ist ganz schön harte Kost.«

»Das mag im Moment so aussehen, doch innerhalb eines Teamentwicklungsprozesses bekommen Sie Klarheit darüber.«

»Und wie lange dauert das?«

»Für den ersten Workshop schlage ich zwei Tage vor. Danach bestimmen Sie die Regelmäßigkeit der Folge-Termine.«

»Können wir das nicht an unsere wöchentlichen Besprechungen hinten anhängen?«

Anna Lembach sah ihn fragend an: »Mal ehrlich, Herr Adler, haben Sie noch die Energie, sich Gedanken über Ihre Werte und die Teamidentität zu machen, wenn Sie aus einer anstrengenden Besprechung kommen? Wenn ich Ihnen einen Vorschlag machen darf: Gehen Sie mit Ihren Teilprojektleitern zwei Tage raus aus dem Unternehmen, dann sind Sie nicht im Zugriff der anderen Teammitglieder. Sie können sich ganz auf diesen Teamentwicklungsprozess konzentrieren.«

»Dann wäre das Projekt zwei Tage ohne Führungsriege«, wandte Helmut Adler ein.

»Was wird dann passieren?«, fragte sie lachend. »Es ist ein gutes Training zum Thema Delegation und Vertrauen – für beide Seiten.«

»Na gut«, sagte er nachdenklich. »Wenn wir das gemacht haben, wie bekommen die Teams die Ergebnisse mit?«

»Sie werden es leben. Dadurch, dass Sie sich bewusst gemacht haben, was in Ihrem Team abläuft, werden Sie die Veränderungen, die damit einhergehen, leben. Sie werden sicherlich einen Teil der Ergebnisse präsentieren. Doch gehen Sie damit bitte behutsam um.«

»Sollen die einzelnen Teilprojekte auch einen solchen Teamentwicklungsprozess machen?«

»Ja, das ist am Besten. Wenn Sie als Leitungsteam ein Signal setzen, dann ist bei den einzelnen Teams weniger Widerstand gegen Teamentwicklung zu erwarten. Meist sind die Teams ganz neugierig darauf.«

»Das kostet richtig viel Geld.«

»Ja. – Und es schafft gleichzeitig eine enorme Identität. Das Teamgefühl verbessert sich deutlich, die Kommunikation und die Zusammenarbeit werden bewusster und zielorientierter. Das alles steht auf der Nutzenseite.«

»Und wenn wir das Ganze nicht machen?«, fragte Helmut Adler nachdenklich. »Dann werden wir vermutlich auch das Projektziel erreichen, vielleicht mit mehr Reibungsaufwand.«

Anna Lembach nickte: »Ja, mit Sicherheit. Sie erinnern sich an die Teamphasen: Forming, Storming, Norming und Performing?« Helmut Adler nickte. »Ihr Ziel ist es sicherlich, dass die Teams so schnell wie möglich produktiv werden und dass Sie Ergebnisse sehen. Mit den Teamentwicklungsprozessen in diesen frühen Phasen des Projektes unterstützen Sie das schnelle Produktiv-Sein im Team.« Helmut Adler schaute sie fragend an. »Jeder im Team möchte schnell ein Ergebnis liefern, das ist sozusagen Berufsehre. Doch jeder ist am Anfang damit beschäftigt, sich zurecht zu finden. Teamentwicklungs-Workshops sind eine wunderbare Gelegenheit, die anderen kennen zu lernen und Transparenz zu schaffen über das, was normalerweise nicht ausgesprochen wird: Das Motto und die zentrale Botschaft des Teams, die Grundprinzipien und die Regeln. Das schafft Identität.«

Helmut Adler nickte: »Ich denke darüber nach.«

Besprechungen und Protokolle

Es war Mittwochnachmittag. Alle Teilprojektleiter hatten sich pünktlich mit Helmut Adler im Besprechungsraum eingefunden. Er wollte gerade die Agenda vorstellen, als einige Köpfe zur Tür hereinschauten: »Schade, schon besetzt.«

»Wollt ihr auch in diesen Besprechungsraum?«, fragte Thomas Hartmann, zu dessen Team die Mitarbeiter gehörten.

»Ja, doch offensichtlich waren andere schneller.«

»Ergänzen Sie gleich die Agenda um den Punkt *Organisation der Besprechungsräume*«, schlug Anna Lembach vor.

»Soll das ein Witz sein?« Charlie Keyser war entrüstet.

»Nein, das Projekt wird immer größer. Somit *streiten* sich immer mehr Personen um die wenigen Besprechungsräume. Folglich wird ein Plan für die Belegung der Besprechungsräume notwendig. Das ist eine Datei, auf die alle zugreifen können: Den Besprechungsraum kann jeder selbst reservieren«, war ihre gewohnt pragmatische Antwort.

»Damit haben wir bereits die Lösung. Danke, Frau Lembach«, sagte Helmut Adler.

»Brauchen wir nicht eine besondere Sicherung für die Datei, damit die Daten nicht überschrieben werden?«, fragte Charlie Keyser. »Sonst kann jeder die Einträge wieder manipulieren.«

»Ich schlage vor, wir probieren es erst einmal aus und schauen, wie es sich einspielt. Ich vertraue auf die Ehrlichkeit aller, Charlie.«

»Klar, du bist der Projektleiter.«

»Wenn wir schon beim Thema Besprechungen sind, dann würde ich diesen Punkt auf der Agenda jetzt vorziehen.« Alle nickten. Helmut Adler fuhr fort: »Da wir viele Besprechungen im Projekt haben werden, schlage ich vor, dass wir regelmäßige Termine festlegen, soweit das möglich ist. Für die Meetings in Ihren Teilprojekten schlage ich Dienstagnachmittag vor. Für dieses Meeting *Projektleiter mit allen Teilprojektleitern* nehmen wir den Mittwochnachmittag. Dann haben Sie ausreichend Zeit, den Statusbericht für Ihr Teilprojekt zu schreiben. Mir persönlich ist der Abstand von einer Woche zwischen unseren Meetings allerdings zu lang. Ich habe mir überlegt, dass wir uns täglich, sagen wir um 9:00 Uhr bei mir treffen und schauen, was besprochen werden muss. Das Ganze dauert 10 Minuten, dann wissen Sie und ich, wo gerade was läuft und wo wir zusätzlich aktiv werden müssen. Sie wissen dann auch untereinander, wer gerade an welchen Aktivitäten ist. Es kann auch sein, dass alles im *grünen Bereich* ist. Dann sind wir schon nach drei Minuten fertig.«

»Jeden Morgen, 9:00 Uhr?«, Charlie Keyser zog die Stirn in Falten.

»Von mir aus auch 9:30 Uhr, da bin ich leidenschaftslos.«

»Ich möchte Herrn Keyser zustimmen. Geht es noch ein bisschen später?«, fragte Pascal Ajour.

»Nein, früher«, sagten Julia Matthies und Thomas Hartmann gleichzeitig. Und damit entstand eine heiße Diskussion zwischen den bekennenden Frühaufstehern und den Nachteulen über die Vor- und Nachteile des frühen beziehungsweise späten Arbeitsbeginns, denn auch in der H.UMOR AG gab es die Gleitzeit, die jedem die Möglichkeit einräumte, gewisse Freiheiten bei der Arbeitszeitgestaltung zu nutzen. Helmut Adler lehnte sich an die Wand, verschränkte die Arme, schaute amüsiert in die Runde und sagte mit ironischem Unterton: »Wenn Sie fertig sind, dann sagen Sie bitte Bescheid.«

»Fertig«, sagte Julia Matthies. »Ich finde 9:00 Uhr fair.«

»Ich nicht«, hielt Pascal Ajour dagegen.

»Was wäre für Sie fair?«, mischte sich Anna Lembach in die Diskussion ein.

»Oh, ab 11:00 Uhr vielleicht, das ist eine gute Zeit«, Pascal Ajour blickte vielsagend zur Decke.

Alle schauten sich an, warteten darauf, dass noch ein Vorschlag kam. »Machen wir es kurz«, schlug Charlie Keyser vor, »10:00 Uhr, das liegt genau in der Mitte.«

»Und das bedeutet, dass man alles liegen lassen muss, damit man für 10 Minuten hier erscheint!«, Thomas Hartmann, begeisterter Frühaufsteher, war sichtlich empört. »Denken Sie bitte daran, dass um diese Uhrzeit auch schon Besprechungen im eigenen Team laufen können. Ausgerechnet dann muss ich mal eben in diese Besprechung. Ich finde, 9:00 Uhr geht gerade noch so.«

»Dann habe ich mindestens zwei Teilprojektleiter, die noch gar nicht richtig aus den Federn gekommen sind, das ist genauso frustrierend«, entgegnete Helmut Adler. »Ich mache einen Vorschlag: Wir probieren es mit 10:00 Uhr aus, maximal 15 Minuten später sind Sie wieder an Ihrem Arbeitsplatz. Wenn das nicht klappt, suchen wir eine neue Lösung. Okay?« Er blickte in die Runde, alle nickten.

»Nächster Tagesordnungspunkt: Protokolle. Ich will von allen internen und externen Besprechungen kurze Ergebnisprotokolle haben.«

»Damit soll ich mir dann die Finger wund schreiben und komme überhaupt nicht mehr zum Arbeiten«, konterte Charlie Keyser genervt und blickte zum Fenster hinaus.

»Charlie, du bist Teilprojektleiter, das gehört zu deinen Aufgaben. Du musst die Protokolle nicht immer selbst schreiben. Das gilt auch für alle anderen Teilprojektleiter. Sie können das Schreiben des Protokolls im Team delegieren. Dort geht es dann reihum, jeder kommt dran. Es sollen keine Romane sein, nur kurze, knappe Ergebnisprotokolle. Wenn Sie das Protokoll selbst nicht geschrieben haben, dann lesen Sie es bitte gegen und prüfen Sie, ob wirklich alles auch so geschrieben ist, dass Sie es guten Gewissens verteilen können.« Er schaute Anna Lembach an und fragte: »Was sagt die Expertin?«

»Das ist praxisbewährt. Manche Dinge sehen Sie als Teilprojektleiter einfach anders als ein Teammitglied.«

Helmut Adler fuhr fort: »Wir machen das hier übrigens nicht zu unserem Vergnügen. Es kann manchmal wichtig und hilfreich sein, noch einmal nachzulesen, was man vor einigen Wochen beschlossen hat. Das gilt für uns, das gilt auch für die Besprechungen mit dem Fachbereich und den Filialen und ebenso für die Vereinbarungen mit den Lieferanten.«

»Ich möchte noch ergänzen«, sagte Julia Matthies, »dass ich mit meinem Team die Regel vereinbart habe, dass das Protokoll spätestens 24 Stunden nach Ende der Besprechung auf dem Server liegt. Das gilt übrigens auch für mich selbst. Denn alles, was darüber hinaus an Zeit verstreicht, lässt die Erinnerung an die eigentliche Besprechung immer ungenauer werden.«

»Man könnte das auch Gedächtnisschwund nennen«, entgegnete Charlie Keyser frech.

»Oder Faulheit«, konterte sie. »Auch Aufschieberitis genannt.«

»Streiten Sie sich nicht! Die Regel ist angenommen«, sagte Helmut Adler bestimmend, »24 Stunden nach Ende der Besprechung liegt das Protokoll auf dem Server. Heute schreibe ich es, zukünftig geht es nach dem Alphabet: Adler, Ajour, Hartmann, Keyser, Lembach, Lehmann und Matthies.«

Anna Lembach schüttelte heftig den Kopf. Bevor sie widersprechen konnte, sagte Helmut Adler zu ihr: »Auch Externe müssen bei uns Protokoll schreiben.«

»Wenn ich moderiere, dann schreibe ich nicht auch noch Protokoll. Geht nicht.«

»Geht nicht - gibt's nicht! Darüber unterhalten wir beide uns später. Wenn jemand nicht da ist, dann kommt der Nächste dran. Führen Sie diese Regel in Ihren Teilprojekten ein, sie hat sich bewährt.«

Charlie Keyser meldete sich zu Wort: »Und dann haben wir in der nächsten Besprechung als ersten Tagesordnungspunkt *Verabschieden des letzten Protokolls*, nicht wahr?«

Anna Lembach wehrte ab: »Lassen Sie das. Davon kann ich Ihnen nur abraten. Es kann leicht passieren, dass Sie eine Stunde darüber diskutieren, ob es in einem Satz *kann* oder *könnte* heißt. Sie laufen Gefahr, sich mehr mit den Protokollen als mit den Inhalten der Besprechung zu beschäftigen. Wenn jemandem im Protokoll etwas nicht passt, dann schreibt er eine Gegendarstellung. Wenn es wirklich einmal Meinungsverschiedenheiten über einen Punkt gibt, dann können Sie immer noch sämtliche Protokolle mit allen Gegendarstellungen holen und dann darüber diskutieren. Aber eben nicht vorher.«

Helmut Adler hatte inzwischen am Flipchart seine Vorstellungen skizziert.

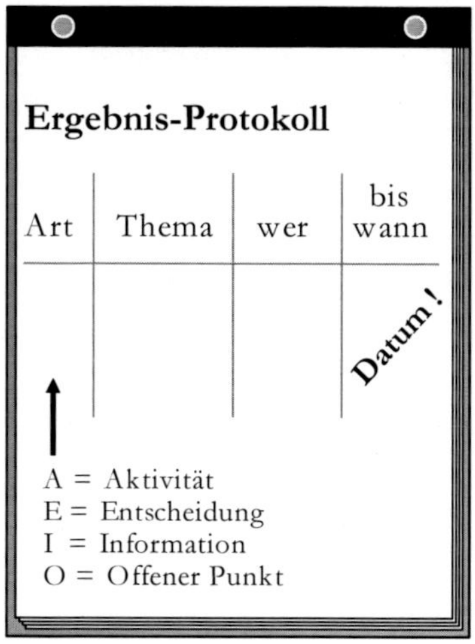

Abbildung 27: Ergebnisprotokoll

»So stelle ich mir das vor. Kurz und knapp. Unter *Art* steht eines der unten aufgeführten Kürzel, unter *wer* steht einer der Anwesenden und bei *bis wann* steht ein Datum. Ein echtes Datum, denn *in drei Wochen* und *asap*, die Abkürzung für *as soon as possible*, bedeuten eigentlich *nie*. Diesen Schlendrian will ich in diesem Projekt erst gar nicht haben.«

»Jawohl, Chef«, gab Charlie Keyser in militärischem Ton zurück.

»Typisch deutsch«, Pascal Ajour legte seinen Oberkörper auf den Tisch, den Kopf auf die verschränkten Arme. »Ob da nun ein Datum drinsteht oder nicht, was ist der Unterschied?«

»Verbindlichkeit, Herr Ajour«, Helmut Adler erinnerte sich seiner guten preußischen Erziehung und fuhr schmunzelnd fort: »es könnte sein, dass das in Frankreich in Nuancen anders gesehen wird. Doch ich will jetzt keinen inner-europäischen Konflikt heraufbeschwören ...«

Bevor er seine Formulierung beenden konnte, ergänzte Anna Lembach: »Wenn ein Datum eingetragen ist, dann prägt sich das bewusst oder unbewusst ein. Das mag jetzt kleinlich klingen, doch aus eigenen leidvollen Erfahrungen weiß ich, dass der Eintrag *in 14 Tagen* nichts bewirkt, denn an jedem beliebigen Tag ist *in 14 Tagen*. Also wird es nie fertig. Nehmen Sie deshalb in Ihrem eigenen Interesse ein Datum.«

»Sie sind ganz schön pingelig«, sagte Pascal Ajour leicht genervt.

... und wer die Protokolle liest

Helmut Adler blätterte flüchtig einen Ordner durch, ging zu seinem Schrank, nahm einen weiteren Ordner heraus, blätterte ebenfalls darin. Nachdem er eine Weile gesucht hatte, griff er zum Telefonhörer: »Frau Matthies, es gibt eine Matrix, da ist für Protokolle und Berichte genau aufgeführt, wer sie schreibt und wer sie empfängt. Diese Liste suche ich. Wo finde ich sie?«

Kurze Zeit später kam Julia Matthies herein: »Bevor ich lange auf dem Rechner suche ...«, sagte sie, »hier ist ein Exemplar aus einem anderen Projekt.« Sie legte ihm dieses Blatt vor:

Wer / **Was**	Projektleiter	Teilprojektleiter	Teammitglied	Lenkungsausschuss	Fachabteilung	Gesamtbetriebsrat	...	...
Protokoll Team-Meeting	2	1	1					
Protokoll PL-TPL-Meeting	1, 2	1						
Protokoll LA-Meeting	1, 2			1, 2	(2)			
Statusbericht Teilprojekt	2	1						
Statusbericht Projekt	1			2		(2)		
Risiko-Maßnahmenplan	1, 2	1,2	1					
...								
...								

1: erstellt, 2: empfängt

Abbildung 28: Informationsmatrix: Wer erstellt / erhält welche Dokumente?

»Genau, das habe ich gemeint«, Helmut Adler nickte und sagte: »ich gebe die verschiedenen Berichte in der linken Spalte vor. Die Spaltenüberschriften sind die verschiedenen Personenkreise. Derjenige, der ein Dokument erstellt, bekommt eine 1, derjenige, der es empfängt und liest, eine 2. Was bedeutet (2)?«

»Wenn ich mich noch richtig erinnere, bekam die Fachabteilung genau die Lenkungsausschuss-Protokolle, die für sie relevant waren, aber nicht alle.«

Er nickte zustimmend: »Das ist sinnvoll. Die müssen nicht alles wissen.«

»Herrn König erzählen Sie das hoffentlich nicht!« Beide schmunzelten, wussten sie doch, dass Phillip König, Leiter des Außendienstes, gern über alles und jedes informiert sein wollte.

»Erinnern Sie mich daran, dass ich das auf unserem nächsten Meeting am Mittwoch anspreche. Wir müssen vermutlich noch einige Zeilen und Spalten ergänzen«, sagte Helmut Adler, fast schon wieder in Gedanken bei dem, was noch zu erledigen war.

»Darf ich Sie im Gegenzug daran erinnern, dass wir beschlossen hatten, dass es zu jeder Besprechung eine Agenda gibt, die 24 Stunden vor Beginn der Besprechung bei den Teilnehmern liegt, damit diese sie ergänzen können? Wenn mich nicht alles täuscht, sind Sie derjenige, der für Agenda und Protokoll der nächsten Besprechung verantwortlich ist.«

Helmut Adler war sprachlos. *Warum haben Frauen nur so ein phänomenales Gedächtnis ...?*

»Machen Sie sich nichts daraus, das kann jedem mal passieren!«, sagte sie im Gehen.

Vertretungsregelung

Die täglichen Morgenrunden in Kombination mit den wöchentlichen Besprechungen waren ein echter Gewinn. Es zeigte sich bereits nach kurzer Zeit, dass sie zügig vorankamen. »Ich muss sagen, eine Agenda hat zusätzliche Vorteile«, sagte Thomas Hartmann. »Die Besprechung geht dann viel flotter.«

»Ich glaube«, ergänzte Nicola Lehmann, »es macht auch sehr viel aus, dass wir diese kurzen Besprechungen am Morgen haben. Da wird vieles tagesaktuell besprochen und braucht nicht zu warten.«

»Sie sind wirklich klasse, meine Damen und Herren, doch lassen Sie uns fertig werden«, unterbrach Helmut Adler diese kleine Abschweifung und blickte auf die Agenda: »Letzter Punkt: die Vertretungsregelung. Wenn einmal jemand von Ihnen nicht da ist, dann will ich einen Vertreter oder eine Vertreterin des Teilprojektes sowohl in den morgendlichen Besprechungen als auch in unserer regelmäßigen Besprechung am Mittwochnachmittag sehen. Das heißt, Sie alle überlegen sich, wer Sie vertreten kann und soll. Das heißt auch, dass Sie diese Person laufend informieren. Denn Ihr Teilprojekt soll auch dann weiterlaufen, wenn Sie beispielsweise im Urlaub sind.«

Anna Lembach grinste: »Das kann ich nur unterstreichen. Denn ich erinnere mich an ein Projekt, das völlig still stand, weil der Projektleiter im Urlaub war.«

»Aber nicht bei uns!«, entgegnete Helmut Adler entrüstet. »In diesem Projekt will ich Kontinuität«, mit deutlichem Nachdruck betonte er jedes Wort einzeln. »Kontinuität, egal was passiert.«

»Und wer vertritt dich, Chef?«, fragte Charlie Keyser.

»Das ist eine gute Frage«, Helmut Adler blickte in die Runde. »Wer ist die stellvertretende Projektleitung in diesem Projekt?«

Sofort blickten alle auf Julia Matthies. »Oh nein, Jungs. Muss ich denn hier alles machen?« Sie wandte sich an Nicola Lehmann: »Nicht, dass ich dich ausgrenzen will, Nicola, aber ich glaube kaum, dass du die stellvertretende Projektleiterin sein willst.« Nicola Lehmann nickte. »Aber es gibt in diesem Projekt ja auch noch ein paar Männer, die dafür infrage kommen.« Sie blickte in die Runde. Pascal Ajour schüttelte den Kopf, Thomas Hartmann blickte pfeifend zu Decke, Charlie Keyser sah erst sie, dann Helmut Adler fragend an.

»Ehrlich gesagt, Frau Matthies«, wandte sich Helmut Adler direkt an sie: »Meine persönliche Wahl fällt auch auf Sie.«

»Und wie stellen Sie sich das vor? Ich habe das größte Teilprojekt, das Controlling droht zumindest von der operativen Seite her auf meinem Tisch zu landen, ich habe zudem den Außendienst in Form von Herrn König bei Laune zu halten, die Filialen nicht zu vergessen. Und dann noch die stellvertretende Projektleitung? Das ist zu viel.«

»Frauen sind dafür prädestiniert«, wandte sich Thomas Hartmann charmant an Julia Matthies. »Sie können eben viele Sachen gleichzeitig machen und das auch noch gut.«

»Und Männer sind Weltmeister im Abschieben von Aufgaben.« Sie schüttelte heftig den Kopf. »Wenn jemand anderes das operative Controlling, also das Konsolidieren der Pläne macht, dann bin ich für die stellvertretende Projektleitung zu haben. Sonst nicht!«

Nach kurzem Schweigen fingen plötzlich alle an, wie wild auf Julia Matthies einzureden. Sie wehrte sich: »Wir gehören alle zum Team. Es kann nicht sein, dass einer alles macht, und die anderen schauen zu. Nein, hier sind alle in der Verantwortung.«

Anna Lembach versuchte einzulenken: »Welche Aufgaben müssen denn umverteilt werden?«

»Konsolidieren der Pläne der einzelnen Teilprojekte! Es gibt Tools in McProject, doch die Pläne müssen teilweise per Hand nachgezogen werden.«

»Wer macht's?« Helmut Adler blickte in die Runde. »Herr Hartmann oder Herr Ajour, entscheiden Sie sich.« Beide brachten Dutzende von Argumenten vor, warum sie auf keinen Fall für diesen Job infrage kämen, beide wehrten sich so gut es eben ging. Schweigen. Thomas Hartmann schob noch ein paar Argumente nach, Pascal Ajour unterstützte ihn. Erneutes Schweigen.

»Ich warte. Und zwar auf eine Entscheidung von Ihnen«, sagte Helmut Adler deutlich. »Sie können noch überlegen, wer die meiste Erfahrung mit dem Tool hat oder wer zukünftig noch verstärkt mit dem Tool arbeiten will.«

Wieder Schweigen. Thomas Hartmann schüttelte den Kopf.

»Und ich kenne das Tool nicht so gut«, ergänzte Pascal Ajour unsicher. »Gibt es die Möglichkeit einer Schulung?«

»Ja«, sagte Helmut Adler.

»Ich kann Ihnen das Wichtigste schnell erklären«, ergänzte Julia Matthies.

»Danke«, sagte Helmut Adler zu ihr und fuhr schnell fort: »Das war eine Lehrstunde in Sachen Teamarbeit. Überlegen Sie sich bitte zukünftig schneller, wie viel Verantwortung Sie im Team übernehmen wollen.« Er klang leicht gereizt. »Wir sind ein Team und hier muss jeder anpacken. Das Team hat überhaupt nichts davon, wenn einer bis Oberkante Unterkiefer ausgelastet ist. Da müssen alle ran. Selbst wenn keiner von uns Erfahrung in einem Thema hat, dann müssen wir das eben lernen. Da nützen Ausreden nichts. Frau Lembach, sagen Sie etwas, ich rede mich gleich richtig in Rage.«

»Sie haben schon alles gesagt, Herr Adler.« Nach kurzem Schweigen fuhr sie fort: »Ich habe mir gerade überlegt, ob es eine unausgesprochene Regel im Team ist, dass Bedingungen nicht gestellt werden dürfen.« Alle schauten sie fragend an. »Oder ist es vielleicht ebenfalls eine unausgesprochene Regel, dass es doch nicht so gut ist, Verantwortung zu übernehmen? Ich erinnere mich, dass eine Ihrer Teamregeln war: *Jeder kann sich auf den anderen verlassen*. Erinnern Sie sich?« Schweigen. Betroffenheit. Anna Lembach schüttelte den Kopf: »Soviel zur praktischen Anwendung der selbst definierten Regeln. Denken Sie darüber nach. Sie sind das Leitungsteam. Ihre Art der Zusammenarbeit, Ihre Kommunikation, Ihre Verbindlichkeit und Ihr Verhalten spiegeln sich in Ihren Teams und im gesamten Projekt wider.«

Rückmeldung

»Wann wollen Sie eigentlich mit dem Controlling anfangen?«, fragte Anna Lembach beiläufig. Helmut Adler schaute Sie irritiert an: »Wieso? Passiert das noch nicht? Frau Matthies hat das doch gerade an Herrn Ajour abgegeben.«

»Frau Matthies hat die ersten Pläne der Teilprojekte konsolidiert. Das ist alles. Doch wer aktualisiert die Pläne zukünftig?«

»Herr Ajour.«

»Und woher bekommt Herr Ajour die Zahlen?«

»Aus den Rückmelde-Tabellen in McProject. Jeder trägt seinen tatsächlich geleisteten Aufwand dort ein. Und auf Knopfdruck wird der Plan aktualisiert. An den meisten Stellen klappt die Aktualisierung automatisch.« Er sah sie kopfschüttelnd an. »Ich glaube, ich verstehe Ihre Frage immer noch nicht.«

»Ganz einfach: Kennen alle das Szenario, das Sie gerade beschrieben haben?« fragte sie fordernd. Helmut Adler zuckte mit den Schultern. »Rein theoretisch müssten die Teilprojektleiter es kennen. Bei Herrn Ajour bin ich mir nicht sicher. Vielleicht. Doch die anderen sollten es eigentlich kennen.«

»Herr Adler, was nützen Ihnen hier *vielleicht*, *müssten*, *sollten* und *eigentlich*? Sie sind hier der Kapitän auf der Brücke. Was Sie vorgeben, wird gemacht. Gehen Sie niemals davon aus, dass irgendetwas in diesem Projekt von allein passiert.«

»Aber schön wäre das!«, Helmut Adler schluckte. »Gut, wir rufen sofort alle Teilprojektleiter zusammen, außerordentliche Besprechung.«

»Haben Sie denn schon das Okay vom Gesamtbetriebsrat für dieses Controlling? Sie wissen schon: Personenbezogene Daten und Kontrolle der Mitarbeiter.« Helmut Adler wurde nachdenklich. Beide überlegten, was jetzt strategisch geschickter ist: Erst mit dem Controlling anfangen oder erst die Genehmigung des Gesamtbetriebsrates einholen. Sie entschieden sich für Ersteres, wobei Helmut Adler sich den Besuch beim Gesamtbetriebsrat auf seiner to-do-Liste notierte.

»Gut, wir fangen mit dem Controlling an, der Gesamtbetriebsrat muss dann später zustimmen. Wie wollen wir das Controlling aufsetzen?« Er schaute Anna Lembach lange an. »Ich will auf keinen Fall, dass irgendwer direkt auf den aktuellen Plan in McProject schreibend zugreift. Das gäbe ein heilloses Durcheinander, wenn dort jeder Mitarbeiter seine geleisteten Ist-Daten direkt erfassen kann. Also werden die geleisteten Arbeitsstunden, der Fertigstellungsgrad und so weiter in den Rückmelde-Tabellen in McProject erfasst. Aus diesen Tabellen werden dann die Pläne weitestgehend automatisch aktualisiert. Sie wissen ja, so wenig manuelle Nacharbeiten wie nötig.« Helmut Adler dachte nach. »Ich erinnere mich noch an die Zeiten – es muss so eines der ersten Projekte mit McProject gewesen sein – da konnte jeder den Plan aktualisieren. Vier Wochen haben wir das durchgehalten, dann waren wir laut Plan soweit, dass wir erst die Software ausliefern mussten und dann das Fachkonzept schreiben sollten.« Er lachte, schüttelte den Kopf vielsagend. »Na, wenigstens hatten wir unseren Spaß. Was die Zugriffsberichtigungen in diesem Projekt betrifft, so haben wir entschieden, dass nur Frau Matthies als stellvertretene Projektleiterin, Herr Ajour als *Hüter der Pläne* und ich auf den Plan schreibend zugreifen dürfen. Alle anderen, auch unsere Controller vom Multiprojekt-Controlling, können den Plan nur lesen. Die jeweils aktuelle Version ist immer auf dem Server verfügbar.«

»Heben Sie die alten Pläne auf?«, wollte Anna Lembach wissen.

»Ja, jede Woche wird eine neue Version erstellt. Sicher ist sicher. Außerdem finde ich es immer nett zu sehen, was man ursprünglich so alles vorgehabt hat.« Sie nickte zustimmend. Helmut Adler fuhr fort: »Jetzt müssen wir noch entscheiden, welche Daten die Projektmitarbeiter uns liefern sollen.«

»Ich habe hier eine praxiserprobte Rückmelde-Tabelle«, sagte Anna Lembach. »Lassen Sie uns schauen, was Sie davon in diesem Projekt nutzen können.«

Mitarbeitername: .... Kalenderwoche: ....

	geplantes Beginn-Datum	geplantes End-Datum	geplanter Aufwand (in Tagen)	Beginn-Datum	End-Datum	Verzögerung ggü. geplantem Beginn-Datum	Verzögerung ggü. geplantem End-Datum	geleisteter Aufwand in der aktuellen Woche (in Tagen)	bisher aufgelaufen Aufwand (in Tagen)	geschätzter Fertigstellungsgrad (in %)	zusätzlich benötigter Aufwand (in Tagen)	Bemerkungen
	v	v	v			e	e		e			
Aktivität 1												
Aktivität 2												
Aktivität 3												
...												

v: vorgegeben, e: errechnet

Abbildung 29: Formular für die Rückmeldung

Helmut Adler vertiefte sich in das Formular: »Jeder Mitarbeiter füllt für jede bearbeitete Aktivität die schraffierten Felder aus.« Er war in Gedanken versunken, sprach mit sich selbst: »Ich gebe das Beginn-Datum ein, wenn ich eine neue Aktivität anfange, und das End-Datum, wenn ich mit der Aktivität fertig bin. Gut. Dann gebe ich den Aufwand ein, den ich in der aktuellen Woche geleistet habe. In Tagen? Na, das werden Sie mir gleich erklären. Dann schätze ich, wie hoch der Fertigstellungsgrad der Aktivität ist. Ja, das ist sinnvoll! Dann sehen die Leute endlich, dass ihre Aktivitäten *ewig und drei Tage* zu 90 % Prozent fertig sind und eigentlich nie fertig werden. Dann soll ich noch den geschätzten Restaufwand pro Aktivität angeben. Mmh. Ja, wahrscheinlich ist das notwendig, denn wir können uns ja bei unseren Schätzkonferenzen auch verrechnet haben. Da könnte sogar eine negative Zahl eingetragen werden, wenn wir ursprünglich zu großzügig geschätzt haben. Aber das wird wohl selten vorkommen. Plus eine Spalte für Bemerkungen. Unsere eigenen Rückmelde-Tabellen haben weniger Spalten, doch Ihr Vorschlag gefällt mir. Können wir die Rückmelde-Tabelle so nutzen?«

»Ja. Wir sollten nur klären, was wir mit *geschätzter Fertigstellungsgrad (in %)* meinen. Denn das werden die Teammitglieder sicherlich fragen.«

»Was schlagen Sie vor?« Helmut Adler lehnte sich zurück.

Anna Lembach hatte am Flipchart zwei Varianten skizziert:

- subjektiv eingeschätzter Fertigstellungsgrad
- Fertigstellungsgrad (RestAufwand) = $\frac{\text{IstAufwand}}{\text{IstAufwand} + \text{Rest Aufwand}} [\%]$

»Das sind die beiden gängigsten Varianten. Es gibt noch weitere, doch alle haben ihre Nachteile. Der *subjektiv geschätzte Fertigstellungsgrad (in %)* spiegelt natürlich nur die subjektive Sichtweise des Schätzers wider. Der *Fertigstellungsgrad in Abhängigkeit vom RestAufwand* ist der mathematische Beweis dafür, dass eine Aktivität ewig und drei Tage zu 90 % fertig ist, doch leider nie fertig wird.«

»Das heißt, ich kann mich drehen und wenden, wie ich will. Alle Formeln haben Nebenwirkungen und exakte Zahlen bekomme ich nie.«

»So ist es.« Beide schauten sich an und nickten.

»Gut, dann sollen die Leute subjektiv schätzen, das haben wir ja schließlich auch in unseren Schätzkonferenzen gemacht.« Nach einer kleinen Pause fuhr er fort: »Die Auswertung dieser Rückmelde-Tabelle ist die Aufgabe der Teilprojektleiter. Für sie könnten wir zusätzlich den rechnerisch ermittelten Fertigstellungsgrad anzeigen.« Er schüttelte den Kopf und schmunzelte: »Ich stelle mir gerade die Auswertung dieser Tabellen vor. Die Teilprojektleiter sind vollauf damit beschäftigt, ihr

Teilprojekt *auf Kurs zu halten*. Keiner wird auch nur annähernd die Zeit haben, die Zahlen en détail auszuwerten, geschweige denn die Nerven, sich in die tiefsten Tiefen des Controllings einzuarbeiten. Lassen Sie es uns so einfach wie möglich machen. Was empfehlen Sie?«

»Führen Sie nur den subjektiv geschätzten Fertigstellungsgrad auf. Das ist am einfachsten. Dann sehen die Leute selber den *90 % -Effekt* und man spricht darüber. Jede Formel gibt Anlass, stundenlang über deren Vor- und Nachteil zu diskutieren.«

»Überzeugt.«

»Sie wollten doch Ihre Teilprojektleiter zu einer außerordentlichen Besprechung zusammen rufen. Das können Sie jetzt machen. Wir werden den Teilprojektleitern diese Rückmelde-Tabelle erklären, damit sie sie dann an ihre Mitarbeiter im Team weitergeben können. Außerdem müssen sie die Tabellen auswerten. Ich schlage vor, dass erstmals am kommenden Montag jeder Mitarbeiter in McProject eine Rückmelde-Tabelle ausfüllt. Herr Ajour fasst die Tabellen je Teilprojekt zusammen und lässt die zu berechnenden Felder automatisch füllen. Die Teilprojektleiter können die Tabellen oder die Pläne auswerten und sie mit ihren Teammitgliedern besprechen, möglicherweise sogar anpassen. Danach fasst Herr Ajour alle aktualisierten Pläne aus allen Teilprojekten in McProject zu einem aktualisierten Gesamtplan zusammen.«

Helmut Adler war Einiges aus dem Projektgeschäft gewohnt, doch dieser Widerstand übertraf wieder einmal seine kühnsten Erwartungen. Charlie Keyser und Thomas Hartmann übertrafen sich gegenseitig darin zu erklären, warum es viel zu aufwändig sei, diese Rückmelde-Tabellen in McProject wöchentlich auszufüllen.

»Das wird nicht klappen, denn erstens haben wir noch unsere Aktivitäten zu bearbeiten und damit keine Zeit für diesen Kleinkram, zweitens kennen wir die genauen Zahlen ja gar nicht und drittens bringt das Ganze nichts.« Charlie Keyser verschränkte die Arme und lehnt sich beleidigt zurück. Thomas Hartmann setzte noch eins obendrauf: »Wir haben doch schon die ganze Planung gemacht. Mit den ganzen Schätzungen und so. Wieso sollen wir jetzt noch einmal diesen Aufwand machen?«

»Weil sich die Planung laufend ändert«, sagte Helmut Adler gereizt.

»Dann war unsere Planung von Anfang an Schrott«, konterte Charlie Keyser.

»Haben Sie schon einmal etwas von *rollierender Planung* gehört, Herr Hartmann?«, fragte Helmut Adler. »Zufällig ist Ihr Herr Käfer gerade für zwei Tage zu einer Schulung, meines Wissens war das ursprünglich nicht eingeplant. Genauso wenig wie Krankheiten oder diese außerordentliche Besprechung jetzt. Das alles konnten wir beim besten Willen nicht vorhersehen. Die ursprüngliche Planung war eben so gut, wie sie zum damaligen Zeitpunkt sein konnte. Doch das Leben stellt uns immer wieder vor neue Situationen. Deshalb müssen wir die Planung laufend anpassen.«

»Aber doch nicht jede Woche!«

»Doch, jede Woche«, hielt Anna Lembach dagegen. »Wenn Sie einen Rückmeldezeitraum von beispielsweise vier Wochen nehmen, dann merken Sie erst nach vier Wochen, dass etwas aus dem Ruder gelaufen ist.«

»Da läuft nichts aus dem Ruder«, behauptete Charlie Keyser.

»Sorry, ich vergaß, dass Sie perfekt sind. Doch für alle, die es nicht sind, gilt: Je kürzer der Rückmeldezeitraum, desto eher sehe ich, wenn es Abweichungen zum ursprünglichen Plan gibt, desto eher kann ich Maßnahmen zur Kurskorrektur einleiten. Denn diese Maßnahmen wirken auch erst mit einer gewissen Verzögerungszeit. Wenn Sie erst nach vier Wochen feststellen, dass Sie vom Kurs abgekommen sind, dann müssen Sie größere Anstrengungen unternehmen und es dauert viel länger, wieder auf Kurs zukommen, als wenn Sie das nach einer Woche feststellen.«

»Und wenn wir keine Kurskorrekturen brauchen, dann ist der ganze Aufwand völlig unnötig«, Charlie Keyser blieb hartnäckig.

»Zeigen Sie mir das Projekt, das keine Kurskorrekturen nötig hat! Das ist entweder ein *Ein-Mann-Projekt*, das genau einen Tag läuft, oder Sie haben die Beschreibung darüber bei den Gebrüdern Grimm gelesen! Sie wissen schon: Die gute Fee kam herein und sie hatten drei Wünsche frei ... Und wenn sie nicht gestorben sind ...« Sie schmunzelte: »Oder Sie haben sich Ihren kindlichen Glauben an die unendlich großen Wunder dieser Welt erhalten. Das ist fantastisch für Sie. Doch gestatten Sie uns, die wir zwar auch an Wunder glauben, dass wir trotzdem die einfachsten Grundlagen des Controllings in diesem Projekt einführen.«

Charlie Keyser lächelnd weise.

»Kopf hoch, Charlie. Nimm's nicht so tragisch! Vier Wochen weiter und die Rückmeldung ist dir in Fleisch und Blut übergegangen«, versuchte Helmut Adler, ihn aufzumuntern. »Wir machen die Rückmeldung wöchentlich, jeden Montagmorgen stehen die ausgefüllten Rückmelde-Tabellen je Mitarbeiter in McProject auf dem Server. Füllen Sie als Teilprojektleiter ebenfalls eine Rückmelde-Tabelle aus. Sie erfassen Ihre eigenen inhaltlichen Aktivitäten und Ihre Projektmanagement-Aktivitäten. Sie werden sehen, es dauert gar nicht lange, die einzelnen Felder auszufüllen. Am besten, Sie machen es täglich und warten nicht erst bis Montagmorgen.« Er blickte in die Runde, bekam aber noch nicht die Zustimmung, die er erhofft hatte. »Ab Montagmittag wird Herr Ajour die zu errechnenden Felder per Programm ausfüllen lassen. Jeder von Ihnen ist aufgefordert, die Daten auszuwerten, mit den Mitarbeitern zu besprechen und zu schauen, ob der zusätzliche Aufwand berechtigt ist, falls es welchen gibt. Sie können noch Änderungen in den Tabellen vornehmen, bevor der Plan endgültig aktualisiert und konsolidiert wird.«

»Sie hatten in der ursprünglichen Planung die Aktivitäten am Anfang ziemlich detailliert geschätzt«, ergänzte Anna Lembach. »Je weiter die Aktivitäten auf der Zeitachse in der Zukunft liegen, desto ungenauer sind sie. Planen Sie bitte jeweils die nächsten 8 bis 12 Wochen genau. Sie müssen das nicht alleine machen. Fragen Sie Ihr Team! Das sind die Experten, wenn es um Inhalte geht. Es kann auch sein, dass Sie wieder eine Schätzkonferenz machen müssen. Nutzen Sie das Know-how im Team. Tragen Sie neue Daten auch in die Rückmelde-Tabellen ein, beispielsweise als neue Aktivität oder als Aktivität, bei der sich der Aufwand oder der Termin verändert hat.«

»Und das soll ich alles machen?«, fragte Charlie Keyser entrüstet.

»Hallo, Herr Keyser«, winkte ihm Julia Matthies zu. »Sie sind Teilprojektleiter. Das ist Ihr Job. Meiner übrigens auch, wenn Sie das tröstet. Denn genau für diese Projektmanagement-Aktivitäten gab es einen Zuschlag von 15 % auf den Gesamtaufwand.«

»Gibt es keine andere Möglichkeit, Chef?«

»Nein, Charlie.« *Warum muss es bei neuen Themen am Anfang immer so ein Gemurre und Gejaule geben?*, fragte sich Helmut Adler entnervt. »Fang einfach mit den Rückmelde-Tabellen an! In Nullkommanix geht dir das völlig leicht von der Hand.« Helmut Adler blickte Anna Lembach fragend an und sagte leise: »Haben Sie vielleicht doch noch eine Abkürzung für uns?«

Anna Lembach schüttelte den Kopf, schmunzelte und sagte: »Ich kenne keine. Sie können ganz auf das Controlling verzichten, dann hätten Sie am Anfang allerdings auch nicht planen müssen. Doch Sie sehen alle nicht so aus, als ob Sie geborene Spieler-Naturen sind. Ihr Vorstandsvorsitzender übrigens aus nicht.«

»No risk, no fun«, Thomas Hartmann schien sich wieder gefangen zu haben.

»Okay, wenn Sie soviel fun haben wollen, dann sagen Sie frühzeitig Bescheid. Für solche halsbrecherischen Abenteuer bin ich nicht zu haben.«

»Warmduscher, was?« Thomas Hartmann grinste.

»Ich? Badewannen-Zombie!«

Controlling versus Gesamtbetriebsrat

Helmut Adler glaubte, die Teilprojektleiter vom Sinn des regelmäßigen Controllings überzeugt zu haben: *Die Rückmeldung wird sicher bald reibungslos laufen*, dachte er. Womit er nicht gerechnet hatte, war der Widerstand der Projektmitarbeiter der H.UMOR AG. Sie beschwerten sich über den zusätzlichen Formalismus, wollten das Ganze untergraben. Bei den Externen gab es weniger Probleme. Sie waren gewohnt, für ihre eigenen Firmen die tatsächlich geleisteten Stunden zu erfassen. Eine zusätzliche Erfassung je Aktivität kostete sie allenfalls ein mildes Lächeln und ein paar Minuten Aufwand pro Tag.

»Lassen Sie uns mit dem Gesamtbetriebsrat sprechen«, schlug Anna Lembach vor. »Besser ist besser. Falls einer der Mitarbeiter auf die Idee kommt, sich dort zu beschweren, sind sowohl Herr Maier als auch wir vorbereitet.« Helmut Adler zog die Stirn in Falten. Die Aussicht auf ein solches Gespräch ließ seine Laune in den Keller sinken. »Holen Sie sich vorher Rückendeckung bei Dr. Profitlich, damit Sie einen Eskalationsweg haben, falls Herr Maier sich nicht einsichtig zeigt.«

»Gibt's keine andere Möglichkeit?« Helmut Adler suchte nach Alternativen. Anna Lembachs Kopfschütteln ließ ihn resignieren: »Ich verstehe, Sie kennen offensichtlich auch nichts anderes. Also gut, lassen Sie uns einen Termin bei Profitlich und dann einen beim Gesamtbetriebsrat ausmachen. Ich hätte Marco Steinmetz vom örtlichen Betriebsrat bei diesem Gespräch gern dabei.«

Dr. Simon Profitlich gelobte volle Rückendeckung: »Schicken Sie Herrn Maier sofort zu mir, wenn er Widerstand zeigt, dann unterhalte ich mich mit ihm persönlich.«

Den Klang von Profitlichs Worten noch im Ohr saß Helmut Adler mit Ralf Maier, Marco Steinmetz und Anna Lembach zusammen. Wie er befürchtet hatte, wurde die Verhandlung zäh, doch er wollte den Joker *Eskalation bei Profitlich* nicht zu früh verspielen. Ralf Maier machte ihm das Leben schwer, er wiederholte seine Gegenargumente immer wieder.

»Wenn Sie in Ihrem Projekt von jedem Mitarbeiter je Aktivität einzeln wissen wollen, wie viel er oder sie in der vergangenen Woche daran gearbeitet hat, dann sind das personenbezogene Daten. Sie kontrollieren Ihre Mitarbeiter regelrecht. Das geht nicht.« Er schüttelte den Kopf. Helmut Adler schüttelte ebenfalls den Kopf, allerdings eher, weil er diese Argumentation befürchtet hatte und zur Genüge kannte.

Anna Lembach hatte sich bisher zurückgehalten, jetzt fing sie an, mit Engelszungen auf Ralf Maier einzureden, und erklärte ihm, warum die Rückmeldung pro

Aktivität und Person notwendig ist.

»Aber das ist Kontrolle!«

»Ja, das ist Kontrolle«, entgegnete sie. »Nennen Sie mir eine andere Möglichkeit des Controllings. Ich kenne keine.«

»Aber so geht das auch nicht.«

»Nennen Sie mir eine Alternative!«

Ralf Maier war hier mit seinem Latein am Ende.

Anna Lembach fuhr fort: »Gut, ich höre keinen Alternativ-Vorschlag von Ihnen und Sie halten das *Ich-bin-dagegen-Schild* hoch. Das klingt nach einer Patt-Situation. Ohne die Zahlen können wir kein Controlling machen. Und ein Projekt dieser Größe ohne Controlling durchzuführen, ist eine wirksame Methode, es gegen die Wand zu fahren.«

»Herr Maier«, schaltete sich Helmut Adler wieder ein, »würde es Ihnen nützen, wenn wir Ihnen hoch und heilig versprechen, dass nur dieses Projekt die Zahlen zu sehen bekommt? Denn niemand hat ein Interesse daran hat, die Zahlen an wen auch immer weiterzuleiten.«

Marco Steinmetz hatte bisher nur zugehört, jetzt fragte er neugierig: »Sie wollen also für jeden Mitarbeiter wissen, wie viel er gearbeitet hat? Das ist Kontrolle. Sie kennen keine Alternative dazu, wir offensichtlich auch nicht. Zumindest im Moment nicht. Sie sagen, dass es fahrlässig wäre, kein Controlling machen, denn dann besteht die Gefahr, dass das Projekt scheitert.« Helmut Adler und Anna Lembach nickten erleichtert. *Wenigstens einer, der mich einigermaßen versteht*, seufzte Helmut Adler im Stillen.

»Wenn ich es richtig verstanden habe«, wiederholte Marco Steinmetz, »dann sammeln Sie diese Daten nur, um zu sehen, ob Sie in Ihrem Projektplan im *grünen Bereich* sind oder nicht.« Helmut Adler und Anna Lembach nickten wieder. »Und dann? Was machen Sie mit den Daten, wenn Sie sie ausgewertet haben?«

»Wir heben sie auf, so wie wir alle Dokumentation aufheben«, antwortete Helmut Adler.

»Brauchen Sie sie noch einmal?«, fragte Marco Steinmetz. Anna Lembach und Helmut Adler sahen sich an. Beide zucken die Schultern. Marco Steinmetz schien am Controlling, dessen Funktionsweise und dessen Ergebnissen aufrichtig interessiert zu sein.

»Normalerweise nicht«, erklärte Helmut Adler. »Höchstens um etwas nachvollziehen zu können. Doch das ist nur über einen begrenzten Zeitraum überhaupt möglich. Irgendwann ist alles nicht mehr en détail nachvollziehbar. Das will dann auch keiner mehr. Ehrlich gesagt, die Zeit haben wir auch nicht.«

»Sie könnten die Daten auch vernichten.«

»Im Prinzip ja, nach einigen Wochen. Aber Sie wissen doch: Wir sind Jäger und

Sammler. Was man hat, das hat man. So richtig wohl fühle ich mich nicht, wenn ich die alten Rückmelde-Tabellen oder die alten Projektpläne löschen würde.«

»Ich frage ja nur, um das alles zu verstehen«, erklärte Marco Steinmetz. »Sie könnten die Daten nach, sagen wir, acht Wochen löschen und das Projekt würde weiter laufen wie bisher. Es würde kein Schaden entstehen, wenn die Rückmelde-Tabellen, die älter als acht Wochen sind, keiner mehr hat.« Beide nickten.

»Ungern, aber es geht«, kommentierte Anna Lembach nachdenklich. »Falls wirklich eine Nachfrage kommt und die Daten sind weg, dann ist das zwar schade, tut dem Projekt aber keinen Abbruch. Generell teile ich jedoch die Bedenken von Herrn Adler.« Schweigen.

»Wo heben Sie die Daten auf?«, fragte Marco Steinmetz weiter.

»Auf unserem Server.«

»Wer kann noch darauf zugreifen?«

»Alle Projektbeteiligten.«

»Also niemand aus der Personalabteilung oder aus anderen Abteilungen?«

»Nein. Die Zugriffsrechte regelt die Systemadministration sehr genau. Die Personalabteilung hat auf unserem Server nichts zu suchen, das würde ich mir auch verbitten«, versicherte Helmut Adler. »Übrigens auch keine anderen Projekte oder die Abteilungsleiter. Profitlich auch nicht. Gut, die Systemadministration kann auf sämtliche Daten im Unternehmen zugreifen. Doch die werden sich nicht die Mühe machen, Dutzende von Dateien auszuwerten. Die haben anderes zu tun.«

»Sie geben diese Daten auch nicht weiter, wenn beispielsweise jemand außerhalb des Projektes danach fragt?«

»Nein«, Helmut Adler dachte nach. »Ich kann mir nur vorstellen, dass wir noch einmal in die Rückmelde-Tabellen schauen wollen, wenn irgendeine Ungereimtheit auftritt.«

Anna Lembach ergänzte: »Normalerweise werden aus den Rückmelde-Tabellen die Projektpläne sofort aktualisiert: Es gibt einen neuen Projektplan und die Rückmelde-Tabellen interessieren nicht mehr. Ich habe diese Tabellen wirklich nur ganz selten nach längerer Zeit hervorgeholt, nämlich dann, wenn es wirklich Differenzen gab und wir genau wissen wollten, was der Grund dafür ist. Doch das passiert meist innerhalb der ersten Woche nach Rückmeldung.«

»Uns geht es wirklich nur darum«, sagte Marco Steinmetz, der inzwischen der Wortführer geworden war, »dass den Mitarbeitern kein Strick daraus gedreht wird, wenn sie Zeiten und Termine überschreiten.«

»Dann reden wir sowieso mit den Personen, zuerst der jeweilige Teilprojektleiter, dann ich. Da klärt sich Einiges. Es kann auch sein, dass wir einfach zu wenig geschätzt haben. Keiner ist unfehlbar«, sagte Helmut Adler. »Wenn sich allerdings herausstellt, dass jemand für das Projekt wirklich nicht geeignet ist, dann kommuniziere ich das. Dafür brauche ich jedoch keine Rückmelde-Tabellen, da liegt Anderes im Argen als nur ein paar Aktivitäten, die nicht termingerecht fertig geworden sind.«

Die Diskussion ging noch eine Weile hin und her. Die beiden vom Betriebsrat hätte es am liebsten gesehen, wenn die Rückmelde-Tabellen nach einem gewissen Zeitraum gelöscht würden. Anna Lembach und Helmut Adler gelobten, darüber nachzudenken, räumten aber ehrlicherweise dieser Variante wenig Chancen ein. Dass die personenbezogenen Daten nur für projektinternes Controlling genutzt werden würden, versicherte Helmut Adler ihnen mehrfach und war ebenfalls bereit, das schriftlich niederzulegen. Schließlich hielt er Ralf Maier die Hand hin: »Sie wissen ja, bei uns gilt der hanseatische Handschlag.« Dieser schlug ein und Marco Steinmetz tat es ihm nach.

»Gelungener Auftakt für die Zusammenarbeit mit dem Gesamtbetriebsrat«, sagte Anna Lembach anerkennend, als sie wieder in Helmut Adlers Büro waren.

»Ich bin sehr zufrieden.« Helmut Adler lehnte sich zurück. »Ehrlich gesagt, ich bin auch noch nie auf die Idee gekommen, die Rückmelde-Tabelle nach einer gewissen Zeit zu löschen – es lohnt sich aber darüber nachzudenken. Marco Steinmetz ist wirklich ein cleveres Kerlchen.«

Anna Lembach nickte zustimmend: »Ich finde, das ist eine Belohnung wert. Es wäre wieder einmal an der Zeit, dass wir beide uns ein vorzügliches Essen gönnen – sagen wir eine Pizza!«

Helmut Adler lachte: »Das hatten wir schon lange nicht mehr ...«

Statusberichte

»Das Controlling läuft inzwischen vielversprechend«, wandte sich Helmut Adler begeistert an Anna Lembach, »jetzt müssen wir diese Daten nur noch für unseren Lenkungsausschuss zusammenfassen. Wir haben hier zwar unsere Statusberichte, doch die umfassen ungefähr 15 Seiten. Haben Sie etwas Einfacheres?«

Sie schaute ihn ungläubig an. »15 Seiten! Wer liest die?«, fragte sie kopfschüttelnd und fuhr fort: »Das geht wirklich einfacher: Ich habe hier Vorlagen. Sie ergeben ausgefüllt in Stichworten zusammen circa vier Seiten plus Anhang.« Beide überlegten, was sie davon für dieses Projekt nutzen konnten und was sie ergänzen mussten.

Gesamtstatus		Kalenderwoche:...........
Projektstatus		**Bemerkung**
günstig / unter Plan :	☺	• ~ ~ ~ ~ ~ ~ ~ ~ ~ ~ ~ ~ ~ ~ ~ ~ • ~ ~ ~ ~ ~ ~ ~ ~ ~ ~ ~
im Plan :	😐	• ~ ~ ~ ~ ~ ~ ~ ~ ~ ~ ~ ~ ~ ~ ~ • ~ ~ ~ ~ ~ ~ ~ ~ ~ ~ ~ ~ ~ ~
über Plan :	☹	• ~ ~ ~ ~ ~ ~ ~ ~ ~ ~ ~ ~ ~ ~ ~ ~ • ~ ~ ~ ~ ~ ~ ~ ~ ~ ~ ~ ~ ~ ~
kritisch / Zielkonflikt:	💣	• ~ ~ ~ ~ ~ ~ ~ ~ ~ ~ ~ ~ ~ ~ ~ ~ • ~ ~ ~ ~ ~ ~ ~ ~ ~ ~ ~ ~ ~ ~

Entscheidungsbedarf		
Worum geht's? / Auswirkungen?	**Wer**	**bis wann**
• ~ ~ ~ ~ ~ ~ ~ ~ ~		DATUM !!
• ~ ~ ~ ~ ~ ~ ~ ~		DATUM !!

Überblick Aufwand (in Projekttagen, je Teilprojekt und gesamt)					
Plan	**Ist**	**Differenz**	**erw. Rest**	**Plan neu**	**Grund**
~ ~ ~	~ ~ ~	~ ~ ~	~ ~ ~	~ ~ ~	~ ~ ~ ~

Überblick Termine (je Teilprojekt und gesamt)					
Plan	**Ist**	**Differenz**	**erw. Rest**	**Plan neu**	**Grund**
~ ~ ~	~ ~ ~	~ ~ ~	~ ~ ~	~ ~ ~	~ ~ ~ ~

Überblick Kosten (in EURO, gesamt)					
Plan	**Ist**	**Differenz**	**erw. Rest**	**Plan neu**	**Grund**
~ ~ ~	~ ~ ~	~ ~ ~	~ ~ ~	~ ~ ~	~ ~ ~ ~

Projektverlauf	
Good News ☺	**Bad News ☹**
~ ~ ~ ~ ~ ~ ~ ~ ~ ~ ~ ~ ~ ~ ~ ~ ~	~~~~~~~~~ ~~~~~~~
~~ ~~~~~~~~~~~	~~~~~~~~~ ~~~~~~~~

Abbildung 30: Statusbericht

»Bei *Überblick Termine* nehmen Sie einfach einen kleinen Ausschnitt aus McProject. Wenn Sie das Tool schon nutzen, dann können Sie Auszüge daraus hier wunderbar einfügen. Sie wissen schon: Ein Bild sagt mehr als tausend Worte!«

Helmut Adler nickte. Er schien nachzudenken. »Mmh. – Eine Frage noch: Wie handhaben Sie es mit dem Entscheidungsbedarf? Wie bekomme ich die Entscheider dazu, dass sie auch wirklich entscheiden?«

»Gute Frage! Auf jeden Fall muss in der Spalte *bis wann* ein Datum stehen. Das ist auch für die Entscheider bindend. Sie können zusätzlich auf die Konsequenzen hinweisen, die eine Nicht-Entscheidung oder eine verspätete Entscheidung nach sich zieht.«

»Soll ich Entscheidungsvorschläge unterbreiten?«

»Ja, auf jeden Fall. Die Herren im Lenkungsausschuss stecken nicht so tief in der Materie wie Sie und die Teilprojektleiter. Sie können denen nicht zumuten, sich um Bits und Bytes zu kümmern. Benennen Sie hier im Statusbericht das Problem, fügen Sie im Anhang bis zu drei Lösungsvorschläge hinzu und sprechen Sie für einen der Vorschläge Ihre eigene Empfehlung aus, im Sinne von *ich persönlich favorisiere Lösungsvariante ...* Erfahrungsgemäß bekommen Sie dann auch die Variante, die Sie vorgeschlagen haben. Außerdem zeigt dieses Vorgehen klar und deutlich, dass Sie sich Gedanken über die Lösung gemacht haben und das nicht vom Lenkungsausschuss erwarten. Der hat keine Zeit dazu. Es ist übrigens auch nicht dessen Job, Lösungen zu finden; der soll entscheiden.«

Helmut Adler entspannte sich: »Der Statusbericht gefällt mir. Wir passen ihn unseren Erfordernissen an. Dann werde ich den Teilprojektleitern erklären, dass sie einmal wöchentlich für ihr Teilprojekt einen solchen Statusbericht schreiben müssen.«

Den überarbeiteten Statusbericht wollte Helmut Adler mit Dr. Simon Profitlich abstimmen, doch der wiegelte sofort telefonisch ab, nachdem er das Dokument per E-Mail erhalten hatte: »Herr Adler, das machen wir so: kurz und knapp. Ich brauche nur das Wichtigste in Kürze. Verschonen Sie mich bitte mit Details.«

»Sind aus Ihrer Sicht alle für Sie relevanten Informationen drin?«, fragte ihn Helmut Adler leicht irritiert, weil er eine so schnelle Antwort nicht erwartet hatte.

»Völlig ausreichend. Ich vertraue darauf, dass in dem Statusbericht alles drinsteht, was Sie brauchen. Für mich ist es ausreichend. Und ...«, er ließ eine kleine Pause entstehen, »Sie setzen Maßstäbe, finde ich klasse. Endlich gibt's einen kurzen und knappen Statusbericht.«

Das Telefongespräch mit Profitlich beflügelte ihn; die anschließende Besprechung mit den Teilprojektleitern wurde dagegen ein aufwändiges Unterfangen. Wie zu erwarten war, leistete Charlie Keyser in bekannter Manier den größten Widerstand gegen das Erstellen der Statusberichte. Er wand sich mit Worten, monierte den zusätzlichen Aufwand und beschwerte sich, dass er für diesen Schreibkram überhaupt keine Zeit hätte.

Helmut Adlers Geduld war, was Gespräche dieser Art betraf, begrenzt: »Wer soll das deiner Meinung nach machen?«, fragte er ihn leicht genervt, »ich schreibe den Statusbericht für das gesamte Projekt. Ich brauche von den Teilprojektleitern Input dafür. Genau den finde ich in den Statusberichten der Teilprojekte. Außerdem ist das die einzige Möglichkeit, die wir haben, das Projekt beziehungsweise die Teilprojekte nachvollziehbar zu machen. Wenn es wirklich knallen sollte, und das wäre ja nicht das erste Projekt, das gegen die Wand fährt, dann sind die Gründe dafür aus dem Statusbericht erkennbar. Wenn ich mich von heute auf morgen aus dem Projekt verabschiede, dann hat der neue Projektleiter wenigstens die Möglichkeit, aus den Statusberichten zu erkennen, was bisher gelaufen ist. Du kannst mir glauben, ich mache das nicht zu meinem Vergnügen. Doch der Job des Projektleiters ist nun einmal schreiben, schreiben, schreiben. Und reden, reden, reden. Das gilt übrigens auch für alle Teilprojektleiter.« Helmut Adler machte seinem Unmut Luft und fuhr fort: »In ***Überblick Kosten*** mache ich eine Übersicht über die Kostensituation im Gesamtprojekt, darum brauchen Sie sich in Ihrem Statusbericht nicht zu kümmern. In allen anderen Punkten will ich allerdings genau wissen, wo etwas über Plan oder kritisch ist. Natürlich nehme ich auch gerne die Fälle zur Kenntnis, in denen etwas im Plan oder sogar unter Plan ist. Ich habe eine große Bitte an Sie: Füllen Sie den Bericht in Ihrem eigenen Interesse ehrlich aus. Hier nützt das ***Sich-in-Ausreden-winden*** oder ***Das-schaffen-wir-schon*** nichts. Das sind glatte Lügen. Es fliegt auf, wenn Sie etwas verschweigen. Wenn über einen Zeitraum von vier Wochen bei Ihnen alles im Plan ist, dann führe ich mit Ihnen ein intensives Gespräch, denn das glaube ich Ihnen nicht. Es gibt immer etwas, das über Plan oder kritisch ist.« Seine Stimme ließ keinen Zweifel daran, dass hier jeder Spaß aufhörte. »So, und jetzt können Sie Fragen stellen.« Schweigen. »Trauen Sie sich ruhig. Vielleicht habe ich gerade ein bisschen heftig ausgeteilt. Wenn das der Fall sein sollte, dann tut es mir Leid. Doch der Job des Projektleiters umfasst nun einmal die Planung, die Steuerung und die laufende Dokumentation.«

Keiner wagte, etwas zu sagen.

»Charlie, wir beide werden uns diesen Statusbericht und auch die Planung noch einmal zu Gemüte führen. Ich glaube, das tut uns beiden gut«, sagte er väterlich. »Wie sieht's bei den anderen aus? Frau Matthies, Sie kennen dieses Szenario. Frau Lehmann?«

»Ich kenne Statusberichte in ähnlicher Form, das wird klappen.«

»Herr Hartmann?«

Er nickte: »Ich brauche offensichtlich keine Romane schreiben. Ich denke, das geht in Ordnung.«

»Herr Ajour?«

»Wenn Sie wüssten, was wir auf dem Host alles dokumentiert müssen! Dagegen ist das ein Kinderspiel. Ich sehe kein Problem. Sie bekommen den Bericht regelmäßig.«

»Das will ich hoffen. Denn nur auf dieser Grundlage kann ich den wöchentlichen Projekt-Statusbericht überhaupt schreiben. Leider kann ich nicht erraten, was genau in Ihrem Teilprojekt vor sich geht, trotz regelmäßigem Austausch.«

Helmut Adler erklärte noch einmal genau das Szenario zum Entscheidungsbedarf: »Skizzieren Sie bitte kurz im Statusbericht das Thema, das entschieden werden soll. Dann tragen Sie das Datum ein, bis zu dem eine Entscheidung getroffen sein muss. Es bleibt Ihnen frei, auf die Konsequenzen bei Nicht-Entscheidung hinzuweisen. Im Anhang skizzieren Sie bitte maximal drei Lösungsvorschläge. Für eine der Lösungsalternativen geben Sie Ihre persönliche Empfehlung ab. Haben Sie noch Fragen?«

»Und wenn es nur eine Lösungsalternative gibt?«, fragte Charlie Keyser zaghaft. Helmut Adler setzte an zu antworten, doch Charlie Keyser fuhr unbeirrt fort: »... dann führe ich diese eine Lösungsalternative auf und spreche auch meine Empfehlung dafür aus.«

»Sie sind clever, Herr Keyser«, sagte Anna Lembach, noch bevor Helmut Adler das Wort wieder ergreifen konnte.

Die Stimmung war leicht gedrückt. Niemand stellte weitere Fragen.

»Dann ist ja alles klar«, sagte Helmut Adler. Es sollte heiter klingen. »Jeden Mittwochmittag habe ich Ihre Statusberichte auf dem Server. Mittwochnachmittag haben wir unser Meeting und am Donnerstag ist der Projekt-Statusbericht fertig. Freitags trifft Profitlich im Lenkungsausschuss hoffentlich die Entscheidungen so, wie wir sie brauchen.« Seine Miene hellte sich wieder auf: »Das Schreiben des Statusberichtes geht Ihnen bald völlig routiniert von der Hand. Dann ist es wie *Zähne putzen* und Sie machen es automatisch. Habe ich noch irgendetwas vergessen?« Er schüttelte den Kopf.

»Vielleicht noch eines«, fügte Anna Lembach hinzu, »Ihre Teilprojektleiter-Vertretung sollten Sie in die Geheimnisse dieses Statusberichtes einweihen, damit der Bericht auch dann erstellt wird, wenn Sie einmal nicht da sind. Sie, Herr Adler, werden Frau Matthies als die stellvertretende Projektleiterin ohnehin auf dem Laufenden halten.«

»Beinahe hätte ich es vergessen«, ergänzte Helmut Adler, »die Termine, die Sie bei *Entscheidungsbedarf* nennen, müssen Sie natürlich auch überwachen. Es kann schon mal passieren, dass auch der Lenkungsausschuss etwas vergisst. Dann erinnern Sie mich oder den Lenkungsausschuss bitte daran, dass noch eine Entscheidung aussteht. Zieren Sie sich nicht. Denn Schweigen kann an dieser Stelle fatale Auswirkungen haben.«

Alleingang

Die wöchentliche Rückmeldung kamen zunächst zögerlich, ließen jedoch hoffen, dass es nach und nach besser werden würde. Inzwischen lagen die Daten den Teilprojektleitern montags vor, sie konnten sie auswerten, mit den Teammitgliedern besprechen, die Planung aktualisieren und den Statusbericht für das Teilprojekt schreiben.

Helmut Adler war daher äußerst überrascht, als ihn Pascal Ajour völlig aufgeregt anrief: »Ich verstehe das nicht. Ich habe die Pläne gerade zusammengefasst und der Endtermin ist plötzlich im Jahre 2010. Es ist ein bisschen sonderbar, im Teilprojekt Netze sind sehr viele Aufwände dazugekommen.«

»Warten Sie einen Moment, ich sehe mir den Plan sofort an.«

Gemeinsam vertieften sie sich in den neuen Plan. Dieser war eine einzige Katastrophe, hatten sich doch die Aufwände für die Aktivitäten in Charlie Keysers Team um ein Vielfaches erhöht. Helmut Adler griff zum Telefonhörer, Charlie Keyser war nur über Handy zu erreichen, weil er gemeinsam mit seinen Mitarbeitern die ersten Ortsbegehungen in den Filialen durchführte.

»Was ist in deinem Teilprojekt los? Woher kommen die vielen Aufwände?« Helmut Adler hörte zu, zog die Stirn in Falten, die beiden Augenbrauen kamen sich gefährlich nahe, er stand auf: »Bist du von allen guten Geistern verlassen? Worauf haben wir uns geeinigt?«, raunzte er ihn an. »Das weißt du nicht? Du warst dabei!« Helmut Adler ging auf und ab, konnte sich nur mit Mühe beherrschen. Es wurde bedenklich. »Charlie, ich fasse es nicht. Du bist hier in einem Projektteam, da kannst du doch nicht so einen Alleingang machen. Zu deiner Information: Das Ganze hat die Konsequenz, dass das Projekt erst im Jahre 2010 fertig wird.« Er schrie ihn durch den Telefonhörer an: »Weil ich hier einen detailverliebten Teilprojektleiter habe, sollen alle nach seiner Pfeife tanzen. Nein! Auch für dich gilt: Die Aktivitäten werden *in Tagen* erfasst und wenn du, verdammt noch mal, eine so wichtige Aktivität hast, die nur 10 Minuten dauert, dann dauert die eben auf dem Papier einen halben Tag. Aber dafür alles andere in Minuten umrechnen ...« Er schüttelte den Kopf. »Nein! Ich fasse es nicht!«

»Soll ich Ihnen ein Glas Wasser holen?«, frage Pascal Ajour besorgt.

Helmut Adler schüttelt den Kopf. »Charlie Keyser, damit wir uns jetzt ganz klar verstehen. Ich will nicht, dass Herr Ajour seine kostbare Zeit damit vergeudet, deinen Mist wieder auszubügeln. Er wird für dein Teilprojekt den Stand von letzter Woche nehmen. Du lieferst binnen vier Stunden deine Zahlen auf Tagesbasis nach, hast du mich verstanden, auf Tagesbasis!« Er knallte den Hörer wutentbrannt auf.

Gemeinsam aktualisierten sie den Plan. Der Endtermin für das gesamte Projekt war immer noch der 22. September 2012. Helmut Adler atmete tief durch, er war beruhigt: »Soviel zu unserer Teamregel, *sich an Vereinbarungen zu halten*! Kommen Sie bitte nie auf die Idee, Ihre Aktivitäten in Stunden einzugeben, Sie haben dieses Desaster gesehen.«

»Och, ich bin da eher großzügig, so genau will ich das alles gar nicht wissen! Von mir aus können wir auch gerne in Wochen planen ...«

»Ich ahnte es, das andere Extrem.« Er zwinkerte Pascal Ajour zu und ging.

Delegation

Helmut Adler war davon ausgegangen, dass die Rückmeldung inzwischen reibungslos klappte. *Nach all den Wochen sollte das doch endlich in den Köpfen aller sein*, dachte er. Außerdem hatte ihm Pascal Ajour heute Morgen noch voller Stolz erzählt, dass alle Rückmeldungen pünktlich bei ihm eingegangen waren. Und jetzt das! Helmut Adler schaute immer wieder auf den Plan. Der neue Endtermin war der 27. Januar 2014. Er schüttelte den Kopf. *Warum um alles in der Welt muss sich ein Projektleiter mit solchen Kinkerlitzchen aufhalten? Ich habe doch schon genug um die Ohren, da kann ich nicht jede Woche auch noch die Fehler im Projektplan suchen.* Er war so vertieft in diese Fehlersuche, dass er Anna Lembach gar nicht hatte eintreten hören.

»Störe ich?«, fragte sie.

»Ja und nein. Ich brüte über dem Projektplan. Nun haben wir endlich alle Teammitglieder soweit, dass sie am Montagmorgen ihre Daten liefern, und dann ... Ist der Endtermin wieder irgendwann im Jahre 2014.« Er seufzte.

»Dann ist das Projekt ja ziemlich komplex geworden«, versuchte sie, ihn aufzuheitern. Helmut Adler zog die Stirn in Falten. Sie fuhr fort: »Soll ich Ihnen beim Suchen helfen?«

Er nickte. Gemeinsam forschten sie nach der Ursache für die Terminverschiebung.

»Hier, halt stopp«, sagte Helmut Adler, »es sieht ganz danach aus, dass Charlie Keyser sämtlich Ortsbegehungen selbst macht. Schauen Sie, 1.024 Ortsbegehungen und in jeder Aktivität steht sein Name.«

»Wundert mich, dass er schon im Jahre 2014 damit fertig ist«, sagte Anna Lembach sarkastisch.

Mit einer Mischung aus Ungläubigkeit und Wut griff Helmut Adler zum Telefonhörer: »Charlie Keyser, welcher Teufel hat dich geritten, dass du meinst, alle Ortsbegehungen selbst machen zu müssen?« Pause. »In genau 10 Minuten bist du bei mir, dann reden wir miteinander.«

Helmut Adler schüttelte den Kopf: »Das kann doch nicht wahr sein! Muss ich denn wirklich jede Kleinigkeit erklären, jedes Fitzelchen en détail erläutern? Man sollte meinen, die Leute sind lange genug im Geschäft, um zu wissen, dass sie die Aufgaben sinnvoll verteilen müssen.«

»Menschen sind unterschiedlich«, räumte Anna Lembach ein.

»Danke, das tröstet mich ungemein«, konterte er ironisch.

»Wenn Sie erwarten, dass alle so sind wie Sie, dann war das gerade eine Lehrstunde, um Ihnen das Gegenteil zu beweisen.«

»Aber das würde das Leben wesentlich vereinfachen?«

»Was?«

»Wenn alle so wären wie ich!«

»Gott, wäre das langweilig!« Anna Lembach grinste schelmisch.

»Charlie, du kannst nicht alle Ortsbegehungen selbst machen«, redete Helmut Adler auf ihn ein.

»Aber Chef, ich muss genau wissen, wie es in den Filialen aussieht. Da kann sonst was los sein! Wenn ich nicht alles mitbekomme, dann ist später im Projekt der Teufel los.« Charlie Keyser wirkte völlig unschuldig.

»Im Projekt ist schon jetzt der Teufel los, wenn du alle Ortsbegehungen selbst machst, das kann ich dir sagen!« Helmut Adler war wütend. »Sogar Ortsbegehungen sind standardisierbar. Im Team entwerft ihr dazu eine Liste, auf der alle Punkte aufgeführt sind, die berücksichtigt werden müssen. Wenn wirklich einmal eine Besonderheit von epochaler Wichtigkeit auftritt, dann kannst du auch gern eine zweite Ortsbegehung machen. Aber nicht bei allen Filialen!« Helmut Adler schüttelte den Kopf. »Verstehst du Charlie, du musst delegieren. DELEGIEREN! Hast du verstanden?« Helmut Adler sprach so laut, als hätte er einen Schwerhörigen vor sich. Und Charlie Keyser sah aus, als hätte er das Wort *delegieren* heute zum ersten Mal gehört.

»Ja aber, woher weiß ich denn, was alles getan werden muss, wenn ich es nicht selbst gesehen habe?« Charlie Keyser sah verzweifelt aus.

Hier ist Grundlagenarbeit in Sachen Delegation notwendig, dachte Helmut Adler und stelle sich innerlich auf eine längere Erklärung ein: »Dann wollen wir mal anfangen. Wenn du alle Ortsbegehungen selbst machst, Charlie, dann dauert das sehr lange, um genau zu sein, bis ins Jahr 2013, denn du kannst nur eine Ortsbegehung nach der anderen machen. Ich brauche dir wohl nicht zu sagen, dass zwischendurch das gesamte Projekt still steht und darauf wartet, dass deine Ortsbegehungen fertig sind. Dafür weißt du dann ganz genau, was in jeder einzelnen Filiale los ist. Das ist der Vorteil.«

»Sag ich doch!«

»Nun haben wir im Projekt mehrere Ziele. Eines der Ziele ist der Termin und der heißt: 22. September 2012. Wenn ich dem zustimme, dass du alle Ortsbegehungen selbst machst, dann kann ich leider den Endtermin nicht halten.« Er blickte Charlie Keyser erwartungsvoll an, hoffte auf eine Lösung. Vergeblich. Charlie Keyser dachte angestrengt nach. »Da wir den Endtermin aber einhalten müssen, bleibt uns nichts anderes übrig, als parallel zu arbeiten. Das gilt auch für dich und dein Team. Ihr werdet die Ortsbegehungen aufteilen müssen. Ich schlage vor, dass ihr ein oder zwei Ortsbegehungen gemeinsam macht, damit alle genau wissen, worauf sie achten müssen. Danach wird jeder von euch mehrere Filialen alleine besuchen. Das ist Parallelarbeit.«

»Und ich?«

»Du wirst auch einige Ortsbegehungen übernehmen, vielleicht die schwierigsten. Doch eben nicht alle. Ihr werdet euch nach den Ortsbegehungen darüber austauschen müssen, was euch vor Ort aufgefallen ist.«

»Das kostet Zeit.«

»Ja, das kostet Zeit. Insgesamt jedoch weniger, als wenn du alle Ortsbegehungen selbst machst. Dir wird nichts anderes übrig bleiben, wenn wir den Endtermin im September 2012 halten wollen.«

»Was sollen mir die anderen nach den Ortsbegehungen über die einzelnen Filialen sagen?«, Charlie Keyser schien weder eine klare Vorstellung davon zu haben, was von ihm als Teilprojektleiter in dieser Situation erwartet wurde, noch wusste er, was er machen sollte.

»Ihr stellt zunächst zusammen, welche Informationen ihr genau über die Filialen braucht.«

»Das steht bereits in den Unterlagen über die Verkabelung.«

»Gut, dann sichtet die Unterlagen. Dort bekommt ihr offensichtlich schon erste Informationen. Dann macht ihr eine Liste, welche Informationen ihr darüber hinaus noch braucht. Wenn ihr alle Informationen aus den Unterlagen bekommt, dann braucht ihr noch nicht einmal in die Filialen fahren.«

Charlie Keyser schüttelte heftig den Kopf: »Nur über meine Leiche. Ich will genau wissen, was vor Ort los ist, schließlich müssen wir Router, also die Schaltpunkte für das Netzwerk, aufstellen und neue Strippen ziehen. Wenn ich dich daran erinnern darf, wir haben einige kleine Filialen dabei, da weiß ich noch gar nicht, wo ich den Router aufstellen soll. Außerdem haben wir ein paar denkmalgeschützte Gebäude dabei. Da ist es bereits gefährlich oder fahrlässig, an den Gebrauch einer Bohrmaschine auch nur zu denken.«

»Und diese Informationen bekommt ihr nur über die Ortsbegehung heraus?«

»Naja, einige Informationen habe ich bereits.«

»Charlie, dann trag doch zunächst die Informationen zusammen, die du schon hast. Dann nehmt die Filialen unter die Lupe, bei denen dir Informationen noch fehlen oder die sich als kritisch erweisen, wie beispielsweise die Filialen in den denkmalgeschützten Gebäuden. Weißt du, wenn du alle Informationen über die Filialen schon hast, dann braucht niemand hinzufahren. Das kostet nämlich Zeit und Geld. Vielleicht erledigt sich einiges schon durch ein paar Telefonate.«

»Und soll ich raten, wo ich später die Kabel verlegen soll?« Charlie Keyser blickte Helmut Adler vorwurfsvoll an.

»Nein, natürlich nicht, doch überlege dir gut, ob du oder deine Mitarbeiter wirklich in alle Filialen fahren müssen, oder ob du die Informationen nicht auch auf andere Art und Weise bekommen kannst. Und tu mir bitte einen Gefallen: Versuch nicht, alles selbst machen zu wollen. Das geht nicht. Du musst delegieren.« Charlie Keyser schaute ihn ungläubig an. »Ja, das ist dein Job, deinen Mitarbeitern genau zu erklären, was du von ihnen erwartest. Mach es in dem einen oder anderen Fall gern auch vor. Dann lass es die Mitarbeiter selbst machen. Vertrau einfach darauf, dass sie ihren Job gut machen. Das ist Delegation. Nach jeder Ortsbegehung fasst ihr die neu gewonnenen Daten schriftlich zusammen und besprecht die Besonderheiten.«

»Die Daten können gleich vor Ort erfasst werden, wir haben Notebooks.«

»Noch besser! Dann braucht ihr nur die Besonderheiten zu besprechen. Wenn ihr wirklich eine Filiale dabeihabt, die einer Sonderbehandlung bedarf, dann fährst du in Gottes Namen noch ein zweites Mal selbst hin. Doch ich vermute, das wird eher die Ausnahme sein.« Charlie Keyser nickte zustimmend. »Wenn ihr so parallel arbeitet, dann bleibt ihr im Zeitplan. Klar?«

»Ja.«

»Und jetzt aktualisiere bitte schleunigst den Projektplan für dein Teilprojekt, damit wir wieder eine realistische Planung haben.«

»Jetzt?«

»Ja, jetzt! Das ist nun einmal dein Job als Teilprojektleiter. Du bist für die Planung in deinem Teilprojekt verantwortlich.« Charlie Keyser war auffällig einsilbig, inzwischen sogar sehr schweigsam geworden. »Alles klar, Charlie?«, vergewisserte sich Helmut Adler. Charlie Keyser nickte stumm.

Ich kann nur hoffen, dass dieses Auf-Charlie-Einreden sich gelohnt hat, dachte Helmut Adler. *Eigentlich hatte ich erwarte, dass Charlie das alles weiß. Dem ist offensichtlich nicht so. Das ist eben mein Job, ihm genau zu erklären, was ich von ihm erwarte, was er zu tun oder zu lassen hat. Mühsames Geschäft – das Schicksal eines Projektleiters*!

... noch ein Alleingang

Schon wieder saß Julia Matthies bei Helmut Adler, der sich ihre Sorgen und Nöte zum wiederholten Male anhören musste. Eigentlich hatte sie ihr Teilprojekt gut im Griff, führte es nach seiner Auffassung sogar vorbildlich. Das gefiel ihm. Doch jetzt stellte sie sich so zimperlich an, nur weil ein Externer nicht ganz so mitarbeitete, wie sie es erwartete. Helmut Adler seufzte. Der Name Eduardo Gonzalez fiel nun schon zum x-ten Mal. *Dabei verdiente der Mann gar nicht so viel Aufmerksamkeit.*

»Ich habe da wirklich kein gutes Gefühl«, sagte Julia Matthies. »Wir können das nicht schleifen lassen. Herr Gonzalez doktert schon seit Wochen an dem Fachkonzept rum. Allerdings glaube ich kaum, dass nachher das heraus kommen wird, was wir uns vorstellen. Herr Adler, wir müssen etwas unternehmen.«

»Beruhigen Sie sich, Frau Matthies«, redete er väterlich auf sie ein, »erstens scheinen mir Ihre Gefühle hier etwas überzogen zu sein, denn schließlich geht es nur um ein Fachkonzept. Und zweitens haben wir alle Möglichkeiten der Welt, steuernd einzugreifen.«

»Was schlagen Sie vor?«

Sie diskutierten eine Weile, überdachten sämtliche Möglichkeiten, wie sie die Situation für alle Beteiligten konstruktiv lösen könnten. Doch Julia Matthies war noch nicht zufrieden.

»Lassen Sie uns das Fachkonzept im größeren Kreis vorstellen«, schlug Helmut Adler schließlich vor, »dann wissen die anderen Teilprojekte besser Bescheid.«

Julia Matthies war nachdenklich. »Eine solche Besprechung dauert ziemlich lange, es wird vermutlich viele Fragen geben.«

»Noch haben wir die Zeit. Es ist mir lieber, dass es jetzt eine längere Besprechung gibt als später endlose Verzögerungen und tausend offene Fragen.« Helmut Adler wartet auf ihre Reaktion. Es kam nichts. »Warum zögern Sie?«

Als habe sie genau auf diese Frage gewartet, sprudelte es aus ihr heraus: »Es ist so: Herr Gonzalez hat viel im Alleingang gemacht. Wir hatten viel Stress miteinander, weil das Konzept inhaltlich nicht das enthält, was ich mir vorstelle. Ich weiß, Sie wollen mir jetzt sagen, dass ich mich inhaltlich heraushalten soll. Das mache ich auch. Nur in diesem Fall ging es einfach nicht.«

»Ich dachte, der Streit ist inzwischen beigelegt.«

»Waffenstillstand, würde ich eher sagen.«

»Das klingt nicht überzeugend.«

»Nein, ganz und gar nicht. Ich habe auch kein gutes Gefühl dabei, wenn wir das Konzept gleich im großen Kreis präsentieren.« Julia Matthies war sehr nachdenklich.

»Wollen Sie es selbst noch einmal überprüfen?«, fragte Helmut Adler.

»Ja, das sollte ich. Doch im Moment bin ich noch mit der Online-Host-Anbindung beschäftigt.«

»Müssen Sie sich wirklich so tief reinhängen? In die Online-Host-Anbindung, meine ich?«

Julia Matthies schüttelte kaum merklich den Kopf und antwortete ausweichend: »Ja und nein.«

»Was ist hier wirklich los?«, Helmut Adler riss der Geduldsfaden. *Es kann doch nicht sein, dass eine so kompetente Frau ein Teilprojekt so souverän führt. Dann tanzt einer etwas aus der Reihe, und sie weiß plötzlich nicht mehr ein noch aus und verkriecht sich in das Fachkonzept für die Online-Host-Anbindung, was nun wirklich nicht ihr Job ist, mit Sicherheit auch nicht ihre Kernkompetenz.* Julia Matthies bemühte sich ernsthaft, die Situation zu erklären. Dass sie und Gonzalez noch nie die dicksten Freunde gewesen waren, war allgemein bekannt. Doch hier war etwas anderes faul. Das konnte Helmut Adler riechen.

»Also gut«, gab sie schließlich nach, »wir präsentieren das Fachkonzept vor einem größeren Kreis, ganz so, wie Sie es vorgeschlagen haben.« Helmut Adler war baff wegen des plötzlichen Sinneswandels. *Frauen sind manchmal wirklich schwer zu verstehen.*

Der Termin war festgelegt, der Außendienst und die Teilprojekte hatten einige Teammitglieder geschickt. Der Beamer surrte leise, Eduardo Gonzalez stand am Notebook. Julia Matthies ergriff das Wort, das dieser ihr sofort wieder abschnitt: »Wir wollen doch keine Zeit verlieren.« Der scharfe Unterton in seiner Stimme war nicht zu überhören.

Er präsentierte das bisher Erarbeitete und erzählte weitschweifend und ausführlich. Auf der Leinwand waren perfekt anmutende Graphiken und Texte zu sehen. Julia Matthies meldete sich zu Wort, setzte an – und wieder schnitt er ihr das Wort ab. Zorn stieg in ihr hoch. Helmut Adler sah, dass sie sich nur mühsam beherrschte.

Sieht ganz so aus, als hätten wir hier wieder den klassischen Fall, dass ein Berater sich und seine Firma in den Vordergrund spielen will, dachte Helmut Adler. *Von Teamarbeit hält er offensichtlich auch nichts, denn schließlich ist das Konzept wohl kaum auf seinem eigenen Mist gewachsen. Der Inhalt ist mehr als dürftig, die Aufbereitung dafür top. Show ist alles.* Helmut Adler war das zuwider, er schüttelte den Kopf. *Leider enthält die Präsentation Fehler, die jeder sofort bemerkt, der die H.UMOR AG ein wenig kennt. Schade um den Aufwand. Show ist leider doch nicht alles, der Inhalt sollte schon stimmen.*

Julia Matthies war aufgebracht. »Haben Sie das gesehen?«, fragte sie ihn, als sie in Helmut Adlers Büro waren. »Das Logo der Top Berater AG dick und fett auf allen Folien. Haben Sie unser Logo irgendwo gesehen? Nein.«

»Neidisch.«

»Nein, wütend. Ich kann es nicht leiden, wenn man sich mit fremden Federn schmückt. Schließlich haben unser Außendienst und die Systemintegration auch ihren Anteil an dieser Präsentation gehabt.« Sie machte ihrem Unmut Luft. »Die müssen sich ziemlich komisch vorgekommen sein, denn Gonzalez hat sie mit keinem Sterbenswörtchen erwähnt.«

»Nun beruhigen Sie sich mal wieder.«

»Nein. Waren Sie das nicht, der mir eingetrichtert hat, dass keiner alleine gewinnt?« Sie sah ihn wutentbrannt an. »Außerdem waren Fehler in der Präsentation. Zugegeben, ich habe mir dieses Konzept vorher nicht mehr angeschaut. Doch das heißt, dass Gonzalez erstens nicht in der Lage ist, ein Fachkonzept zu schreiben und zweites nicht das macht, was er machen soll. Ich kann mich auf ihn nicht verlassen. Er produziert Fehler, pfeift auf Teamarbeit und versucht, im Alleingang Lorbeeren zu ernten. Herr Adler, diese Argumente zusammen sind Grund für eine fristlose Kündigung aus dem Projekt!«

»Nun mal langsam! Noch bin ich derjenige, der Kündigungen in diesem Projekt ausspricht.« Entwaffnende Stille. »Jetzt überlegen wir uns in Ruhe, wie wir die Situation wieder gerade rücken können.« Sie saß mit verschränkten Armen da, wirkte beleidigt. »Frau Matthies, nun erzählen Sie schon, was Ihnen wirklich auf der Seele liegt.«

Genau das war das Startzeichen dafür, dass Helmut Adler einen Redeschwall über sich ergehen lassen musste über all die kleinen und großen Dinge, die Julia Matthies in diesem Projekt nicht passten. *Auch eine meiner Aufgaben als Projektleiter*, dachte er, *zuhören, Partei dafür oder dagegen ergreifen und trösten. Eine gelungene Mischung aus Pastor, Kindergärtner und Therapeut. Insbesondere dann, wenn sich die ersten Signale der Storming-Phase am Horizont abzeichnen.*

Projektcontrolling

»Wieso muss ich das eigentlich alles machen?« knurrte Charlie Keyser zum wiederholten Male auf dem Meeting des Projektleiters mit allen Teilprojektleitern. »Ich habe keine Lust darauf, *Hausaufgaben abzufragen*.«

»Zwischen *Hausaufgaben abfragen* und Projektcontrolling liegen Welten. Es kommt immer darauf an, wie man es gestaltet«, konterte Helmut Adler. Er raufte sich die Haare. »Charlie, alles, was ich von dir verlange, ist, dass du dich mit deinen Leuten zusammensetzt und überprüfst, was in der vergangenen Woche gelaufen ist, ob die Rückmeldedaten stimmig sind und ob die Planung angepasst werden muss. Daraus ergeben sich neue oder verfeinerte Aktivitäten, also ein aktualisierter Projektplan. Lass uns einen Blick auf diesen Regelkreis des Projekt-Controllings werfen. Die anderen können gern zuhören, dann brauche ich das nur einmal erklären.«

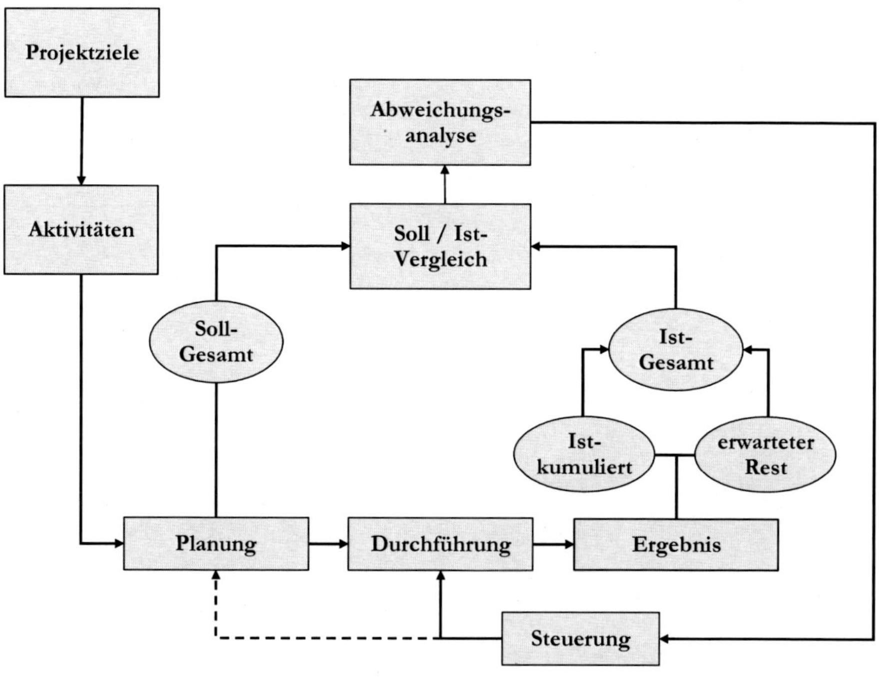

Abbildung 31: Regelkreis des Projekt-Controllings

»Wir haben die Ziele. Daraus haben wir Aktivitäten ermittelt«, fuhr Helmut Adler fort. »Mit dieser Planung haben wir den 22. September 2012 als Endtermin errechnet. So sind wir gestartet. Nach jeder Woche haben wir ein Ergebnis, das aus einem kumulierten Ist-Aufwand der vergangenen Wochen und einem zu erwartenden Rest-Aufwand besteht. Das ist unser neues Ist-Gesamt. Zwischen Soll-Gesamt und Ist-Gesamt können Differenzen bestehen. Jetzt kommen Sie als Teilprojektleiter ins Spiel. Ist eine Differenz vorhanden, dann ist es Ihre Aufgabe, die Ursache dafür zu ermitteln und geeignete Maßnahmen zu ergreifen. Das alles ist unter dem Begriff Abweichungsanalyse zusammengefasst. Diese Maßnahmen fließen wieder in die Steuerung ein und ergeben einen aktualisierten Plan. Auf dieser Basis arbeiten alle weiter, und nach einer Woche haben wir dann wieder ein neues Ergebnis.«

»Lassen Sie uns das Ganze doch abkürzen, Herr Adler«, sagte Thomas Hartmann, »unsere Beraterin ist doch immer für Abkürzungen zu haben. Wenn wir das Ganze nicht jede Woche machen, dann sparen wir enorm Zeit. Sagen wir, einmal pro Monat, am Monatsletzten, das müsste doch reichen.«

Helmut Adler schüttelte den Kopf energisch; Anna Lembach tat es ihm gleich und ging zum Flipchart.

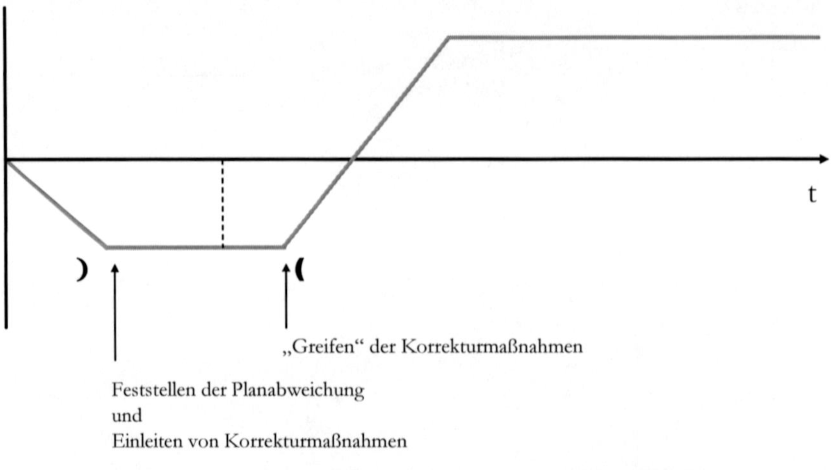

Abbildung 32: Reaktionszeit bei Planabweichungen

»Schauen Sie sich diese Skizze an«, erklärte sie, »bei ① stellen Sie eine Abweichung fest. Sie sind über Plan, die Aktivität wird also länger dauern als ursprünglich geplant. Dann ergreifen Sie Maßnahmen, um dem entgegenzuwirken. Bestenfalls bleibt die Abweichung vom Plan konstant, sie kann sogar noch größer werden. Denn erst ab ② beginnen die eingeleiteten Maßnahmen, sich bemerkbar zu machen. Wenn Sie einmal im Monat die geleisteten Stunden erfassen, kann es passieren, dass Sie bereits seit mehreren Wochen vom Weg abgekommen sind, nur leider wissen Sie das nicht. Dann fangen Sie richtig an zu rudern. Sie müssen enorm viel Kraft aufwenden, um wieder auf den Weg zurückzukommen. Ich kann Ihnen nur dringend raten, ein wöchentliches Controlling zu machen.«

»Das hat uns die Erfahrung aus anderen Projekten gelehrt«, unterstrich Helmut Adler dies nachdrücklich.

»Was können das denn für Maßnahmen sein, die wir ergreifen, wenn wir eine Planabweichung feststellen?«, fragte Thomas Hartmann.

»Gute Frage«, entgegnete Anna Lembach. »Leider lässt sich das nicht pauschal beantworten.«

»Doch«, sagte Charlie Keyser trotzig. »Wir holen noch ein paar Berater rein, dann bekommen wir das Ganze wieder hin.«

»Es kommt darauf an«, erwiderte Anna Lembach gelassen, »es gibt Situationen, da kann das eine Lösung sein, doch sie ist beileibe kein Allheilmittel. Wenn Sie neue Personen ins Projekt holen, müssen Sie sie zunächst einarbeiten. Das kostet Zeit. Außerdem lassen sich die Aktivitäten oft nicht auf weitere Personen verteilen.«

»Außerdem ist diese Variante auf die Dauer ganz schön teuer«, setzte Helmut Adler ebenfalls dagegen.

»Lassen Sie uns die verschiedenen Abweichungen differenziert betrachten. Es ist sicherlich ein Unterschied, ob Sie den Termin, den Aufwand oder die Kosten überschreiten. Entsprechend gestaltet sich Ihr Termin-, Aufwands- oder Kostencontrolling.«

»Was genau ist der Unterschied?«, wollte Thomas Hartmann wissen. Er war inzwischen neugierig geworden.

»Wie der Name schon sagt, beim Aufwandscontrolling prüfen Sie, ob die Aufwände im geplanten Rahmen bleiben, beim Termincontrolling schauen Sie auf den Termin und beim Kostencontrolling nehmen Sie die Kosten genau unter die Lupe«, erläuterte sie weiter. »Ich will Ihnen ein Beispiel geben: Wir schauen ja regelmäßig auf den Projektplan. Der Endtermin bleibt immer gleich. Bisher zumindest. Wir sind also im Plan. Bleiben Aufwand und Kosten auch gleich?« Sie zog die Augenbrauen nach oben: »Es könnte ja sein, dass Sie einen weiteren Mitarbeiter mit der Aktivität beauftragen, damit sie termingerecht fertig wird. Das bedeutet, Sie haben höhere Kosten.«

Helmut Adler nickte: »Wir halten den Endtermin, doch mit dem Aufwand sind wir leicht über Plan.«

»Das habe ich im letzten Statusbericht gelesen«, sagte Julia Matthies. »Woran liegt es?«

»Wir werden zusätzliches Personal für die Verkabelung der PCs in den Filialen benötigen, das zeichnet sich bereits jetzt ab. Das ist der Hauptgrund für die Kostenüberschreitung.«

»Und das war vorher nicht absehbar?«, fragte Thomas Hartmann mit einem vorwurfsvollen Unterton in der Stimme und blickte dabei Charlie Keyser an.

»Das kann Ihnen genauso passieren, dass Sie auf Schwierigkeiten treffen. Nun tun Sie mal nicht so!«

Helmut Adler griff ein: »Sachte, meine Herren. Was soll das? In jedem Projekt gibt es Ungeplantes oder Unvorhergesehenes, das keiner im Vorfeld erahnen konnte. Diese denkmalgeschützten Gebäude mit ihren tausend Sonderregelungen machen uns im Moment das Leben schwer. Ich mache Charlie Keyser überhaupt keinen Vorwurf daraus. Das ist eben passiert. Durch die zusätzlichen Mitarbeiter haben wir einen höheren Aufwand in einigen Aktivitäten, deshalb sind die Kosten leicht nach oben gegangen.«

»Das ist der Preis dafür, dass Sie den Termin halten«, ergänzte Anna Lembach.

»Ist das immer so?«, fragte Thomas Hartmann.

»Ja, jede Maßnahme hat Nebenwirkungen.«

»Lassen Sie uns doch die verschiedenen Maßnahmen betrachten, die wir bei Abweichungen vom ursprünglichen Plan haben«, sagte Helmut Adler, »nach meiner Erfahrung sind das zusammengefasst:

- Leistungsumfang reduzieren,
- Kapazität erhöhen,
- Produktivität steigern oder
- Termin verschieben.

Wobei ich den letzten Punkt nur als äußersten Notnagel sehe. Lassen Sie uns die einzelnen Punkte genauer betrachten«, fuhr er fort und fing an, weitere Details aufzuführen.

»Langsam, eins nach dem anderen«, bremste ihn Anna Lembach, die versuchte, alles auf das Flipchart zu schreiben. »Ich kann leider nicht so schnell schreiben, wie Sie denken können.«

Charlie Keyser schüttelte den Kopf: »Unsere Top-Beraterin schwächelt!«

Anna Lembach würdigte ihn nur eines kurzen Blickes, dann fuhr sie unbeirrt fort: »Das hier sind die Maßnahmen en détail, die Sie ergreifen können.«

Leistungsumfang reduzieren

- Versionen bilden und manche Funktionen auf spätere Versionen verschieben
- Prioritäten ändern
- Änderungswünsche priorisieren und auch ablehnen
- geforderte Qualität einschränken

Kapazität erhöhen

- zusätzliche Mitarbeiter einstellen
- Aktivitäten im Projekt umverteilen
- Bereitstellung zusätzlicher Hilfsmittel
- Lieferantenwechsel oder weitere Lieferanten
- Fremdvergabe von Aktivitäten
- zusätzliche Abteilungen einsetzen
- Einführung von Mehrschicht-Arbeit oder Überstunden anordnen
- bei den Projektmitarbeitern andere Belastungen abbauen
- nicht notwendigen Verwaltungs-Overhead abbauen

Produktivität steigern

- Mitarbeiter schulen
- einzelne Mitarbeiter austauschen und besonders qualifizierte Mitarbeiter einstellen
- Einsatz des richtigen Mitarbeiters an der richtigen Stelle
- mehr Informationen ins Team geben und die Kommunikation erhöhen
- Mitarbeiter vor Störungen abschirmen
- Verbesserung der Projektinfrastruktur
- effiziente Werkzeuge und Hilfsmittel einsetzen
- Projekt neu organisieren
- räumliche Zusammenlegung des Projektteams

»Den Endtermin würde ich nicht nach hinten verschieben«, wiederholte Helmut Adler, »das bringt nichts. Wir werden unglaubwürdig. Denn schließlich ist der Endtermin eines der Ziele, und so einfach schmeißt man kein Ziel über Bord.«

»Und wenn man erst einmal damit anfängt, dann verschiebt man und verschiebt man und ...«, sinnierte Julia Matthies, »und zum Schluss will das Projekt keiner mehr haben.«

Helmut Adler schmunzelte: »Wie wahr! Es kann jedoch manchmal sinnvoll oder notwendig sein, den Endtermin vorzuziehen. Auch dafür müssen wir dann geeignete Maßnahmen ergreifen:«

Projektdauer verkürzen, Endtermin vorziehen

- Kapazität erhöhen
- Leistungsumfang reduzieren
- Werkzeugeinsatz verbessern
- Produktivität erhöhen
- Aufgaben verlagern
- Vorgänge parallelisieren
- Aktivitäten zusammenfassen oder streichen

»Doch alle Maßnahmen haben Nebenwirkungen«, stellte Julia Matthies nachdenklich fest.

»Und zwar teilweise gewaltige«, ergänzte Thomas Hartmann.

»Deshalb sind Sie als Teilprojektleiter gefordert, ganz genau zu prüfen, welche Maßnahme in der jeweiligen Situation die Beste ist. Nicht jede Maßnahme ist immer gleich gut geeignet ...«

»... das bedeutet«, ergänzte Julia Matthies, »wir müssen nach wie vor unseren hübschen Kopf einsetzen und überlegen, was im Moment die geeignetste Maßnahme mit den langfristig betrachtet geringsten Nebenwirkungen ist.«

»Genau!«, bestätigte Anna Lembach diese klaren und überaus einfachen Gedanken.

»Und was heißt das?«, wollte Charlie Keyser wissen.

»Strengen Sie Ihren Grips an!« sagte Julia Matthies.

»Frau Lembach, ich habe da noch eine Frage«, begann Charlie Keyser feierlich. Er holte ein Buch hervor, zeigte es in die Runde und verkündete voller Stolz: »Ich habe mich schlau gemacht zum Thema Controlling. Hier stehen viele Fertigstellungsgrade sowie viele andere Formeln. Bisher haben wir beides nicht berücksichtigt.«

»Stimmt«, entgegnete Anna Lembach.

»Aber wir brauchen das«, brüstete sich Charlie Keyser. »Sonst laufen wir Gefahr, dass das Projekt scheitert. Das steht hier im Buch.«

»Nun mach mal halblang, Charlie!«, versuchte Helmut Adler, ihn zu bremsen.

»Werter Herr Keyser, das Projekt droht keineswegs zu scheitern, nur weil wir die verschiedenen Kennzahlen, die rein theoretisch möglich sind, in diesem Projekt nicht explizit ermitteln. Ein solides Maß ist sicherlich notwendig. Das haben wir auch. Doch wir müssen es nicht übertreiben«, Anna Lembach versuchte, ihn wieder auf den Boden der Tatsachen zurückzuholen.

»Aber ich will alle Kennzahlen! Ich will es genau wissen!«

»Dann schlage ich Ihnen vor, wir bestellen uns beim Pizza-Service ausreichend Pizza, Salat und Nachtisch, und ich erkläre Ihnen die tiefsten Abgründe des Controllings. Am besten, wir bestellen noch eine Flasche Rotwein dazu. Denn spätestens nach der zweiten Flasche beherrschen Sie das Controlling perfekt.« Sie grinste süffisant.

»Alkohol ist bei uns im Haus nicht erlaubt.«

»Wir müssen die Nachhilfestunde in Sachen Controlling ja nicht hier in diesem Gebäude machen.« Anna Lembach lachte herausfordernd, Charlie Keyser schaute sich fragend um. »Im Ernst, diese vielen Zahlen sind für Menschen erfunden worden, die sich eigentlich nicht in die Projektleitung trauen, die nicht mit Menschen reden und sich mit ihnen auseinander setzen wollen. Die stützten sich lieber auf Zahlen, weil sie glauben, dass sie stimmen. Wenn sie mal nicht stimmen, dann werden die Zahlen frisiert oder es werden noch ein paar Formeln und Zahlen hinzu gedichtet. Hauptsache, man hat etwas zu tun und es sieht einigermaßen kompliziert aus. Doch das Leben ist einerseits unendlich kompliziert und damit gar nicht in Formeln zu fassen, anderseits ist es banal einfach, da reichen die vier Grundrechenarten völlig aus. Und außerdem ist es voller Überraschungen. Diese Überraschungen lassen sich nicht unbedingt in Formeln und Zahlen fassen! Eine Hand voll Zahlen ist notwendig, doch auf viele Zahlen kann man gut und gerne verzichten. Ein guter Projektleiter hat sowieso ein ausgezeichnetes Gespür dafür, wo sein Projekt gerade steht.« Sie zwinkerte Helmut Adler zu.

»Aber ist das nicht sicherer, wenn wir die Zahlen zusätzlich ermitteln?« Charlie Keyser sah sie Hilfe suchend an.

»Wenn es Sie glücklich macht, dann ermitteln wir die Zahlen zusätzlich, die sich automatisch berechnen lassen. Wenn es jedoch um Stichtagsbewertungen und so weiter geht, dann schlage ich vor, Sie lassen das sein oder Sie suchen sich jemanden, der ausschließlich Controlling für dieses Projekt macht. Denn damit können Sie wunderbar Ihre Zeit verbringen! Bisher habe ich es allerdings noch nicht erlebt, dass sich dadurch die Produktivität im Projekt erhöht hat. Verstehen Sie, von den vielen Zahlen werden die Projekte auch nicht schneller fertig oder kostengünstiger oder erfolgreicher. Wenn etwas nicht direkt zum Projekterfolg beiträgt, dann kann man es auch sein lassen.«

Was folgte, war eine Diskussion über die verschiedenen Kennzahlen, die fein säuberlich in Charlie Keysers Buch aufgeführt waren. Er wollte unbedingt die genaue Bedeutung der Formeln wissen, wirkte aber leider nicht so, als ob er es verstanden hätte.

»Ich steige aus«, sagte Nicola Lehmann nach einiger Zeit resigniert. »Mir ist das zu hoch. Das ist doch pure Theorie, ich brauche etwas für die Praxis.«

»Ich verstehe Sie sehr gut«, bestätigte Anna Lembach. »Wir bewegen uns hier auf theoretischem Terrain. Die Gefahr reiner Zahlengläubigkeit ist sehr groß. Davon wird das Projekt aber weder besser noch schlechter.«

»Mir reicht's jetzt«, sagte Helmut Adler entschieden, »wenn ich als Projektleiter mit akademischem Hintergrund und dreißig Jahren Projekterfahrung nicht in der Lage bin, nach fünf Seiten zu kapieren, wie ich die verschiedenen Kennzahlen genau ermittle und was sie mir nutzen, dann handelt es sich entweder um eine rein wissenschaftliche Disziplin oder um eine Möglichkeit, die Projektkosten noch mehr in die Höhe zu schrauben und Sorge dafür zu tragen, dass wir auf keinen Fall fertig werden.«

Meilenstein-Trend-Analyse

Die anfänglichen Widerstände gegen das Projektcontrolling machten der Begeisterung für die gute Zusammenarbeit und das gemeinsame Erreichen von Arbeitsergebnissen Platz. Die Teams wuchsen zusammen, erste Konzepte waren abgeschlossen und erste Ergebnisse wurden sichtbar. Das Projekt schritt voran. Helmut Adler war mit dem bisher Erreichten zufrieden. Obwohl der Streit zwischen Julia Matthies und Eduardo Gonzalez immer noch nicht beigelegt war, obwohl Charlie Keyser immer noch viel Unterstützung in Sachen Teilprojektleitung brauchte, lief *Das Projekt* erstaunlich rund.

»Das Fachkonzept ist fertig, die Ersten haben bereits mit der Spezifikation angefangen. Wir haben allerdings den ersten Meilenstein, der das Ende dieser Fachkonzept-Phase kennzeichnet, um vier Wochen überschritten«, sagte Helmut Adler.

»Und was heißt das?«, fragte Charlie Keyser.

»Dass sich die anderen Meilensteine auch entsprechend verschieben«, sagte Julia Matthies trocken, »zumindest rein rechnerisch.«

»Und damit verschiebt sich auch der Endtermin des Projektes«, triumphierte Charlie Keyser. »Also hätten wir uns diese ganze Arbeit mit der Planung schenken können.«

»Nein«, wandte Anna Lembach ein. »Die Meilenstein-Trend-Analyse zeigt Ihnen lediglich den Trend auf, wie sich das Projekt unter den aktuellen Bedingungen terminlich entwickeln würde. Mehr nicht. Sie haben bereits eine Terminverschiebung um vier Wochen. Setzt sich dieser Trend so fort, wird sich der Endtermin ebenfalls verschieben.«

»Donnerwetter!«, johlte Thomas Hartmann. »Unser Top-Beraterin beherrscht die Grundlagen der Mathematik! Es ist doch wohl klar, dass sich der zweite und jeder weitere Termin verschiebt, wenn schon der erste Termin überschritten wird. Dafür brauche ich keine Theorie, auch keine Meilenstein-Sonstwie-Analyse!«

Anna Lembach wollte zum Gegenschlag ausholen, besann sich jedoch eines Besseren: »Herr Hartmann, das eine ist die Theorie, nach der Sie einen Trend ermitteln können. Und da dieser Trend Ihnen sagt, dass Ihr Endtermin sich verschiebt, sollten spätestens jetzt bei Ihnen alle Alarmglocken gleichzeitig klingeln! Sie sollten schauen, welche Maßnahmen Sie ergreifen können, damit genau das nicht passiert.«

Thomas Hartmann schaute sie nachdenklich an: »Ehrlich gesagt, ich hatte gehofft, dass Sie uns endlich eine Abkürzung zeigen, wie wir unser aufwändiges Controlling umgehen können.«

»Es gibt keine Möglichkeit, um das wöchentliche Controlling herum zu kommen, versuchen Sie es erst gar nicht. Sie können diese Meilenstein-Trend-Analyse bei einem Projekt dieser Größe bestenfalls zusätzlich nutzen. Sämtliche Daten dafür haben Sie in McProject. Sich jedoch ausschließlich darauf zu verlassen, wäre hier ...«

»Wir haben früher bei ganz kleinen Projekten nur mit dieser Methode gearbeitet«, unterbrach sie Julia Matthies.

»Und, hat's genützt?«, wollte Thomas Hartmann wissen.

Bevor Julia Matthies antworten konnte, fragte Pascal Ajour: »Darf ich auch mal einen Vorschlag machen? Sämtliche Daten inklusive aller Meilenstein haben wir in McProject. Dieses Tool bereitet die Meilenstein-Trend-Analyse sogar graphisch auf, wir brauchen es uns nur anzeigen zu lassen oder auszudrucken. Damit können wir Verzögerungen und Terminverschiebungen auf die Minute genau vorhersagen.«

»Wen wollen Sie denn damit glücklich machen?«, provozierte ihn Julia Matthies.

Nicola Lehmann lehnte sich entspannt zurück: »Detailverliebte Zahlenfanatiker, die alles tun, damit sie nicht mit Menschen reden müssen ...«

»Damit wir uns klar verstehen«, ermahnte Helmut Adler die Runde, »das wöchentliche Controlling bleibt so wie gehabt. Ich habe übrigens seit geraumer Zeit kein Maulen und kein Murren mehr gehört, was die wöchentliche Rückmeldung angeht. Wen es interessiert, der kann sich diese Graphiken zusätzlich anschauen. Machen Sie sich jedoch nichts vor, die Maßnahmen zur Projektsteuerung müssen Sie schon selbst aussuchen. Ihre Entscheidung ist hier gefordert, damit wir den Endtermin auf jeden Fall halten.«

Charlie Keyser zog die Stirn in Falten: »Das klingt gerade so, als sei am Endtermin 22. September 2012 nichts mehr zu rütteln.«

»Richtig erkannt«, bemerkte Helmut Adler spitz. »Der Termin ist bindend. Ich will auf keinen Fall jetzt schon mit Terminverschiebungen anfangen, das macht uns ziemlich schnell unglaubwürdig. Und manche Termine lassen sich einfach nicht verschieben.«

Aufgaben des Projektleiters

Helmut Adler holte sich noch schnell einen Kaffee. Gleich würde Charlie Keyser kommen, und er würde mit ihm die einzelnen Aufgaben des Projektleiters beziehungsweise des Teilprojektleiters erneut durchsprechen. Charlie war ein exzellenter Fachmann, doch seine Projektleiter-Qualitäten waren ausbaufähig. Da Helmut Adler ihn als Teilprojektleiter brauchte, musste er ihn in dieser Rolle unterstützen und ihm immer wieder erklären, was er von ihm erwartete. Er hatte kurz überlegt, ob Anna Lembach das nicht machen könnte. Doch es schien ihm strategisch besser, zunächst von Mann zu Mann zu reden. Wenn Charlie einigermaßen verstanden hatte, was von ihm als Teilprojektleiter erwartet wurde, dann konnte er Anna Lembach auf ihn loslassen.

Vor dem Kopierer standen zwei Männer und schauten sich fragend um. Helmut Adler kannte sie nicht. »Kann ich etwas für Sie tun?«, fragte er höflich, seinen Kaffee schlürfend.

»Im Kopierer ist kein Papier«, sagte einer der beiden.

»Über dem Kopierer hängt ein Schild, dass Sie im Raum 4.017 Kopierpapier finden.«

»Wo ist das?«

»Sind Sie neu hier? Zu welcher Abteilung oder zu welchem Projekt gehören Sie?«

»Ich bin neu bei der HUMOR AG«, sagte der eine, sichtlich erleichtert, dass ihm dieses entlastende Argument eingefallen war.

»Und ich bin Externer, ich bin in *Das Projekt*.«

Helmut Adler riss die Augen auf. Fast hätte er sich an seinem Kaffee verschluckt: »In welchem Teilprojekt?«

»Software.«

Helmut Adler erinnerte sich, dass Julia Matthies ihm kurz erzählt hatte, dass sie weitere Personen ins Teilprojekt geholt hatte. Er fragte ungläubig: »Frau Matthies hat Ihnen noch nicht gesagt, wo Sie was finden? Sie ist mit Ihnen noch nicht durch das Gebäude gegangen?«

»Doch, zum Teil, zur Kantine und innerhalb des Teilprojektes. Den Rest sollte mir Herr Gonzalez aus dem Teilprojekt erklären. Doch ich finde ihn nicht.«

»Gut, dann sage ich Ihnen jetzt, wo Sie den Raum 4.017 finden. Bringen Sie bitte ein paar Kartons Papier mit und stellen Sie sie neben den Kopierer, damit wir alle etwas davon haben.« Damit wies er ihnen den Weg zum Lagerraum. Kopfschüttelnd ging er in sein Zimmer.

»Charlie, ich habe gerade wieder dazugelernt, was zum Job des Projektleiters gehört«, sagte Helmut Adler zu Charlie Keyser, als dieser ins Zimmer kam. »Heute Mittag habe ich in der Kantine jemandem aus unserem Projekt Geld geliehen, weil dieser nicht genug dabei hatte, um sein Essen zu bezahlen. Und gerade habe ich zwei Neuen erklärt, wo sie Papier für den Kopierer finden.«

»Und ich habe gestern die Toner-Kartusche am Drucker gewechselt«, Charlie Keyser strahlte, weil er ein adäquates Beispiel vorweisen konnte.

»Prima, dann hast du gleich den richtigen Einstieg bekommen. So geht das den ganzen Tag. Julia Matthies jault mir die Ohren voll, weil sie mit Eduardo Gonzalez Stress hat. Also muss ich mit beiden zum x-ten Mal ein Gespräch führen. Dann ist da wieder das alte Thema mit dem Gesamtbetriebsrat, das brauche ich dir ja nicht zu erzählen. Die Besprechungen wegen der Mitbestimmungspflicht haben wir noch vor uns. Wenn Profitlich keine Lust hat, führe ich die Gespräche mit dem Gesamtbetriebsrat allein. Da kommt noch Einiges auf mich zu.« Charlie Keyser hörte amüsiert zu, denn Helmut Adler redete sich den Frust von der Seele und führte all die zusätzlichen Aufgaben auf, die zum Job des Projektleiters ebenfalls dazu gehörten. »Kaffee kochen auch noch, weil die Kaffeemaschine wieder einmal leer war. Außer mir kann offensichtlich niemand in diesem Projekt Kaffee kochen. Diese Rechnung hier«, er wies auf einige wild auf seinem Schreibtisch verteilte Blätter, »für irgendwelche Hardware-Geschichten für Herrn Hartmann muss ich noch abzeichnen. Und die Geburtstagsliste der Teammitglieder vervollständigen. Leider haben wir noch kein Sekretariat, also bleibt alles an mir hängen. Zusätzlich muss ich die Fachabteilung daran erinnern, dass sie doch gefälligst mitarbeiten und sich an ihre eigenen Zusagen halten soll. Thomas Hartmann hängt mir in den Ohren, dass er Gesprächstermine mit den Hardware-Lieferanten braucht.«

»Ach, da fällt mir ein, dass wir für die Filialen Netzwerk-Schränke brauchen. Und Router.«

»Womit wir mitten im Thema sind«, Helmut Adler nahm das Stichwort auf, das Charlie Keyser ihm gegeben hatte. »Es ist natürlich klasse, wenn du dich als Teilprojektleiter in den fachlichen Themen auskennst.«

»Das ist doch wohl mein Job«, entgegnete Charlie Keyser entrüstet.

»Ja und nein. Im Moment seid ihr noch wenige im Teilprojekt. Da musst du an manchen fachlichen Themen mitarbeiten. Doch das wird sich bald ändern, denn auch dein Teilprojekt wächst. Gewöhn dir am besten frühzeitig an, dass du Aufgaben delegierst und nicht alles alleine machst. Sonst hast du bald den Stress, den Stefan Bieler auch hat. Und warum? Der delegiert auch nicht. Verstehst du? Dein Job als Teilprojektleiter ist es, die Aufgaben auf die anderen gleichmäßig zu verteilen. Dann sind sie beschäftigt. Wenn du mit Planen, Steuern und Statusbericht erstellen noch genügend Zeit hast, dann kannst du gern mitarbeiten, beispielsweise kannst du einige Ortsbegehungen selbst machen oder den Entwurf für das neue

Netzwerk.«

»Aber genau das mache ich doch am liebsten«, Charlie Keyser schien beleidigt zu sein, so als hätte man ihm seinen Lieblingsteddy weggenommen.

Helmut Adler schüttelte den Kopf: »Ich weiß nicht, wie ich dir das beibringen soll.«

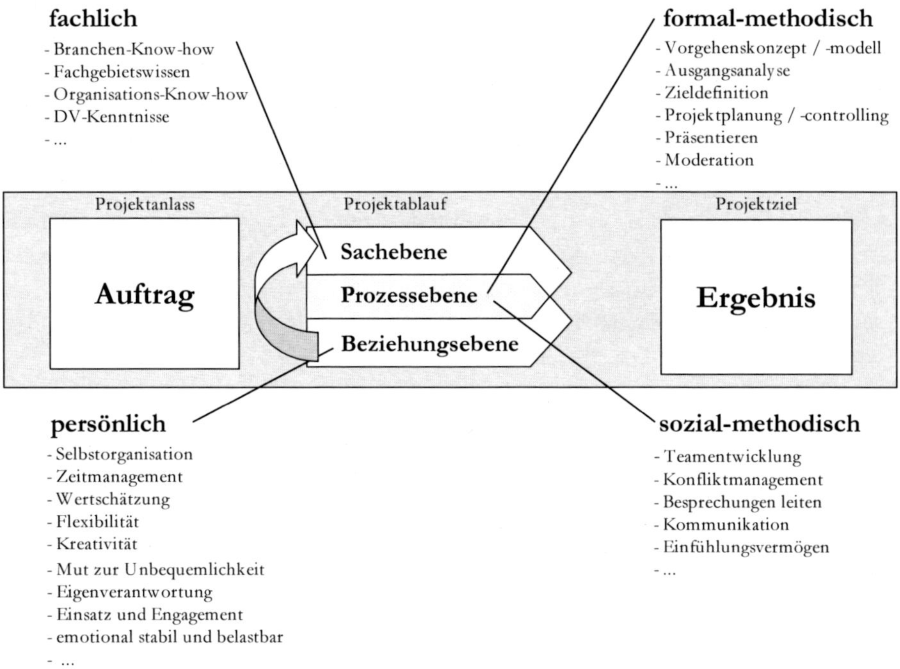

Abbildung 33: Kompetenzen des Projektleiters

»Schau«, und er hatte inzwischen dieses Bild skizziert. »Als Projektleiter brauchst du verschiedene Kompetenzen: fachliche, formal-methodische, sozial-methodische und persönliche. Jede Kompetenz hat ihre Berechtigung und wirkt auf unterschiedlichen Ebenen. Wenn Menschen zusammenkommen, dann begegnen sie sich auf der Sachebene und auf der Beziehungsebene. Die Sachebene ist bei uns *Das Projekt* mit den verschiedenen Themen: Hardware, Software, Netze, Host-Anbindung und Schulung. Und die Beziehungsebene ist einfach da, ob wir das gut finden oder nicht. Sie hat jedoch gewaltigen Einfluss auf die Sachebene. Wenn die Beziehungsebene schlecht ist, dann läuft auf der Sachebene meist gar nichts mehr. Das kennst du wahrscheinlich.«

Charlie Keyser nickte und sagte trocken: »Matthies gegen Gonzalez.«

»Ja, genau. Und umgekehrt natürlich auch: Wenn eine gute Beziehungsebene da ist, dann flutscht die Arbeit und es macht richtig viel Spaß!«

»Matthies mit Ajour.«

Helmut Adler sah ihn fragend an.

»Ja, die beiden sind entweder mit McProject oder der Online-Host-Anbindung beschäftigt. Sie unterhalten sich meist auf Französisch. Außerdem gibt er ihr eine Schulter-Massage während der Arbeitszeit.«

Helmut Adler lächelte vielsagend und fuhr fort: »Auch gut, wenn es dem Projekt nützt. Für beide Ebenen – die Sach- und die Beziehungsebene – brauchst du unterschiedliche Kompetenzen. Die fachliche Kompetenz hast du unbestritten. Die methodische eigentlich auch, denn es ist ja nicht dein erstes Projekt als Teilprojektleiter. Darauf solltest du den Schwerpunkt deiner Tätigkeiten verlegen. Denn es ist dein Job, die Aktivitäten zu planen, das Controlling zu machen und die Pläne zu aktualisieren, die Statusberichte zu erstellen und die Besprechungen in deinem Teilprojekt zu leiten. Das wird kein anderer für dich machen. Die Leute erwarten das von dir. Du führst und das Team will von dir geführt werden.«

»Aber das ist so viel Arbeit!«

»Ja, Charlie, das ist Arbeit. Doch die gehört dazu. Wenn du sie nicht machst, dann bleibt sie liegen. Du bist mit deinem Teilprojekt in ein größeres Projekt eingebunden. Die Ergebnisse deines Teilprojektes tragen zum Gesamterfolg bei.«

»Das ist mir auch klar. Aber wenn ich die Aufgaben verteile, dann bekomme ich manchmal nicht die Ergebnisse, die ich erwarte. Ich finde, dann kann ich es doch besser selbst machen.«

»Nein, Charlie!« Helmut Adler schüttelte energisch den Kopf. »Sag den Leuten genau, was du von ihnen erwartest und wie die Ergebnisse aussehen sollen.«

»Hab ich ja!«

»Sag es einmal, sag es zehnmal, sag es hundertmal, und wenn es sein muss, dann wiederhole es tausendmal. Du darfst nicht davon ausgehen, dass die Leute wissen, was in deinem Kopf vor sich geht. Das musst du ihnen sagen. Manchmal reicht es eben nicht, wenn du es einmal sagst. Dann wiederholst du es so oft, bis du das gewünschte Ergebnis hast.« Charlie Keyser sah ihn mit einer Mischung aus Ungläubigkeit und Entsetzen an. »Was glaubst du, was ich mir hier den Mund fusselig rede? Wie oft habe ich mich schon wiederholt? Bei den Rückmelde-Tabellen beispielsweise und beim Statusbericht. Erinnerst du dich? Und?« Er sah ihn fragend an. »Wie oft bin ich hinter den Rückmelde-Tabellen hinterhergerannt. Erst ganz langsam wurde das besser. Aber es war eine gewaltige Kraftanstrengung und ein ständiges Reden und Wiederholen.«

»Ja, stimmt.«

»Charlie, das ist dein Job als Teilprojektleiter: Aufgaben definieren, verteilen und kontrollieren. Ständig den Plan aktualisieren, Streit schlichten, das Team aufbauen, jeden Einzelnen fördern und fordern, manchmal auch einfach nur zuhören. Und reden, reden, reden. Und dokumentieren.«

Charlie Keyser zog ein Buch hervor: »Ich habe hier gerade gelesen, was der ideale Projektleiter alles macht oder kann:«

- grundlegende Projektkenntnisse, gute Kenntnisse des Unternehmens
- Kenntnisse und Erfahrungen von Planungsmethoden und Problemlösungstechniken
- organisatorische Begabung
- systematische und pragmatische Arbeitsweise
- Urteilsfähigkeit und schnelle Auffassungsgabe
- kann gut mit Menschen umgehen
- Geduld, Gelassenheit und Beharrlichkeit
- Verantwortungsbereitschaft
- Risikobewusstsein und Risikobereitschaft
- hohe Belastbarkeit
- hohe kommunikative Fähigkeiten
- Vitalität und Kreativität
- Delegationsbereitschaft
- echtes Interesse am Projekt
- Persönlichkeit mit natürlicher Autorität
- gute Beziehung zu den beteiligten Gruppen
- guter Moderator, gute Kenntnisse in Methoden und Techniken zur Beteiligung von Gruppen
- ausgeprägte Führungspersönlichkeit

Helmut Adler staunte: »Das ist die Messlatte für uns beide! Gut zu wissen.« Sie schmunzelten. Helmut Adler fuhr fort: »Was machen wir jetzt mir dir? Vielleicht solltest du ein Seminar für Projektmanagement besuchen. Dann hast du noch mehr theoretisches Rüstzeug. Den praktischen Feinschliff können dir Frau Lembach oder ich geben. Frau Lembach steht dir ab sofort ständig als Coach zur Verfügung, sie wird dich solange unterstützen, bis dir die Aufgaben als Teilprojektleiter in Fleisch und Blut übergegangen sind. Was hältst du davon?«

»Erst Seminar, dann Coaching.«

»Gut, dann such dir ein Seminar aus. Hier ist ein Seminarkatalog, weitere Anbieter findest du im Internet.«

Nachdem Charlie Keyser gegangen war, dachte Helmut Adler nach: *Kostenübersicht aktualisieren und abends das Licht ausmachen, das gehört auch noch zu den Aufgaben des Projektleiters.* Er seufzte und machte sich daran, die nächste Lenkungsausschusssitzung vorzubereiten.

Stimmung im Projekt

Das Projekt lief rund, alle arbeiteten gut miteinander, so jedenfalls schien es. Auch die Terminverzögerung, die sich nach dem Fachkonzept abgezeichnet hatte, konnte wieder aufgefangen werden. Alles war wieder im Plan. Erste Ergebnisse waren da; sie waren zufrieden stellend.

Bei der morgendlichen Besprechung erschienen aus dem Teilprojekt Software Corinna Sommer und Eduardo Gonzalez.

»Was wollen Sie denn hier, Herr Gonzalez?«, fragte Helmut Adler überrascht.

»Ich vertrete Frau Matthies. Sie hat Urlaub.«

»Ich vertrete Julia Matthies!«, sagte Corinna Sommer mit Nachdruck. Sie war entrüstet.

»Das kann nicht sein!«, antwortete Eduardo Gonzalez arrogant.

»Was ist denn hier los?«, fragte Helmut Adler. »Es ist allgemein bekannt, dass Frau Matthies Urlaub hat und dass Frau Sommer die stellvertretende Teilprojektleiterin ist.«

»Das ist mir neu!«, behauptete Eduardo Gonzalez.

»Für mich wäre es neu, dass Sie der stellvertretende Teilprojektleiter sind«, zischte ihn Corinna Sommer an.

»Herr Gonzalez, da liegt offenbar ein Missverständnis vor«, versuchte Helmut Adler die Situation zu entspannen.

»Nein, da liegt kein Missverständnis vor«, sagte Eduardo Gonzalez, »ich werde Frau Matthies in ihrer Abwesenheit vertreten.«

»Und wieso, wenn ich fragen darf?«

»Weil ich das am besten von allen kann.«

»Das mag ja sein, dass Sie sich selbst so einschätzen, doch ich habe da eine etwas andere Vorstellung.«

»Die können Sie gern haben, doch es ändert nichts an der Tatsache, dass ich Frau Matthies vertrete!«, Eduardo Gonzalez strotze vor Selbstsicherheit. Er wandte sich an Corinna Sommer: »Sie können jetzt gehen!«

Helmut Adler wurde wütend und raunzte ihn in scharfem Ton an: »Und Sie gehen jetzt als Erster! Frau Sommer wird Frau Matthies vertreten. Und ich«, und dabei baute er sich mächtig vor Eduardo Gonzalez auf, »ich bin hier der Projektleiter. Wer wen vertritt, das bestimme ich! Guten Tag, Herr Gonzalez.«

»Klasse Chef!«, sagte Charlie Keyser anerkennend, nachdem Eduardo Gonzalez widerwillig gegangen war.

Doch Helmut Adler war nicht zum Plaudern zumute. »Lassen Sie uns anfangen«, knurrte er vor sich hin.

Die morgendliche Besprechung war weiterhin ein festes Ritual. Alle Teilprojektleiter waren pünktlich, die Besprechung lief zügig ab und dauerte meistens nur zehn Minuten. Die wirklich wichtigen Informationen wurden hier ausgetauscht. Anna Lembach hatte ihren Einsatz im Projekt inzwischen reduziert. »Sie brauchen mich jetzt nicht mehr täglich, sondern nur noch ab und an für die Projektbegleitung«, hatte sie Helmut Adler erklärt, obwohl dieser sie gern ständig im Projekt gehabt hätte. »Außerdem bin ich schnell hier, wenn Sie mich brauchen.« Heute war sie bei der Morgenrunde dabei und hatte den Vorfall mit Eduardo Gonzalez miterlebt.

»Täusche ich mich oder ist die Stimmung im Projekt eine Nuance schlechter geworden?«, fragte sie Helmut Adler. »Vielleicht ist *schlechter* nicht das richtige Wort – auf jeden Fall aber anders.«

»Mmh, kann schon sein«, murmelte er.

»*Kann schon sein*, finde ich eine leichte Untertreibung für das, was gerade geschehen ist. Immerhin ignoriert Herr Gonzalez Frau Sommer und versucht auch noch, sich über Ihre Anweisungen hinwegzusetzen. Herr Adler, der Mann sägt an Ihrem Stuhl.«

»Soll er doch.«

Anna Lembach starrte ihn mit offenem Mund an: »Das sagen Sie? Ich würde sagen, die Stimmung ist extrem schlecht.«

»Und? Was soll ich da bitteschön machen?«

»Eingreifen, aktiv werden. Vom Zuschauen ändert es sich nichts.«

»Und wie? Haben Sie einen Vorschlag?«

»Sie sollten schleunigst mit Herrn Gonzalez reden und ihm klar machen, wer im Projekt das Sagen hat. Außerdem werden Sie vermutlich Frau Sommer dringend den Rücken stärken müssen.«

Helmut Adler sah sie an. Er wirkte erschöpft.

»Herr Adler, reden wir nicht lange um den heißen Brei: Was genau ist los?«

Helmut Adler seufzte: »Mit Gonzalez habe ich schon einige Gespräche geführt. Mit Frau Matthies aus, denn die beiden scheinen sich *gefressen* zu haben. Ich hatte immer wieder den Eindruck, dass sich das bessert. Doch ich habe mich getäuscht. Dabei wäre es so schön gewesen.« Er machte eine sehr lange Pause und blickte gedankenverloren aus dem Fenster. »Jetzt hat Frau Matthies Urlaub, und der Stress geht richtig los. Was soll ich machen?«

»Was ist Herr Gonzalez bereit, zum Projekterfolg beizutragen?«

»Ach wissen Sie, ich habe da schon die schillerndsten Argumente und die tollsten Versprechungen gehört. Und drei Tage später steht Julia Matthies wieder bei mir auf der Matte und beschwert sich. Ich hatte immer gedacht, dass sei ein Thema zwischen den beiden. Doch jetzt zieht es weitere Kreise.«

»Welche Möglichkeiten haben Sie?«, fragte Anna Lembach. Eigentlich wusste sie bereits, dass Helmut Adler alles in seiner Macht Stehende getan hatte.

Er blickte sie fragend an: »Alles schon ausprobiert«, und schüttelte den Kopf.

»Klingt so, als seien die Stunden des Herrn Gonzalez hier gezählt.«

»Genau das geht nicht, weil Profitlich seine schützende Hand über ihn hält. Ich weiß leider nicht warum.«

»Haben Sie schon mit Herrn Profitlich gesprochen?«

Er schüttelte den Kopf.

»Dann werden Sie dieses Gespräch als nächstes führen. Oder wollen Sie weiterhin diese Stimmung im Projekt haben? Sie wissen doch: Säen und ernten. Ich brauche Ihnen kaum zu sagen, was Sie ernten werden, wenn Sie dieses Tamtam weiterhin dulden.«

»Haben Sie nicht etwas Einfaches auf der Hand, das sofort wirkt?«, fragte Helmut Adler schmunzelnd.

»Eigentlich sehen Sie gar nicht wie ein Schönwetter-Projektleiter aus«, erwiderte Anna Lembach lächelnd. »Sie sind bestimmt nicht so naiv zu glauben, dass ich Ihnen jetzt ein paar Tropfen geben werde. Wenn Sie die dann dreimal täglich nehmen, ist alles wieder gut.«

»Aber schön wäre das doch.«

»Gott bewahre Ihnen Ihren kindlichen Glauben«, sagte sie, immer noch schmunzelnd. »Sollte Sie zufällig *Konfliktlösung zum Einnehmen* finden, dann sagen Sie es mir bitte. Viele meiner Kunden – und ich selbst natürlich auch – hätten das ganz gern. Bis dahin müssen wir allerdings noch zu bewährten Mitteln greifen. In diesem Fall heißt das: Ein Gespräch mit Profitlich führen.«

»Gibt's da wirklich nichts anderes?«

»Nein. Ich glaube nicht«, sie sah ihn mit ernster Miene an. »Sie haben da eine Kugel am Bein, die Sie mit sich herumschleifen. Ich bin sicher, Sie haben bereits alles Menschenmögliche getan. Wie lange wollen Sie sich noch den Luxus gönnen, diese Kugel hinter sich her zu ziehen, die sie offensichtlich mehr behindert, als es dem Projekt nützt?« Helmut Adler nickte stumm. So, als habe sie seine Gedanken erraten, fuhr sie fort: »Es ist bestimmt nicht die angenehmste Aufgabe, ein ernstes Wort mit dem Vorstandsvorsitzenden zu reden. Doch Sie sind für den Projekterfolg verantwortlich. Genau dafür wird Herr Profitlich Sie in die Pflicht nehmen.«

»Gut, greifen wir den Stier bei den Hörnern«, sagte Helmut Adler. »Was schlagen Sie vor?«

»Sie vereinbaren einen Termin mit ihm und bereiten sich sehr gut auf dieses Gespräch vor.«

»Haben Sie ein paar Anregungen?«

»Hier ist ein Leitfaden«, sagte sie und legte ihm ein Blatt hin. »Der soll Sie bei der Vorbereitung und beim Gespräch mit Profitlich unterstützen.«

Einstieg:	Worum geht es mir? Was ist mein Problem?
Ziel:	Was ich mit diesem Gespräch erreichen möchte?
Situation / Problem schildern:	Wie ich die Situation erlebe (Ich-Botschaften) Und wie erleben Sie die Situation?
Worum es mir eigentlich geht:	Was mich im Grunde stört ...
Wünsche ausdrücken:	„Wenn es nach mir ginge ...“ Was wünschen Sie sich von mir? (Achtung: Wünsche müssen nicht erfüllt werden.)
Lösung:	Was ist denkbar? Was passt für uns beide? (minimale / maximale Lösung)
Kontrakt / Verabredung:	Was verabreden wir? Was machen wir, ab wann, in welcher Form, anders?
neuer Termin?	Wann treffen wir uns wieder?
Abschluss:	Wie zufrieden sind Sie mit dem Ablauf und dem Ergebnis dieses Gespräches?

Abbildung 34: Gesprächsleitfaden für schwierige Gespräche

»Vielen Dank«, murmelte Helmut Adler. Gedanklich füllte er den Gesprächsleitfaden bereits mit Inhalten. »Das Gespräch mit Profitlich werde ich nachher vorbereiten.«

Corinna Sommer hatte sich zwischenzeitlich mehrfach über Eduardo Gonzalez beschwert. Sie wurde mit ihm nicht fertig. Außerdem mischte er inzwischen das gesamte Teilprojekt Software auf. Zusätzlich machte er die Mitarbeiter im Außendienst und in den Filialen kirre. *Eine Notwendigkeit mehr, dass ich dringend mit Profitlich spreche*, dachte Helmut Adler. *Ich brauche wieder Ruhe in diesem Teilprojekt. Das färbt sonst auf die anderen Teilprojekte ab. Julia Matthies wird nicht gerade begeistert sein, nach ihrem Urlaub wieder Grundlagenarbeit leisten und Stil in das Teilprojekt bringen zu müssen. Corinna Sommer kann ich keinen Vorwurf machen. Sie ist wirklich überfordert mit dieser Situation. Doch sie schlägt sich tapfer. Eigentlich bräuchte sie noch mehr Unterstützung von mir.*

Profitlich hatte sich inzwischen Helmut Adlers Bedenken über den weiteren Einsatz von Eduardo Gonzalez angehört, sie waren in dem Gespräch jedoch unterbrochen worden. Helmut Adler hatte noch einen weiteren Versuch unternommen. Dr. Simon Profitlich hielt sich jedoch erstaunlich bedeckt. Genau das konnte Helmut Adler nicht einordnen. Er war irritiert, unternahm jedoch weiter nichts.

»Ich meine mich zu erinnern, dass Sie mal über Möglichkeiten gesprochen haben, die Stimmung im Projekt zu ermitteln. Wie geht das?«, wandte sich Helmut Adler Wochen später an Anna Lembach bei der morgendlichen Besprechungsrunde.

Sie stand bereits an der Pinwand und schrieb: »Dies ist eine schöne Variante, um herauszufinden, was im Projekt los ist. Normalerweise wird man Ihnen als Projektleiter oder Teilprojektleiter nicht direkt sagen, was stört. Die meisten Menschen sind einfach höflich. Wenn Sie allerdings eine Pinwand in den Flur stellen, auf der jeder sich anonym eintragen kann, dann bekommen Sie die Stimmung ganz genau mit.«

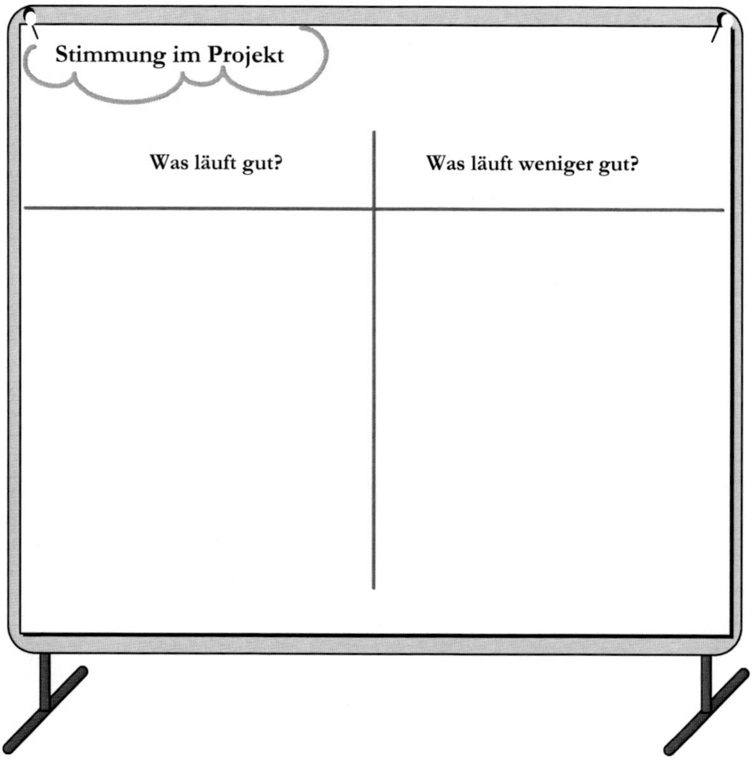

Abbildung 35: Stimmung im Projekt

»Bei der Pinwand liegen grüne und rote Moderationskarten«, fuhr Anna Lembach fort. »Auf den grünen soll das stehen, was gut läuft, auf den roten, das, was nicht so gut läuft. Jeder ist eingeladen, Karten zu schreiben und an die Wand zu pinnen.«

»Und dann?«, fragte Julia Matthies, die wieder aus dem Urlaub zurück war.

»Dann schauen Sie regelmäßig auf die Pinwand und überlegen, wie eine rote Karte, also ein Mangel oder das, was schlecht läuft, beseitigt werden kann.«

»Ich frage einfach, was der Einzelne bereit ist zu tun, damit die rote Karte wieder von der Wand verschwindet«, sagte Julia Matthies gedankenverloren zu sich selbst. »Und die, die ständig darüber jammern, was alles schlecht läuft im Projekt, oder unsere Berufsnörgler...«, sie schaute Charlie Keyser direkt an, »die stelle ich dann vor die Seite mit den grünen Karten, damit sie das wertschätzen, was gut läuft. Diese Pinwand gefällt mir.«

»Dazu muss überhaupt erst einmal eine grüne Karte an der Wand hängen.«

»Das sollte nicht allzu schwierig sein, schließlich erleben wir viel Gutes hier im Projekt«, gab Helmut Adler zu bedenken. »Das ist übrigens auch Ihr Job als Teilprojektleiter: Laden Sie Ihre Mitarbeiter ein, diese Wand mit Leben zu füllen, auf beiden Seiten wohlgemerkt. Ihre Mitarbeiter sollen ehrlich sagen, wo sie der Schuh drückt. Natürlich will ich auch Angenehmes hören. Sie doch auch?«

»Das ist alles?«, fragte Charlie Keyser nach einer Weile. »Mehr kann man nicht machen, um die Stimmung im Projekt zu ermitteln?« Er schüttelte den Kopf.

»Also gut. Geben wir dem Kind einen anderen Namen. Möchten Sie es ein wenig wissenschaftlicher? Dann heißt das Ganze *Kraftfeldanalyse*.«

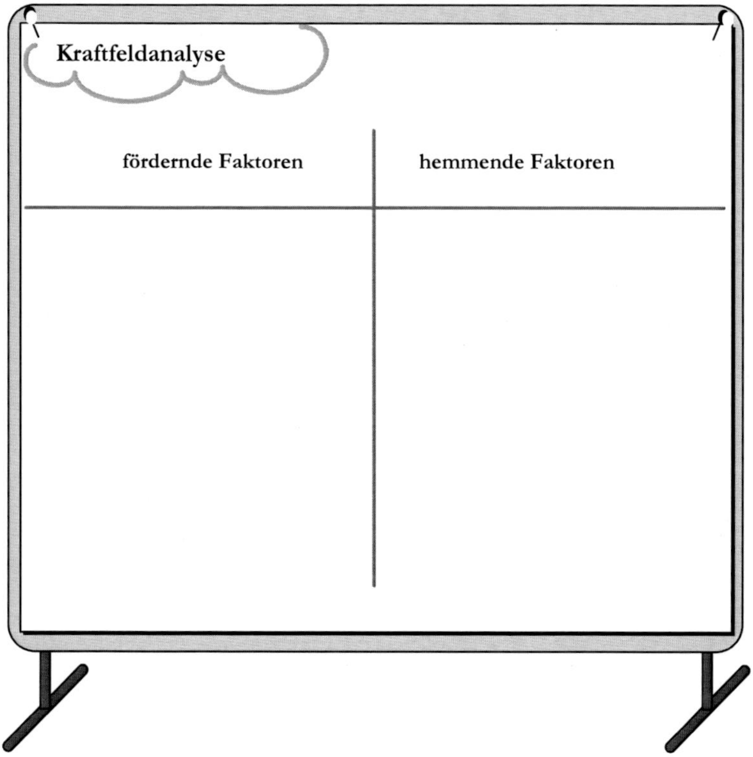

Abbildung 36: Kraftfeldanalyse

»Sie sammeln auch hier wieder die Faktoren, die sich fördernd oder hemmend auf die Zielerreichung auswirken. Bringen Sie dann diese Faktoren in eine Reihenfolge gemäß ihrer Wichtigkeit und stellen Sie sich die Frage:«

- Was können wir tun, um die fördernden Faktoren zu stärken?
- Was können wir tun, um die hemmenden Faktoren zu reduzieren, zu schwächen oder sie zu akzeptieren und zu integrieren?

»Daraus ergeben sich dann Maßnahmen, die Sie in einem Aktivitätenplan oder in McProject zusammenfassen.«

»Ist das alles?«, fragte Charlie Keyser mit einer Mischung aus Erstaunen und Entrüstung.

»Das reicht doch wohl«, antwortete Julia Matthies deutlich. »Wenn wir uns zu allem, was hemmt oder nicht so gut läuft, Maßnahmen überlegen und sie dann auch noch umsetzten, dann sind wir damit gut beschäftigt.«

Charlie Keyser schüttelte den Kopf.

»Was ist Charlie?«, fragte Helmut Adler. »Glaubst du das nicht?«

»Nein, das ist zu einfach.«

»Alles Geniale ist einfach.«

Bevor er etwas einwenden konnte, sagte Helmut Adler: »Wir probieren es aus und sammeln unsere Erfahrungen damit. Erst dann kannst du es bewerten, Charlie. Lassen Sie uns die erste Pinwand mit den grünen und roten Karten sofort aufstellen. Sie gefällt mir besser. Ich finde es auch gut, dass sich niemand outen muss, wenn er etwas Negatives über das Projekt sagen möchte.«

Neu im Projekt

»Zu einer hervorragenden Projektkultur gehört auch, dass Sie neue Mitarbeiter gut in Ihre Teams integrieren«, sagte Helmut Adler. »Demnächst kommen weitere Projektmitarbeiter an Bord. Sie werden sie willkommen heißen und alles dafür tun, damit sie sich schnell im Projekt zurechtfinden und gut mitarbeiten. Denken Sie an die Phasen der Teamentwicklung: Sie werden erneut durchlaufen, wenn sich personelle Veränderungen im Team ergeben.«

»Ja, Chef«, sagte Charlie Keyser, »aber du weißt auch, dass das Zeit kostet.«

»Ja, Charlie. Doch diese Investition lohnt sich. Denn Menschen wollen wie Menschen behandelt werden.« Charlie Keyser verdrehte die Augen. »Ich meine das ernst, Charlie. Denke bitte immer daran, was du ernten willst, und dann säe es auch.«

»Wenn ich daran denke, wie ich hier angefangen habe ...«, holte Pascal Ajour weitschweifig aus, »das war überhaupt nicht lustig. Die Leute von der Personalabteilung haben mich in Empfang genommen. Das war ja noch in Ordnung. Sie sagten mir auch, dass ich gleich in ein Projekt kommen soll. Doch da wusste niemand Bescheid. Dann hat man mir einen Ordner in die Hand gedrückt und gesagt, ich soll das lesen. Und weil kein Schreibtisch frei war, haben sie mir einen Tisch in der Nähe des Rechenzentrums hingestellt.«

»Sah bestimmt aus wie *bestellt und nicht abgeholt*!«, kommentierte Julia Matthies.

»Genau«, fuhr er fort. »Das Schlimmste war, dass niemand da war, den ich ansprechen konnte. Ich war völlig allein gelassen. Erst nach einer Woche hat sich der Projektleiter bequemt, mit mir zu reden. Dann wurde es auch gleich besser. Aber die erste Woche war ein Graus. Noch so eine Woche und ich hätte sofort wieder gekündigt.«

»Wie gut, dass Sie doch noch jemand angesprochen hat«, versuchte Helmut Adler zu scherzen. »Denn sonst müssten wir jetzt ohne Sie auskommen.« Er schaute mit sorgenvollem Blick in die Runde. »So etwas Trauriges passiert in diesem Projekt nicht. Ich hoffe, wir verstehen uns. Wenn ein neues Teammitglied kommt, dann nimmt der Teilprojektleiter die Person in Empfang, zeigt ihr den Schreibtisch und unsere Räumlichkeiten, stellt sie den anderen Teammitgliedern vor und holt sie inhaltlich *an Bord*.«

Dagegen wehrte Julia Matthies sich entschieden: »Genau das würde ich beispielsweise gern an die Personen delegieren, die mit dem neuen Teammitglied später zusammenarbeiten müssen. Sie kennen die Inhalte und können das viel besser erklären als ich.«

Helmut Adler nickte zustimmend: »Das ist in Ordnung. Inhaltliche Details können Sie gern delegieren. Bedenken Sie jedoch, dass Sie Führung niemals delegieren können. Das heißt im Klartext, dass Sie das Teammitglied persönlich begrüßen und einweisen. Bitte tun Sie sich selbst den Gefallen und bereiten Sie den neuen Arbeitsplatz frühzeitig vor. Dazu gehören: Schreibtisch, PC mit entsprechender Hard- und Software, Zugriffsberechtigungen, Telefon, E-Mail-Adresse, Parkplatz und Parkkarte, Zugangskarte für die Gebäude, Karte für die Kantine und so weiter. Ich habe hier eine Liste, auf der aufgeführt ist, was alles zu erledigen ist, wenn ein neuer Mitarbeiter zu uns ins Projekt kommt. Beherzigen Sie das bitte. Ergänzen Sie auch das Organigramm und die Telefonliste. Wir schaffen die viel beschworene Projektkultur nur, wenn wir alle engagiert daran mitarbeiten, täglich immer wieder neu. Alles klar?«

Alle nickten.

»Eine Frage habe ich noch«, sagte Nicola Lehmann. »Wie wollen wir mit den Außendienstmitarbeitern umgehen, die wir ab und an als Gäste im Projekt haben.«

»Behandeln Sie sie wie Besuch!«, erwiderte Helmut Adler. »Die Damen und Herren sind unsere Kunden und werden kundenorientiert von uns behandelt.«

Charlie Keyser schaute ihn mit großen Augen an.

»Stellen Sie sich vor, Sie sind Kunde. Wie wollen Sie behandelt werden?« Helmut Adler blickte in die Runde. »Haben Sie keine Idee?«

»Doch natürlich«, erwiderte Nicola Lehmann, »als Kunde will ich mit meinen Problemen ernst genommen werden, will eine Lösung haben und nicht noch mehr Probleme. Außerdem will ich kompetent beraten werden.«

»Und dabei bitte wertschätzend und sehr freundlich«, ergänzte Julia Matthies, »und am besten immer und überall und sofort.« Der ironische Unterton in ihrer Stimme war nicht zu überhören.

»Ich wusste gar nicht, dass Sie zu Übertreibungen neigen«, schmunzelte Thomas Hartmann.

»Eigentlich nicht, doch unsere ach so geliebten Kunden gehen mir ab und an auf den Geist. Sie können nämlich erpresserische Teufelchen werden. Wenn sie nicht sofort ihren Willen kriegen, dann heißt es gleich *Das sagen wir Herrn König*, und wenn es König weiß, dann weiß es Profitlich. Generell bin ich deiner Meinung, Nicola, den Kunden respektvoll, herzlich und zuvorkommend zu behandeln. Doch bei unseren Außendienstmitarbeitern finde ich es genauso wichtig, ab und an klare Grenzen zu setzen. Denn wir können leider nicht alles machen, was die sich vorstellen, zumindest nicht in diesem Projekt.«

»Sie dürfen die Außendienstmitarbeiter auch gern daran erinnern, dass sie zum Projektteam gehören. Das heißt auch, dass jeder gefordert ist, seinen Beitrag zum Projekterfolg zu leisten. Wenn das nicht klappen sollte, lassen Sie es mich wissen.

Dann bin ich nämlich ganz schnell bei Profitlich, ohne vorher mit Herrn König gesprochen zu haben.«

Kommunikation

Helmut Adler hatte noch mehrere Male mit Charlie gesprochen, um dafür zu sorgen, dass er in seiner Rolle als Teilprojektleiter immer sicherer wurde. Auch in der morgendlichen Runde wurden die Themen *Delegation von inhaltlichen Aufgaben* und *die eigentlichen Aufgaben des Teilprojektleiters* immer wieder angesprochen.

»Wie schaffe ich es, dass die Teilprojektleiter reden, reden, reden und sich nicht so sehr um die Inhalte kümmern?«, fragte Helmut Adler und streckte dabei seine gefalteten Hände flehentlich zum Himmel.

»Reden, reden, reden«, entgegnete Anna Lembach gelassen. »Wenn Sie ehrlich sind, dann ist es vor allen Dingen Charlie Keyser, der in diese Rolle hineinwachsen muss. Das dauert eben eine Weile. Thomas Hartmann hat sich am Anfang auch schwer getan, die Aufgaben zu delegieren, inzwischen ist es deutlich besser geworden.« Helmut Adler sah sie nachdenklich an. »Wo kennen wir uns denn aus? Im Fachlichen, das ist unsere Kernkompetenz. Das können wir gut, das machen wir gern. Alles andere ist unsicheres Terrain, eben Neuland. Oder es ist sogar unbequem, Sie wissen schon, da wo es menschelt.«

Helmut Adler musste lachen: »Ja, ich weiß.«

»Mal ehrlich, sind Sie als der perfekte Projektleiter auf die Welt gekommen?«

»Ja.«

Anna Lembach war sprachlos.

Helmut Adler ließ sie noch ein wenig zappeln, dann befreite er sie: »Genauso, wie Sie als die perfekte Beraterin das Licht dieser Welt erblickt haben. Das soll heißen, dass wir beide schon ziemlich viel für unsere anderen Kompetenzen getan haben. Mir geht gerade ein Gedanke durch den Kopf: Mit Charlie Keyser hatte ich bereits wegen eines Seminars für Projektmanagement gesprochen. Vielleicht ist das auch für die anderen im Projekt sinnvoll. Was halten Sie von einem zusätzlichen Kommunikationsseminar.«

»Gute Idee. Prüfen Sie, wer methodisch für Projektmanagement noch Unterstützung braucht, dann kann vielleicht sogar ein Seminar bei Ihnen im Haus durchgeführt werden. Das ist kostengünstiger.«

»Ja, das ist eine Möglichkeit, doch ich dachte auch an ein Kommunikationsseminar für alle im Projekt.«

»Alle?« Anna Lembach sah ihn entsetzt an.

»Ja, dann haben alle den gleichen Stand.«

»Sie meinen, alle kennen dann das Handwerkszeug der Kommunikation. Das heißt allerdings noch nicht, dass sich die Kommunikation verbessert hat, nur weil alle ein Seminar besucht haben.« Helmut Adler sah sie fragend an. »Das ist ein längerer Prozess. Im Übrigen wusste ich schon immer, dass Sie ein herzensguter Mensch sind, weil Sie die Externen auf Kosten des Hauses auf ein Kommunikationsseminar schicken wollen! Lassen Sie mich mal rechnen, da dürften locker vier Seminare für das gesamte Projektteam zusammenkommen. Ich habe nichts dagegen, wenn die H.UMOR AG mir den Auftrag dafür erteilt!«

»Nein, so war das nicht gemeint. Ich meine natürlich nur die Internen.«

»Auch die Seminare für die Internen halte ich gern.« Sie zwinkerte ihm zu. »Lassen Sie uns lieber herausfinden, was die Ziele sind, die Sie damit verfolgen, und ob wir diese nicht auch mit einfachen Bordmitteln erreichen können.«

Helmut Adler lehnte sich zurück und sagte: »Wissen Sie, mein Traum ist ein Projekt, in dem alle gut miteinander klarkommen. Da muss keine Grabesstille herrschen und auch kein chaotisches Durcheinander. Jetzt werden Sie mir gleich sagen, dass das, was für mich *gut* ist, für andere etwas ganz anderes ist. Ja, das stimmt. Lassen Sie es mich so formulieren: Mein Traum ist eine konstruktive Kommunikation, der faire und repektvolle Austausch, ein Miteinander-Reden, das niemanden ausgrenzt, das klar und deutlich zeigt, dass wir gemeinsam an einem Strang ziehen.«
Anna Lembach nickte verständnisvoll. »Ich will Ihnen ein Beispiel geben: In Frau Matthies' Teilprojekt gab es wieder Stress, weil Herr Gonzalez Informationen zurückgehalten hatte. Dadurch kam Frau Matthies in die unglückliche Situation, dass sie nicht alle Fakten hatte. Dann meinte Herr König, der Leiter unseres Außendienstes, sie hätte ihr Teilprojekt wohl nicht so richtig im Griff. Sie kennen das: Ein Wort ergibt das andere. Und ganz schnell schaukelt sich die Situation hoch. Beide konnten das Missverständnis zum Glück beilegen, doch anschließend hat Frau Matthies Herrn Gonzalez zusammengefaltet, worauf sich dessen Chef, Herr Maatens, bei mir und auch bei Profitlich beschwert hat. Das alles muss nicht sein. Wenn jeder im Projekt ein klein wenig für den anderen mitdenkt und das auch kommuniziert, dann haben wir ein Super-Projekt.«

»Hoher Teamzusammenhalt, keine Alleingänge, jeder ist daran interessiert, dass es dem anderen gut geht und dieser den Job ebenfalls gut machen kann, dass eben alle an einem Strang ziehen: Die *Win-Win-Variante*, in der jeder gewinnt.«

»Ja, genau das meine ich.«

Anna Lembach nickte: »Das kann ich sehr gut verstehen. Das sind die Traumprojekte, von denen jeder Projektleiter träumt.«

»Und wie kriegen wir das hin?«

»Teamentwicklung – Sie erinnern sich an die erste Zeit nach dem Kick-off? Damals haben Sie mit Teamentwicklung angefangen und das ist ein laufender Prozess. Es klingt so, als sei das nach den ersten Workshops ein wenig eingeschlafen. Inzwischen sind neue Teammitglieder dazu gekommen, vermutlich ist jetzt der richtige Zeitpunkt, die Teamentwicklungsprozesse in den einzelnen Teams wieder zu aktivieren.«

Helmut Adler nickte: »Muss es denn Teamentwicklung sein? Ist ein Kommunikationsseminar für die Teilprojekte nicht ausreichend?«

»Es kommt darauf an, was Sie erreichen wollen. In einem Kommunikationsseminar erhalten die Teilnehmer Methoden zur Erweiterung und Verbesserung ihrer Kommunikation, die spezifischen Themen eines Teams werden normalerweise nicht bearbeitet. Das jedoch ist genau der Inhalt eines Workshops zur Teamentwicklung. Denken Sie daran: Sie haben in Projekten immer wieder die charmante Herausforderung, ein Team von jetzt auf gleich hoch produktiv arbeiten zu lassen. Das Team hat nicht endlos lange Zeit, sich mit sich selbst zu beschäftigen. Denn dann ist das Projekt vorbei. Ein Workshop zur Teamentwicklung kann hier Wunder bewirken. Dann kommen genau die Themen auf den Tisch, die stören. Sie werden bearbeitet, und das Team kann sich erfahrungsgemäß schneller auf seine eigentliche Arbeit konzentrieren. Es kommt schneller in die Performing-Phase. Erinnern Sie sich an Ihre eigenen Teamentwicklungs-Workshops!«

Helmut Adler nickte: »Ich denke darüber nach.«

»Ich habe noch ein anderes Thema«, fuhr er fort. »Heute Morgen bekam ich eine E-Mail, dass bei einem Auto auf unserem Parkplatz das Licht noch brennt. Netter Hinweis, doch ich bekomme pro Tag schon genügend E-Mails. Um brennendes Licht am Auto, verlorene oder gefundene Schlüssel, Termine für Pizza-Essen und so weiter will ich mich nicht auch noch kümmern. Ich finde es toll, dass sich jemand bereit gefunden hat, einen Pizza-Besuch zu organisieren, doch muss das ausgerechnet auch in meinem E-Mail-Postfach auflaufen? Zwar bin ich gewohnt, dass alles bei mir landet, doch das hat auch Grenzen.«

»Soviel zum Thema Kommunikation«, entgegnete Anna Lembach gelassen. Helmut Adler blickte sie irritiert an. »Gut, schauen wir ein wenig in die Vergangenheit. Wie war das früher? Vor langer, langer Zeit, im letzten Jahrtausend, als es noch keine E-Mails gab? Da hat man gefragt, wem das Auto mit dem brennenden Licht gehört und dann der Person Bescheid gesagt. Das hat dann zwar nicht das ganze Projekt erfahren, doch das war auch nicht notwendig. Für den anstehenden Pizza-Besuch hat man den Flurfunk genutzt. Das hat auch funktioniert.«

Helmut Adler strahlte: »Das machen wir wieder! Das genau will ich: Die Leute sollen miteinander reden. Sie sollen sich nicht hinter ein paar E-Mails in ihrem stillen Kämmerlein verschanzen. Ich werde den Verteiler *Alle Projektmitglieder* löschen.« Er setzt sich an den PC und schrieb. »Wollen Sie den Text lesen, den ich an alle sende, bevor dieser Verteiler gelöscht wird?«

Anna Lembach schüttelte den Kopf: »Nein, ich gehe davon aus, dass Sie mich bereits auf CC gesetzt haben.«

Helmut Adler war stolz darauf, dass der Verteiler gerade von der Systemadministration gelöscht worden war, da läutete auch schon das Telefon. Thomas Hartmann beschwerte sich, dass der Verteiler nicht mehr da war.

»Da hilft nur reden, werter Herr Hartmann«, sagte Helmut Adler gelassen.

Er wandte sich wieder an Anna Lembach: »Auch wenn Herr Hartmann meint, wir wären wieder in der Steinzeit, wir probieren es aus. Außerdem vermute ich, dass der eine oder andere sich seinen eigenen Verteiler *Alle Projektmitglieder* erstellen wird. Und die wenigsten brauchen *Alle* als Adressaten.«

»Nehmen Sie dieses Thema noch einmal auf die Agenda der Morgenrunde«, schlug Anna Lembach vor. »Es ist gut, die Teilprojektleiter daran zu erinnern, dass ihr Job die Kommunikation ist, also reden, reden, reden.« Helmut Adler nickte. »Die persönliche Kommunikation ist immer noch die bessere, die effektivere. Und was der Projektleiter und die Teilprojektleiter vormachen, das machen alle anderen nach.«

»Was ist übrigens aus dem Gesprächsleitfaden geworden, den ich Ihnen gegeben habe? Haben Sie ihn an alle Projektmitglieder verteilt?«, frage Anna Lembach.

Helmut Adler sah sie fragend an. Er schien nachzudenken, schüttelte den Kopf. »Im Moment weiß ich ehrlich gesagt nicht genau, welchen Gesprächsleitfaden Sie meinen.«

»Vor dem ersten Gespräch, dass Sie mit Herrn Dr. Profitlich im Fall Gonzalez geführt haben, gab ich Ihnen den *Gesprächsleitfaden für schwierige Gesprächssituationen*.«

»Ja, jetzt erinnere ich mich: Ich habe den Leitfaden inzwischen sehr oft kopiert. In allen möglichen Situationen konnte ich ihn schon anwenden«, berichtete Helmut Adler stolz.

»Dann verteilen Sie ihn auch an die Teammitglieder.«

»Den Teilprojektleitern habe ich den Leitfaden schon gegeben«, erwiderte er. »Ich denke, es ist eine gute Gelegenheit, sie wieder daran zu erinnern, ihn an alle Teammitglieder zu verteilen. Wenn ich so nachdenke, Frau Lembach«, Helmut Adler blickte gedankenverloren aus dem Fenster, »wenn alle diesen Gesprächsleitfaden anwenden würden ... Er zielt darauf ab, dass beide Gesprächspartner gewinnen.«

»Genau«, bestätigte sie.

»Wenn jeder seine Gespräche so gestaltet, dass beide gewinnen, dann müssten wir bald eine tolle Projektkultur haben, fast erschreckend gut.«

»Schränken Sie sich doch nicht gleich wieder ein. In der Tat, wenn alle darauf bedacht sind, dass sie ihre Ziele erreichen und der andere seine Ziele ebenfalls erreicht, dann ist genau das die Win-Win-Kultur, in der alle gewinnen. In einer solchen Kultur zu arbeiten, macht wirklich Spaß.«

Helmut Adler sah sie ungläubig an: »Gibt es das wirklich?«

»Ja.«

»Und wie lange dauert das?«

»Wenn alle wissen, was das ist und davon überzeugt sind, dass es sich lohnt und nur Vorteile hat, eine solche Kultur zu etablieren, dann geht es sehr schnell. Je mehr Teammitglieder diese Projektkultur haben wollen, in der alle wertschätzend miteinander umgehen, in der nach Lösungen gesucht und nicht an Problemen festgehalten wird, desto schneller geht es. Sie wissen schon: Sobald die kritische Masse erreicht ist, kippt es in die positive Richtung.«

»Und wie schaffen wir das hier?«

»Täglich anwenden!«, betonte sie nachdrücklich.

Helmut Adler nickte: »Wir haben noch viel vor uns.«

Das Ende der Euphorie - Ernüchterung

»Das war's dann wohl mit der Begeisterung«, sagte Julia Matthies auf einer der morgendlichen Besprechungen, nachdem gerade aufgezählt worden war, was alles nicht lief. Auch ein Blick auf die Pinwand auf dem Gang verhieß wenig Gutes: Alle Projektmitglieder waren aufgefordert worden, auf die Pinwand das zu schreiben, *Was gut lief* und *Was weniger gut lief*. Letzteres überwog deutlich.

»Es nützt nichts«, sagte Helmut Adler, »das Projekt geht trotzdem weiter.«

»Aber es ist so zäh«, sagte Charlie Keyser und Pascal Ajour ergänzte: »Man hat das Gefühl, man klebt auf der Stelle fest. Nichts bewegt sich mehr.«

»Und?«, fragte Helmut Adler, »was schlagen Sie vor? Sollen wir jetzt in dieser Lähmung verharren? Uns gottergeben dem Schicksal fügen? Sollen wir warten, bis wieder Energie da ist, um weiter zu machen, oder bis die gute Fee kommt und alle Probleme beseitigt?« Er blickte in die Runde.

»Nein, natürlich nicht, es ist im Moment nur so zäh«, antwortete Thomas Hartmann. »Vielleicht gibt es ja irgendetwas, das wieder Schwung reinbringt. Wenn ich an einen meiner Hardware-Lieferanten denke, dann wird mir ganz anders. Der kommt jeden Tag mit neuen Geschichten an. Das zieht sich in die Länge, und wir kommen nicht voran.«

»Wofür haben wir eigentlich unsere Top-Beraterin?«, fragte Charlie Keyser mit einem tiefen Seufzer.

»Erwarten Sie jetzt ein Wunder von mir?«, fragte sie ihn unverblümt.

»Ja.«

»Gut. Welches?«

»Dass Sie wieder die Begeisterung ins Projekt bringen, die wir am Anfang hatten.«

»Gut zu wissen, dass Sie meinen, dass das mein Job ist. Was sind *Sie* bereit, dafür zu tun?« Sie blickte in die Runde. Charlie Keyser blickte sie erstaunt an. »Sie wissen doch, ich habe keine Tropfen, die Sie dreimal täglich einnehmen müssen, und dann ist alles wieder gut.«

»Nein?«

»Nein!«

»Wäre aber schön.«

»Kann ich mir vorstellen. Doch dem ist leider nicht so. Sie wissen doch, dass die Motivation ausschließlich von innen kommt. Nur Sie selbst können sich motivieren. Niemand sonst. Die Personen um Sie herum können allenfalls Demotivation vermeiden. Ich bin davon überzeugt, dass Herr Adler diesbezüglich sicherlich alles tut, was in seiner Macht steht. Doch gegen nervige Hardware-Lieferanten ist auch er machtlos.«

»Das sind ja nicht nur die Hardware-Lieferanten. Das sind auch die Eigentümer, die jetzt plötzlich Bedenken haben, wenn wir ein Loch in die Außenwand eines denkmalgeschützten Gebäudes bohren wollen«, seufzte Charlie Keyser.

»Und die Fachabteilung, die plötzlich noch ganz andere Wünsche anmeldet«, fügte Julia Matthies hinzu.

»Das kann ich bestätigen«, seufzte Nicola Lehmann schwer, »jetzt sieht es so aus, als ob wir bald für jeden Mitarbeiter in den Filialen eine Einzelschulung machen sollen, so unterschiedlich sind die Wünsche.«

»Meine Damen und Herren«, beendete Helmut Adler das Gejammer, »ich gehe davon aus, dass das nichts Neues für Sie ist. Sie sind alle lange genug im Projektgeschäft um zu wissen, dass das einigermaßen normal ist. Irgendwann kommt ein Durchhänger. Den können weder Frau Lembach noch ich wegzaubern. Aber dieser Durchhänger geht auch wieder vorbei.«

»Fragt sich nur wann!«, konterte Thomas Hartmann.

»Tempora mutantur«, sagte Anna Lembach.

»Und auf Deutsch?«, fragte Charlie Keyser. »Werte Frau Lembach, nicht alle Menschen dieser Welt sind in den Genuss einer humanistischen Ausbildung gekommen.«

»Ich auch nicht! Allgemeinbildung!«, gab sie zurück. »Gedanklich bin ich noch mit dem beschäftigt, was Herr Adler gerade gesagt hat. Das scheint irgendwie immer so zu sein, dass die Begeisterung verfliegt und der Ernüchterung und dem täglichen Trott Platz macht. Aber das muss nicht so sein und bleiben. Das ist kein Gesetz.«

»Irgendwann ist von allem Neuen der Lack ab«, meinte Thomas Hartmann kopfschüttelnd. »Egal, ob Projekt oder Partnerschaft oder Ehe.«

»Muss das so sein?«, fragte sie.

»Sie meinen die *sich selbst erfüllenden Prophezeiungen*?«, fragte Helmut Adler. »Wir gehen davon aus, dass ein Durchhänger kommt. Also muss er auch unweigerlich irgendwann kommen.«

»Könnte sein.«

»Was hat uns denn bisher dagegen geholfen?«, fragte Julia Matthies, die dem allgemeinen Selbstmitleid entgegenwirken wollte. »Weitermachen. So tun, als liefe alles normal. Dem Durchhänger nicht allzu viel Beachtung schenken, *business as usual* und ab und an eine Pizza mit dem Team essen gehen.«

»Wahrscheinlich auch Beharrlichkeit und Disziplin«, ergänzte Anna Lembach. »Denn sonst wären Sie über diesen Hügel der Ernüchterung nicht hinweggekommen.«

»Vertrauen haben, dass es irgendwann wieder besser wird«, sagte Helmut Adler.

»Selbstvertrauen.«

»Oder Gottvertrauen?«, fragte Julia Matthies

»Beides.«

Schweigen. Alle dachten nach. Darüber, wie sie privat oder im Berufsalltag diese Durchhänger gemeistert hatten.

»Lassen Sie uns weiter machen. Trübsal blasen und Rumhängen bringt nichts«, sagte Pascal Ajour. »Lassen Sie uns *Das Projekt* genießen, dann geht es uns allen gleich viel besser.«

»Genießen? Was denn?«, fragte Charlie Keyser entsetzt.

»Das, was jetzt ist. Wir glauben im Moment, gefangen zu sein, und trauern der Vergangenheit ein wenig nach. Dabei übersehen wir das, was ist: Die Gegenwart. Und in der läuft *Das Projekt* immerhin weiter. Zugegeben, es plätschert eher, als dass es läuft.«

Charlie Keyser schüttelte den Kopf: »Völlig abgehoben.«

Anna Lembach formulierte bedächtig ihre Worte: »Lassen Sie mich das ergänzen, was Herr Ajour gerade gesagt hat. Das hat viel mit Wertschätzung zu tun. Und Akzeptanz dessen, was ist. Manchmal können wir es eben nicht ändern oder nicht sofort ändern. Dann sollten wir wenigstens den Augenblick freudig akzeptieren«

»Nun werden Sie mal nicht esoterisch«, wehrte sich Thomas Hartmann.

»In Ordnung«, fuhr Anna Lembach unbeirrt fort, »dann lassen Sie uns ganz pragmatisch überlegen, was wir tun müssen, damit es noch viel schlimmer wird. Das ist ja durchaus möglich.« Sie stand auf und ging zum Flipchart. Die anderen schauten sie teils überrascht, teils verständnislos an. »Ich meine das ernst. Was müssen wir tun, damit es uns noch viel schlechter geht als jetzt.«

»Alle Hardware-Lieferanten flippen aus«, sagte Thomas Hartmann.

Schleppend kamen weitere Antworten, Anna Lembach schrieb sie an das Flipchart. Doch plötzlich, so als sei ein Schalter umgelegt worden, kippte die Stimmung und es wurde lustig. Alle Beteiligten sammelten begeistert Argumente und inspirierten sich gegenseitig. Anna Lembach schrieb und schrieb.

»Das ist ja witzig«, kommentierte Nicola Lehmann dieses Brainstorming, »das probiere ich auch mal mit der Fachabteilung aus.«

»Das ist die *Kopfstand-Technik*«, erklärte Anna Lembach. »Zunächst haben Sie die Punkte gesammelt, die die Situation noch verschlimmern würden. Jetzt wird jeder Punkt positiviert, das heißt, in seinen positiven Gegenpol übersetzt. Was könnte das positive Gegenteil von *alle Hardware-Lieferanten flippen aus* sein?«

»Alle Hardware-Lieferanten liefern pünktlich und sind äußerst zuvorkommend.«

Anna Lembach schrieb es ans Flipchart. Alle anderen Punkte auf dem Flipchart wurden ebenfalls schnell positiviert. Die Stimmung war anhaltend gut.

»Im dritten Schritt überlegen Sie sich, was Sie tun können oder müssen, um diesen positiven Zustand zu erreichen«, fuhr sie fort. »Was können Sie beispielsweise tun, damit *alle Hardware-Lieferanten pünktlich liefern und äußerst zuvorkommend sind.*«

Lachend riefen die Teammitglieder Ideen und Lösungsvorschläge in den Raum, Anna Lembach schrieb sie auf.

Nachdem für alle Punkte Ideen gesammelt worden waren, sagte Helmut Adler: »Ich gehe davon aus, dass Sie wissen, was zu tun ist.« Er blickte in die Runde. »Erweitern Sie Ihren Aktivitätenkatalog, Ihre to-do-Liste oder den Projektplan um diese Punkte.«

»Das war klasse«, sagte Helmut Adler später zu Anna Lembach, »es hat allen viel Spaß gemacht.«

»Es ist eine sehr einfache und effektive Technik.«

»Ich hatte mir schon überlegt, was ich tun kann, um die Crew wieder aus dem Tief zu holen.«

»Sie können im Moment lediglich Demotivation vermeiden, das ist alles«, sagte sie. »Motivation kommt immer von innen.«

»Ich hatte in Erwägung gezogen, Profitlich auf den Event anzusprechen, den er mir in Aussicht gestellt hat als Ausgleich dafür, dass wir beim Kick-off nicht ins Hotel gegangen sind. Sie erinnern sich?«

»Ich will Sie nicht von Ihrem Hotel-Event abhalten. Doch was machen Sie, wenn der Frust noch größer wird? Mehr verlangt nach mehr.«

»Ja, Sie haben Recht«, sagte er. »Lassen Sie uns jetzt abwarten, was nach dem heutigen Tag passiert. Den Event kann ich immer noch anbieten.«

Unterschrift vom Auftraggeber

Das Projekt kam voran. Die Spezifikation war in weiten Teilen fertig, das Teilprojekt Software hatte bereits mit der Realisierung angefangen. Obwohl das Fachkonzept zum x-ten Mal besprochen worden war, hatte Julia Matthies das endgültige Okay für das Fachkonzept immer noch nicht; die Fachabteilung hielt sie hin.

Sie stöhnte: »Hier muss noch eine klitzekleine fachliche Anforderung ergänzt werden, und da fehlt auch noch ein Feld.«

»Fehlt es wirklich? Oder geht es hier schon um *karierte Maiglöckchen*?«, fragte Helmut Adler.

»Herr Adler, Sie kennen doch unsere Fachabteilung. Bevor die sagt, dass das Fachkonzept rund ist, tut sie alles, um noch ein Haar in der Suppe zu finden. Sie wissen ja selbst, Fachkonzepte bekommen wir bei unserem vorgegebenen Zeitrahmen nie zu 100 % perfekt dokumentiert. Selbst wenn wir mehr Zeit hätten, dann würde es immer noch ein paar offene Punkte geben.«

»Was sollen wir tun?«

»Wir können dieses Spiel jetzt endlos fortsetzen«, sagte Julia Matthies sichtlich genervt. »Die Fachabteilung ist auch verantwortlich für den Projekterfolg. Wenn sie immer nur fordert und nie bereit ist zu sagen *Ja, das ist es, das soll so gemacht werden*, dann verschiebt sich der Endtermin. Das muss denen jetzt endlich klar gemacht werden. Reden Sie mit Herrn König oder mit Herrn Profitlich, am besten mit beiden.«

»Gut«, erwiderte Helmut Adler. »Legen Sie mir genau diesen Sachverhalt im Statusbericht Ihres Teilprojekts schriftlich dar, dann habe ich etwas in den Händen. Ich werde es in der nächsten Lenkungsausschusssitzung einbringen.«

»Das dauert mir zu lange«, entgegnete Julia Matthies. »Immerhin muss ich mir laufend die ständig wachsenden und sich ab und an ändernden Anforderungen des Außendienstes anhören.«

»Gnädige Frau, Geduld war noch nie Ihre Stärke.«

»Wird es auch nicht sein!«

Sehr schlagfertig diese Frau, das muss man ihr lassen. Helmut Adler blieb nichts anderes übrig als nachzugeben: »Gut, ich werde mit Herrn König reden.«

»Wann?«

»Niemand anders hätte mir diese Frage stellen können!«, er sah sie schelmisch lächelnd an. »Wann haben Sie die schriftliche Darstellung des Sachverhaltes fertig?«

»Heute Abend.«

»Gut, dann will ich versuchen, morgen einen Termin mit ihm zu vereinbaren.«

»Haben Sie noch ein paar Ideen, wie ich den ständigen Änderungswünschen der Fachabteilung Einhalt gebieten kann?«, wandte sich Helmut Adler an Anna Lembach.

»Die einfachste Variante geht immer über die Kosten. Fragen Sie Herrn König, was er bereit ist, für diese Ergänzungen zu bezahlen.«

Helmut Adler runzelte die Stirn: »Das nützt nur bedingt. Er wird mir sicher Himmel und Hölle versprechen, besonders letzteres. Doch damit kommen wir nicht weiter. Hinter dem Ganzen steckt wieder einmal unser Lieblingsthema: Verantwortung oder sollte ich besser sagen *Verantwortung vermeiden*. Wenn die Fachabteilung jetzt nickt, dann gilt das Fachkonzept als angenommen. Dann können wir uns jederzeit darauf berufen. Das ist quasi bindend.«

»Wenn die Fachabteilung jetzt noch länger die Förderung aufhält, dann hat sie zumindest ein Hintertürchen offen. Dann kann sie immer noch sagen, dass das Fachkonzept noch nicht richtig abgestimmt ist«, Anna Lembach nickte verständnisvoll. »Hier haben wir mal wieder den berühmten 90 % Effekt: Das Fachkonzept ist schnell zu 90 % abgenommen, doch auf die restlichen 10 % warten Sie ewig und drei Tage.«

»Was schlagen Sie vor?«

Sie zuckte mit den Schultern: »Die Unternehmenskultur können Sie mit diesem Projekt nicht auch noch ändern! Fangen Sie einfach mit der nächsten Phase an.«

»Das haben wir auch schon gemacht. Doch Julia Matthies hat noch keine endgültige Unterschrift unter das Fachkonzept. Wir haben nun einmal die Regel im Haus, dass das Fachkonzept schriftlich abgenommen werden muss.«

»Die Regelung ist schön und gut, nützt Ihnen aber herzlich wenig, weil sie im Unternehmen nicht gelebt wird; die Fachabteilung verweigert die Unterschrift. Klingt so, als sei die Angst vor Konsequenzen größer als das Interesse am gemeinsamen Projekterfolg. Lassen Sie los, und gehen Sie mutig voran. Ich gehe davon aus, dass die wesentlichen Punkte abgestimmt sind. Den Rest können Sie getrost ignorieren.«

»Das glauben Sie!«, rief Helmut Adler entrüstet. »Die Fachabteilung ist bei uns so mächtig, dass sie diese Situation eskalieren lassen kann.«

»Ja und?«

»Dann habe ich noch ein Problem mehr.«

»Ja und?«

»Frau Lembach, Sie nerven mich. Als hätte ich nicht schon genug am Hals ... Ich habe keine Lust, mir dieses Gemecker der Fachabteilung in Person von Herrn König anzuhören. Der wird mich zappeln lassen und dann gibt es richtig Ärger.«

»Deshalb versuchen Sie jetzt, jeglichem Ärger aus dem Weg zu gehen? Indem Sie geduldig warten, bis endlich die Unterschrift unter das Fachkonzept kommt?«,

Anna Lembach schüttelte den Kopf und fragte vorsichtig: »Könnte es sein, dass Sie gerade den Weg der Vermeidung gehen?«

Er ignorierte ihre Frage: »Was schlagen Sie vor?«

»Setzen Sie der Fachabteilung einen Endtermin für die Abnahme des Fachkonzeptes. Was bis zu diesem Termin kommt, wird berücksichtigt, der Rest geht dann über das *Allgemeine Änderungsverfahren*.«

»Welches wir für dieses Projekt noch genauer festlegen müssen ...«, Helmut Adler zog die Stirn in Falten.

»Später, im Moment geht es darum, hier eine Lösung zu finden, bei der alle Beteiligten gewinnen. Momentan verlieren nämlich alle und *Das Projekt* zusätzlich kostbare Zeit.«

»Herr König, Sie sind selbstverständlich unser Kunde, doch das heißt nicht, dass Sie die Unterschrift unter das Fachkonzept endlos lange hinauszögern können«, sagte Helmut Adler nachdrücklich und fügte in Gedanken hinzu *und mir damit den letzten Nerv rauben*.

Phillip König redete sich um Kopf und Kragen, wies mehrfach darauf hin, dass das Fachkonzept noch nicht vollständig und perfekt sei.

»Typisch deutsch, hier muss immer alles perfekt sein«, sagte Helmut Adler gelassen. »Auch Ihnen würde es nicht schaden, ein bisschen mehr Flexibilität an den Tag zu legen.« Er hatte dieses Gespräch mit Anna Lembach gründlich vorbereitet und fühlte sich sehr mutig. »Was nützt es Ihnen, wenn alles super und perfekt dokumentiert ist, doch das leider erst am 23. September 2012. Dann ist der Endtermin nämlich überschritten.«

»Herr Adler, Sie müssen doch verstehen ...«, versuchte es Phillip König erneut.

»Ich verstehe Sie sehr gut. Ich will bis zum 30. diesen Monats das endgültige Fachkonzept von Ihnen abgezeichnet haben. Das bedeutet, dass Sie oder wer auch immer dem Konzept den letzten Feinschliff verpassen muss. Das bedeutet Arbeit. Überlegen Sie sich, ob Sie bereit sind, diese Arbeit zu investieren. Ich werde auf jeden Fall mit der Realisierung anfangen lassen, die Spezifikation ist nämlich ebenfalls fertig. Ich habe keine Lust mehr, bis zum Sankt-Nimmerleins-Tag zu warten und mir von Ihnen auf der Nase herum tanzen zu lassen. Sie sind genauso für den Projekterfolg verantwortlich wie ich. Zu Ihrer Information: Profitlich weiß Bescheid, und ich werde ihn auf dem Laufenden halten.«

»Ganz schön mutig«, sagte Anna Lembach anerkennend, als Helmut Adler ihr von diesem Gespräch mit Phillip König erzählte.

»Das war auch notwendig. Das ist doch immer wieder ein Eiertanz um diese Unterschriften. Gibt es da keine Abkürzung?«

»Meines Wissens nicht«, sagte Anna Lembach, »es sei denn, beide sind an einer schnellen und ehrlichen Lösung interessiert.«

»Da scheint unser Außendienst noch sehr viel Nachholbedarf zu haben ...«, seufzte Helmut Adler.

Änderungsanträge

Die Unterschrift unter das Fachkonzept ließ immer noch auf sich warten. Gleichzeitig kamen neue Änderungen zu den bestehenden Anforderungen hinzu, sei es, weil man sie ursprünglich einfach vergessen hatte, sei es, weil die Fachabteilung diese oder jene Änderung chic fand, oder weil es sinnvoll war, die Software-Anwendung entsprechend zu erweitern. Leider nahmen all diese Änderungen inzwischen derart überhand, dass Helmut Adler und sein Team nach Möglichkeiten suchten, dieser Änderungsflut Herr zu werden. Zwar gab es im Vorgehensmodell der H.UMOR AG einige Kapitel über Änderungsanträge. Doch es herrschte die einhellige Meinung, dass das viel zu kompliziert und zu wenig praxisorientiert sei.

»Also erfinden wir das Rad noch einmal neu«, sagte Helmut Adler resigniert. »Auf ein paar Probleme mehr oder weniger kommt es dabei dann auch nicht mehr an.«

»Nun kippen Sie das Kind nicht gleich mit dem Bade aus«, versuchte Anna Lembach, ihn zu besänftigen.

»Mich nervt das!«, entgegnete er. »Warum haben wir dieses Vorgehensmodell überhaupt? Angeblich ist darin schon alles beschrieben.«

»Ich meine mich zu erinnern«, sagte Julia Matthies, »dass wir bereits zu Projektbeginn festgestellt haben, dass es sich dabei um Schrankware handelt. Doch das bringt uns im Moment auch nicht weiter. Lassen Sie uns eine Lösung suchen auf die Frage: Wie wollen wir mit diesen Änderungen umgehen?«

»Wir sammeln sie einfach«, sagte Charlie Keyser.

»Und dann?«, fragte Thomas Hartmann.

»Na, irgendwer wird sie schon bearbeiten«, erwiderte Pascal Ajour.

»Gott erhalte dir deinen kindlichen Glauben«, sagte Julia Matthies und verdrehte dabei die Augen. »Diesen *Irgendwer* haben wir leider nicht im Projekt. Das müssen wir schon kontinuierlich planen. Vor allen Dingen brauchen wir jemanden, der darüber entscheidet, ob wir die Änderungen in diese Version integrieren oder erst später realisieren.« Sie redete sich warm. Keinem entging, dass sie dabei eindringlich auf Pascal Ajour einredete.

»Macht sie das Zuhause auch so?«, fragte Charlie Keyser voller Mitgefühl für Pascal Ajour. Der zuckte gelassen mit den Schultern.

»Bevor ich jetzt die Bühne freigebe für Privates«, mischte sich Helmut Adler wieder ein, »lassen Sie uns nach einer Lösung suchen. Der erste Punkt ist sicherlich richtig. Wir sammeln die Änderungen. Niemand, aber auch wirklich niemand, entscheidet eigenmächtig über die Durchführung einer Änderung. Auch wenn diejenigen, die die Änderung einbringen, die liebsten Kollegen aus der Fachabteilung sind, die Änderungen werden zunächst gesammelt. Sie als Teilprojektleiter beurteilen, ob es im Rahmen Ihrer Möglichkeiten sinnvoll und machbar ist, die Änderungen umzusetzen. Sie nehmen schriftlich zum Änderungsantrag Stellung und veranschlagen Aufwand, Kosten und Termin. Änderungsanträge lassen sich in die folgenden Kategorien unterteilen:«

Änderungen,

- die problemlos durchgeführt werden können,
- für die die Entscheidung des Lenkungsausschusses notwendig ist,
- die erst in einer späteren Version (Release) abgebildet werden oder
- die abgelehnt werden.

»Manchmal fällt die Zuordnung zu einer Kategorie schwer. Deshalb werden Sie und ich gemeinsam die Zuordnung festlegen. Innerhalb dieser Kategorien vergeben wir Prioritäten für die einzelnen Änderungsanträge.«

»Und dann?«, fragte Charlie Keyser.

»Dann treffen wir gemeinsam eine Entscheidung. Es kann dann sein, dass

- dieser Änderungsantrag zu einer oder mehreren Aktivitäten im Projektplan wird,
- er dem Lenkungsausschuss zu Entscheidung vorgelegt wird, oder
- er für ein späteres Release gesammelt wird.«

»Und ich habe mit den Stellungnahmen und so weiter wieder die Arbeit«, stellte Charlie Keyser resigniert fest. »Sag jetzt nichts! Ich weiß, das gehört zu meinen Aufgaben.«

»Charlie, du läufst noch zur Höchstform auf«, sagte Helmut Adler anerkennend.

Julia Matthies meldete sich zu Wort: »Es ist doch sinnvoll, dass wir sämtliche Änderungen zentral sammeln, nicht wahr?«

Helmut Adler nickte.

»Wer macht das?«

»Immer der, der fragt«, erwiderte Charlie Keyser.

»Sorry, ich habe das größte Teilprojekt und im Moment sicherlich auch die meisten Änderungen«, wehrte sich Julia Matthies.

»Dann ist das bei Ihnen bestens aufgehoben«, sagte Charlie Keyser spöttisch.

Bevor Julia Matthies ihn verbal attackieren konnte, meldete sich Nicola Lehmann zu Wort: »Gut, wenn es nur um die Verwaltung geht, dann mache ich das. Da ich in den Schulungen den gesamten Funktionsumfang dieser Version vermitteln werde, muss ich wissen, welche Änderungen in diese Version einfließen.«

»Haben wir kein Tool dafür?«, fragte Pascal Ajour.

Helmut Adler nickte: »Doch, natürlich, wir haben für alles ein Tool. Doch erstens weiß ich nicht, wie aktuell das Tool ist und zweitens ...«

»Halten Sie den Ball flach«, fiel im Anna Lembach ins Wort. »Tool hin oder her, Sie müssen die Änderungen wo auch immer erfassen und dokumentieren und sich merken, welche Änderung in welcher Version berücksichtigt wird.«

»Ich sage nichts anderes!«, wehrte sich Helmut Adler entrüstet. »Wir haben ein Tool, mit dem man Änderungsanträge erfassen kann, und ein Versionsmanagement in dem die einzelnen Releases abgebildet sind. Frau Lehmann, fragen Sie im Multiprojekt-Controlling. Dort kann man Ihnen weiterhelfen.«

»Danke«, sagte Nicola Lehmann. »Schicken Sie in Zukunft bitte alle Änderungsanträge zu mir.«

»Diesen Satz wirst du noch bitter bereuen«, schmunzelte Julia Matthies. »Wenn König & Co. uns die Änderungswünsche im Minutentakt reinreichen, möchte ich nicht in deiner Haut stecken.«

»Malen Sie den Teufel nicht an die Wand!«, rief Helmut Adler.

»Ich bin lange genug in diesem Unternehmen, um zu wissen, dass die Fachabteilung uns das Leben unendlich schwer machen kann.«

»Wie realistisch ist das?«, fragte Anna Lembach.

»Die Fachabteilung tut bereits alles, um die Unterschrift unter das Fachkonzept bis zum letzten Moment hinauszuzögern. Ebenso wird sie die Abnahme der fertigen Software bis zum Gehtnichtmehr hinausziehen«, wiederholte Julia Matthies. »Und solange werden sie uns mit Änderungsanträgen bombardieren.«

Anna Lembach sagte: »Einerseits gehören Änderungen zum Projektalltag. Andererseits stellt sich die Frage: Wie viele Änderungen müssen auf *Das Projekt* einstürzen, um sicherzustellen, dass es auf keinen Fall erfolgreich wird.«

Alle blickten sich stumm an.

»Herr Adler ...«, begann Anna Lembach ihren Satz.

Doch er unterbrach sie: »Sagen sie nichts! Ich weiß, ich soll noch einmal mit Herrn König reden – oder mit Herrn Profitlich.«

»Am besten mit beiden«, flehte ihn Julia Matthies an. »Bringen Sie Herrn König bitte dazu, in unserem Interesse zu handeln.«

»Sie meinen, ich soll Wunder vollbringen?«, fragte er schmunzelnd.

»Etwas Ähnliches«, gab Julia Matthies strahlend zurück, »das gehört doch zu Ihren Aufgaben als Projektleiter.«

Verbesserte Tools

Charlie Keyser fuchtelte wild mit einem Prospekt herum. »Es gibt endlich ein Tool, das alle unsere Probleme löst! Hier, sehen Sie selbst!«, sagte er stolz und voller Begeisterung.

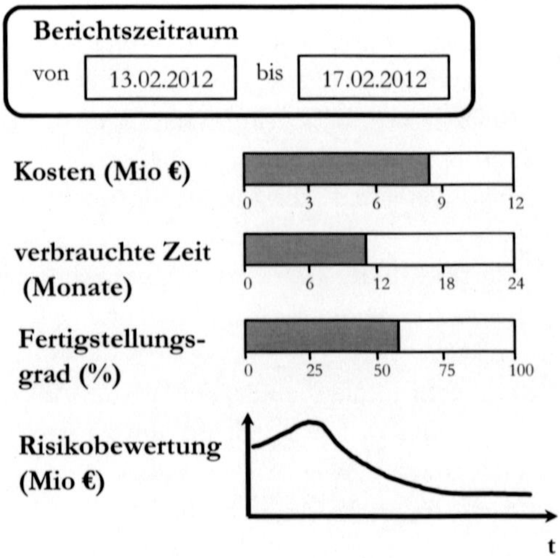

Abbildung 37: McPilot

Er war nicht zu bremsen: »Da sieht man genau, wie weit wir sind und welche Kosten wir verbraten haben, den Fertigstellungsgrad ebenso wie die Bewertung des Risikos. Hier sieh mal Chef, das Risiko wird sogar kleiner mit der Projektlaufzeit.« Charlie Keyser steckte die anderen mit seiner Begeisterung an, alle beugten sich über den Prospekt. »Frau Lembach, sehen Sie, das müsste Ihr Beraterherz höher schlagen lassen: Hier können Sie sogar die Motivation der Mitarbeiter ablesen. Und auch, ob wir zu viel arbeiten oder nicht: Hier werden nämlich die Überstunden abgebildet. Für Sie, Frau Matthies, sind die Change Requests mit

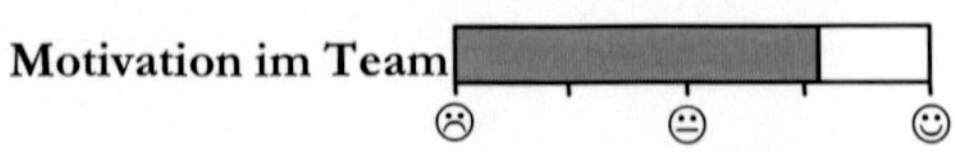

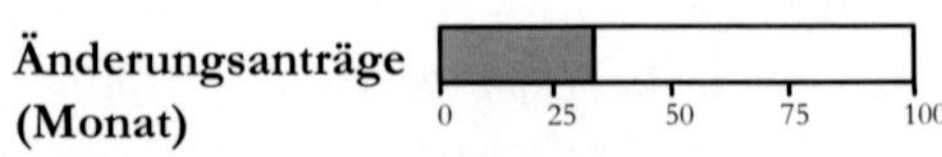

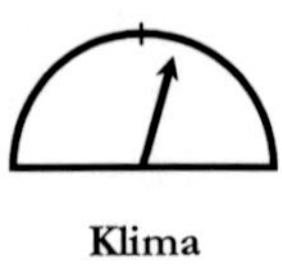

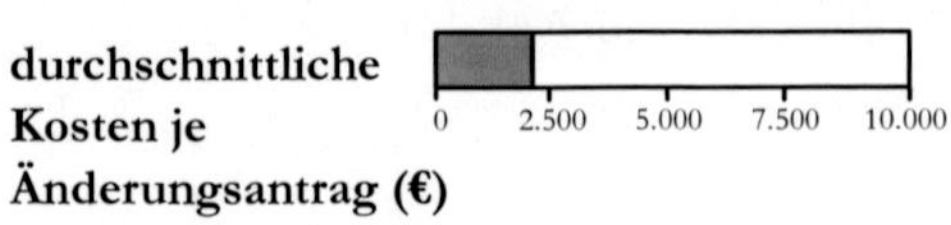

ihren Kosten extra aufgeführt. Chef, das Tool brauchen wir unbedingt. Denn auch die Qualität der fertigen Module und die Fehlerhäufigkeit in den einzelnen Phasen stehen hier. Wenn wir die gegen Null fahren, dann kann uns nichts mehr passieren, Profitlich und König werden begeistert sein.« Seine Stimme überschlug sich: »Chef, ich rufe sofort bei der Firma an, die sollen uns eine Demo-Version schicken. Oder eine Präsentation machen. Ja?«

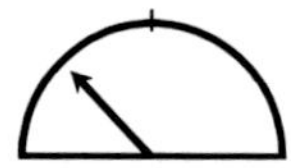

Qualität der fertigen Module

»Mach mal langsam, Charlie«, entgegnete Helmut Adler .

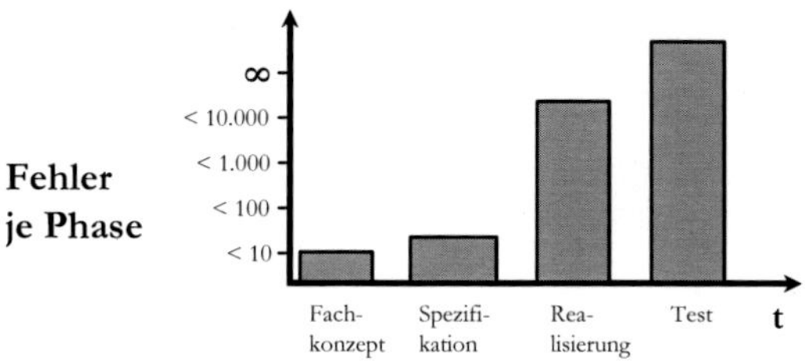

»Aber mit diesem Tool sind wir auf einen Schlag alle Probleme los«, Charlie Keyser ließ nicht locker. »Hier steht es auch in der Beschreibung. Soll ich vorlesen?«

»Erstens: Papier ist geduldig«, sagte Julia Matthies trocken, »Zweitens: Wer pflegt die Daten?«

»Das ist kein Problem, die erfassen wir in den Rückmelde-Tabellen gleich mit.«

Anna Lembach fragte milde lächelnd: »Sie wollen also die Motivation der Mitarbeiter in den Rückmelde-Tabellen erfassen?« Charlie Keyser sah sie fragend an. Sie fuhr unbeirrt fort: »Das können wir bereits jetzt. Wenn es nur um die Daten geht, dann fügen wir ein weiteres Feld ein und schon haben wir die Motivation.«

»Aber nicht so schön bunt und außerdem nicht so einfach auf Knopfdruck.«

»Kann es sein, dass es sich hierbei wieder um ein neues Spielzeug handelt, das noch mehr Zahlen, Daten und Fakten über das Projekt liefern soll, damit man auch ja nicht miteinander reden muss?«

»Nein«, wehrte sich Charlie Keyser entschieden. »Hier ist endlich einmal alles das auf einen Blick zusammengefasst, was man wissen muss, um das Projekt gut zu steuern.«

»Ich frage Sie nochmals: Wer erfasst die Daten?«, Julia Matthies blieb beharrlich.

»Das kann doch nicht so schwer sein.«

»Wie bitte schön wollen Sie die Motivation der Teammitglieder messen und die Zufriedenheit der Anwender? Sollen am PC gleich Puls und Herzschlag und die Ausschüttung von körpereigenen Glückshormonen gemessen werden?«

»Ach, irgendwie wird das schon gehen. Auf jeden Fall sind wir mit McPilot noch professioneller. Und wahrscheinlich auch viel besser und schneller.« Charlie Keyser platzte schier vor Stolz.

Julia Matthies lächelte Anna Lembach an und sagte: »Ein neues Spielzeug für die Jungs, gönnen wir es ihnen.«

»Spielverderber«, murmelte Thomas Hartmann.

»Ein wenig mehr Mitgefühl, meine Damen«, ermahnte Helmut Adler beide.

»Spielzeug für Männer, das ist Ihr Metier, Herr Adler«, Anna Lembach schmunzelte.

Kreative Lösungsfindung

Helmut Adler machte wieder einmal seine abendliche Runde. Er kam an Julia Matthies' Tür vorbei. Ein ungewöhnlich süßer Duft empfing ihn auf dem Gang. Helmut Adler klopfte an und ging in das Zimmer. Was er hier sah, übertraf seine kühnsten Erwartungen: Ihn umschloss dieser süßlich schwere Duft, das Zimmer war davon gänzlich eingenebelt. Auf dem Fußboden saßen sich Julia Matthies und Pascal Ajour einander gegenüber, beide im Schneidersitz, mit geschlossenen Augen, eine Kerze zwischen ihnen. Ansonsten Stille. Er beobachtet diese Szenerie, nichts bewegte sich. Er war hin und her gerissen. Sollte er diesem Spiel hier ein Ende machen oder nicht? Was sollte der Quatsch? Er entschied sich zu gehen; morgen würde er mit Julia Matthies reden.

Am nächsten Morgen, noch vor der morgendlichen Besprechung mit den Teilprojektleitern, ging er zu Julia Matthies. Der süßliche Duft hing immer noch in der Luft, auf ihrem Tisch lagen lange braune Stäbchen. Er erzählte ihr, was er gestern Abend beobachtet hatte, und setzte an, sie zu maßregeln.

»Was ist los?«, fragte Julia Matthies. In ihrem Gesicht spiegelte sich eine Mischung aus Unschuld und Unverständnis wider.

»Also«, setzte Helmut Adler an. Es fiel ihm sichtlich schwer zu reden. »Wenn Sie ein Problem haben, ich meine ... Also, Sie können mit mir reden und Sie brauchen das da nicht zu nehmen.«

»Das da nehme ich nicht, das da sind Räucherstäbchen.«

Helmut Adler sah sie fragend an.

»Ja, ganz gewöhnliche Räucherstäbchen, kann man in jedem Laden kaufen. Gut, die sind aus einem Öko-Laden, bessere Qualität.« Helmut Adler sah sie immer noch fragend an, deshalb fuhr sie fort: »Wir haben sie gestern Abend zum Meditieren angezündet.«

»Sie haben während der Arbeitszeit meditiert«, Helmut Adler schüttelte den Kopf, »Frau Matthies, das geht nicht.«

»Und warum nicht?«

»Also, Sie können hier nicht einfach Räucherstäbchen anmachen und meditieren. Das geht einfach nicht. Wenn jeder ...«

Weiter kam er nicht, denn Julia Matthies schnitt ihm das Wort ab: »Wenn jeder in diesem Projekt meditieren würde, dann hätten wir an manchen Stellen weit weniger Stress. Was wir gestern Abend gemacht haben, und wir haben zu Ihrer Information erst um 18:30 Uhr angefangen, also außerhalb der Kernarbeitszeit, wir haben über Lösungsmöglichkeiten für die Online-Host-Anbindung meditiert. Herr

Ajour meditiert, ich auch, also haben wir beschlossen, gemeinsam zu meditieren und die Kraft des Unterbewussten für die Lösung unseres Problems zu nutzen.«

»Und, hat's was gebracht?«

»Ja. Wir haben verschiedene, auch neue Varianten, zusammengetragen«, sie gab ihm einen Zettel, auf dem Stichpunkte notiert waren. »Die eingekreiste Variante scheint die vielversprechendste zu sein, doch wir wollen das gleich noch mit unseren Teams und mit Charlie Keyser besprechen.«

»Aber Sie können doch hier nicht meditieren, Frau Matthies. Das geht nicht.«

»Warum nicht? Statt uns stundenlang die Köpfe heiß zu reden und dann doch zu keinem Ergebnis zu kommen, nutzen wir eine weitere Möglichkeit, die meist schneller zum Ziel führt.«

»Aber Frau Matthies, ...«

»Herr Adler, wir haben wahrscheinlich die Lösung gefunden und zwar nach einer Stunde Meditation, das kommt Sie kostengünstiger, als wenn wir stundenlang diskutieren. Außerdem richtet es volkswirtschaftlich betrachtet keinen Schaden an und es ist auch nicht wider die guten Sitten. Was wollen Sie also?«

»Räucherstäbchen, eine Kerze, auf dem Boden sitzen ...«

»Na und? Meditationsrituale eben. Was ist daran so schlimm?«

»Wie werden die anderen über Sie reden, über uns, über *Das Projekt*?«

»Keine Ahnung, das ist mir auch ziemlich egal. Ich habe eine Lösung für ein Problem. Das zählt für mich. Und wie ich dahin gekommen bin, das sollte Ihnen eigentlich egal sein. Freuen Sie sich doch, dass wir eine weitere Quelle anzapfen, zusätzlich zu unserem Verstand. Davon profitieren Sie auch.«

»Ist denn auch wirklich alles in Ordnung mit Ihnen?«, fragte Helmut Adler sichtlich besorgt, »ich meine, auch innerlich?«

»Ja, klar.« Sie blickte auf die Uhr: »Gleich beginnt unsere Morgenrunde. Ich will pünktlich sein.« Sie stand auf, nahm ihre Unterlagen und ging.

Helmut Adler war immer noch verwirrt, als sie schweigend zu seinem Büro gingen. Anna Lembach wartet schon.

»Eine Frage, Frau Lembach«, wandte sich Helmut Adler an sie. »Meditieren Sie?«

»Ja, morgens immer. Und wenn es geht, auch abends.«

»Mit Räucherstäbchen?«

Anna Lembach blieb stehen und berührte ihn vorsichtig am Arm: »Herr Adler, sind Sie sicher, dass mit Ihnen alles in Ordnung ist?«

Konflikte brauchen ein Ende

»Mir reicht es!« Mit diesen Worten stürmte Julia Matthies in Helmut Adlers Büro und baute sich bedrohlich vor seinem Schreibtisch auf. »Mir reicht es endgültig. Gonzalez macht nicht den Job, den er machen soll. Das wissen wir ja bereits. Inzwischen macht er außerdem mein Team und zusätzlich den gesamten Außendienst kirre. Die Mitarbeiter beschweren sich über ihn. Und zwar bei mir. Auf weiteren Stress verzichte ich dankend! Herr Adler, dieser Mann ist total überqualifiziert, gleichzeitig in diesem Projekt vermutlich unterfordert. Das wussten wir von Anfang an. Doch jetzt will er auch noch meinen Job machen. Dagegen habe ich entschieden etwas einzuwenden.«

»Frau Matthies, beruhigen Sie sich«, versuchte Helmut Adler, ihr erhitztes Gemüt zu beruhigen. Doch sie war schon wieder weg und hatte die Tür wutentbrannt hinter sich zugeknallt.

»So langsam bin ich mit meinem Latein am Ende«, sagte Helmut Adler später zu Anna Lembach. »Einerseits verstehe ich Frau Matthies, doch andererseits sind mir die Hände gebunden.«

»Und wer bindet Ihnen die Hände?«, fragte sie.

»Profitlich, natürlich.«

»Bindet Profitlich Ihnen die Hände wirklich so, dass Sie sich nicht mehr bewegen können?«

»Ich kann mich schon noch bewegen, aber ich kann das Problem nicht lösen.«

»Können Sie es nicht lösen oder wollen Sie es nicht lösen?«

»Ich kann es nicht lösen!«, wehrte sich Helmut Adler entrüstet gegen diese Fragerei. »Wenn ich könnte, hätte ich es schon längst gelöst.«

»Was hätten Sie dann gemacht?«, Anna Lembach ließ nicht locker.

»Dann hätte ich versucht, Herrn Gonzalez in einem anderen Projekt unterzubringen.«

»Soziale Einstellung, das muss ich Ihnen lassen. Nur keinen Stress bekommen, nur ja nicht anecken, nur ja niemanden nach Hause schicken müssen.« Sie schüttelte den Kopf. »Herr Adler, ich möchte Sie noch einmal freundlich darauf hinweisen, dass Sie der Kapitän auf der Brücke dieses Projektes sind. Sie bestimmen hier. Niemand sonst. Auch nicht der Lenkungskreis. Wenn ein Herr Profitlich seine schützende Hand über Herrn Gonzalez hält und gleichzeitig dem Projekt damit mehr schadet als nützt, dann nehmen Sie das als gottgegeben hin und sind inzwischen sogar der Meinung, die Situation nicht ändern zu können.«

»Was soll ich denn Ihrer Meinung nach machen?«, fragte Helmut Adler wütend.

»Ihn ganz einfach aus dem Projekt rausschmeißen.«

»Und genau das geht nicht!«

»Geht nicht – gibt's nicht! Ist das nicht eines Ihrer Lieblingszitate?«

»Frau Lembach, was verstehen Sie denn schon von der ganzen Situation?«

»Ich schaue mir die ganze Komödie – oder soll ich es lieber Tragödie nennen – als neutraler Beobachter von außen an. Das Thema ist nicht neu. Der Streit Matthies-Gonzalez dauert nun schon fast so lange wie das gesamte Projekt. Sie haben viele Gespräche geführt mit jedem einzeln und auch mit beiden zusammen. Sie können natürlich noch mehr Energie in diesen Konflikt stecken, der dieses Mehr an Zuwendung erstens nicht verdient und zweitens sich in absehbarer Zeit nicht lösen lässt. Oder...«

»Oder was?«, Helmut Adler atmete schwer.

»Oder Sie durchtrennen den gordischen Knoten. Sie als Projektleiter können das. Offensichtlich ist Herr Gonzalez im Projekt ersetzbar, Frau Matthies jedoch nicht. Also«, forderte Sie ihn auf, »trennen Sie sich von Herrn Gonzalez und überlassen Sie Herrn Profitlich oder wem auch immer den weiteren Einsatz dieses Beraters.«

Helmut Adler schüttelte den Kopf und sagte: »Danke für die Belehrung.« Er dachte, *Frauen verstehen das einfach nicht.* Damit war für ihn die Diskussion beendet. Gedanklich wog er das Für und Wider einer solchen Entscheidung nochmals ab. Im Moment jedoch wollte er die Situation unverändert lassen.

Doch das ging nicht lange gut. Wenige Tage später stürmte Julia Matthies wieder in Helmut Adlers Büro: »Herr Adler, es reicht endgültig!« Sie baute sich wutentbrannt vor ihm auf. »Wenn Sie im Fall Gonzalez zu feige sind, eine Entscheidung zu treffen, dann mache ich das eben. Ich habe drei Möglichkeiten. Die Erste: Ich gehe höchstpersönlich zu Profitlich, schildere ihm den Fall und dass ich nicht länger bereit bin, diese Situation zu dulden, denn sie belastet unser Projektbudget und was noch schlimmer ist, sie belastet das Teilprojekt und meine Nerven über Gebühr. Variante zwei: Ich hänge meinen Job als Teilprojektleiterin sofort an den Nagel, dann dürfen Sie sich einen neuen Teilprojektleiter suchen. Ich werde Herrn Lenze um einen anderen Job bitten. Und falls Sie jetzt noch meinen, mit mir an dieser Stelle verhandeln zu können, dann habe ich noch Variante drei.« Sie fuchtelte mit einem Briefumschlag unverschämt nah vor seiner Nase herum. »Dies ist meine Kündigung. Wenn Sie sich jetzt nicht binnen einer Stunde zu einer Lösung durchringen, dann landet dieser Briefumschlag noch heute in der Personalabteilung.« Sie ging, knallte die Tür hinter sich zu. Das saß.

Helmut Adler war mulmig zumute: *Sie erpresst mich regelrecht. Wenn ich Eduardo Gonzalez jetzt nicht aus dem Projekt entlasse, dann verliere ich Julia Matthies. Es klang so, als wolle sie mit ihrer Drohung Ernst machen.* »Kann ich da wirklich nichts mehr machen?«, fragte er Anna Lembach später.

»Sie können sich zwischen zwei Problemen entscheiden, das ist alles. Egal wie Sie sich entscheiden, beide Entscheidungen haben unangenehme Nebenwirkungen: Entweder Sie sind Julia Matthies los oder Sie müssen mit Profitlich reden. Sie müssen schnell handeln, denn sonst kommt Ihnen Julia Matthies zuvor. Ich vermute, dass Ihnen das auch nicht recht sein wird, wenn sie Ihnen diese Entscheidung abnimmt.« Helmut Adler sah flehentlich zur Decke. Anna Lembach fuhr fort: »Herr Ader, welches ist das kleinere Übel? Manchmal gibt es im Leben einfach nicht mehr Auswahlmöglichkeiten.« Sie nickte ihm zu: »Vertrauen Sie einfach darauf, dass Sie die richtige Entscheidung treffen werden.«

Helmut Adler fühlte sich plötzlich unendlich müde.

Konfliktmanagement

»Wie war das Gespräch mit Herrn Dr. Profitlich?«, fragte Anna Lembach.

»Ging so«, antwortete Helmut Adler einsilbig.

»Ich bin neugierig. Was ist passiert?«, bohrte sie weiter.

»Ach, nichts.«

»Das ist nicht gerade viel.«

»Nein.«

»Klingt so, als wollen Sie nicht darüber reden«, fuhr Anna Lembach fort.

»Genau. Ich will nur wissen, wie ich zukünftig solche Situationen vermeide«, sagte er und blickte sie fordernd an. »So ein Theater will ich nicht noch einmal haben.«

»Wenn Sie sich jetzt einmal zehn Jahre in die Zukunft beamen und sich dann die Situation anschauen, dann dürften Sie eigentlich nur zwei Personen sehen, die auf der Beziehungsebene absolut nicht miteinander auskommen. Die eine hat das direkt artikuliert, der andere indirekt: Er hat sabotiert. Was ist daran *Theater*?«

»Der ganze Stress.«

»Den Stress haben Sie nur in Ihren Kopf, vielleicht noch in Ihrem Herzen. Denn neben den beiden ist da noch ein Projektleiter, der ziemlich lange gewartet hat, bis er sich für die eine und gegen die andere Person entschieden hat. Das war Ihr Stress.« Helmut Adler wollte schon antworten, doch Anna Lembach fuhr fort: »Von Ihnen wurde eine Entscheidung gefordert. Die mussten Sie treffen. Profitlich wird vermutlich jetzt auch eine Entscheidung fällen müssen. Doch das ist nicht Ihr Problem.«

»Wollen Sie mir diese Situation noch einmal links und rechts um die Ohren knallen?« Helmut Adler sah sie wütend an.

»Nein. Ich versuche, Ihnen nur klar zumachen, dass Sie nichts machen können, um einen Konflikt zu vermeiden.«

»Das stimmt nicht!«, protestierte er. »Ich kann schon dafür sorgen, dass die, die sich nicht riechen können, auch nicht zusammenarbeiten«, sagte er. »Gut, da hätte ich vielleicht früher reagieren müssen und die beiden trennen können.«

»Machen Sie sich keine Vorwürfe, Sie haben Ihr Bestes getan. Wenn beide den Konflikt wirklich hätten lösen wollen, dann hätten Sie es auch getan. Sie haben viele Gespräche mit ihnen geführt: Das ist professionelles Konfliktmanagement. Sie können versuchen, die beiden wieder auf die Handlungsebene zu bringen, damit sie zusammenarbeiten. In diesem Fall ging nicht einmal mehr das.«

»Wirklich nicht?«

»Nein!«, sagte sie mit Nachdruck. »Der Rest des Teams arbeitet gut zusammen.

Natürlich hackt es an der einen oder anderen Stelle immer mal wieder. Da menschelt es mal mehr, mal weniger. Doch die Leute fühlen sich hier gut aufgehoben, arbeiten zusammen und verfolgen das gemeinsame Ziel. Sie machen das, weil sie Lust dazu haben, weil sie es wollen. Jeder im Projekt ist selbst dafür verantwortlich, was er oder sie zum Projekterfolg beitragen will. Wenn jemand überhaupt nichts zur Lösung der Situation betragen will, dann können Sie nichts machen.«

Helmut Adler nickte: »Projektarbeit beruht auf Freiwilligkeit und auf Verantwortungsbewusstsein.«

»Das ist das eine. Wenn Menschen zusammenkommen, dann begegnen sie sich auf der Sach- und auf der Beziehungsebene. Die Beziehungsebene beeinflusst nun einmal die Sachebene. Wenn die Beziehungsebene nicht stimmt, dann können Sie auf der Sachebene noch so viel machen. Da geht nichts.«

Helmut Adler nickte zustimmend: »Bestenfalls kann ich versuchen, auf der Beziehungsebene wieder eine Annäherung oder ein besseres Klima herzustellen.«

»Auch das müssen die beiden Konfliktparteien wollen. Verordnen im Sinne von *nun habt euch mal wieder lieb* oder *nun spielt mal wieder brav miteinander* bewirkt nichts. Bedenken Sie, bei einem Konflikt geben sich die Konfliktpartner gegenseitig sehr viel Aufmerksamkeit, nicht unbedingt wertschätzende. Wenn der Konflikt wegfällt, dann fällt diese Form von Aufmerksamkeit ebenfalls weg, da ist dann quasi ein Loch. Daher müssen beide Konfliktparteien ein wirkliches Interesse an der Konfliktlösung haben.«

»Das heißt, an einer Win-Win-Lösung«, ergänzte Helmut Adler, »bei der mir die Interessen des anderen und meine eigenen gleich wichtig und gleichwertig sind, und ich bereit bin, mich für beides zu engagieren.«

»Genau.«

»Ja, die beiden müssen es wirklich wollen. Ich habe viele Einzelgespräche mit beiden geführt. Da war Ihr Gesprächsleitfaden übrigens hilfreich. Bei den Gesprächen, die ich dann mit beiden zusammen geführt habe, bin ich zusätzlich nach folgendem Schema vorgegangen.« Er hielt ihr einen Notizzettel hin:

- Einverständnis für die Rolle als Konfliktmoderator holen
- *Person A* erzählen lassen:
  - ➢ Was war der Auslöser? (meist gar nicht mehr bekannt)
  - ➢ Wie hat sich der Konflikt entwickelt?
  - ➢ Was ist Ihr Anteil daran, dass der Konflikt aufrecht erhalten wird?
- *Person B* erzählen lassen:
  - ➢ Was war der Auslöser? (meist auch nicht mehr bekannt)
  - ➢ Wie hat sich der Konflikt entwickelt?
  - ➢ Was ist Ihr Anteil daran, dass der Konflikt aufrecht erhalten wird?
- als Konfliktmoderator: Aktiv zuhören, immer zusammenfassen, ***übersetzen***
- aus Angriffen Wünsche formulieren lassen
- diese direkt an den Gesprächspartner richten lassen
- nachfragen: Sind Sie, *Person A* (oder *Person B*) bereit, diese Wünsche zu erfüllen?
  - ➢ Unter welchen Bedingungen?
- Vereinbarung und neuen Termin zwischen den beiden aushandeln lassen.

Abbildung 38: Gesprächsrichtlinien als Konfliktmoderator

Anna Lembach nickte: »Der klassische Ablauf bei einem Konfliktgespräch mit einem Konfliktmoderator. Es ist überaus wichtig, sich von beiden das Okay als Konfliktmoderator zu holen. Denn wenn das nicht da ist, geht gar nichts. Genauso wichtig ist am Schluss die Vereinbarung zwischen den beiden und das anschließende Überprüfen der Vereinbarung.«

»Hier sind die beiden nicht einmal bis zu einer gemeinsamen Vereinbarung gekommen. Die Überprüfung konnte ich mir dann auch schenken.«

»Manchmal sind es nur ganz kleine Vereinbarungen. Das ist dann besser als gar nichts. Machen Sie sich nichts vor: Das Beste, was Sie im Konfliktfall erreichen können ist, dass die beiden wieder zusammenarbeiten. Dann haben Sie schon sehr viel erreicht. Erwarten Sie nicht, dass sie sich um den Hals fallen.«

Helmut Adler seufzte: »Ist das immer so anstrengend?«

»Haben Sie bisher im konfliktfreien Raum gelebt?«

»Nein, natürlich nicht. Doch es ist immer so mühsam und anstrengend für alle Beteiligten, besonders für mich als Projektleiter.«

»Hat Ihnen jemand in die Wiege gelegt, dass das Leben nur einfach und frei von Konflikten ist?«, Anna Lembach zwinkere ihm zu.

»Nein, aber schön wär's!«

XXL-Besprechungen

Christian Ruther aus dem Teilprojekt Netze saß in der Kaffeeküche, trank einen Kaffee und sah sehr erschöpft aus.

»Was haben Sie den ganzen Tag gemacht?«, wollte Helmut Adler wissen.

»Besprechungen«, sagte Christian Ruther.

»Besprechungen? Den ganzen Tag nur Besprechungen?«

»Ja. Seit heute Morgen 9:00 Uhr haben wir nur Besprechungen. Seit Tagen geht das schon so.«

»Und wann arbeiten Sie?«, fragte Helmut Adler ihn nachdenklich.

Er zuckte mit den Schultern.

»Ist Ihr Teilprojektleiter bei den Besprechungen dabei?«, bohrte Helmut Adler weiter.

»Ja, manchmal«, erwiderte Christian Ruther müde.

»Haben Sie eine Idee, was man dagegen machen kann?«

Christian Ruther zog die Schultern kraftlos nach oben. Helmut Adler wartete, doch es kam keine weitere Antwort.

»Frau Lembach, so kann das nicht weitergehen«, beschwerte sich Helmut Adler über das gerade Erlebte bei ihr.

»Unsere Mittwochs-Besprechungen mit den Teilprojektleitern sind straff und taff und bringen in anderthalb Stunden ein gutes Ergebnis. In den Teilprojekten scheint dagegen der Besprechungswahnsinn zu toben.«

»Weil sie es so wollen«, antwortete Anna Lembach gelassen.

»Was wollen?«

»Herr Adler, Sie bereiten die Besprechungen mit den Teilprojektleitern akribisch vor, halten sich an die vereinbarten Spielregeln – dazu gehört auch das Einhalten des Zeitrahmens – und Sie *wollen* nach anderthalb Stunden ein Ergebnis haben.«

»Damit wären wir zum wiederholten Mal bei den sich selbst erfüllenden Prophezeiungen«, sinnierte Helmut Adler. »Was machen denn die Teilprojekte anders?«

»Fragen Sie sie doch«, erwiderte Anna Lembach. »Wir können hier lediglich raten. Ich vermute, dass die meisten Besprechungen schlecht oder gar nicht vorbereitet sind. Die Meetings, deren Agenda 24 Stunden vor Beginn vorliegt, können Sie an einer Hand abzählen. Dann wird sich kaum einer an den Zeitrahmen halten. Und ob es ein Protokoll gibt, wage ich bei den XXL-Besprechungen ebenfalls zu bezweifeln.«

»XX-Was?«

»XXL-Besprechungen, das die sind extra lange Besprechungen, auch Sitzungsmarathon genannt. Genau davon reden wir gerade.«

»Und warum sind sie so lang? Wieso liefern die keine Ergebnisse?«

Anna Lembach seufzte: »Weil die Leute es so wollen. Herr Adler, Sie wissen doch: Jeder hört sich selbst am liebsten reden. Besprechungen sind eine wunderbare Plattform dafür. Bei vielen Teilnehmern sind alle eine Weile mit ihren Selbstdarstellungen beschäftigt. Das kostet Zeit. Zusätzlich brauchen sie Zeit, um sich zu überlegen, worüber sie eigentlich reden wollen. Jeder muss natürlich etwas dazu sagen, weil er oder sie so wichtig ist. Erst dann geht es allmählich los. Doch die meiste Energie ist bereits verpufft, die gesamte Aufmerksamkeit ging für die Selbstdarstellungen drauf. Also hat jetzt keiner mehr richtig Lust. Und deshalb zieht sich so eine Besprechung unendlich in die Länge.«

»Meinen Sie?«

»Haben Sie andere Erfahrungen?«

»Nun ja, es gibt Besprechungen, die dauern wirklich einen halben Tag oder noch länger. Denken Sie an unsere letzte große Außendienstbesprechung. Es waren so viele Themen abzuarbeiten, das dauerte einen ganzen Tag. Es ging nicht anders. Außerdem lasse ich nicht mehrere Leute für anderthalb Stunden durch halb Deutschland reisen. Da muss sich die Dienstreise schon lohnen.«

»Gut, in diesem Fall haben Sie auf die Kosten geachtet. Das ist verständlich. Doch wie ging es Ihnen an diesem Tag? Am Vormittag lief alles zügig. Nach dem Mittagessen waren alle hauptberuflich mit Verdauen beschäftigt. Am späten Nachmittag ging es dann wieder einigermaßen, doch die Luft war raus. Über den Tag verteilt hatten sich alle genügend Aufmerksamkeit geschenkt. Jeder hatte nur noch den Wunsch zu verschnaufen oder ein paar Minuten für sich allein zu sein.«

»Ist das immer so?«, fragte Helmut Adler.

»Ja. Geht es Ihnen anders?«

»Frau Lembach, Sie sind immer so direkt«, antwortete er ausweichend.

»Welcher Umweg wäre Ihnen denn lieber?«

Helmut Adler überlegte: »Mmh. So habe ich das noch gar nicht betrachtet.«

»Damit Sie mich nicht falsch verstehen«, unterbrach sie ihn, »ich sage nicht, dass das schlecht ist. Ich sage nur, dass wir uns in Besprechungen gegenseitig sehr viel Aufmerksamkeit geben. Genau das machen wir beide im Moment übrigens auch.«

»Was kann man dagegen tun? Ich meine gegen diese XXL-Besprechungen.«

»Wie bei allem im Leben: Man muss die Veränderung wirklich wollen. Sonst passiert nichts.«

Helmut Adler nickte.

Anna Lembach fuhr fort: »Schauen Sie sich die Besprechung mit Ihren Teilprojektleitern an. Da halten sich alle an die vereinbarten Spielregeln, jeder macht mit. Jeder ist bemüht, dass es eine erfolgreiche Besprechung mit einem guten Ergebnis wird. Diesen Geist sollten Sie schleunigst in die Teilprojekte tragen.«

»Und wie? Ich denke, dass das methodische Vorgehen den Teilprojektleitern vertraut ist.«

Gemeinsam überlegten sie, was eine erfolgreiche Besprechung kennzeichnet.

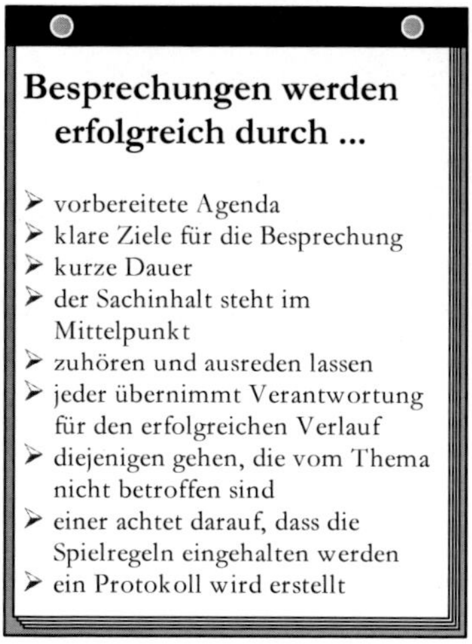

Abbildung 39: Kennzeichen erfolgreicher Besprechungen

»Auch bei Besprechungen sollten wir Ziele haben. Wenn die fehlen, bekommen wir das sehr schnell zu spüren «, sagte Helmut Adler nachdenklich.

»Wundert Sie das?«

»Nein. – Doch jetzt lassen Sie uns überlegen, wie wir das den Teilprojektleitern so erklären, dass sie es beim nächsten Mal in ihren Teilprojekten erfolgreich anwenden.«

»Erwarten Sie Wunder?«, fragte Anna Lembach. Helmut Adler sah sie fragend an. »Wie überall im Leben gilt auch hier: reden, reden, reden. Sie werden es vermutlich mehrfach wiederholen müssen, die Teilprojektleiter sollen eine Besprechung vorbereiten, auf die Zeit, den Inhalt und die sonstige Spielregeln achten und ein Protokoll erstellen. Es muss in Fleisch und Blut übergehen.«

»Ich dachte, da wären wir schon. Am Anfang lief es doch so gut.«

»Doch das ist leider noch keine Garantie dafür, dass es beibehalten wird. Wie bei allem im Leben: Man muss es ständig wiederholen.«

»Dann lassen Sie uns überlegen«, fuhr Helmut Adler fort, »wie wir es schaffen, dass die Teilprojektleiter und alle anderen es wollen.«

»Das hat ein paar unangenehme Nebenwirkungen. Denn wenn die Sache oder das Thema im Mittelpunkt steht, dann bekommt der Einzelne nicht mehr so viel Aufmerksamkeit, nicht mehr soviel Zeit für seine Selbstdarstellung. Also ...« Sie machte eine lange Pause.

»Also, was?«, fragte Helmut Adler.

»Also ist irgendetwas notwendig, das den Menschen garantiert, dass sie ausreichend Aufmerksamkeit bekommen. Erst dann können sie sich in den Besprechungen ganz auf das Thema konzentrieren.«

»Das geht mir jetzt aber entschieden zu weit! Die Leute sind hier, um zu arbeiten und nicht um unterhalten zu werden. Das ist schließlich ein Projekt.«

»Und ein ganz großes Theater! Machen Sie sich nichts vor. Wenn Menschen zusammen kommen, dann wollen sie sich austauschen. Seien Sie versichert, sie suchen sich die Plattform. Besprechungen eignen sich hervorragend dafür.«

»Wie bekomme ich die Kennzeichen erfolgreicher Besprechungen in die Köpfe der Mitarbeiter?«, versuchte Helmut Adler, ihrer beider Aufmerksamkeit wieder auf das eigentliche Thema zu lenken.

»In die Herzen, das ist noch viel wichtiger. Weisen Sie immer wieder darauf hin. Was halten Sie von einem kleinen, sehr wirkungsvollen Ritual, dass genau diesen Austausch unterstützt?« Er sah sie fragend an. »Die ritualisierte Frühstückspause, sagen wir, von 9:30 Uhr bis 10:00 Uhr.«

Helmut Adler blickt sie entsetzt an: »Eine halbe Stunde während der Arbeitszeit in der Kantine hocken und frühstücken?« Er schüttelte heftig den Kopf. »Nein, das geht nicht.«

»Denken Sie erst einmal in Ruhe darüber nach«, versuchte Anna Lembach, ihn zu besänftigen. »Es muss ja nicht in der Kantine stattfinden. Im Gegenteil, die Teammitglieder sollen das selbst organisieren, möglichst in der Nähe der Büroräume. Eine Regel dieses Rituals ist: 30 Minuten, mehr nicht! Wie sie das Frühstück organisieren, bleibt dem Team überlassen.«

Helmut Adler war skeptisch. Profitlich würde ihm die Leviten lesen, wenn herauskam, dass sich die Teammitglieder zum Frühstück während der Arbeitszeit zusammensetzen durften, und das auch noch mit der Genehmigung des Projektleiters.

So, als könnte sie seine Gedanken lesen, fuhr Anna Lembach fort: »Wenn sich dieses Ritual eingespielt hat, dann organisieren die Teammitglieder dies eigenständig. Erfahrungsgemäß werden bei diesem Ritual die wichtigsten Informationen ausgetauscht, das spart Zeit. Überlegen Sie, dass manch eine Besprechung überflüssig wird, wenn beim Frühstück die Themen schon besprochen wurden.«

Helmut Adler versuchte, sich das Szenario vorzustellen, konnte es einerseits gut nachvollziehen, hatte anderseits viele Bedenken.

Anna Lembach erzählte ihm von einem Projekt, das genau diese ritualisierte

Frühstückspause eingeführt hatte und damit überaus erfolgreich gewesen war.

»Seltsames Phänomen«, Helmut Adler schüttelte den Kopf, »das eine scheint hervorragend zu klappen, auch ohne Agenda und Spielregeln, und das andere zieht sich endlos in die Länge.«

Beide philosophierten über den Wunsch des Menschen nach Freiheit von Regeln einerseits und dem Wunsch, beachtet zu werden andererseits.

»Ich glaube, wir lösen dieses Phänomen nicht«, sagte Helmut Adler schließlich. »Ich will nur diesem Sitzungsmarathon Einhalt gebieten.«

»Vermutlich auch dem Meetingtourismus«, ergänzte Anna Lembach. Er sah sie fragend an. »Ja, das ständige Rennen von einem Meeting zum nächsten. Das macht ungeheuer wichtig. Doch die Arbeit auf dem Schreibtisch erledigt sich damit auch nicht. Wie sagten Sie vorhin doch so schön: Die Leute sind hier, um zu arbeiten.«

»Der Worte sind genug gewechselt ...«, ergriff Helmut Adler feierlich das Wort. »Ich gebe gleich die *Kennzeichen erfolgreicher Besprechungen* an die Teilprojektleiter weiter, erinnere noch einmal an die vorbereitete Agenda und das anschließende Ergebnisprotokoll.« Anna Lembach nickte. »Was halten Sie von der Regel, dass derjenige gehen darf, der zum Thema nichts zu sagen hat?«

»Bei mir laufen Sie offene Türen damit ein. Konsequent angewendet sitzt keiner mehr in einer Besprechung, in der er sich zu Tode langweilt, weil er nichts zum Thema sagen kann. Das heißt aber auch, dass die Themen, die nicht alle betreffen, am Ende der Agenda stehen müssen. Weisen Sie die Teilprojektleiter bitte darauf hin.«

Qualitätsmanagement

»Meine Damen und Herren«, begann Helmut Adler die wöchentliche Besprechung mit den Teilprojektleitern feierlich, »irgendwann müssen wir uns darüber Gedanken machen, was wir qualitativ abliefern wollen.«

»Das steht nicht auf der Agenda«, bemerkte Thomas Hartmann scharfsinnig, »übrigens, wer ist eigentlich dran mit der Agenda und dem Protokoll?«

Schweigen.

»Kann es sein, dass wir das Erstellen und Verteilen der Agenda inzwischen selbst nicht mehr so genau nehmen?«, fragte Charlie Keyser ironisch.

»Hallo, Herr Keyser«, winkte ihm Julia Matthies zu, wissend, dass sie ihn damit auf die Palme bringen konnte. »Auch Sie sind Teil des Teams. Es gehört auch in Ihren Verantwortungsbereich, die Agenda entweder zu erstellen oder einzufordern.«

»Ist ja schon gut.«

»Bring- und Holschuld: Haben Sie davon schon gehört?«, bohrte sie weiter.

»Schluss damit! Lassen Sie uns anfangen«, fuhr Helmut Adler dazwischen. »Wir sind ja mitten im Thema, denn es gehört auch zum Qualitätsmanagement, dass wir die Standards einhalten, die wir selbst festgelegt haben. Oder überprüfen, ob diese Regeln Schnee von gestern und längst überholt sind.« Er blickt in die Runde. Schweigen. »Was ist? Soll zukünftig eine Agenda erstellt werden? Wenn ja, nach welchen Regeln? Wenn nein: Was haben wir für Alternativen?«

»Kann es sein, dass Sie gerade zur Höchstform auflaufen?«, fragte Thomas Hartmann bissig.

»Um Ihre Frage zu beantworten, Herr Adler«, mischte sich Julia Matthies ein, »wir machen weiter wie bisher, es gibt eine Agenda und ein Protokoll, das ich heute schreibe. Basta. Lassen Sie uns anfangen, das Thema ist: Qualität.«

Charlie Keyser zuckte mit den Schultern: »Frauenpower.«

Anna Lembach hatte bisher die Diskussion belustigt beobachtet, jetzt meldete sie sich erstmals zu Wort: »Also gut! Was ist für Sie Qualität?«

Charlie Keyser antwortete wie aus der Pistole geschossen: »Unser System muss auf allen Ebenen fehlertolerant, äußerst robust und wartungsfreundlich, stabil, fehlerfrei, zuverlässig, verständlich, leicht bedienbar, performant, portabel, redundanzfrei, wieder verwendbar, vollständig, wirtschaftlich, modular, standardisiert und gut dokumentiert sein.«

»Brav auswendig gelernt«, kommentierte Julia Matthies, »wohl gerade auf einem Kurs gewesen? Und wie ist es in der Praxis?«

»Sagen Sie mal, Frau Matthies, was soll das?«, wehrte sich Charlie Keyser. »Ich beschäftige mich mit der Qualität unseres Systems. Unseren Anwendern will ich genau das zur Verfügung stellen, was ich gerade aufgezählt habe. Mache ich das nicht, dann stehen sie alle fünf Minuten auf der Matte und beschweren sich darüber, dass irgendetwas nicht läuft. Deshalb mache ich es von Anfang an ordentlich. Dann brauche ich später nicht so viel nachbessern.«

»Und Sie glauben wirklich, dass Sie die Software fehlerfrei bekommen?«

»Ja.«

»Herzlichen Glückwunsch! Wenn Sie das schaffen, dann bekommen Sie den Nobelpreis. Sie wären nämlich der Erste. Vergessen Sie bei aller Qualität bitte nicht, dass *Das Projekt* am 22. September 2012 fertig sein soll.«

»Bevor Sie diese Diskussion vertiefen ...«, unterbrach Helmut Adler die beiden, »Wir haben zum einen sicherlich eine hohe Qualität abzuliefern. Das ist unbestritten. Denn wenn wir das nicht tun, dann beschweren sich die Anwender ständig. Das wirft ein schlechtes Bild auf uns zurück.«

»Gut, das *Was an Qualität* haben wir ja schon geklärt«, antwortete Julia Matthies und blickte dabei Charlie Keyser augenzwinkernd an. »*Wie* wollen Sie denn diese Qualität erreichen, Herr Keyser?«

Helmut Adler ergriff erneut das Wort: »Lassen Sie uns das gemeinsam klären. Mir ist wichtig, dass wir hier im Team ein gemeinsames Verständnis davon haben, was Qualität ist. Denn genau das sollen Sie in Ihren Teams kommunizieren. Ich denke, wir sind uns einig, dass wir keine Bananensoftware abliefern, die beim Kunden reift. Unser Kunde steigt uns aufs Dach. Andererseits haben wir einen Endtermin, den wir einhalten müssen. Erfahrungsgemäß sind die letzten Fehler nur mit exorbitant hohem Aufwand zu beseitigen. Also werden wir wohl Lücken hinnehmen müssen.«

»Und das aus deinem Munde«, Charlie Keyser schüttelte den Kopf.

»Wenn es Ihnen hilft, dann hören Sie es aus meinem Munde auch noch einmal«, mischte sich Anna Lembach ein. »Ich wollte Sie nicht unterbrechen, Herr Adler, doch der Prophet im eigenen Land nützt oft nichts.«

»Danke, Frau Lembach«, fuhr Helmut Adler fort, »die Aufgabe eines jeden Einzelnen muss es sein, sichtbare Mängel sofort zu beheben. Wir werden auf jeden Fall Integrationstests machen, danach sollten die meisten Fehler gefunden und beseitigt sein. Ab dann hilft nur noch Beten. Gleichzeitig warne ich Sie schon jetzt: Die meisten Projektmitarbeiter sind Mitglied im Club der Perfektionisten. Hohe Qualität abzuliefern gehört zur Berufsehre. Das allerdings kann für das Projekt teuer werden, denn hohe Qualität kostet Zeit und Geld. Besprechen Sie mit jedem Einzelnen, welche Qualität je Aktivität notwendig ist. Wenn möglich, geben Sie quantitative Messlatten vor.«

»Das ist manchmal schwierig bis unmöglich«, sinnierte Julia Matthies.

»Ich weiß, deshalb sagte ich *wenn möglich*. Haben Sie bitte ein Auge darauf, dass eine Aktivität nicht zu Tode qualitätsgesichert wird. Wir haben hier schließlich eine ganz normale kommerzielle Anwendung. Hier geht es zwar auch um Geld, sogar um sehr viel Geld. Doch die Qualität eines Systems, bei dem im Fehlerfall Menschenleben auf dem Spiel stehen, muss um ein Vielfaches höher sein. Denken Sie immer daran: Die Zeit sitzt uns im Nacken. Überlegen Sie sich bitte frühzeitig, wie Sie den Integrationstest durchführen und die Zusammenarbeit mit den Testern aus der Fachabteilung optimal gestalten wollen. Wir werden natürlich während der Rollout-Phase noch Fehler beheben. Nach Auslieferung des letzten PCs wird *Das Projekt* der Abteilung *Betrieb und Wartung* übergeben. Dort wird unser Produkt dann den letzten Feinschliff erhalten und kontinuierlich gewartet.«

Entscheidungen treffen

»Herr Lenze, das kann doch nicht wahr sein«, schrie Helmut Adler in den Telefonhörer. »Sie glauben doch nicht, dass das Projekt still stehen kann, nur weil Dr. Profitlich im Urlaub ist.« Helmut Adler rang nach Fassung. Er brauchte eine Entscheidung. Profitlich, der den Lenkungskreis sehr professionell und zuverlässig führte, war im Urlaub. Tim Lenze, Leiter der IT der H.UMOR AG, vertrat ihn. Er sollte eine Entscheidung treffen: Für die PCs brauchte Thomas Hartmann zusätzliche Hardware, die zwar im Moment 50.000 Euro kostete, ihnen aber das Leben später einfacher machen würde. Außerdem mussten noch ein Bauantrag für einen Mauerdurchbruch in einem denkmalgeschützten Gebäude unterschrieben und Verträge mit externen Firmen verlängert werden. Helmut Adler raufte sich die Haare. »Herr Lenze, ich brauche eine Entscheidung von Ihnen. Bei den Verträgen mit den Externen können wir sicherlich warten, bis Profitlich zurückkommt. Aber Sie wissen genauso gut wie ich, dass der Bauantrag für den Mauerdurchbruch nicht länger warten kann. Die Mühlen der Baubehörden mahlen langsam. Wenn wir den Antrag jetzt nicht stellen, können wir keinen Mauerdurchbruch machen, keine Leitungen verlegen und keine PCs aufstellen.« Helmut Adler hatte das Gefühl, gegen eine Wand zu reden. »Herr Lenze, ich will nicht länger warten.« Schweigen. Helmut Adler machte seinem Unmut Luft: »Nur weil Sie sich nicht trauen, eine Entscheidung zu treffen, sollen wir warten? Nein! Ich warte nicht länger. *Das Projekt* kann sich das nicht leisten.«

Anna Lembach war inzwischen hereingekommen, blass und mit hängenden Schultern.

»Was ist denn mit Ihnen los«, fragte Helmut Adler, der vom Telefongespräch mit Tim Lenze noch ganz aufgebracht war. Ohne eine Antwort abzuwarten, erzählte er ihr von dem Vorfall: »Sie werden es ahnen: Profitlich ist im Urlaub, und Tim Lenze traut sich nicht, eine Entscheidung zu treffen.« Er schüttelte den Kopf. »Hören Sie mir überhaupt zu?«

Anna Lembach nickte langsam.

»Sieht aber nicht so aus. Sie sind so blass. Was ist los?«, fragte er sie ungeduldig.

Sie setzt sich langsam, im Zeitlupentempo.

»Was um alles in der Welt ist los? Nun reden Sie schon, ich habe nicht viel Zeit heute. Und noch weniger Geduld.«

»Mein Mann und ich haben uns getrennt«, sagte sie geistesabwesend.

Ein langes Schweigen entstand.

Helmut Adler war wie vor den Kopf gestoßen. *Was ist im Vergleich zu diesem persönlichen Unglück eine Situation, in der sich einer nicht traut, eine Entschei-*

dung zu treffen? Was sind 50.000 Euro verglichen mit dem, was sie jetzt durchmachen muss? Mechanisch murmelte er: »Tut mit Leid.«

»Sie können nichts dafür.«

»Nichts mehr zu machen?«

Anna Lembach schüttelte den Kopf. Sie sah ihn lange an und hatte Tränen in den Augen.

Helmut Adler war hilflos: »Meinen Sie, Arbeit hilft jetzt?«

Sie nickte.

»Dann sagen Sie mir bitte, was ich jetzt machen soll?« Er schilderte ihr die Situation. Gemeinsam besprachen sie verschiedene Lösungsmöglichkeiten, verwarfen sie wieder. Anna Lembach war immer noch blass, doch ihre Schultern strafften sich zusehends: »Wollen Sie Profitlich auf dem Handy anrufen?«

»Ja und nein. Ich habe zwar seine private Handy-Nummer, störe ihn allerdings nur ungern im Urlaub.« Helmut Adler dachte nach, wägte ab, ob er den Vorstandsvorsitzenden im wohlverdienten Urlaub stören sollte oder nicht. Gemeinsam besprachen Sie die Vor- und Nachteile. Schließlich rief er ihn an. Profitlich klang ganz erfreut. Binnen weniger Minuten hatte Helmut Adler sämtliche Entscheidungen. Profitlich versprach ein Fax zu schicken, in dem er seine Entscheidungen bestätigte.

»Und dann erinnern Sie Herrn Lenze bitte daran«, fuhr Helmut Adler fort, »dass er im Lenkungsausschuss Rechte und Pflichten hat. Eine seiner Pflichten ist *Entscheidungen zu treffen*.«

»Diese Hürde ist genommen, im Projekt geht es weiter«, wandte sich Helmut Adler an Anna Lembach. Er erzählte ihr den Inhalt des Telefongespräches mit Profitlich. Sie nickte stumm. »Und was mache ich jetzt mit Ihnen?« Sie zuckte mit den Schultern. »Seelentröster, das ist auch einer der Jobs des Projektleiters«, sagte er und wagte sich damit auf ein Terrain, das für ihn höchst unsicher war: »Wollen Sie reden?«

Risikomanagement – mal wieder

»Mir scheint, dass der Risiko-Maßnahmenplan auch nicht mehr auf dem allerneusten Stand ist«, sagte Helmut Adler sichtlich verärgert, hatte ihn die Information über Liquiditätsprobleme des Hardware-Lieferanten völlig kalt erwischt. »Herr Hartmann«, er schaute ihn durchdringend an, »Hardware ist Ihr Verantwortungsbereich, wenn ich mich nicht irre.«

Thomas Hartmann versuchte, sich herauszureden: »Das ging alles so plötzlich.«

»Ich finde nicht einmal den Punkt *Lieferschwierigkeiten beim Hardware-Lieferanten* als Risiko aufgeführt«, sagte Helmut Adler barsch.

»Das waren keine Lieferschwierigkeiten, sondern Liquiditätsprobleme«, Thomas Hartmann rutschte verlegen auf seinem Stuhl hin und her.

Helmut Adler wurde ungeduldig: »Was muss ich tun, damit Sie das Risiko in Ihrem Teilprojekt im Auge behalten. Selbst Liquiditätsprobleme entstehen nicht von heute auf morgen.«

»Chef, das erfahren doch die Kunden meist als Letzte«, Charlie Keyser nahm Thomas Hartmann in Schutz. »Das können wir nun wirklich nicht riechen, wenn im Unternehmen des Lieferanten etwas faul ist.«

»Aber ahnen«, gab Helmut Adler mürrisch zurück. »Oder fragen.«

Um Thomas Hartmann aus der peinlichen Lage zu befreien, ging Charlie Keyser zum Overheadprojektor und legte eine Folie auf: »Hier habe ich aus verschiedenen Büchern alles zum Thema Risikomanagement zusammengestellt«, sagte er feierlich.

»Uff«, sagte Julia Matthies. »Ganz schön erschlagend!«

»Das ist längst nicht alles!«, entgegnete Charlie Keyser stolz.

Helmut Adler schmunzelte. Julia Matthies las einige Zeilen, hob die Arme und legte die Hände hinter den Kopf: »Ich gebe mich geschlagen.«

»Vielleicht bin ich zu naiv«, meldete sich Pascal Ajour zu Wort, »aber ich weiß gerade nicht, worum es eigentlich geht.«

»Um Risikomanagement, Herr Kollege«, ermahnte ihn Charlie Keyser mit gespielter Entrüstung.

»So kompliziert?«, fragte Pascal Ajour kopfschüttelnd.

»Ja. Wenn wir das früher angewendet hätten, dann hätten wir jetzt nicht dieses Problem mit dem Hardware-Lieferant.«

»Ach, Ihre Formeln können plötzliche Liquiditätsengpässe berücksichtigen?«, stichelte Julia Matthies.

»Bevor gleich wieder die verbalen Fetzen fliegen ...«, sagte Anna Lembach, »wir hatten uns zu Anfang des Projektes ausgiebig mit der Risikoanalyse beschäftigt ...«

»Aber nicht theoretisch«, unterbrach Charlie Keyser sie.

»Dafür sehr praktisch«, entgegnete Helmut Adler, der bisher diesen verbalen Schlagabtausch mit Schmunzeln beobachtet hatte.

Anna Lembach unterstützte ihn: »Theoretisch nützt Ihnen die Risikoanalyse nur begrenzt etwas. Sie betreiben einerseits einen gigantischen Aufwand, um ein paar Zahlen zu ermitteln. Das ist kostbare Zeit, die Sie besser in Ihre Aufgaben als Teilprojektleiter investieren. Andererseits sind die Ergebnisse immer nur so gut, wie die Zahlen, die Sie hineingesteckt haben. Was haben Sie davon, wenn Sie wissen, dass das Risiko des Projektes zum gegenwärtigen Zeitpunkt 4,3897 Punkte beträgt?«

»Dann weiß ich das immerhin auf vier Nachkommastellen genau«, schmunzelte Helmut Adler. »Charlie, lass gut sein. Vielen Dank für deine Mühe, doch ich verlasse mich lieber auf bewährtes Handwerkszeug. Wir haben unseren Risiko-Maßnahmenplan. Da schaue ich zukünftig übrigens täglich darauf. Das sollten Sie auch machen. Auch du, Charlie. Fordern Sie bitte die Teammitglieder immer wieder auf, die Risiken zu benennen, die sie sehen oder vermuten.«

»Hätten wir im Fall des Hardware-Lieferanten das Risiko abwenden können?«, fragte Thomas Hartmann vorsichtig, betraf es doch sein Teilprojekt, das *Das Projekt* ein wenig zum Schlingern gebracht hatte, weil in der Presse Insolvenzgerüchte über den Hardware-Lieferanten aufgetaucht waren.

»Ja und nein. Lieferantenausfälle sind immer ein Risiko«, Helmut Adler lehnte sich zurück und dachte nach. »Nun ist ja bekannt, dass Zeitungsinformationen eine enorme Wirkung haben. Inzwischen gibt es bilaterale Gespräche auf Geschäftsführungsebene und es bahnt sich eine Lösung an, wie wir die Kuh wieder vom Eis bekommen.«

»Würden Sie jetzt anders reagieren?«, fragte Thomas Hartmann.

»Vorbei ist vorbei. Es ist müßig über irgendwelche Hypothesen zu diskutieren, die nicht mehr aktuell sind. Wir sind dabei eine Lösung zu finden, die uns sicherstellt, dass wir die gewünschte Hardware bekommen. Punkt. Mehr brauchen wir im Moment nicht machen.«

»Doch!«, Charlie Keyser meldete sich wieder energisch zu Wort. »Wir haben immer noch den schwächelnden Lieferanten, der jetzt am Tropf von irgendwelchen Kapitalgebern hängt. Also ist er immer noch ein Risiko.«

»Ja, Charlie, da stimme ich dir zu. Die Entscheidung für diesen Hardware-Lieferanten ist wohlbegründet gefallen, schließlich gibt es schon eine lange Geschäftsbeziehung mit ihm. Zum einen hätte die Auswahl eines neuen Lieferanten *Das Projekt* unnötig in die Länge gezogen. Das wollte der Lenkungsausschuss nicht. Zum anderen steht unser Hardware-Lieferant in Fusionsverhandlungen mit einer anderen Firma. Im Falle einer Fusion würde das Risiko für uns deutlich kleiner werden. Ganz nebenbei bemerkt glaube ich, dass unser Auftrag unserem Lieferanten wieder den Rücken stärken wird. Bisher waren wir mit ihm zufrieden. An der Qualität hat sich auch nichts geändert. Für uns ist wichtig, dass wir im Moment dieses Risiko gut im Auge behalten.«

»Aber wir könnten es reduzieren«, argumentierte Charlie Keyser trotzig.

»Ja, doch das hätte andere Nebenwirkungen, nämlich Verschieben des Endtermins.«

»Herr Keyser möchte unbedingt sein Zahlenwerk zum Einsatz bringen«, sagte Julia Matthies provokativ.

»Das kann ich sogar verstehen, denn von diesen Zahlen geht eine enorme Faszination aus. Doch leider ist das Leben voller Überraschungen. Und diese Überraschungen lassen sich nur sehr begrenzt in Zahlen fassen«, Anna Lembach schmunzelte. »Aber Herr Keyser, wir können ja mal versuchen, ein anderes Risiko dieses Projektes nach Ihrem Vorgehen zu ermitteln. Soweit ich weiß, hat der Gesamtbetriebsrat in den genehmigungspflichtigen Punkten gemäß Betriebsverfassungsgesetz noch nicht zugestimmt. Wie hoch ist das Risiko, dass er es nicht tut?«

»Wollen Sie mich vera...?«

Anna Lembach blieb gelassen: »Nein. Das ist ein Risiko. Wenn dieses Risiko eintritt, dann bedeutet es das Ende für *Das Projekt.*«

»Dann können Sie auch einpacken«, strahlte Charlie Keyser.

»Stimmt!«, strahlte Anna Lembach zurück. »Doch noch läuft *Das Projekt*. Damit das so bleibt, stelle ich Ihnen noch ein praktisches Handwerkszeug für die Risikoanalyse vor. Sie kennen es bereits: die *Kopfstand-Technik*.«

Abbildung 40: Kopfstand-Technik

Alle blickten Sie fragend an. »Ich meine das ernst. Lassen Sie uns alles sammeln, was Sie tun müssen, damit das Projekt den Bach runtergeht.«

Schnell wurden in einer kreativen Phase Ideen gesammelt, die allesamt dazu beitragen würden, das Projekt zum Scheitern zu bringen. Die Stimmung war gut und gelöst, denn es machte allen Spaß, den inneren Fiesling einmal bewusst nach außen zu kehren. Anna Lembach hatte Mühe, mit dem Schreiben nachzukommen. Nach einer Weile ebbten die Ideen ab, nicht jedoch die Stimmung.

»Alles, was am Flipchart steht, werden wir jetzt machen!«, sagte Thomas Hartmann scherzhaft.

»Herr Hartmann, dann sind Ihre Tage hier im Projekt gezählt«, gab Helmut Adler lachend zurück. »Nicht nur Ihre! Denn das Projekt ist dann bald zu Ende.« Er lehnte sich schmunzelnd zurück. »Wenn ich so darüber nachdenke, ist dieses Handwerkszeug auch gut geeignet für Projekte, die keine Überlebenschance haben. Was haben wir früher für einen Eiertanz gemacht und uns geziert, ein Projekt zu beenden. Statt dessen haben wir krampfhaft versucht, es am Leben zu halten.« Er schüttelte den Kopf. »Sie wissen schon: Intensivstation und Reanimation, künstliche Beatmung und Ernährung vom Tropf. Dabei ist es so einfach, ein Projekt zu beenden«, schloss er und wies auf das Flipchart.

»Sie sprechen doch nicht zufälligerweise von diesem Projekt?«, fragte Anna Lembach.

»Nein, natürlich nicht. Oder wollen Sie die Gesundheit dieses Projektes in Abrede stellen?«

Sie schüttelte energisch den Kopf.

Helmut Adler sah sie prüfend an.

Sie fuhr fort: »Lassen Sie uns zur Kopfstand-Technik zurück kommen. Nachdem Sie wissen, was Sie alles tun müssen, damit das Projekt scheitert, sind Sie jetzt gefordert, die einzelnen Punkte zu positivieren. Dann leiten Sie nach alt bekannter Manier Aktivitäten daraus ab.«

»Da Sie das bereits kennen«, sagte Helmut Adler, »schlage ich vor, Sie nehmen das als Hausaufgabe in Ihre Teams mit.« Alle nickten.

»Was können wir noch machen, um sicher zu sein, dass uns nicht eines der Risiken volle Breitseite trifft?«, wollte Helmut Adler später von Anna Lembach wissen.

»Wahrscheinlich ist es sinnvoll, sich vor dem Rollout noch einmal genau zu überlegen, was alles schief gehen kann. Sie spielen dabei den Rollout gedanklich en détail durch. Die Risiken übernehmen Sie in den Risikomaßnahmenplan und überlegen sich für jedes Risiko geeignete Gegenmaßnahmen. Das Ganze ist ein wenig aufwändig, lohnt sich allerdings, denn auch bei Ihnen sind mit der Auslieferung hohe Kosten verbunden.«

»Lassen Sie uns diese Aktivitäten schon jetzt planen. Denn sonst gehen sie zu schnell verloren und beim Rollout habe ich den Kopf mit anderen Dingen voll.«

Projektzeitung und anderes Marketing

»Herr Adler, ich brauche mal eben schnell eine Präsentation des Projektes für unseren gesamten Außendienst«, bekniete ihn Dr. Simon Profitlich am Telefon, »Sie wissen schon, etwas chices Buntes. Sie haben doch bestimmt ein paar Folien. Ich erwarte Sie gleich in unserem großen Konferenzraum.« Mit diesen Worten hatte der Vorstandvorsitzende der H.UMOR AG das Telefongespräch beendet und Helmut Adler ziemlich ratlos zurück gelassen.

Ich hasse diese mal-eben-schnell-Präsentationen. Wo soll ich jetzt ein paar Folien herzaubern? Und wo soll ich außerdem die Zeit hernehmen, mal eben schnell in den Konferenzraum zu hechten und ...

Julia Matthies hatte das Telefonat mitbekommen und so, als könne sie seine Gedanken erraten, sagte sie gelassen: »Ich habe letzte Woche eine Präsentation für den Außendienst gemacht. Basis waren die *Acht wichtigsten Folien im Projekt.* Wir ändern einfach den Titel und das Datum der Präsentation, mischen die Folien in McGraphic ein bisschen durcheinander – und fertig.« Helmut Adler sah sie verblüfft an. »Hier, schnappen Sie sich die Datei und gehen Sie schon.« Sie drängte ihn förmlich zur Tür. »Wenn unser Außendienstleiter Herr König daran etwas auszusetzen hat, dann falten Sie ihn bitte zusammen, der hat mir in genau dieser Präsentation nämlich den letzten Nerv geraubt. Bei Ihnen wird er das vermutlich nicht wagen. Und wenn doch, dann holen Sie mich sofort. Ich wollte mich schon immer mal mit Profitlichs Hilfe an König rächen.«

»Habe ich auch noch etwas dazu zu sagen?«, fragte Helmut Adler irritiert.

»Nein. Gehen Sie schon.« Sie schob ihn regelrecht zur Tür.

Frauen sind manchmal wirklich schwer zu verstehen. Die vorbereitete Präsentation ist allerdings große Klasse. Doch was hat sie gegen König?

Als Helmut Adler einige Zeit später Freude strahlend wieder in sein Büro kam, saß Julia Matthies immer noch dort. Anna Lembach war inzwischen bei ihr.

»Frau Matthies, herzlichen Dank für die gelungene Präsentation. Alle waren begeistert. König hat sich förmlich überschlagen. Und als Dank dafür habe ich ihm die Unterschrift unter das Fachkonzept abgeluchst.«

»Schwarz auf weiß?«, fragte Julia Matthies ihn mit großen Augen.

»Noch nicht schwarz auf weiß, aber so gut wie. Profitlich hat es ihm eingeredet, ich habe es ihm eingeredet. Da bleibt ihm fast nichts mehr übrig.«

»Dieses *So-gut-wie* kenne ich. Ihr Wort in Gottes Ohr.« Sie grinste ihn spitzbübisch an. »Mal etwas anderes: Frau Lembach und ich haben uns überlegt, wie wir noch mehr Transparenz ins Team und noch mehr Zusammenhalt der Leute untereinander bekommen können. Da ist uns die gute alte Projektzeitung eingefallen.«

»Eine Projektzeitung?«, fragte Helmut Adler und zog die Stirn bedenklich in Falten. »Haben Sie schon mal etwas von Newslettern gehört, die kann man per E-Mail verschicken?«

»Ja, aber da hat man nichts zum Anfassen.«

»Sie sind wirklich aus dem letzten Jahrtausend!«

»Stimmt. Doch so eine Projektzeitung ist etwas anderes als der übliche E-Mail-Kram. Damit wird doch jeder zugeschüttet. Bei einer Zeitung kann sich jeder am Inhalt beteiligen. Das sorgt für mehr Corporate Identity. Die Leute wissen dann mehr darüber, was der andere gerade macht: Das ist ein nicht zu unterschätzender Vorteil bei dieser Teamgröße.«

»Sie glauben wirklich noch an Wunder.« Helmut Adler schüttelte den Kopf. »Frau Lembach, was sagen Sie dazu?«

»Ich unterstütze Frau Matthies.«

»Hätte ich mir denken können«, sagte Helmut Adler resigniert, »Sie haben das bestimmt zusammen ausgeheckt. Frauensolidarität.«

»Herr Adler«, setzte Julia Matthies erneut an. »Lassen Sie es uns wenigstens probieren. Klar kostet das Zeit und Geld. Doch das ist eine Möglichkeit, noch mehr Informationen über *Das Projekt* zu streuen, innerhalb des Projektes wie auch außerhalb. Und wir haben die ganz große Chance, diese Informationen positiv zu beeinflussen.«

»Bevor Sie sich jetzt warm reden, eine Frage: Haben Sie gerade nichts zu tun?« Julia Matthies schaute ihn irritiert an. »Ich gehe davon aus, dass Sie den Job übernehmen werden, die Zeitung erstmalig zu erstellen und laufend herauszugeben.«

»Ich werde es in meinem Team delegieren. Wir haben da einen Programmierer mit ungeahntem Talent im Texten und Zeichnen.«

»Na, hoffentlich dichtet er nicht zu viel Programm-Code zusammen.«

»Herr Adler«, sagte Julia Matthies. »Bitte.«

»Tue Gutes und rede darüber«, unterstützte Anna Lembach sie. »Diesen Satz habe ich auch schon aus Ihrem Mund gehört, Herr Adler. Da das Projekt so langsam in die heiße Phase kommt, kann es jede Form von Marketing gebrauchen.«

Helmut Adler war immer noch zurückhaltend: »Was kostet das Ganze und was nützt es?«

»Hier ist eine Übersicht«, Julia Matthies hielt ihm einen Zettel hin.

Helmut Adler blickte auf die Zahlen und murmelte: »Gegen zwei Frauen habe ich wohl keine Chance.« Er straffte seine Schultern: »Also gut. Probieren wir es. Ich will in der Projektzeitung allerdings echte Informationen über das Projekt haben und nicht nur, wer wann geheiratet hat und wo gerade ein Kind geboren ist.

Nehmen Sie den jeweils aktuellen Projekt-Stand aus dem Statusbericht mit auf. Weisen Sie immer wieder auf die Ziele des Projektes hin. Und auf den Weg zum Ziel.«

Julia Matthies strahlte: »Sie werden begeistert sein.«

»Das hoffe ich«, sagte Helmut Adler. »Stellen Sie zusätzlich wieder die Pinwände mit den *Acht wichtigsten Folien im Projekt* auf. Dann haben wir das Marketing auch sichtbar auf dem Flur – sozusagen zum Anfassen.«

Lenkungsausschuss – eine günstige Gelegenheit

Nach langwierigen und zähen Verhandlungen sollte heute die entscheidende Lenkungsausschusssitzung stattfinden. Der Gesamtbetriebsrat sollte *Das Projekt* gemäß Betriebsverfassungsgesetz genehmigen. Es war alles vorbereitet. Die entsprechenden Dokumente konnten unterzeichnet werden.

Helmut Adler war bereits auf dem Weg zum großen Konferenzraum, als Anna Lembach ihm entgegenkam.

»Was ist los?«, fragte er. »Findet die Sitzung nicht statt?«

»Doch, ich denke schon, wenn die beiden sich wieder eingekriegt haben.« Vor Helmut Adlers Augen baute sich ein Bild des Schreckens auf. »Andererseits«, fuhr Anna Lembach schmunzelnd fort. »Die Gelegenheit ist günstig wie nie. Wir sollten sie nutzen. Ich würde diese Sitzung gern moderieren, denn als externe Beraterin und als Frau bin ich neutral genug. Wahrscheinlich habe ich am ehesten eine Chance, die beiden überhaupt zum Arbeiten zu bewegen.«

Das Bild, das Helmut Adler befürchtet hatte, bewahrheitete sich. Dr. Simon Profitlich und Ralf Maier sahen beide sehr mitgenommen aus. Beide waren unrasiert, die Haare zerzaust, ihre Stimmen glichen eher einem Krächzen. Ralf Maier sah in Jeans und braunem T-Shirt noch einigermaßen zivilisiert aus, was man von Dr. Simon Profitlich nicht behaupten konnte: Dunkelblauer Anzug, darunter ein braunes T-Shirt, über dessen Rand eine Kragenecke seines weißen Hemdes hervorschaute, in der Reverstasche statt dem feinen Einstecktuch diesmal ein schwarzweißer Stofffetzen, der sich bei genauerer Betrachtung als ein Piratenfähnchen herausstellte. Beide unterhielten sich angeregt, Dr. Simon Profitlich gestikulierte viel und setzte dabei seinen gesamten Oberkörper ein. Sie lachten, beide hatten leuchtende, fast feuchte Augen.

»Was ist denn hier los?«, flüsterte Helmut Adler Anna Lembach zu.

»Fußball. Profitlichs Fußballverein hat gegen den Deutschen-Meister-im-Dauer-Abonnement gewonnen. Ralf Maier steht ebenfalls auf den Kult-Verein. Deswegen sind beide so glücklich. Und das ist unsere Chance, die Genehmigung nach § 87 und § 91 Betriebsverfassungsgesetz zu bekommen.«

»Wann?«, fragte Helmut Adler völlig verdattert. »Jetzt?«

Anna Lembach rollte die Augen. »Lassen Sie die beiden noch ein bisschen reden. Dann legen wir los.«

»Gnädige Frau«, Dr. Simon Profitlich hatte inzwischen seinen Arm vertraulich um Anna Lembachs Schulter gelegt, wogegen diese sich heftigst wehrte und Abstand zu gewinnen versuchte. »Gnädige Frau, diese beiden Tore, das hätten Sie sehen müssen. Dazu das Gesicht der anderen. Auf den Knien, nein, auf den Füßen hatten sie die Kinnlade liegen. Mit hängendem Kopf sind sie aus dem Stadion gegangen, nein, geschlurft.« Anna Lembach versuchte immer noch, sich aus dem festen Griff des Vorstandsvorsitzenden zu befreien. »Und unsere Fans«, und dabei deutete er mit dem Finger auf seine Brust, »unsere Fans haben denen dann zum Abschied im Bus noch gewunken. Dann haben wir gefeiert. Erst in der VIP-Lounge, ich kann Ihnen sagen, da war was los. Und dann auf dem Platz vor dem Stadion, der ganze Stadtteil war auf den Beinen. War das ein Freudenfest! Ach, war das schön.« Man hatte das Gefühl, dass ihm gleich die Tränen kommen würden, so heftig musste er schlucken, so bewegt war er.

Anna Lembach hatte sich inzwischen befreien können, fiel fast in die Arme von Julia Matthies, die zu dieser Lenkungsausschusssitzung ebenfalls eingeladen worden war. »Was ist denn hier los?«, fragte sie mit einem fast verächtlichen Blick auf Dr. Simon Profitlich.

»Fußball«, sagte Anna Lembach kurz, bevor Dr. Simon Profitlich weitere Erläuterungen abgeben konnte. »Nix für Frauen.« Mit diesen Worten nahm sie Julia Matthies fest am Arm und verschwand in Richtung Aufzug. »Wenn Sie uns suchen, wir sind in der Kantine und trinken einen Kaffee.«

»Einen Kaffee, den kann ich jetzt auch gebrauchen«, sagte Dr. Simon Profitlich und wollte den beiden Damen hinterher stürmen. Helmut Adler und Ralf Maier konnten ihn nur mit Mühe zurück halten.

»Lassen Sie uns in den Konferenzraum gehen, den Kaffee organisiere ich.« Helmut Adler eilte ins Vorstandssekretariat. »Einen Kaffee, einen ganz starken, bitte«, flehte er die Damen an. »Und schnell!« Profitlichs persönliche Sekretärin drückte ihm sofort eine Kanne in die Hand: »Ob das heute noch etwas nützt, bezweifle ich.«

Helmut Adler hörte sich – inzwischen zum wiederholten Mal – die Geschichte des Sieges mit allen Details von Dr. Simon Profitlich an, während Ralf Maier ab und an ergänzte. Beide schlürften einen Kaffee nach dem anderen.

»Gegenstand der heutigen Sitzung ist die Genehmigung für *Das Projekt* gemäß Betriebsverfassungsgesetz«, setzte Anna Lembach sofort an, nachdem sie mit Julia Matthies aus der Kantine zurückgekehrt war.

»Genehmigt«, sagte Dr. Simon Profitlich.

»Gedulden Sie sich noch einen Moment, Herr Dr. Profitlich.«

»Wieso? Ich bin dafür«, sagte er siegesgewiss und blickte Ralf Maier an. »Sie doch auch?«

Ralf Maier wollte kraft seiner Rolle die *Ich-bin-dagegen-Haltung* vertreten, doch Dr. Simon Profitlich kam ihm zuvor: »Ich weiß, Herr Maier, Sie müssen jetzt dagegen sein. Doch seinen Sie mal ehrlich, was ist dieser Kleinkram hier gegen den

Sieg von gestern.«

Wieder wollte Ralf Maier ansetzen, diesmal schnitt ihm Anna Lembach das Wort ab und begann, mit Engelszungen auf ihn einzureden und die bekannten Argumente zum x-ten Mal zu wiederholen, bis Dr. Simon Profitlich sie ausbremste: »Sie mögen ja was von Ihrem Genre verstehen, von Fußball haben Sie jedoch keine Ahnung.« Was folgte war eine brillante Argumentation des Vorstandsvorsitzenden gegen Anna Lembachs mangelnde Spielkenntnisse, gegen ihre geringe Begeisterung für den gestrigen Sieg. Er ging zu ihr, legte den Arm wieder vertraulich um ihre Schultern und zwar so, dass sie nicht die geringste Chance hatte, sich daraus zu befreien. Er erläuterte immer wieder den Spielverlauf, flocht geschickt das Betriebsverfassungsgesetz ein, zeigte Analogien zwischen Gesamtbetriebsrat und Gegnern auf dem Spielfeld auf, verwies immer wieder auf die Kooperation im Sinne des Unternehmens und stellte klar, dass alle an einem Strang ziehen müssen, wolle man langfristig erfolgreich sein. Mal nickte Ralf Maier, mal schüttelte er den Kopf. Gegen diesen rhetorischen Schwall war er gänzlich machtlos.

Auch Anna Lembach schien ebenfalls jeglichen Kampf gegen den festen Griff des Vorstandsvorsitzenden aufgegeben zu haben und fragte zur Überraschung aller: »Herr Dr. Profitlich, Herr Maier, welche Vorlage hatten die beiden Tore gestern Abend?« Wie auf Kommando wurden Profitlich und Maier wieder ungemein redselig, wobei Profitlich immer noch das Ziel der heutigen Besprechung im Auge hatte und es geschickt ab und an einfließen ließ.

Ralf Maier gab endgültig auf: »Geben Sie den Wisch her, ich unterschreibe.«

»Gnädige Frau, ich gratuliere«, flüsterte Dr. Simon Profitlich Anna Lembach auf dem Weg zur Tür zu. »Sie haben sich tapfer geschlagen.«

»Danke«, sagte sie kurz angebunden.

»Falls ich Ihnen zu nahe getreten bin, verzeihen Sie mir das bitte.«

Anna Lembach machte keinen Hehl aus ihrer momentanen Abneigung gegen ihn.

Triumphierend fügte er noch hinzu: »Aber eines müssen Sie zugeben, ich war erfolgreich.«

Eine Projektkultur

»Genial war das!«, strahlte Helmut Adler, als er mit Anna Lembach wieder in seinem Büro war.

»Was?«, fragte sie naserümpfend.

»Diese Sitzung gerade! So schnell habe ich noch nie die Genehmigung des Gesamtbetriebsrates bekommen.«

»Wahrscheinlich hatten Sie auch noch nie einen Heimsieg am Abend vorher«, konterte sie bissig.

Frauen! Wie bringt man ihnen nur bei, dass Fußball unsere zweitgrößte Freude ist? Sie haben keine Ahnung davon und werden sofort zickig, wenn wir Männer über alle Maßen begeistert sind. Das soll einer verstehen! Helmut Adler schüttelte den Kopf und gab sich Mühe, Anna Lembach wieder aufzumuntern: »Was macht erfolgreiche Projekte so erfolgreich? Erzählen Sie mir bitte etwas von einer richtigen Projektkultur«, sagte er zu ihr und fügte in Gedanken hinzu: *In der auch Männer und Fußball ihren festen Platz haben.*

So, als habe er einen Knopf gedrückt, sprudelte sie los: »Zu einer guten Projektkultur gehören erreichbare Ziele, eine klare Aufgabenverteilung, definierte und gelebte Rollen und ein unterstützendes Management. Des Weiteren gehen die Teammitglieder sehr wertschätzend miteinander um. Sie unterstützen sich gegenseitig, sind hilfsbereit, rücksichtsvoll und kooperativ. Der Zusammenhalt ist stark, auch – oder gerade – in Krisenzeiten. Natürlich werden auch Erfolge gefeiert, gemeinsam versteht sich, denn allen ist klar, dass sie das Ziel nur als Team erreichen können.« Sie machte eine Pause, versicherte sich, dass Helmut Adler ihr noch zuhörte, und fuhr fort: »Jeder bekommt natürlich die Informationen, die er oder sie braucht, man denkt ganz automatisch für den anderen mit. Ziel und Bedeutung des Projektes sind für alle transparent. Der Sprachstil ist locker und humorvoll. Unterschiedliche Meinungen finden Raum, Sich-Fetzen ist erlaubt. Meetings werden zum Erarbeiten von Ergebnissen genutzt und nicht als Bühne für wiederholte Selbstdarstellung. Natürlich wird auch über Privates geplaudert. Wir sind schließlich alle soziale Wesen, die sich austauschen wollen und müssen.«

»Bei so viel Reden: Wird auch noch gearbeitet?«, fragte Helmut Adler mit bissigem Unterton.

»Na klar, und zwar richtig. Das heißt, dass der Projektleiter sich darauf verlassen kann, dass die Aufgaben termingerecht fertig sind. Und falls das ausnahmsweise mal nicht möglich ist, so gibt der Mitarbeiter rechtzeitig vorher ein Signal und gemeinsam wird nach Lösungsmöglichkeiten gesucht. Merken Sie den Unterschied: Es wird kein Schuldiger gesucht, sondern das Denken und Handeln ist lösungsorientiert.«

»Ist das bei uns etwa nicht so?«

»Doch, natürlich, sogar vorbildlich. In vielen Projektkulturen wird der Mitarbeiter allerdings sanktioniert oder ignoriert, wenn er auf einen Missstand hinweist. Also schweigt er zukünftig und das bedeutet zusätzliche Zeit und Kosten, um den Missstand später aufwändig zu beheben.«

»Ich finde, auf unsere Mitarbeiter ist Verlass. Sie arbeiten eigenständig und sehr verantwortungsbewusst. Die Ergebnisse sind gut. Außerdem ist die Kommunikation zwischen allen sehr offen. Da duckt sich keiner, wenn ich plötzlich in den Raum komme.« Er dachte nach. »Unsere Projektkultur kann sich sehen lassen. Ich habe neulich im Vorbeigehen ein Gespräch mitbekommen, in dem ein Projektmitarbeiter etwas über *Das Projekt* erzählt hat. Man hatte den Eindruck, dass der Mitarbeiter gern in diesem Projekt arbeitet und stolz auf *Das Projekt* ist.«

»Darauf dürfen Sie sehr stolz sein, Herr Adler. Unter Ihnen als Projektleiter zu arbeiten macht Spaß und die Leute sind gern im Projekt ...«

Helmut Adler fühlte sich von so viel Lob berührt.

»Ich habe ebenfalls schon mehrfach beobachtet, dass die Mitarbeiter sehr gut über dieses Projekt reden. Das gefällt mir. Denn sie glauben an den Erfolg. Genau das tun Sie auch. Und was der Projektleiter vormacht, das machen alle nach.« Helmut Adler nickte. »Aus der Leistungsbereitschaft jedes Einzelnen entsteht das Image des Projektes. Das wiederum hat Außenwirkung und jeder im Unternehmen bekommt mit, wie das Klima hier ist.«

»Und was macht man, wenn's mal nicht so gut ist?«, fragte Helmut Adler.

»Projektkultur kann man nicht verordnen, genauso wenig wie Motivation, Leistungsbereitschaft und wertschätzenden Umgang. Sie können Informationen wie Ziele und Weg vorgeben und ständig aktualisieren. Alles andere ist Vorleben: Was Sie als Projektleiter vormachen, das machen alle anderen nach. Wenn Sie begeistert sind, dann färbt das ab. Wenn Sie Wert auf Kundenorientierung legen, dann spürt das jeder innerhalb des Projektes und wird es nachmachen. Wenn Sie zuversichtlich sind, dass das Projekt termingerecht fertig wird, dann glauben alle ebenfalls an den Erfolg. Sie dürfen allerdings auch darauf hinweisen, wenn Ihnen etwas nicht passt, wenn Werte und Regeln nicht eingehalten werden. Diese sollten Sie natürlich selbst kennen und wissen, was Sie wollen – und auch, was Sie nicht wollen.«

»In Ihrer überaus positiv skizzierten Projektkultur werden also keine Fehler gemacht?«

»Doch. Allerdings wird jeder Fehler nach Möglichkeit nur einmal gemacht: Er wird nicht unter den Teppich gekehrt. Er wird angesprochen und es wird Feedback gegeben. Alle haben ein Interesse daran, aus den gemachten Erfahrungen zu lernen.

Diese bekommen Sie mit den folgenden Fragen:«

- Was läuft gut?
- Was läuft weniger gut?

Anna Lembach fuhr fort: »Dieses einfache Schema haben wir schon mehrfach angewendet. Es eignet sich hervorragend.«

Helmut Adler nickte: »Wie bei allem im Projekt-Leben, man muss es nur anwenden.«

Rituale

»Lassen Sie uns noch einmal auf die Projektkultur zurückkommen«, sagte Helmut Adler. »Wann fühlen Teammitglieder sich im Projekt wohl? Wann haben sie das Gefühl, dass das Projekt gelingt und sie erfolgreich sind?«

Nach einer kleinen Pause sagte Anna Lembach: »Menschen fühlen sich im Projekt wohl, wenn sie sich als Menschen mit ihren Stärken und vor allen Dingen mit ihren Schwächen angenommen fühlen, wenn sie genügend gefordert sind, ohne dass es langweilig wird und ohne, dass sie überfordert sind, wenn sie ihre Talente einsetzen können und den notwendigen Freiraum haben, darüber zu bestimmen, wie sie eine Aufgabe erledigen, wenn sie Anerkennung für die geleistete Arbeit erhalten. Und wenn sie sich mit anderen ausreichend und angemessen austauschen können.«

»Können sich hier alle angemessen austauschen?«, fragte Helmut Adler.

»Ich denke ja. Zunächst sah es so aus, als ob der Meetingtourismus überhand nehmen würde. Doch die ritualisierte Frühstückspause hat sich prima bewährt. Sie entspricht quasi der Morgenrunde der Teilprojektleiter. In beiden Besprechungen findet regelmäßiger und wichtiger Austausch statt. Zusätzlich ist in den Teilprojekten ausreichend Gelegenheit, sich auszutauschen.«

Helmut Adler nickte: »Ich hatte zunächst große Bedenken, diese Frühstückspause einzurichten. Doch ich bin inzwischen davon überzeugt, dass es goldrichtig war, dies zu tun. Man erfährt wirklich das Wichtigste. Ich habe es selbst ausprobiert. Es ist genauso, als wenn man sich in der Kaffeeküche oder in der Raucherecke trifft.« Anna Lembach nickte. »Frau Lembach, Sie erwähnten vorhin Lob und Anerkennung. Was glauben Sie: Gibt es beides ausreichend in diesem Projekt?«

»Nie!«, rief sie lachend. »Wir alle schreien geradezu nach Anerkennung. Davon können wir Menschen nie genug bekommen. Sie und ich auch nicht. Deshalb können Sie sich vorstellen, wie es Ihren Mitarbeitern geht, die wollen noch mehr Anerkennung. Überschütten Sie sie damit, ebenso mit Lob. Allerdings muss beides ehrlich sein, denn sonst wird es schnell zur Farce.«

Helmut Adler nickte, doch er wusste, dass er sich hier auf unsicherem Terrain bewegte.

Unvorhergesehenes

Die morgendliche Besprechung mit den Teilprojektleitern hatte bereits stattgefunden. Thomas Hartmann fehlte. Das war ungewöhnlich. Zudem wusste niemand etwas über seinen Verbleib. Helmut Adler nahm sich vor, später bei ihm anzurufen. Doch zunächst wollte er zu Charlie Keyser gehen, weil dieser um ein Gespräch gebeten hatte. Er wollte sich gerade auf den Weg dorthin machen, als das Telefon klingelte. Es war Thomas Hartmanns Frau.

Thomas war gerade auf dem Weg zu Arbeit, hörte er am anderen Ende der Leitung. *Es war auf der Bundesstraße. Er ist gegen einen Baum gefahren – und war sofort tot.* Helmut Adler musste sich setzen. Er war geschockt.

»Meine aufrichtige Anteilnahme«, stammelte er rein mechanisch. »Ja, wie... er... wie... konnte das passieren? Nein. Das, das ist nicht wahr.« Am anderen Ende der Leitung hörte er ein Schluchzen. *Doch.*

Das alles schien in einer anderen Welt zu passieren. »Kann ich irgendetwas für Sie tun?«, fragte er, obwohl er wusste, dass jede Antwort seine Hilflosigkeit nur noch verstärken würde. *Nein, das ist nicht wahr*, dachte er. *Thomas Hartmann ist Anfang vierzig. Das kann doch nicht sein. Das geht nicht.* Es herrschte Schweigen. »Ehrlich gesagt, ich weiß auch nicht, was ich im Moment sagen oder machen soll, Frau Hartmann. Ich bin erschüttert. Wenn ich irgendetwas für Sie tun kann, dann lassen Sie es mich wissen.«

Alle Teilprojektleiter waren inzwischen versammelt, Helmut Adler saß an seinem Schreibtisch, die Ellenbogen aufgestützt, die Hände schützend vor das Gesicht gehalten. »Sind alle da?«

»Ja.«

»Auch Frau Lembach?«

»Ja, ich bin hier. Ist irgendetwas? Kann ich etwas für Sie tun?«, fragte sie irritiert.

Helmut Adler nahm die Hände langsam vom Gesicht weg, blickte einen nach dem anderen an, blieb jedoch an seinen Schreibtisch sitzen. Es fiel im schwer zu sprechen, er nahm mehrere Anläufe: »Thomas Hartmann ist tot.«

Ungläubig starten ihn alle an. »Wie ist das passiert?«, hörte Helmut Adler und »Das kann doch nicht sein...« Er war im Moment nicht in der Lage, eine Antwort zu geben, und vergrub das Gesicht in den Händen. Es lag nur noch Schweigen in der Luft, schweres bedrückendes Schweigen. Keiner bewegte sich. Jeder schien mit seinen eigenen Gedanken beschäftigt zu sein.

Julia Matthies ging zu Helmut Adlers Schrank, öffnete ihn, nahm eine Pappschachtel mit allerlei Kleinkram heraus und holte eine Kerze hervor. Sie ging zu seinem Schreibtisch, öffnete ebenso mechanisch wie selbstverständlich die oberste Schublade, holte Streichhölzer heraus und zündete die Kerze an. Dann legte sie eine Hand auf Helmut Adlers Schulter, schaute über ihn hinweg aus dem Fenster hinaus und sagte: »Ich fasse es nicht. Vermutlich geht es Ihnen genauso.«

Charlie Keyser wollte wissen, wie es passiert ist. Die wenigen Informationen, die Helmut Adler hatte, gab er an das Team weiter.

»Und was machen wir jetzt?«, fragte Pascal Ajour.

Helmut Adler zuckte mit den Schultern.

»Frau Lembach, was würden *Sie* machen?«, fragte er nach einer Weile. »Und jetzt bitte keine von Ihren rhetorisch brillanten Antworten.« Anna Lembach schaute aus dem Fenster. »Ich will diesmal nur wissen, was *Sie* machen würden.«

Sie drehte sich um, Tränen liefen ihr über die Wangen. »Beten«, sagte sie leise und mit zitternder Stimme.

Schweigen.

Nach einer Weile hatten sich alle wieder so weit gefangen, dass sie sprechen konnten. »Um das Team von Thomas Hartmann kümmere ich mich später. Jetzt trommeln Sie bitte alle zusammen, wir treffen uns in einer viertel Stunde in unserem größten Besprechungsraum im Erdgeschoss.«

Charlie Keyser hatte noch ein wenig Mühe, den Schlüssel für den Raum zu organisieren. Die Ersten standen schon vor der Tür, unterhielten sich fröhlich, fragten nach dem Grund für dieses kurzfristige Zusammentreffen. Helmut Adler wirkte einigermaßen gefasst: »Gedulden Sie sich einen Moment, bis alle zusammen sind. Dann brauche ich es nur einmal zu sagen.«

»Meine Damen, meine Herren«, versuchte Helmut Adler, sich gegen die allgemeine Geräuschkulisse Gehör zu verschaffen. »Ich will Ihre Zeit auch gar nicht übergebührlich in Anspruch nehmen. Nur einen Moment. Darf ich bitte kurz um Gehör bitten?«

»Psst, Psst«, raunte es durch den Raum.

»Die Information, die ich Ihnen heute mitzuteilen habe, ist schrecklich. Ich will es gleich auf den Punkt bringen: Thomas Hartmann ist tot. Ein Autounfall, heute Morgen.«

Schweigen, ungläubiges, irritiertes Suchen nach Antworten in anderen Gesichtern, ein *das kann doch nicht sein* hier und ein Kopfschütteln dort.

»Ich, beziehungsweise wir als Leitungsteam sind genauso sprachlos wie Sie – und auch genauso hilflos. Oben, in meinem Büro, haben wir eine Kerze angemacht. Mehr ist uns auch nicht eingefallen. Und Beten.« Er schluckte, hatte Mühe, weiter zu sprechen, schluckte wieder. »Lassen Sie uns eine Gedenkminute für Thomas Hartmann einlegen und ein Vaterunser«, fügte er kaum hörbar hinzu. Er fing an, das Vaterunser zu leise zu sprechen. Die Personen in seiner nächsten Nähe stimmten ein, bis alle gemeinsam das *Amen* sprachen. Alle standen ruhig, waren vermutlich mit sich und den Gedanken an die eigene Vergänglichkeit beschäftigt. »Mir bleibt nur, Ihnen zu danken.«

Sebastian Zink aus dem Teilprojekt Hardware schlängelte sich zu Helmut Adler durch: »Was ist jetzt? Was wird aus unserem Teilprojekt?«

»Gute Frage, Herr Zink. Ich habe auch noch keine Antwort. Ich weiß nur, dass es auch in diesem Teilprojekt weitergehen muss. Wir werden eine Lösung finden, so schmerzlich der Verlust für uns alle ist. Wir treffen uns am besten sofort bei Ihnen. Alle aus dem Teilprojekt sollen dabei sein.«

Helmut Adler machte sich schnell ein Bild von der Situation im Teilprojekt. Es schien alles einigermaßen aufgeräumt, sein bisheriger Eindruck bestätigte sich.

»Was kommt noch alles?«, fragte Helmut Adler Anna Lembach. »Wissen Sie, ich halte das langsam nicht mehr aus: Erst Charlie Keyser mit seinen endlosen Widerständen, dann der Streit zwischen Matthies und Gonzalez und jetzt das. Klar geht mal die eine oder andere Person aus einem Projekt wieder heraus, das weiß ich auch. Doch gestorben ist noch nie jemand.« Er schüttelte ratlos den Kopf.

Anna Lembach schwieg.

»Sagen Sie gar nichts mehr?«, fragte Helmut Adler nach einer Weile fordernd.

»Was soll ich denn sagen?«

»Was soll ich jetzt machen?«

»Nach vorne blicken und das Beste aus dieser Situation machen.« Nach einer Weile fügte Sie leise hinzu: »Und Ihren Gefühlen freien Lauf lassen. Auch Projektleiter dürfen Tränen vergießen.«

Marktplatz der Ideen

Einmal jährlich fand ein Gesamtprojekt-Meeting statt, auf dem alle Projektmitglieder zusammenkamen. Inzwischen war *Das Projekt* auf 50 Teammitglieder angewachsen. Außendienstmitarbeiter und die Mitarbeiter aus der Fachabteilung kamen zusätzlich hinzu. Zuletzt waren alle Teammitglieder auf der Weihnachtsfeier zusammengekommen. Eine weitere gemeinsame Weihnachtsfeier würde es also nicht geben, denn im Herbst sollte *Das Projekt* eigentlich beendet sein. Doch Helmut Adler wollte das jährliche Gesamtprojekt-Meeting auf jeden Fall stattfinden lassen und zwar bevor der große Stress der Testphase und des Rollouts anfing. Das war eine gute Gelegenheit, das Team noch einmal für die letzte Phase des Projektes zu motivieren. Auf der Zielgeraden mussten alle mit vereinten Kräften anpacken, da war es wichtig, das Team vorher noch einmal fester zusammenzuschweißen.

Lange hatte er mit seinen Teilprojektleitern diskutiert, wie man den Tag gestalten könnte, dass er ausgezeichnet im Gedächtnis – und noch besser im Herzen – aller Teammitglieder haften blieb.

»Sie wollen auf diesem Gesamtprojekt-Meeting nur eine Präsentation über *Das Projekt* machen? Wieso wollen Sie immer nur reden und ein paar nette bunte Bilder zeigen?«, fragte Anna Lembach forsch. »Die Menschen sind einfach glücklicher, wenn sie etwas zum Anfassen haben, dann ***begreifen*** sie viel schneller und besser.«

»Was schlagen Sie vor? Spielzeug für Dreijährige hinstellen?«, provozierte Charlie Keyser sie.

»Genau das!«, erwiderte Anna Lembach strahlend. »Alles, was für Dreijährige geeignet, also einfach und schnell zu begreifen ist, lässt sich genau deshalb auch hervorragend im Top-Management einsetzen.«

»Sind Sie nicht ein bisschen zu teuer, um uns solche Vorschläge zu machen?«, fragte er und verdrehte die Augen. »Bei Ihrem Honorar erwarte ich sinnvollere Anregungen.«

»Also gut: Auf dem Gesamtprojekt-Meeting stellt sich jedes Teilprojekt vor, allerdings mit *Etwas zum Anfassen*. Herr Zink aus dem Teilprojekt Hardware schraubt beispielsweise ein Notebook auseinander, Herr Keyser verlegt die Netze und Frau Matthies lässt den Prototyp schon laufen.«

»Gefährlich, gefährlich«, entgegnete Julia Matthies nachdenklich. »Gib einem Anwender oder Entscheider nie zu früh etwas in die Hand, er kapiert nämlich nicht, dass er noch eine Weile warten muss, bis alles so läuft, wie er es haben will.«

»Vielleicht sollten Sie nur einen ganz kleinen Teil zeigen«, zwinkerte ihr Anna Lembach zu. »Dann dürfte auch der dümmste anzunehmende Anwender kapieren, dass noch sehr viel getan werden muss.«

»Und für die Host-Anbindung soll ich einen Großrechner auseinander schrauben?«, fragte Pascal Ajour ironisch. »Vielleicht haben wir ja noch einen millionenteuren Rechner irgendwo in der Ecke stehen. Ich kann auch unseren Produktionsrechner nehmen. Dann steht zwar unsere gesamte IT still, doch wir haben wenigstens etwas zum Anfassen.«

»Vielleicht tut es ja auch ein Wechselplattenstapel. Der ist immer gut für Präsentationszwecke«, schlug Sebastian Zink, neuer Teilprojektleiter für die Hardware, vor. Er stieß Charlie Keyser an: »Und was bringen unser Projektleiter und unsere teuer bezahlte Beraterin zum Anfassen auf den Marktplatz mit?«

»Mir fällt schon etwas ein«, sagte Anna Lembach gelassen.

»Mir auch!«, strahlte Helmut Adler. »Dafür habe ich doch meine Beraterin!«

Damit war die Idee geboren, einen *Marktplatz der Ideen* vorzubereiten. Jeder war aufgefordert, für die anderen sichtbar darzustellen, was das jeweilige Teilprojekt machte. Das war für die meisten eine Herausforderung, waren sie doch keine geborenen Marketing-Experten. Doch alle waren von dieser Idee begeistert und die Teilprojektleiter hatte jetzt die Aufgabe, sich mit ihren Teams zu überlegen, wie sie diese Präsentation gestalten wollten.

»Geben Sie den Leuten eine Herausforderung, und sei sie noch so klein, geben Sie ihnen etwas, das neu und ungewöhnlich ist. Dann haben Sie die Gewissheit, dass sie es mit Begeisterung aufnehmen und sich dafür engagieren«, sagte Helmut Adler mehr zu sich selbst als zu Anna Lembach.

»Wundert Sie das?«, fragte sie.

»Nein, Neues macht immer Spaß. Zumindest, wenn das Ziel erreichbar ist und man es bewerkstelligen kann.«

Der Termin für diese Veranstaltung war schnell gefunden, Profitlich hatte seine Teilnahme und seine Unterstützung zugesichert. Er schlug eine kleine Projektfeier vor, quasi als Entschädigung dafür, dass *Das Projekt* damals beim Kick-off nicht in ein Hotel hatte gehen dürfen.

»Der Mann scheint ein brillantes Gedächtnis zu haben«, kommentierte Helmut Adler das Telefongespräch, das er gerade mit seinem Vorstandsvorsitzenden geführt hatte.

»Gute Führungskräfte haben das so an sich. Sie versprechen nur das, was sie auch halten können«, erwiderte Anna Lembach mit einem weisen Lächeln.

»Und was machen wir jetzt?«, fragte Helmut Adler.

»Wer ist *wir*?«

»Sie und ich?«

»Ich habe auf dem Marktplatz einen Tisch von genau einem Meter Breite bekommen, da fällt mir sicher etwas ein«, sie sah nachdenklich aus dem Fenster.

»Und ich?«
»Nutzen Sie Ihre Kreativität!«
»Ein wenig könnten Sie mir dabei schon entgegenkommen.«
»Könnte ich, mache ich aber nicht!«, grinste sie triumphierend.

Der große Tag kam, der größte Besprechungsraum der H.UMOR AG war reserviert. In aller Herrgottsfrühe hatten die Teilprojekte ihre Tische mit den notwendigen Utensilien aufgebaut. Sie bastelten noch an einer gelungenen Verbindung zwischen Host und Netzwerk. Die Notebooks mit der Anwendung erhielten ebenfalls den letzten Feinschliff. Dr. Simon Profitlich hatte seinen Tisch inzwischen auch in Beschlag genommen, die Pinwand hinter sich großzügig mit überdimensionalen 500 Euro-Scheinen beklebt. Auf den Tisch vor sich hatte er zwei große Kartons gestellt, der eine war ebenfalls mit überdimensionalen Euro-Scheinen beklebt, auf dem anderen stand in großen fetten Buchstaben *ENTSCHEIDEN*! Auf einer weiteren Karte zwischen den beiden Kartons stand: *Alle bei Laue halten*!

Anna Lembach hatte ebenfalls eine Pinwand hinter sich stehen, auf der sie in komprimierter Form das methodische Handwerkszeug des Projektmanagements geschrieben hatte. Auf einem Flipchart waren ihre weiteren Skizzier- und Schreibkünste zu sehen, vermutlich das Ergebnis einer Besprechung. Auf dem Tisch hatte sie ihren Moderatorenkoffer und ihr Notebook aufgebaut.

Helmut Adler war ein wenig spät dran und zog erstaunte Blicke auf sich. Schnell ging er zu seinem Tisch und legte seinen Utensilien darauf: Kompass, Fernglas, Seekarte, Zirkel, Feuerzeug, Handy, ein kleiner Anker, Rettungsweste, Leuchtmunition, Seile, Trillerpfeife, Wasserflasche, Taschenmesser, Erste-Hilfe-Kasten, Baldrian-Tropfen, Windeln, Schnuller, Papiertaschentücher, Pfeife, ein paar Münzen, Betriebsverfassungsgesetz, Kerzen, Bibel und Rosenkranz. Auf die Pinwand hinter sich hängte er die Ziele des Projektes auf, die vor langer Zeit in dem Ziele-Workshop entstanden waren. Dr. Simon Profitlich staunte: »Das alles brauchen Sie als Projektleiter?« Er betonte jedes Wort einzeln. Helmut Adler nickte.

»Wofür brauchen Sie den Schnuller?«, fragte Dr. Simon Profitlich kopfschüttelnd.

»Für die, die nicht aufhören zu quaken. Die Baldrian-Tropfen sind für die Anwender. Vielleicht brauchen Sie auch ein paar davon. Doch bevor wir ins Detail gehen, lassen Sie uns einen Rundgang machen, ich bin neugierig, was die Teilprojekte sich ausgedacht haben.«

Gemeinsam starteten Sie den Rundgang. Die Teilprojekte hatten sich ins Zeug gelegt und präsentierten stolz die bisher erarbeiten Ergebnisse. Das Teilprojekt Hardware stand geschlossen mit kleinen blinkenden Chips am Reverskragen da, immer noch das unverkennbare Erkennungszeichen dieses Teilprojektes. Sie hatten einen PC aufgeschraubt, die verschiedenen Teile des Innenlebens fein säuberlich ausgebreitet und beschriftet.

»Keine Sorge, Herr Dr. Profitlich, dies ist ein ausgemusterter PC. Wir wollten nur etwas zu Anfassen hinstellen«, erklärte Sebastian Zink vorsichtshalber.

Sie gingen weiter. Im Teilprojekt Software lief auf einem PC bereits ein Teil der Anwendung, sie konnte ausprobiert werden. Per Tastendruck gingen die Daten über ein Netzwerk, zu einem anderen PC. Charlie Keyser wies immer wieder auf die vielen Lämpchen hin, die ab und an aufflackerten: »Frau Matthies macht gerade eine Datenübertragung.«

Dr. Simon Profitlich nickte anerkennend.

Vom PC ging die Verkabelung weiter zum Host, simuliert durch einen weiteren PC. »Den Großrechner wollte ich mir nicht ausleihen, dann hätte es heute keinen Rechnerbetrieb in der H.UMOR AG gegeben. Ich war mir nicht sicher, ob Ihnen das so recht ist«, sagte Pascal Ajour und lächelte schelmisch.

Nachdem sie die Stände der einzelnen Projektteams begutachtet hatten, blieben sie vor dem Stand von Dr. Simon Profitlich stehen: »Mein Stand ist selbsterklärend«, sagte dieser selbstbewusst. »Ich muss entscheiden und für den notwendigen Nachschub an Euros sorgen.«

»Mein Stand ist auch selbsterklärend«, schloss sich Anna Lembach seinen Ausführungen an und zwinkerte ihm zu.

Helmut Adler zog die Stirn in Falten: »Keine Widerrede?«

»Herr Adler, Sie wissen doch: Bei Frauen ist das manchmal nicht so angebracht.« Dr. Simon Profitlich beobachtete ihn. »Doch nun zu Ihnen. Sie scheinen erstaunlich viel Ungewöhnliches für die Durchführung Ihrer Aufgaben zu brauchen.«

»Auf keinen der Gegenstände kann ich verzichten.«

Dr. Simon Profitlich sinnierte über die einzelnen Gegenstände: »Die ganze nautische Ausstattung verstehe ich, schließlich sind Sie der Kapitän auf der Brücke. Brauchen Sie die Schwimmweste jetzt schon.«

»Würden Sie an Bord eines Schiffes gehen, das keine Rettungswesten hat?«

»Nein. Die klerikalen Utensilien kann man auch immer gebrauchen. Die Kleinkind-Ausstattung haben Sie mir bereits erklärt. Der Rest ist ganz normale Grundausstattung des täglichen Lebens. Herr Adler, Ihr Job ist wirklich vielseitig. Wir sollten darüber nachdenken, wie wir diese Gegenstände in unsere Projektleiter-Ausbildung integrieren. Meines Wissen sind solch praktische und lebensnahe Ansätze bisher noch nicht dabei!«, sprach's und wandte sich allen Anwesenden zu. »Meine Damen und Herren, ich bin beeindruckt von so viel Engagement und Kreativität in Ihrem Projekt. Man kann sich jetzt richtig gut vorstellen, wie die gesamte Abwicklung aussehen wird, wenn sie fertig ist.«

»Das wird noch viel besser!«, scherzte Charlie Keyser.

»Davon bin ich überzeugt. Meinen herzlichsten Dank an Sie alle. Herr Adler, Sie können stolz auf Ihre Mannschaft sein. Die bewegen etwas.«

»Daran habe ich nie gezweifelt«, Helmut Adler platzte schier vor Stolz.

»Ich auch nicht. Deshalb habe ich Ihnen etwas mitgebracht. Jetzt vertraue ich auf Ihr Organisationstalent«, sagte Dr. Simon Profitlich mit einem spitzbübischen Lächeln und zog hinter seiner Pinwand zwei große Kisten mit Brötchen und mehrere Tüten hervor. »Brötchen und Aufschnitt habe ich schon mal mitgebracht, Kaffee und Tee wird gleich geliefert. Jetzt müssen wir nur noch Tische und Stühle organisieren. Dann können wir alle zusammen frühstücken.«

Alle waren so überrascht, dass keiner ein Wort hervorbrachte.

»Was ist los, sind Sie stumm geworden?«, fragte er. »Will keiner mit mir frühstücken? Meines Wissens machen Sie das jeden Morgen eine halbe Stunde lang. Nun lade ich Sie ein und alles, was ich von Ihnen verlange, ist, dass Sie mit anfassen und Tische hinstellen.« Ungläubig schauten sich die Teammitglieder an. »Herr Adler, sagen Sie was?«

»Ich bin sprachlos. Habe ich Sie richtig verstanden: Sie laden uns zum Frühstück ein und haben bereits alles dafür organisiert?«

»Ja.«

»Meine Damen und Herren, auch wenn es ungewohnt ist, auf diese Art und Weise vom Vorstandsvorsitzenden eingeladen zu werden, wir sollten uns das nicht zweimal sagen lassen!«

In Windeseile waren Tische und Stühle zu einer langen Tafel aufgestellt. Essen und Getränke wurden auf die Tische verteilt. Das anfängliche Schweigen war wie weggeblasen, die Stimmung war gut.

»Herr Adler, wie haben Sie das alles geschafft?«, fragte Dr. Simon Profitlich. »Das hatten wir noch nie in einem Projekt! Haben Sie ein Geheimrezept?«

»Ja! Reden, reden, reden!«

Es wird Ernst

»Haben Sie sich schon Gedanken darüber gemacht, wie Sie die Auslieferung der Hard- und Software gestalten wollen?«, fragte Helmut Adler in einer Besprechung. »Wir sind im letzten Drittel der Projektlaufzeit und kommen so langsam auf die Zielgerade.«

»Wir liefern an einem Stück aus, am besten an einem Wochenende«, sagte Charlie Keyser entschlossen.

»Wir liefern sukzessive aus«, hielt Julia Matthies dagegen.

In bekannter Weise diskutierten die beiden heiß und innig darüber, ob alles auf einmal oder step by step ausgeliefert werden sollte.

»Wir müssen alles an einem Wochenende ausliefern«, wiederholte Charlie Keyser beharrlich. »Sämtliche PCs mit der gesamten Software.«

»Dann brauchen Sie ein verdammt langes Wochenende«, sagte Julia Matthies, »immerhin haben wir 1024 Filialen. Ich schlage vor, wir suchen uns ein oder zwei Filialen, machen einen Probebetrieb und schauen uns das Ergebnis an. Anschließend liefern wir sukzessive aus.«

»Dann brauchen wir den doppelten Betrieb. Wir müssen die alte und die neue Version parallel laufen lassen und beide Schnittstellen bedienen«, warf Pascal Ajour ein.

Und wieder begann eine hitzige Debatte über die Vor- und Nachteile der beiden Varianten.

»Darf ich Ihnen einen Vorschlag machen?«, fragte Anna Lembach. »Sie können noch endlos weiter diskutieren, ohne zu einem Ergebnis zu kommen.«

»Oder?«, unterbrach sie Charlie Keyser und zog die Stirn in Falten.

»Oder Sie schreiben jeweils die Vor- und Nachteile Ihrer Lösung auf und vergleichen dann die Ergebnisse.«

»Mein Vorschlag hat keine Nachteile!«, triumphierte Charlie Keyser.

Bevor Julia Matthies zum Gegenschlag ausholen konnte, sagte Anna Lembach: »Uns allen würde es bei der Entscheidungsfindung sicherlich helfen, wenn Sie Ihren Vorschlag detaillieren und klar darstellen, was bei Ihrer Variante genau zu tun ist. Anschließend setzen wir uns zusammen und prüfen die beiden Varianten.«

Noch bevor Charlie Keyser etwas dagegen einwenden konnten, sagte Helmut Adler: »Keine Widerworte, Charlie! So wird es gemacht. Und jetzt ab an die Hausaufgaben.«

Testen

Immer wieder hatten die Teams Einzeltests in ihrem jeweiligen Teilprojekt durchgeführt. Nach den ersten katastrophalen Testergebnissen machte sich langsam eine gewisse Stabilität bemerkbar. Die Standard-Fehlerfälle waren längst ausgetestet. Je länger und genauer jetzt getestet wurde, desto mehr wurden die Fälle bearbeitet, die in der Praxis nur selten auftauchten. Das Testen wurde aufwändiger. Jeder jetzt noch gefundene Fehler bedeutete ein Gewinn an Qualität und rief wahre Begeisterungsstürme unter den Programmierern hervor. Der Endtermin stand jedoch fest und somit musste sich auch *Das Projekt* mit der Tatsache abfinden, dass es fehlerfreie Software nicht gab: eine Qual für jedes echte Programmiererherz.

Inzwischen wurden die ersten teamübergreifenden Tests gestartet. Alle Teilprojektleiter starrten gebannt auf den Bildschirm, als die erste Online-Host-Buchung im simulierten Netz durchgeführt werden sollte. Auf der PC-Seite schien alles in Ordnung zu sein. Julia Matthies lehnte sich entspannt zurück und verschränkte die Arme hinter dem Kopf.

Pascal Ajours Handy klingelte. Er nahm den Anruf entgegen, zog dabei die Stirn in Falten und war, ganz entgegen seinen sonstigen Gewohnheiten, sehr wortkarg.

»Der Host ist abgestürzt. Wir waren das.«

Julia Matthies lief hochrot an.

»Herzlichen Glückwunsch«, sagte Charlie Keyser. »Das passiert auch nicht alle Tage, dass diese Software-Fuzzies es schaffen, einen ganzen Großrechner lahm zu legen. Zum Glück ist es nur der Testrechner.«

Ein Mitarbeiter aus dem Teilprojekt Software war bereits damit beschäftigt, den Fehler zu suchen und zu beheben. Nach einer Weile führten sie den Test noch einmal durch, wieder stürzte der Großrechner ab.

Julia Matthies versuchte, diesem Horror-Szenario ein Ende zu setzen: »Es bringt nichts, wenn wir hier alle rumstehen und zuschauen, wie der Host jedes Mal wieder abstürzt. Davon wird es auch nicht besser. Lasst uns den Fehler in Ruhe beheben und dann erneut testen.«

Der Vorschlag wurde von allen angenommen.

»Wieso um alles in der Welt finden wir diesen Fehler nicht?«, fragte Julia Matthies, der Verzweiflung schon sichtlich nahe, nachdem zum wiederholten Mal der Online-Zugriff auf Server und Host die gesamte Hardware der H.UMOR AG lahm gelegt hatte.

Corinna Sommer versuchte, sie zu trösten: »Entspann dich, lass' los. Wenn du dich jetzt noch mehr hineinsteigerst, dann löst das unser Problem auch nicht.«

Julia Matthies nickte resigniert.

»Lasst uns das Problem in ganz kleine Teile zerlegen und diese dann einzeln testen«, schlug Heiko Lister vor.

»Haben wir alles schon gemacht«, wehrte Julia Matthies kraftlos ab, »dann klappt alles. Nur wenn wir dieses ganze Prozedere am Stück durchlaufen lassen, dann fliegt uns alles um die Ohren.«

»Ehrlich gesagt, das kann ich nicht glauben«, widersprach Heiko Lister. »Pascal, was sagt das Großrechner-Fehlerprotokoll?«

Pascal Ajour bemühte sich, im Fehlerprotokoll vom Großrechner etwas Aussagekräftiges zu finden, was offensichtlich kein leichtes Unterfangen war. »Wenn ich das Fehlerprotokoll richtig verstehe, dann bricht das Programm AXR478Y bei Zeile 4971 ab.«

»So genau wollten wir das gar nicht wissen«, sagte Charlie Keyser grinsend.

»Vielleicht doch«, rief Julia Matthies und schien zu neuem Leben erweckt. »Wer hat Aktien in diesem Programm?«

Es begann ein fieberhaftes Suchen nach dem Verantwortlichen. Es stellte sich heraus, dass das Programm vom Großrechner gebraucht wurde und vom Team Netze für diese Anwendung hatte modifiziert werden müssen.

»Und bevor jetzt die große Arie der Schuldzuweisung losgeht«, mahnte Helmut Adler, »denken Sie bitte daran, was wir bisher schon erreicht haben. Ich finde, es sieht ganz gut aus. Wir sind immer noch im Zeitplan. Konzentrieren Sie sich bitte auf die Lösung und nicht auf die Ursache des Problems.« Er blickte zunächst eindringlich zu Charlie Keyser, dann zu Julia Matthies, dann zu Pascal Ajour und wieder zu Charlie Keyser. »Ich hoffe, ich habe mich hier klar und deutlich ausgedrückt.« Alle nickten. »Testen Sie das Ganze bitte noch einmal, Schritt für Schritt, wenn es sein muss, Zeile für Zeile.«

»Das ist aufwändig«, sagte Charlie Keyser mit kraftloser Stimme.

»Stimmt«, bestätigte Helmut Adler. »Doch der tägliche Rechnerstillstand im Betrieb ist noch eine klitzekleine Spur aufwändiger. Das wirst du doch zugeben müssen, Charlie.«

Die Planung für den Rollout stimmt nicht

»Chef, ich glaube, hier stimmt was nicht«, sagte Charlie Keyser mit zitteriger Stimme. Helmut Adler schwante nichts Gutes. *Wenn Charlie das von sich aus sagt, dann ist das entweder eine glatte Untertreibung und uns steht ein echtes Problem ins Haus oder Charlie hat sich getäuscht*, Helmut Adler hoffte auf Letzteres. Es sollte sich nicht erfüllen, denn nach einem längeren Gespräch mit Charlie Keyser musste dieser kleinlaut zugeben, dass bei der Planung für den Rollout knapp 90 Filialen vergessen worden waren.

»Charlie, ich fasse es nicht! Wie um alles in der Welt kann man 90 Filialen einfach vergessen?«, fragte Helmut Adler wütend.

»Das waren die Filialen, bei denen keine Ortsbegehung notwendig war«, versuchte Charlie Keyser, sich zu rechtfertigen.

»Und dann lässt du sie einfach hinten runter fallen und tust so, als müssten sie dann auch nicht mit Hard- und Software beliefert werden.«

Charlie Keyser hob schuldbewusst die Schultern: »Vergessen.«

Helmut Adler starrte ihn mit offenem Mund an.

»Und jetzt?« Charlie Keysers Hilflosigkeit hatte etwas Rührendes. Doch auch das verhinderte nicht, dass Helmut Adler laut wurde.

»Charlie, ich fasse es nicht! Vor mir sitzt ein erwachsener Mann, der das Teilprojekt Netze leitet. Sein Job ist es, den Rollout der Netze und der PCs zu planen und umzusetzen. Und jetzt willst du mir erzählen, dass ihr diese 90 Filialen einfach vergessen habt. Knapp 10 % aller Filialen habt ihr vergessen!« Helmut Adler musste sich setzen, schüttelte den Kopf. *Das kann doch nicht wahr nicht sein*, dachte er. *Das gibt es nicht. Einfach vergessen. Aus Leichtsinn, aus Dummheit ... Wie um alles in der Welt kann man so etwas vergessen.* Er war fassungslos. »Bevor ich jetzt endgültig ausflippe, prüf bitte sofort, ob das Teilprojekt Hardware diese 90 Filialen ebenfalls vergessen hat. Dann setz dich mit deinem Team zusammen und mach schnellstens eine neue Planung. Bis heute Nachmittag 17:00 Uhr liegt der aktualisierte Plan bei mir auf dem Tisch.«

Eine operative Hektik breitete sich in Windeseile im Teilprojekt Netze aus, es wurde nach den Ursachen gesucht. Helmut Adler fuhr erneut dazwischen: »Es hat jetzt keinen Sinn, nach Ursachen zu suchen, um dann einen Schuldigen zu finden und an den Pranger zu stellen. Vorbei ist vorbei und das Kind ist im Moment in den Brunnen gefallen. Suchen Sie jetzt bitte schleunigst nach einer Lösung, wie Sie es wieder herausbekommen.«

Helmut Adler war immer noch fassungslos. Er musste sich erst einmal bei seiner

Beraterin den Frust von der Seele reden: »Wie um alles in der Welt kann man 90 Filialen einfach vergessen? Vergessen deshalb, weil dort zufälligerweise keine Ortsbegehung notwendig war?«

»Klingt gerade so, als sei das Denken in Ausnahmen und Problemfällen zur Normalität geworden. Das Normale fällt dabei hinten runter«, kommentierte sie nachdenklich.

»Aber doch nicht in dieser Größenordnung?«

»Warum nicht?«

»Das darf doch nicht wahr sein«, sagte Helmut Adler und raufte sich die Haare.

»Das ist bestimmt nicht der erste Fall von *haben-wir-vergessen*, der Ihnen im Lauf Ihres Projektleiter-Lebens über den Weg gelaufen ist.«

»Aber der erste in dieser Größenordnung und so kurz vor dem Rollout.«

»Jeder wächst mit seinen Aufgaben.«

Helmut Adler zog die Stirn in Falten.

»Schon gut«, lenkte Anna Lembach ein, »ich wollte Ihnen nicht zu nahe treten. Warten Sie doch das Ergebnis um 17:00 Uhr ab.«

Dieses Ergebnis ließ Helmut Adler endlich aufatmen. Wenn eine zusätzliche Person für den Rollout ins Teilprojekt Netze kommen würde, könnte der Endtermin gehalten werden.

»Das lässt hoffen«, sagte Helmut Adler. »Die zusätzliche Person nehme ich gern in Kauf, das ist der Preis für das Halten des Endtermins.«

Anna Lembach nickte zustimmend: »Sie kommen langsam, aber sicher an den *point of no return*, der Punkt, an dem Sie sich überlegen müssen, ob Sie abheben und das Projekt punktgenau zu Ende bringen wollen, oder den Endtermin doch lieber verschieben wollen.«

»Das merke ich auch. Ich habe mich bisher standhaft gegen diese *Endtermin-Verschieberitis* gewehrt. Das werde ich auch weiterhin tun. Wenn ich den Endtermin halten will, dann darf ich ab sofort nicht mehr auf die Kosten schauen.«

Sie nickte: »Alles im Leben hat seinen Preis.«

Zaubern

Nachdem das Problem mit den *vergessenen Filialen* behoben war, tauchte ein Neues auf. Der Hardwarelieferant ließ mitteilen, dass sich die Auslieferung einzelner PCs verzögern würde. Helmut Adler brauste kurz auf, beruhigte sich dann wieder. Er lies sich von Sebastian Zink die Situation schildern und entschied, dass er ab sofort als Projektleiter das Ganze in die Hand nehmen musste.

»Geben Sie mir bitte sämtliche Unterlagen und den gesamten Schriftverkehr«, bat er Sebastian Zink, der sich inzwischen in die Rolle des Teilprojektleiters ganz ausgezeichnet hineingefunden hatte.

Die meisten Dokumente lagen schnell auf Helmut Adlers Tisch, sogar die E-Mails, denn sowohl Thomas Hartmann als auch Sebastian Zink hatten sämtliche externen E-Mails gespeichert.

»Die gesamte Dokumentation über den Einkauf der PCs und den Wareneingang ist in unserer Einkaufsabteilung«, sagte Sebastian Zink fast entschuldigend, war er doch froh, dass Helmut Adler sich dieses Problems selbst annahm. Er hatte sich zwar bemüht, den Fall zu lösen, bisher jedoch ohne Ergebnis.

»Können Sie die Unterlagen schnellstens besorgen?«, fragte Helmut Adler.

»Ich tue mein Bestes. Tut mir Leid, dass Sie sich mit diesem Kleinkram aufhalten müssen«, erwiderte er.

»Sie brauchen sich nicht entschuldigen. Das ist jetzt mein Job«, beruhigte ihn Helmut Adler. »Ich weiß, dass Sie bereits alles versucht haben, um das Problem zu lösen. Meine Anerkennung dafür. Doch manche Probleme sind hartnäckig. Dann ist es gut und richtig, dass Sie sie an mich weiterleiten. Ich werde jetzt alle Hebel in Bewegung setzen. Das Ergebnis kann ich mir in Form von pünktlich gelieferter Hardware zwar wünschen, was ich jedoch erreiche, das sehen wir später.«

Es begann ein wildes Telefonieren mit den Verantwortlichen des Hardwarelieferanten. Auf Geschäftsführungsebene musste sogar Profitlich eingeschaltet werden. Der Einkauf der H.UMOR AG meldete zunächst Eigentumsrechte an den Unterlagen über die Beschaffung und den Einkauf der Hardware an und erst, als Helmut Adler am Telefon sehr deutlich geworden war, bekam er die gewünschten Unterlagen.

»Ich habe nicht den Eindruck, dass ich Sie im Moment unterstützen kann«, sagte Anna Lembach, als sie zum vereinbarten Beratungstermin kam.

»Doch, bleiben Sie bitte hier. Halten Sie meine Hand.« Helmut Adler telefonierte schon wieder.

Anna Lembach sah in fragend an. Helmut Adler erzählte ihr kurz von den Hardware-Lieferschwierigkeiten und seinem Versuch, auch die restliche Hardware termingerecht zu bekommen. Zwischenzeitlich klingelte wieder das Telefon und Helmut Adler redete offensichtlich Tacheles mit seinem Gesprächspartner.

»Das ist wenigstens ein Teilerfolg. Der Hardware-Lieferant zieht uns jetzt vor und seine anderen Kunden müssen warten. Er kann uns zwar noch nicht die termingerechte Lieferung aller PCs garantieren, doch die meisten werden hier sein. Den Rest bekommen wir dann direkt in unsere Filialen geliefert. Das hat für uns zwar den Nachteil des zusätzlichen Installationsaufwandes vor Ort, das kostet Zeit und Geld. Doch mehr ist im Moment wohl nicht möglich.«

»Alle Achtung«, sagte Anna Lembach anerkennend.

»*Man soll den Tag nicht vor dem Abend loben*, warten wir's ab«, wiegelte Helmut Adler ab, »bisher sind das Versprechungen unter Androhung höchster Strafen. Und Sie und ich wissen doch, dass Menschen unter Druck auch nicht besser oder schneller reagieren.«

»Sie versprechen Ihnen das Blaue vom Himmel, nur um dem Druck keine Sekunde länger standhalten zu müssen«, entgegnete sie. »Doch an seinen Taten wird auch Ihr Hardware-Lieferant gemessen. Hat er überhaupt eine realistische Chance? Oder haben Sie ihn nur zusammengefaltet?«

»Ich habe keinen Vorteil davon, wenn ich das tue. Ich brauche eine Lösung und nicht noch mehr Probleme. Die Lösung heißt *gelieferte Hardware*. Es klang plausibel, was er mir am Telefon zugesichert hat. Das heißt allerdings, dass ich dort ab sofort täglich anrufen werde, um sicherzustellen, dass er sein Versprechen auch einhält.« Helmut Adler blickte aus dem Fenster. »Sagen Sie, Frau Lembach, glauben Sie eigentlich, dass wir das Projekt termingerecht schaffen werden?«

»Ja.«

Er blickte sie an. »Ich will Sie ab sofort wieder verstärkt hier haben. Inhaltlich können Sie nicht viel machen, das ist richtig. Dafür bin ich umso mehr gefordert. Mehr denn je brauche ich jetzt einen Sparringspartner. Ich brauche einen zusätzlichen, möglichst neutralen Blickwinkel und den können Sie mir liefern. Und zwar persönlich. Das Telefon reicht mir nicht mehr.« Sie hörte geduldig zu. »Wenn noch ein paar weitere Hiobsbotschaften kommen, dann muss ich zaubern, aus der hohlen Hand heraus reagieren. Da kann ich nicht mehr viel nachdenken. Wenn Sie dann ebenfalls mitdenken und mir Ihre Meinung sagen, hilft mir das sehr. Außerdem: Manchmal ist es einfach hilfreich, wenn jemand anderes an einen und den Projekterfolg glaubt.«

Der erste Rollout – beginners luck

Der erste PC war ausgeliefert worden. Vorsichtshalber hatte man eine Filiale in nächster Nähe der H.UMOR AG gewählt. Julia Matthies war begeistert: »Es läuft wirklich alles!« Sie war in der Morgenrunde kaum zu bremsen. »Die Datenerfassung klappt, die Datenübertragung ebenfalls und auch der Host spielt mit.« Der Blick, den sie Pascal Ajour zuwarf, hätte nur eine innige Umarmung noch toppen können. Sie beherrschte sich, doch Pascal Ajour legte verliebt den Arm um ihre Schulter: »Du bist fantastisch, meine Liebe.« Entgegen ihrem sonstigen Naturell ließ auch sie sich hinreißen, umarmte ihn und überhäufte ihn mit Küssen.

»Und wir?«, fragte Charlie Keyser. »Kriegen wir nichts ab?«

»Doch, wenn der Rollout fertig ist«, sagte sie lachend zu ihm.

»Das ist unfair.«

»Hat dir jemand zugeflüstert, dass das Leben fair ist, Charlie?«, versuchte Helmut Adler, das Gespräch vom Siebten Himmel wieder auf den Boden der Tatsachen zu holen. »Nun erzählen Sie schon genau, was sich gestern Abend abgespielt hat.« Sofort ergriff Julia Matthies das Wort, erzählte ausgiebig, wie sie mit dem gesamten Teilprojekt in der Filiale aufgekreuzt seien. Fluchtartig hätten die Filial-Mitarbeiter diese verlassen.

»Bei 22 Software-Fuzzies, die sich in IT-Begrifflichkeiten gegenseitig übertreffen, hätte ich auch sofort die Flucht ergriffen«, sagte Sebastian Zink trocken.

»Sie waren mit 22 Personen da?«, Helmut Adler betonte jedes Wort einzeln und schaute Julia Matthies an, als käme sie von einem anderen Stern. Sie nickte. »Sie wollen mir doch jetzt nicht weiß machen, dass Sie den ersten Rollout mit 22 Personen gemacht haben.«

»Das war ja nur beim ersten Mal, Herr Adler«, beruhigte ihn Julia Matthies freudestrahlend, »wir brauchten alle dieses Erfolgserlebnis. Das war so genial. Da musste das halbe Projektteam dabei sein.«

»Das scheint mir auch so«, brummte er. »Hat sich jemand von Ihnen dabei Gedanken über die Kosten gemacht? Wenn Sie so weitermachen, dann dauert das Projekt noch eine Weile und wird exorbitant teuer.« Helmut Adler bemühte sich ernst zu bleiben, doch inzwischen musste auch er lachen. »Ich gehe davon aus, Charlie, dass du den Rollout je PC mit maximal einer Person geplant hast.«

»Keine Sorge, Chef. Alles im grünen Bereich.«

»Was immer das heißen mag.«

»Genau das, was ich sage. Wir sind absolut im Plan mit dem Rollout. Alles läuft perfekt.«

»Na, dann wollen wir mal hoffen und beten, dass das so bleibt.«

Wütende Anwender

Nach den gelungenen ersten Auslieferungen wurden die Filialen nach und nach mit PCs bestückt. Die meisten Umstellungen klappten reibungslos. *Wie gut, dass ich immer wieder auf Charlie eingeredet habe, es solle Trockenübungen machen und den Installationsvorgang immer wieder in der Zentrale üben*, dachte Helmut Adler. *Das hat sich ausgezahlt. Übung macht eben doch den Meister*. Einige Male mussten die Techniker den bereits installierten PC jedoch wieder mitnehmen, weil nichts funktionierte.

»Sagen Sie, Herr Adler«, brüllte Phillip König, Leiter des Außendienstes, durch das Telefon, »was haben Sie mir dann da für einen Schrott geliefert. Das habe ich nie und nimmer bestellt.«

Helmut Adler blieb bei den verbalen Attacken des Phillip König erstaunlich gelassen, fragte nach, was denn alles Schrott sei, und konnte immerhin herausbekommen, dass einige Mitarbeiter in den Filialen sich beschwert hätten, weil sie mit dem System nicht arbeiten konnten, und dass einige Vorgänge nicht funktionierten.

»Wieso rufen die Filial-Mitarbeiter nicht bei unserer eigens für diese Installation eingerichteten Hotline an? Sind die Mitarbeiter nicht geschult?« Helmut Adler war kurz davor, Nicola Lehmann vom Teilprojekt Schulung dafür zur Verantwortung zu ziehen, doch Julia Matthies kam ihm zuvor: »Mentalitätsfrage! Wenn im Außendienst ein Bit umfällt, dann landet es auf dem Schreibtisch von Herrn König. Sie wissen doch: Nichts verbreitet sich schneller als schlechte Nachrichten. Das war schon immer so.«

»Das müssen wir schleunigst ändern«, rief Helmut Adler sichtlich erbost.

»Haben Sie schon einmal versucht, unseren Außendienst zu ändern?«, fragte Julia Matthies und schüttelte den Kopf. »Ich rede seit Tagen ununterbrochen mit diesen Leuten. Nicola hat in jeder Schulung tausendmal darauf hingewiesen, dass die Anwender die neue Hotline anrufen sollen«, Nicola Lehmann nickte zustimmend, »doch eher geht ein Kamel durch ein Nadelöhr ...«

»Wie kriegen wir es jetzt schnellstmöglich hin, dass die Anwender bei uns und nicht bei Herrn König anrufen?«, fragte Helmut Adler und ließ keinen Zweifel daran, dass er sofort eine Lösung haben wollte.

»Ich schicke eine E-Mail an alle Mitarbeiter in den Filialen. Nicola und ich telefonieren dann noch einmal nach. Und Sie sollten ein ernstes Wörtchen mit Herrn König reden.«

»Ein Vorschlag«, mischte sich Anna Lembach ein, »Herr Adler und ich reden gemeinsam mit Herrn König. Es könnte sein, dass hier das Feedback von außen leichter zu akzeptieren ist, besonders in dieser angespannten Situation.«

Helmut Adler nickte: »Wie schnell können Sie jetzt die Fehler beheben, Frau Matthies?«

»Seien Sie versichert, meine Leute tun bereits ihr Bestes. Doch die Fehler, die jetzt bei den Anwendern hochkommen, sind diejenigen, an die kein Mensch gedacht hat, oder die so komplex sind, dass auch wir Zeit brauchen, sie nachzubilden und zu beheben.«

»Hätten Sie nicht sorgfältiger testen können?«, fragte Helmut Adler vorwurfsvoll.

»Wollen Sie mir damit erklären, dass die Qualität, die wir bisher abgeliefert haben, Schrott ist?«, Julia Matthies war entrüstet. »Sie sollten eigentlich wissen, dass Anwender hochkreativ sind, und Dinge erfinden, die Sie und ich nicht einmal in unseren kühnsten Träumen erleben. Oder haben Sie schon einmal den Rechner einfach ausgeschaltet, während die Datenübertragung läuft? Oder ...«

»Ist ja gut«, versuchte Helmut Adler, sie wieder zu besänftigen.

»Nein, ist nicht gut! Oder haben Sie gewusst, dass der Kontenrahmen auf dem Großrechner gestern im 9-er Nummernkreis neu strukturiert wurde. Nur leider hat man vergessen, uns darüber zu informieren.«

»Beruhigen Sie sich, gnädige Frau.«

»Nein, Herr Adler, ich werde jetzt verdammt ungnädig ...«, fauchte Julia Matthies ihn an.

»Entschuldigung, ich wollte Ihnen wirklich nicht zu nahe treten. Nur meine Nerven liegen so langsam auch blank.«

»Nicht nur Ihre«, versuchte Anna Lembach, beruhigend einzugreifen. »Da sind Sie mit ein paar Anderen in bester Gesellschaft. Der Stress ist verständlich. Nur der verbale Schlagabtausch bringt Sie nicht weiter. Welches Ritual können Sie selbst durchführen, um sich wieder zu beruhigen und gelassen zu reagieren?«

»Gute Frage«, sage Helmut Adler nachdenklich.

»Wir finden etwas, lassen Sie uns überlegen«, antwortete Julia Matthies.

»Warum können wir das Ganze nicht mit Humor nehmen und einfach darüber lachen?«, fragte Pascal Ajour.

Charlie Keyser schüttelte entschieden den Kopf: »Wir sind in Deutschland. Da geht das nicht. Da gibt's nichts zu lachen!«

»Ja, ja«, sagte Pascal Ajour weise lächelnd. Andere schmunzelten.

Nach einigen E-Mails und mehreren Telefonaten, in denen die Anwender gebeten wurden, bei der Hotline anzurufen, wenn es Probleme gab, entspannte sich die Situation tatsächlich ein wenig. Alle im Projektteam bemühten sich, die Fehler zu beheben und die neuen sowie auch die bereits ausgelieferten PCs mit der aktualisierten Software zu bestücken. Die Morgenrunde wurde zur eigentlichen

Besprechung zwischen Projektleiter und Teilprojektleitern. Helmut Adler ordnete an, dass die Rückmeldung für das Projekt-Controlling in kürzeren Abständen geliefert werden sollte, er brauchte aktuellere Daten. Es hatte zunächst Widerstand gegen diese zusätzliche Belastung in diesen Stress-Zeiten gegeben. Doch er hatte sich durchgesetzt; je kritischer die Situation war, desto schneller brauchte er die aktuellen Aufwandszahlen, um die Situation richtig einschätzen zu können. Die Rückmelde-Tabellen wurden jetzt montags und donnerstags abgegeben. Sollte es noch kritischer werden, so war er gewillt, die Controlling-Daten täglich zu erheben. Das war zwar mit einem Mehraufwand für die Mitarbeiter verbunden – sie mussten die Rückmelde-Tabellen dann täglich ausfüllen und der Projektplan musste täglich aktualisiert werden – doch er hatte aktuelle Zahlen, mit denen er operieren konnte.

Die Anspannung im Projekt hielt an. Noch standen die letzten PCs vom Hardware-Lieferanten aus, noch wurden Fehler behoben, noch mussten die letzten Anwender geschult werden. In eine der Morgenbesprechungen platzte Phillip König unangemeldet herein: »Die PC-Ausstattung ist nicht ergonomisch.« Er hatte bereits Marco Steinmetz vom örtlichen Betriebsrat im Schlepptau. Der machte den Eindruck, als ob er wider Willen in diese Besprechung gezerrt worden war.

»Was genau entspricht nicht den Bestimmungen?«, fragte Helmut Adler, der sich schnell wieder gefangen hatte.

»Der Bildschirm, und überhaupt und die Tastatur und die fehlende Handgelenksablage und ...«

Weiter kam er nicht, denn Helmut Adler schnitt ihm das Wort ab: »Wir haben die PC-Ausstattung nach den neuesten Erkenntnissen der Ergonomie erstellt, stimmt's, Herr Steinmetz?« Dieser nickte schwach. »Wir haben den Gesamtbetriebsrat immer und überall eingebunden, wo es notwendig war. So gesehen ist das Ganze ziemlich wasserdicht. Wenn allerdings Ihre Anwender nicht in der Lage sind, in den Schulungen genau hinzuhören und das System so zu bedienen, wie man das von einem zivilisierten Anwender erwarten kann, dann tut es mir Leid.«

Phillip König wollte zum Gegenschlag ansetzen, doch Anna Lembach kam ihm zuvor: »Wählen Sie die Waffen, meine Herren. Und dann zehn Schritte auseinander.« Beide sahen sie völlig entgeistert an. »Reicht das?«

»Aber die Handgelenksablage?«, Phillip König sah sie immer noch irritiert an.

»Herr König, die haben wir wirklich vergessen. Das war das große Steckenpferd von Thomas Hartmann. Gott hab' ihn selig. Außer ihm hat sich niemand darum gekümmert.«

»Ist die Handgelenksablage nicht auf einen Zeitpunkt nach diesem Rollout verschoben worden?«, fragte Marco Steinmetz.

»Ja und nein«, erwiderte Helmut Adler, »die Anwender, die ohne die Handgelenksablage wirklich nicht arbeiten können, die sollen sie natürlich sofort bekommen. Wer von Ihnen fährt jetzt in den Computer-Markt und kauft ein Dutzend von diesen Handgelenksablagen?«

»Ist das dein Ernst, Chef?«

»Ja, klar. Komm Charlie, fahr eben. Bring bitte zwölf schöne Handgelenksablagen mit. Und vergiss die Quittung nicht. Herr König soll sie gleich mitnehmen und an die Mitarbeiter verteilen.« Beide, Charlie Keyser und Phillip König, schauten ihn verdutzt an. »Jetzt aber beide raus, wir haben heute noch viel zu tun.«

»Aber ...«, setzte Phillip König an.

»Herr König, Sie wissen doch: Unmögliches wird sofort erledigt. Wunder dauern etwas länger. Binnen zwei Stunden haben Sie Ihre Handgelenksablagen. Und jetzt raus!«

Nachdem Charlie Keyser und Phillip König gegangen waren, redete Helmut Adler auf die Teilprojektleiter ein: »Meine Damen, meine Herren, tun Sie bitte alles, damit die Mitarbeiter in den Filialen zufrieden sind. Der Erfolg bei den Anwendern ist die Messlatte für unseren Erfolg. Letztlich zählt nur, was unserem Kunden nützt.«

Wütende Mitarbeiter

Nach anfänglichem Zögern lernten die Anwender schnell, bei der eigens für diesen Rollout eingerichteten Hotline anzurufen. Zusätzlich kannten die Anwender nach wenigen Tagen die direkten Durchwahlnummern der Projektmitglieder. Damit wurden die Beschwerden direkt ans Projektteam gerichtet, was binnen kürzester Zeit zu einer kleinen Katastrophe ausartete.

»Herr Adler, die Leute können nicht mehr in Ruhe arbeiten«, beschwerte sich Julia Matthies. »Sie wissen genauso gut wie ich, dass das Beheben von Fehlern Zeit und Ruhe erfordert. Wenn das Telefon ständig klingelt, dann geht einfach nichts mehr. Außerdem geraten die Fehler und die Fehlerbehebung außer Rand und Band, sie sind einfach nicht mehr zu koordinieren.«

»Nun mal ganz langsam«, unterbrach Helmut Adler ihren Redeschwall. »Die Hotline war nicht ausführlich genug geschult, das müssen wir nun einmal auf unsere Kappe nehmen. Frau Lehmann, Sie haben die Hotline-Mitarbeiter bereits nachgeschult, nicht wahr?« Nicola Lehmann nickte. »Die Hotline ist also fit genug, die Fehlermeldungen inzwischen qualifiziert entgegenzunehmen.«

»Im Prinzip ja, doch die Anwender sind ziemlich clever. Sie rufen direkt bei uns an, weil sie glauben, dass wir die Fehler direkt beheben.«

»Das machen Sie doch auch.«

»Herr Adler«, Julia Matthies war kurz davor zu explodieren, »die Anwender rufen an, einer aus dem Team versucht den Fehler zu beheben, zwischenzeitlich hat ein anderer Anwender den gleichen Fehler bei einem anderen Teammitglied gemeldet. Da bei uns keiner auch nur ein Fünkchen Zeit hat, etwas zu koordinieren, bauen wir so langsam aber sicher Verschlimmbesserungen ein.«

»Lassen Sie das Telefon läuten«, versuchte Anna Lembach, sich Gehör zu verschaffen, »nein, nehmen Sie den Anruf entgegen und verbinden Sie die Anwender mit der Hotline. Dann werden die Fehlermeldungen wenigstens zentral gesammelt.«

»Dann läutet das Telefon immer noch ständig«, Julia Matthies schüttelte den Kopf.

»Auch Anwender sind lernfähig, wenn Sie immer den dezenten Hinweis *Bitte gedulden Sie sich einen Moment, Ihr Anruf wird sofort entgegengenommen* erhalten beziehungsweise sofort mit der Hotline verbunden werden. Irgendwann kapieren sie, dass es nichts nützt, im Projektteam anzurufen, weil sie von dort auch nur mit der Hotline verbunden werden.«

»Wie kriege ich das in die Köpfe meiner Teammitglieder, dass sie alle Anrufe weiterverbinden sollen?«, fragte Julia Matthies.

»Waren Sie das nicht, die immer sagte: reden, reden, reden?«, fragte Charlie Keyser mit forderndem Unterton in der Stimme. »Spaß beiseite. Hier muss jeder klare Grenzen ziehen und darf sich auf keine Diskussion einlassen.« Julia Matthies sah ihn überrascht an. Solch klare Worte hatte sie noch nie aus seinem Mund gehört. »Doch ich meine das ernst. Wenn ein Mitarbeiter ans Telefon geht, dann sagt er sofort: *Ich verbinde* und wählt die Nummer der Hotline. Dort laufen dann alle Anrufe zusammen, und wir können wenigstens in Ruhe arbeiten.«

»Dann könnten wir doch gleich die automatische Anrufweiterschaltung aktivieren«, sagte Julia Matthies nachdenklich, »doch dann ist vermutlich die Hotline genervt, weil sie *alle* unsere Anrufe bekommt. Probieren wir Ihren Vorschlag aus und verbinden selbst.«

Die Teilprojektleiter gaben diese Informationen in ihre Teilprojekte weiter, was dazu führte, dass Helmut Adler, der Julia Matthies anrufen wollen, sofort von einem Teammitglied ihres Teilprojektes an die Hotline weitergeleitet wurde und dort in einer Warteschleife sich ziemlich lange *Bitte haben Sie etwas Geduld, Sie werden mit dem nächsten freien Platz verbunden* anhören musste. Also ging er persönlich zu Julia Matthies, die gerade mit Corinna Sommer vor einem Bildschirm saß und offensichtlich einen Fehler suchte.

»Kleine Schönheitsfehler hat diese Lösung noch«, schilderte er später Anna Lembach diese Situation ziemlich mutlos. »Jetzt wird jeder Anruf an die Hotline weitergeleitet. Die Anwender haben sich schon wieder bei Phillip König beschwert. Ist sogar verständlich, denn sie können ihre Probleme nicht loswerden.«

»Gibt es eine Möglichkeit, die Hotline kurzfristig personell aufzustocken?«, fragte Anna Lembach, sichtlich bemüht, ihn so gut es ging zu unterstützen.

»Haben wir schon, doch wir haben dort nicht mehr Telefonleitungen zur Verfügung. Ich habe zwar noch einige beantragt, doch das dauert bis nächste Woche und außerdem brauche ich auch noch ein paar Leute, die diesen Job überhaupt machen können. Wir werden versuchen, zwei Personen aus dem Team von Julia Matthies direkt in die Hotline zu setzen.«

»Die Mitarbeiter von Julia Matthies haben doch Telefone«, bemerkte Anna Lembach zögerlich.

»Klar, doch wenn Hotline und Projektteam in einem Raum sind, dann beschweren sich diejenigen, die die Fehler beheben sollen, dass sie sich nicht konzentrieren können. Die Stimmung ist im Teilprojekt Software ohnehin schon kurz vor dem Explodieren.«

»Gibt es noch weitere Hiobsbotschaften?«

»Sebastian Zink wartet noch auf die letzen PCs. Er hat sich innerlich schon darauf eingestellt, dass er zusammen mit Charlie Keyser in die Filialen muss, um die Rechner direkt vor Ort zu installieren. In ein paar Gebäuden gibt es noch

Schwierigkeiten mit dem Verlegen der Kabel und dem Aufstellen der Hardware. Vielleicht hätten wir diese Aktivitäten doch trennen sollen: Erst die Kabel in Ruhe verlegen und dann die PCs aufstellen, nicht alles auf einmal. Das hätte allerdings die Anzahl der Reisen in die Filialen um ein Vielfaches erhöht. Und damit auch die Kosten.«

Während Helmut Adler noch mit Vergangenem beschäftigt war, sagte Anna Lembach mit glasklarer Stimme: »Vorbei ist vorbei.«

Helmut Adler wurde schlagartig aus seinen Gedanken gerissen und sah sie mit weit aufgerissenen Augen an.

»Vorbei ist vorbei«, wiederholte sie gelassen, »es ist sinnlos, sich mit Vergangenem zu beschäftigen. Sie können es nicht mehr ändern und vergeuden viel Energie, indem Sie in der Vergangenheit hängen bleiben. Das Leben findet heute statt. Sie sind gefordert, im Moment das zu tun, was getan werden muss. Das ist Präsenz.«

Helmut Adler nickte.

Noch mehr zaubern

»Nein, Charlie, ich brauche dich hier vor Ort«, ermahnte ihn Helmut Adler zum x-ten Mal, denn Charlie Keyser wollte ab sofort beim Rollout unbedingt dabei sein. »Da ist nichts zu machen, Charlie, die Antwort bleibt: Nein. Ich brauche dich hier. Von dir bekomme ich die aktuellen Controlling-Daten für dein Teilprojekt. Bereite dich darauf vor, dass wir genau diese Daten demnächst täglich erheben werden.«

Charlie Keyser maulte weiter.

»Charlie, es hat keinen Zweck, ich brauche dich hier, denn du bist der Einzige in deinem Teilprojekt, der den Überblick hat. Ich kann verstehen, dass es dir in den Fingern juckt, doch diesmal musst du deine Leute schicken. Ein Vorschlag zur Güte: Den letzten PC lieferst du persönlich aus.«

Charlie Keyser zog ein langes Gesicht und war beleidigt.

»Werte Frau Lembach«, wandte sich Helmut Adler an seine Beraterin, »ich muss zaubern. Ich hoffe, Sie haben ein paar Tricks auf Lager.«

»Klar doch, ich kann alles«, strahlte sie ihn an. »Berater können immer alles.«

»*Die Botschaft hört ich wohl, allein mir fehlt der Glaube*... Ich brauche die restlichen PCs. Der Hardware-Lieferant hat sich immer noch nicht dazu geäußert, wann genau das der Fall sein wird. Frau Matthies muss mit ihrem Team ein paar ernst zu nehmende Fehler beheben. Die Fehlerliste, die die Hotline aufgrund von Anwender-Anrufen erstellt, wird von Tag zu Tag länger und länger. Frau Lehmann und ihr Team reisen schon in die einzelnen Filialen, um die Anwender zu unterstützen. Charlie Keyser will unbedingt die PCs selbst ausliefern, doch ich brauche ihn hier. Pascal Ajour muss Arbeiten auf dem Host für seine ursprüngliche Abteilung erledigen, ihm sitzt sein Chef im Nacken. Sebastian Zink im Teilprojekt Hardware installiert nebst Hardware auch die aktuellen Software-Versionen. Die Anwender in den Filialen brauchen diese aktualisierte Software dringend und gestern Abend ist das automatische Update komplett zusammengebrochen. Phillip König jaulte mir heute Morgen am Telefon schon wieder die Ohren voll. Ich selbst schlafe nachts nur noch ein paar Stunden und meistens schlecht.«

»Ich soll vermutlich jetzt alle Ihre Probleme lösen.«

»Mindestens!«, lächelte Helmut Adler sie an. »Hier auf der Pinwand ist die Liste der Aktivitäten, die jetzt mit höchster Priorität angegangen werden müssen. Ich kann im Moment nur Anweisungen geben.«

»Stimmt. Und die Ruhe bewahren! Wenn Sie verrückt spielen, dann bekommt das Team den Stress voll ab und dreht ebenfalls durch.«

»Das ist leichter gesagt als getan«, schüttelte Helmut Adler den Kopf. »Haben Sie ein Patentrezept?«

»Nein, leider nicht. Jetzt wollen natürlich alle etwas von Ihnen und zwar gleichzeitig. Sie können jetzt nur noch aus dem Moment heraus reagieren, und zwar schnell. Vertrauen Sie darauf, dass Ihre Entscheidungen richtig sind. Übrigens: Beten hilft manchmal auch.«

»Ich habe das Gefühl, es zerreißt mich innerlich.«

»Das kann ich sehr gut verstehen«, sagte Anna Lembach mitfühlend. »Das ist leider immer so. Betrachten Sie es als einen vorübergehenden Zustand. Ich wünschte, ich hätte jetzt ein paar aufmunternde Worte für Sie, doch mehr kann ich auch nicht sagen. Ich finde es super, wie präsent Sie sind, wie Sie hier anpacken und Ihr Bestes geben. Das färbt auf das Team ab.« Helmut Adler sah sie erstaunt an. »Ja, wirklich, Sie packen an, alle anderen auch. Das ist vorbildlich. Niemand im Team erwartet Wunder von Ihnen.«

Tut das gut, mehr davon, dachte Helmut Adler. *Endlich bekomme ich überhaupt ein Feedback. Endlich mal jemand, der ohne neue Hiobsbotschaft vor mir steht. Ein Coach ist wunderbar.*

Anna Lembach fuhr fort: »Als Außenstehende sehe ich, dass Sie handeln, dort wo gehandelt werden muss. Für Diskussionen ist jetzt keine Zeit mehr. Sie können nur noch auf Ihre Intuition vertrauen, sich entscheiden und hoffen und beten, dass es gut geht.«

Ja, bitte mehr davon, genau das brauche ich.

»Dass Sie Charlie Keyser hier behalten wollen, ist nicht nur verständlich, sondern sogar notwendig. Sie brauchen ihn ebenso wie alle anderen Teilprojektleiter hier vor Ort. Denn Sie wie auch die Teilprojektleiter müssen jetzt anpacken.«

»Julia Matthies ist mit der Fehler-Behebung beschäftigt, sie arbeitet also in ihrem Team inhaltlich mit.«

»Ist das nachteilig?«, fragte Anna Lembach.

»Nein, ich glaube, sie hat genug Weitblick und Erfahrung, das gesamte Teilprojekt weiterhin im Auge zu behalten«, antwortete Helmut Adler nachdenklich. »Ihre Erfahrungen aus ihrer vorherigen Tätigkeit in der Software-Entwicklung kommen dem gesamten Teilprojekt zugute.«

Beide schwiegen, mehr gab es im Moment nicht zu sagen.

»Es ist gut, dass Sie hier sind«, sagte Helmut Adler unvermittelt. »Manchmal tut es gut, wenn andere an einen glauben.«

»Brauchen Sie ein Ritual für das Team?«, unterbrach Anna Lembach das Schweigen nach einer Weile. »Ich denke daran, wie Sportler es machen. Einer stellt beispielsweise die Frage: *Sind wir ein Team*? Und alle antworten, nein, schreien begeistert: *Ja*! *Wir sind ein Team*! Oder: *Werden wir das schaffen*? – *Na klar*!«

Helmut Adler sah sie verdutzt an. »Was soll denn *der* Quatsch? Ist das Ihr Ernst?«

»Ist schon gut. Ich weiß, wir sind in Deutschland. Da ist man zurückhaltender, da sind Begeisterung und Humor immer noch Fremdworte. Doch Sie könnten es wenigstens versuchen.«

»Das erklären Sie dann aber den Leuten«, versuchte Helmut Adler, sich aus der Affäre zu ziehen.

»Mache ich. Wann treffen sich die Teilprojektleiter?«

»Morgen früh. Wenn nichts Katastrophales dazwischenkommt.«

»Dann erkläre ich das morgen früh. Wenn es stressig ist, dann ist das noch lange kein Grund, auf den Spaß zu verzichten. Das ist zwar ein Spagat, doch ich vertraue auf Ihre vielen Talente«, sie lächelte ihn an. »Eines davon ist übrigens Zaubern und darauf zu vertrauen, dass es immer eine Lösung geben wird.«

Wunder

»Frau Lembach, ich halte das nicht mehr aus«, wandte sich Helmut Adler fast verzweifelt an seine Beraterin. »In den letzten Tagen bin ich um Jahre, nein, um Jahrzehnte gealtert. Wann hört dieser Wahnsinn endlich auf.«

»Welcher Wahnsinn?«, fragte Anna Lembach irritiert.

»Alles hier.«

»Kann es sein, dass Sie den Wald vor lauter Bäumen nicht mehr sehen?«

Jetzt war es Helmut Adler, der sie mit einer Mischung aus Irritation und Verständnislosigkeit ansah. »Frau Lembach, wir haben noch genau vier Tage bis zum 22. September 2012. Das ist der Endtermin für *Das Projekt*. Momentan müssen noch ein paar Fehler in der Anwendungs-Software und in der Verteilung der Daten behoben werden. Zusätzlich muss die aktualisierte Software auf sämtliche ausgelieferten PCs verteilt werden. Ich brauche nicht zu erwähnen, dass noch insgesamt 27 Filialen mit PCs ausgestattet werden müssen, ein Teil der Rechner ist hier, insgesamt fehlen uns noch 12 PCs. Ein Mitarbeiter aus Charlies Team hat heute Morgen seine Frau zwecks Entbindung ins Krankenhaus gebracht. Er fällt somit aus.«

»Ja und? Dann können Sie Charlie Keyser seinen großen Traum endlich erfüllen. Auf der Zielgerade des Projektes darf er selbst noch ein paar Rechner ausliefern.«

Helmut Adler dachte nach: »Er wird jubeln. Doch ich muss prüfen, ob ich ihn nicht hier vor Ort brauche. Das ist mir immer noch wichtiger.«

»Lassen Sie los, Herr Adler. Was kann jetzt noch passieren?«

»Das wir den Endtermin nicht halten.«

»Und? Was wird passieren, wenn Sie den 22. September 2012 nicht einhalten werden. Das ist übrigens ein Samstag. Warum wollten Sie den Endtermin unbedingt auf einen Samstag legen?« Ihre Sprechgeschwindigkeit erhöhte sich zusehends.

Beide mussten lachen. Helmut Adler antwortete: »Warum nicht an einem Samstag. Die letzten Wochenenden haben wir schon komplett durchgearbeitet. Da macht ein Samstag mehr oder weniger auch nichts mehr aus. Um Ihre Frage nach dem Überschreiten des Endtermins zu beantworten: Sie haben ja Recht. Wenn wir am kommenden Montag oder sogar erst zum Monatsende fertig sind, dann ist das immer noch eine Super-Leistung. Doch ich bin ehrgeizig, jetzt will ich eine Punktlandung machen.«

Inzwischen war klar, dass der Hardware-Lieferant die restlichen PCs direkt in die Filialen liefern würde. Der Geschäftsführer hatte sich persönlich dafür verbürgt.

Damit konnten diese restlichen PCs erst vor Ort in den Filialen installiert werden. Sebastian Zink und Charlie Keyser sollten diese Aufgabe gemeinsam ausführen. Charlie Keyser strahlte: »Endlich komme ich auch mal raus.«

»Charlie, organisiere das in deinem Team bitte so, dass eine Person deine Aufgaben übernimmt. Wenn jetzt Rückfragen kommen oder Fehler gemeldet werden und du bist nicht da, muss jemand aus deinem Teilprojekt trotzdem reagieren.«

»Geht klar, Chef«, Charlie Keyser hätte vermutlich alles versprochen, nur um endlich selbst am Rollout teilnehmen zu dürfen. Helmut Adler ließ in gewähren und erfüllte ihm damit einen Herzenswunsch.

Am nächsten Morgen begann der Countdown: noch genau drei Tage. Charlie Keyser und Sebastian Zink standen reisefertig bereit. Helmut Adler schwor die beiden noch einmal ein, sich regelmäßig zu melden.

»Weiß Christian Ruther wirklich genau, was er tun muss, wenn ein Fehler gemeldet wird? Und habt Ihr auch Handys dabei?«, fragte Helmut Adler besorgt.

»Ja, Papi, haben sie«, sagte Julia Matthies. Alle lachten.

»Meine Damen und Herren, das ist nicht die Zeit für Scherze«, setzte Helmut Adler ernsthaft an und musste dann selbst lachen.

»Da stimme ich Ihnen sofort zu«, sagte Pascal Ajour, »in Deutschland gibt es ja nur Galgenhumor.«

»Los raus hier, und alle Mann an die Arbeit«, wehrte sich Helmut Adler. »Gibt es eigentlich noch etwas Wichtiges zu besprechen?«

»Nein«, sagte Julia Matthies, »nichts Wesentliches. So kurz vor Ende. Da ist einfach nichts mehr zu machen.«

Sebastian Zink und Charlie Keyser zogen los, ausgestattet mit ihren Notebooks, den für die Installation vor Ort notwendigen CD-Roms und ihren Handys. Sie fuhren noch schnell beim Hardware-Lieferanten vorbei, um ein paar PCs selbst mitzunehmen.

»Wer ist eigentlich auf die Idee gekommen, den Endtermin auf einen Samstag zu setzen?«, fragte Julia Matthies. »Hätten wir das nicht auch am Freitag geschafft?«

»Nein«, antwortete Christian Ruther, der jetzt Charlie Keyser vertrat. »Wir hätten es nicht geschafft, alle PCs bis Freitag auszuliefern. Deshalb ist der Samstag gut. Dann ist der Spuk noch in dieser Woche vorbei und wir haben unsere Ruhe.«

»Und wovon träumen Sie nachts?«, fragte Julia Matthies. Sie war sichtlich übermüdet, hatte mal wieder fast die ganze Nacht durchgearbeitet. »Wenn Sie glauben, dass übermorgen alles vorbei ist, dann sind Sie entweder perfekt oder reichlich naiv. Vielleicht sind am Samstag alle PCs ausgeliefert, angeschlossen und lauffähig. Wahrscheinlich schicken sie sogar die richtigen Daten in die Zentrale. Doch das bedeutet noch nicht, dass wir am Montag unsere Zelte abbrechen können.«

»Sie sind wirklich sehr überarbeitet«, wandte sich Helmut Adler väterlich an sie. »Sie werden die ganze nächste Woche Zuhause bleiben, ausspannen und ausschlafen. Nehmen Sie Herrn Ajour mit, meinen Segen haben Sie.«

»Wie gnädig. Und wer macht meinen Job?«

»Auch du bist ersetzlich«, sagte Pascal Ajour zu ihr. »Ich nehme das Angebot gern an, Herr Adler, doch Herr Grosser, mein Chef, braucht mich.«

»Das gilt übrigens für alle internen Mitarbeiter: Ab Montag soll jeder seine Überstunden abbauen. Sie haben an den vergangenen Wochenenden durchgearbeitet, da ist ein Ausgleich notwendig. Informieren Sie bitte Ihre Teammitglieder. Über die Externen kann ich nicht bestimmen, doch auch sie können vermutlich eine Extra-Portion Schlaf gut gebrauchen.« Er blickte dabei Anna Lembach an. »Meinen Damen und Herren, an die Arbeit, der Count-Down läuft.«

»Es ist erschreckend, doch der Tag ist bisher ohne Katastrophen verlaufen«, sagte Helmut Adler zu Anna Lembach.

»Was haben Sie erwartet? Am vorletzten Tag.«

»Es ist so ruhig, alle machen ihre Arbeit, die letzten Korrekturen werden vorgenommen und an die verschickt, die vor Ort sind. Die Hardware ist heute sogar planmäßig geliefert worden. Alles scheint im grünen Bereich zu sein. Auch die Teammitglieder vor Ort haben sich gemeldet, alles in Ordnung.«

»Kann passieren«, sagte Anna Lembach gelassen, »nicht jedes Projekt muss mit einer Katastrophe enden oder auf der Ziellinie noch einmal von einem Tornado durchgewirbelt werden. Klopfen Sie sich selbst auf die Schulter und sagen Sie sich, dass die Vorbereitung die halbe Miete war.«

»Und die andere Hälfte?«

»Gute Planung, großes Engagement und Glück oder Fügung. Nennen Sie es, wie Sie wollen.«

Der Rest des Tages verlief ruhig, es kamen einige wenig Fehler in der Hotline an, sie wurden bearbeitet. Die Mitarbeiter vor Ort, allen voran Charlie Keyser und Sebastian Zink meldeten sich in regelmäßigen Abständen und berichteten von erfolgreichen Installationen. Helmut Adler konnte es kaum fassen.

»Manchmal ist Erfolg richtig schwer zu ertragen«, kommentierte Anna Lembach seine Zweifel. »Üben Sie schon mal für morgen, es ist der letzte Tag für *Das Projekt*.«

Helmut Adler war mulmig zumute. *Jetzt habe ich gut zwei Jahre auf diesen Tag hingearbeitet und jetzt? Was passiert dann? Was kommt danach*? Ein Schauer lief ihm über den Rücken. Die Gedanken an ein großes schwarzes Loch schob er eiligst beiseite.

Es war Samstag, der 22. September 2012. »Haben die beiden sich schon gemeldet?«, fragte Julia Matthies, die noch mit Mantel bekleidet zur morgendlichen Besprechungsrunde kam.

»Ja, es scheint alles in Ordnung zu sein«, sagte Helmut Adler.

»Alle Tests an den installierten PCs sind erfolgreich, die Datenübertragung klappt«, ergänzte Christian Ruther.

»Ein Wunder«, sagte Julia Matthies, »und ich habe heute Morgen ausgeschlafen. Im Gegensatz zu den letzten Wochen und Monaten ist das ein Luxus. Die nächsten Wochen und Monate werden ein Freudenfest, endlich wieder richtig ausschlafen und viel Zeit für mich und mein Privatleben.« Sie zwinkerte Pascal Ajour zu.

Dr. Simon Profitlich war gekommen, sportlich und dennoch elegant gekleidet. »Ich will dabei sein, wenn der letzte PC ausgeliefert ist. Dann feiern wir eine Party.«

»Sie können gern für heute Abend ein schickes Essen bestellen. Die eigentliche Party findet im Rahmen des Close-down-Workshops statt«, entgegnete Helmut Adler.

»Ich mache heute alle Zugeständnisse, Hauptsache, wir machen eine Punktlandung. Es ist mein größtes Geschenk endlich wieder ein Projekt zu haben, das termingerecht und innerhalb des Budget-Rahmens fertig ist. Herr Adler, ich zähle auf Sie.«

»Es kann sich nur noch um Stunden handeln«, kommentierte dieser trocken.

»Und was machen wir so lange?«, fragte Dr. Simon Profitlich.

»Abwarten.«

Das Telefon klingelte. Charlie Keyser war am anderen Ende der Leitung, Helmut Adler stellt am Telefon sofort den Lautsprecher an, damit alle mithören konnten.

»Fertig, Chef, fertig!«, triumphierte Charlie Keyser.

»Jetzt schon?«, fragte Helmut Adler etwas unsicher.

»Ja!« Diese Antwort ließ keinen Zweifel mehr aufkommen. »Die Daten sind übertragen, alles fertig.«

»Dann seht zu, dass ihr euch schleunigst auf den Weg hierher macht, Dr. Profitlich will heute noch einen ausgeben. Da sollten alle dabei sein.« Die Nachricht, dass alle PCs ausliefert waren, verbreitete sich in Windeseile. Alle kamen nach und nach in Helmut Adlers Zimmer.

»Meine Damen und Herren, *Das Projekt* hat eine Punktlandung gemacht, wir sind fertig«, sagte Helmut Adler feierlich. Applaus.

»Ist das alles, was Sie zustande bringen?«, fragte Dr. Simon Profitlich mit gespieltem Entsetzen. »Nur Applaus, mehr nicht?«

»Herr Dr. Profitlich«, wandte sich Anna Lembach an ihn, »der Norden ist immer ein wenig zurückhaltend. Aber warten Sie nur ab, wir fahren noch zur Höchstform auf.« Sprach's und erntete dafür ebenfalls Beifall. Insgesamt waren die Begeisterungsstürme über das Ende des Projektes jedoch hanseatisch verhalten. Die Stimmung wurde erst gelöster, als der Pizza-Service seine Ware lieferte. Als die Helden des Tages, die heute die restlichen PCs installiert hatten, nach und nach eintrafen und ihre Geschichten zum Besten gaben, wich die Anspannung der letzten Tage und Wochen gänzlich. Man konnte förmlich spüren, wie der Stress nachließ und einer unbändigen Freude über den Erfolg des Tages und des gesamten Projektes Platz machte. Jetzt wurden all die Geschichten über die Erfolge und die kleinen Missgeschicke des Projektes zum Besten gegeben. »Weißt du noch…« und »Können Sie sich noch daran erinnern…« standen oft am Anfang ausführlicher Beschreibungen, die viel Lachen hervorriefen.

Helmut Adler sprach mit jedem Anwesenden einzeln. Mit Lob und Anerkennung sparte er heute nicht. Auch Dr. Simon Profitlich erwies sich heute in jeder Hinsicht spendabel. Gemeinsam klopften sich die beiden auf die Schultern.

»Wir haben es geschafft«, sagte Helmut Adler zum wiederholten Mal zu Anna Lembach. Sie nickte. »Wir haben es geschafft, wir haben alle unsere Ziele erreicht. Sie hatten auch Ihren Anteil daran. Wir haben es gemeinsam geschafft. Danke.«

Da die internen Mitarbeiter ihre Überstunden der letzten Wochen und Monate abbauen sollten, war ab sofort lediglich eine Notbesetzung für die Fehlerbehebung des Systems geplant. Doch am Montag waren alle Teilprojektleiter zur Morgenbesprechung da, in den Teams waren ebenfalls alle Mitarbeiter anwesend.

Helmut Adler war sprachlos: »Können Sie sich nicht von Ihrer Arbeit trennen. Das, was jetzt noch zu tun ist, das läuft Ihnen bestimmt nicht weg.«

»Gut zwei Jahre sind eine lange Zeit«, sagte Julia Matthies, »das legt man nicht so einfach ab. Geben Sie uns ein wenig Zeit, uns daran zu gewöhnen, dass *Das Projekt* zu Ende ist. Sie sind übrigens auch hier, und Sie haben an den letzten Wochenenden auch gearbeitet.«

Die Besprechung fiel kurz aus. Die Punktlandung des Projektes war nicht mehr zu toppen. Fast ein wenig traurig gingen alle an ihre Arbeit.

»Ich kann es wirklich nicht fassen, das war eine Punktlandung«, sagte Helmut Adler später zu Anna Lembach nachdenklich.

»Wie war das doch?«, fragte sie leise. »Man muss immer an Wunder glauben. Und an die eigenen Ziele.«

Projektabschluss

Helmut Adler hatte alle mehrfach für die gelungene Punktlandung in diesem Projekt gelobt. Er war begeistert und lies es alle wissen. In der H.UMOR AG hatte sich der triumphale Erfolg dieses Projektes bereits herumgesprochen, Profitlich hatte es überall hinausposaunt und Helmut Adler war für einige Tage der Held der H.UMOR AG.

Tut auch mal gut, dachte er und seine Beraterin brachte es in ihrer unnachahmlichen Art auf den Punkt: »Genießen Sie den Erfolg. Lassen Sie sich feiern. Wer weiß, wann Sie wieder so ein Erfolgsprojekt haben.«

Das Projekt war beendet, zumindest waren die PCs und die Software ausgeliefert. Die Externen hatten weitestgehend ihre Sachen gepackt und waren gegangen. Jetzt galt es, die restlichen Abschlussarbeiten durchzuführen.

»So langsam sollten Sie sich mal Gedanken darüber machen, wann und wo Sie den Close-down-Workshop für dieses Projekt machen wollen«, sagte Anna Lembach auf einer der Besprechungen mit den Teilprojektleitern.

»Nicht noch einen Workshop!«, erwiderte Charlie Keyser entnervt. »Mir reicht's, ich habe keine Lust mehr. Ich will das Projekt endlich abschließen.«

Helmut Adler schüttelte den Kopf: »Dabei bist du doch sonst immer der Erste, der *hier* schreit, wenn es darum geht, in ein Hotel zu gehen.«

»In ein Hotel?«

»Ich denke, das ist Profitlich uns schuldig. Wir haben uns alle ins Zeug gelegt, sind termingerecht fertig geworden und haben das Budget nur geringfügig überzogen. Das ist ein Projekt, aus dem wir alle gelernt haben«, sagte Helmut Adler.

»Also gut, lassen Sie uns einen Termin machen«, schlug Julia Matthies vor. »Ich kann Sie verstehen, Herr Keyser, ich kann *Das Projekt* auch nicht mehr sehen. Es steht mir bis hier.« Sie hielt ihre gestreckte Hand auf Kinnhöhe. »Allerdings habe ich Lust, einen Close-down-Workshop zu machen. Auf diese Art haben wir die Projekte bisher noch nie beendet. Es waren eher ausgefranste Enden: Nach Auslieferung der Software sind alle auseinander gegangen. Das war's dann. Sie müssen zugeben, ein offizielles Projekt-Ende hatten wir bisher noch nie.«

»Doch, wir schon«, meldete sich Sebastian Zink zu Wort, »allerdings im kleinen Kreis.«

»Dann lassen Sie uns das auf dieses große Projekt übertragen«, sagte Helmut Adler. »Was schlagen Sie vor?«

Binnen kurzer Zeit war wieder eine lebhafte Diskussion im Gange. Anna Lembach skizzierte die einzelnen Beiträge auf der Pinwand. Daraus ließen sich bereits Themenschwerpunkte erkennen. Schnell war eine Agenda für den Ablauf erstellt.

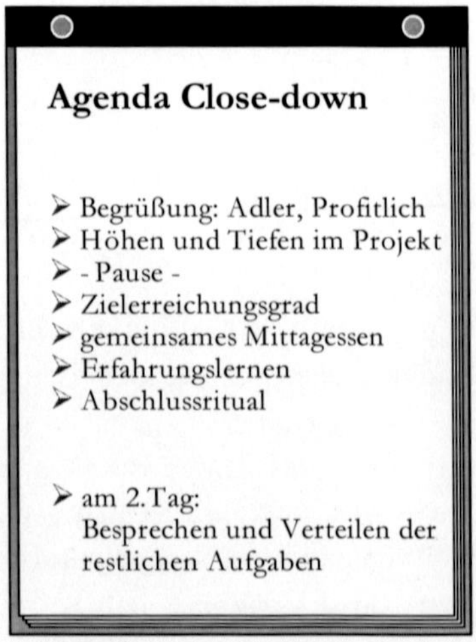

Abbildung 41: Agenda für den Ablauf des Close-down-Workshops

»Meine Damen und Herren, laden Sie bitte alle Ihre Teammitglieder ein«, sagte Helmut Adler, nachdem der Termin für den Close-down-Workshop festgelegt war.

»Alle?«, fragte Julia Matthies entsetzt, und es stand ihr ins Gesicht geschrieben, dass sie unweigerlich an Eduardo Gonzalez und seinen Rausschmiss aus dem Projekt dachte.

»Alle, die bis zum Ende dabei waren«, sagte Anna Lembach und schaute dabei Helmut Adler an. Der nickte.

Abnahme

»Herr König, Sie werden dieses Gewerk abnehmen müssen«, betonte Helmut Adler zum wiederholten Male. Die meisten Fehler waren beseitigt. Das System lief einigermaßen stabil. »Wenn Sie die Software von einem externen Lieferanten entwickeln lassen, dann müssen Sie das Gewerk auch abnehmen.«

»Das ist etwas ganz anderes«, wehrte sich Phillip König.

»Das ist überhaupt nichts anderes!«

»Doch!«

»Nein! Und Sie sind ein verdammter Wortverdreher, typisch Vertrieb.« Helmut Adler ließ ihn stehen, denn es war sinnlos, an dieser Stelle weiter mit ihm zu diskutieren. Er hatte keine Lust auf dieses *Der Verantwortung aus dem Weg gehen*, sollte doch Profitlich für ihn in diesem Projekt ein letztes Mal die Kastanien aus dem Feuer holen.

»Warum machen die Anwender immer einen solchen Eiertanz, wenn es darum geht, die Unterschrift unter ein abgeschlossenes Gewerk zu setzen?«, fragte er Anna Lembach.

»Eine Unterschrift bedeutet nun einmal: *Ja, ich stimme dem zu, was im Vertrag steht. Ich akzeptiere das Ergebnis, so wie es ist.* Eine Unterschrift hat etwas Endgültiges. Kennen Sie einen Menschen, der sich gern festlegt? Der von Herzen gern *Ja* sagt, obwohl er weiß, dass es noch offene oder ungeklärte Punkte gibt?«

»Nun geben Sie schon diesen verdammten Wisch her«, knurrte Phillip König, nachdem er später laut polternd in Helmut Adlers Zimmer gestürmt war. Helmut Adler sah in verdattert an. »Sind Sie schwer von Begriff? Diese Außerirdischen in der IT kapieren mal wieder gar nichts.« Phillip König lästerte noch eine Weile über die Begriffsstutzigkeit von Helmut Adler. Dieser wusste allerdings überhaupt nicht, wie ihm geschah. Erst ganz allmählich dämmerte ihm, dass Phillip König mit seinem Redeschwall das Dokument für die Abnahme des Gewerkes unterzeichnen wollte.

»Woher kommt denn dieser plötzliche Sinneswandel?«, fragte er mit betont ironischem Unterton in der Stimme.

»Ich«, sagte Phillip König und zeigte auf seine stolz geschwellte Brust, »ich war schon immer äußerst kooperativ. Das geht bei meiner Tätigkeit auch gar nicht anders. Schließlich leite ich den Vertrieb, da ist Kooperation unumgänglich, denn sonst würde kein Geld reinkommen.« Helmut Adler lächelte weise in sich hinein und ließ diesen Redeschwall geduldig über sich ergehen. »Von unserem Geld werden schließlich auch diese Software-Fuzzies bezahlt. Da kann man doch wohl verlangen, dass die auch mal kooperativ sind und das machen, was man will.«

»Haben wir doch auch! Denn sonst ständen Sie nicht hier und würden die Abnahme mit Ihrer Unterschrift besiegeln.«

Close-down-Workshop

Helmut Adler hatte den Abschlussbericht für *Das Projekt* angefangen. Jetzt wollte auch er dieses Projekt schnell zu den Akten legen und mit diesem Abschlussbericht und dem Close-down-Workshop endgültig beenden. Vor ihm lag das leere Blatt:

Projekt-Abschlussbericht	für Projekt:...
Projekt-Auftrag:	
Projekt-Ergebnisse und deren Qualität:	
Ziele	**Zielerreichung und Gründe für Nichterreichen von Zielen**
• ~~ ~~ ~~~ • ~~~~	• ~~~~~~~~~~~ ~~ • ~~ ~~ ~~~
Risiken	**eingetreten ?**
• ~~ ~~ ~~~ ~~ • ~~ ~~~~ ~~~	• ~~~~~~~~~ ~~~~ • ~~~~
Überblick Termine	
geplant von:	bis:
tatsächliche Laufzeit von:	bis:
Meilensteine geplant:	tatsächlich:
	tatsächlich:
	tatsächlich:
Hintergründe / besondere Abweichungen von der Planung / Fehleinschätzungen	
Überblick Aufwände	
geplante Aufwände (in PT):	tatsächliche Aufwände:
Hintergründe / besondere Abweichungen von der Planung / Fehleinschätzungen	
Überblick Kosten	
geplante Kosten (in EURO):	tatsächliche Kosten:
Hintergründe / besondere Abweichungen von der Planung / Fehleinschätzungen	

Abbildung 42: Inhalte des Projektabschlussberichtes

auf der zweiten Seite waren noch die folgenden Punkte aufgeführt:

Projektverlauf	
Good News ☺	**Bad News ☹ oder „wo war es kritisch"?**
• ~~~~~~~~~~~ ~~ • ~~ ~~ ~~~	• ~~~~~~~~~~~ ~~ • ~~ ~~ ~~~ ~~~~~
do's	**don'ts**
• ~~~~~~~~~~~ ~~ • ~~ ~~~~~~	• ~~~~~~~~~~~ • ~~
Probleme…	**… und deren Lösung**
• ~~~~~~~~ • ~~~ ~~	• ~~~ • ~~~~~~~~ ~~

Empfehlungen und Vorschläge
Vorschläge für Folgeprojekte: Was kann / sollte im Anschluss an das Projekt gemacht werden? Empfehlung: Was kann / muss man in Zukunft wie besser / anders machen?

Abbildung 43: Inhalte des Projektabschlussberichtes (Fortsetzung)

Er war immer noch erstaunt darüber, dass sie den Termin gehalten hatten und Aufwände und Kosten nur geringfügig höher waren, als ursprünglich geplant. *Ich war die ganze Zeit präsent und habe immer darauf geachtet, dass das Schiff auf Kurs bleibt*, sagte er zu sich selbst. *Ich musste immer dran bleiben, konnte mich nie in Sicherheit wiegen, konnte mich nie ruhig zurücklehnen und hoffen, dass es automatisch läuft. Ich hatte eine klasse Crew, die engagiert zum Projekterfolg beigetragen hat. Schade, dass es vorbei ist, solche Projekte dürften gern ewig dauern, mit allen Höhen und Tiefen.*

Das Schreiben dieses Projektberichtes war zäh. Die Kraftanstrengungen der letzten Wochen und Monate hatten ihre Spuren hinterlassen. Er fühlte sich ausgelaugt. Zusätzlich beunruhigte ihn die Tatsache, dass es noch nicht klar war, wie es jetzt für ihn weitergehen würde. Er gehörte zu den Mitarbeitern der H.UMOR AG, die ausschließlich in Projekten tätig waren. Im Moment zeichnete sich für ihn noch kein neues Projekt ab. Das tat einerseits gut, hatte er so die Möglichkeit, in Ruhe die Dinge zu tun, zu denen er in den letzten zwei Jahren keine Zeit gehabt hatte. Andererseits fehlte ihm die Herausforderung. Der Projektbericht reichte da bei weitem nicht aus.

Die Vorbereitung des Close-down-Workshops war dagegen anspruchsvoller. Doch auch hier war schnell alles erledigt: Hotel und Übernachtungen reservieren, Einladungen verschicken, Zeiten festlegen, Raumausstattung planen und Abendprogramm besprechen. Helmut Adler fühlte sich nicht wohl in seiner Haut. Für viele Projektmitglieder hatte er Folge-Projekte gefunden. Einige kehrten in ihre ursprünglichen Abteilungen zurück. Fast alle waren bereits mit neuen Aufgaben beschäftigt. Das war gut zu wissen. Er selbst fühlte sich im luftleeren Raum, den auch seine Beraterin offensichtlich nicht betreten wollte. Je näher der Termin für den Close-down-Workshop kam, desto glücklicher war er, wieder mit vielen Menschen zusammen zu sein. Gleichzeitig wurde er unruhig, wenn er an die Zeit danach dachte.

Inzwischen waren alle Projektmitglieder, die bis zum Projekt-Ende dabei gewesen waren, zum Close-down-Workshop im Hotel versammelt. Profitlich war begeistert, überschlug sich in seiner Ansprache geradezu mit Lobeshymnen. »Genießen Sie diese zwei Tage hier, Sie haben es sich verdient. Sie sind eingeladen, schöpfen Sie aus dem Vollen.«

»Worauf Sie sich verlassen können!« schmunzelte Charlie Keyser.

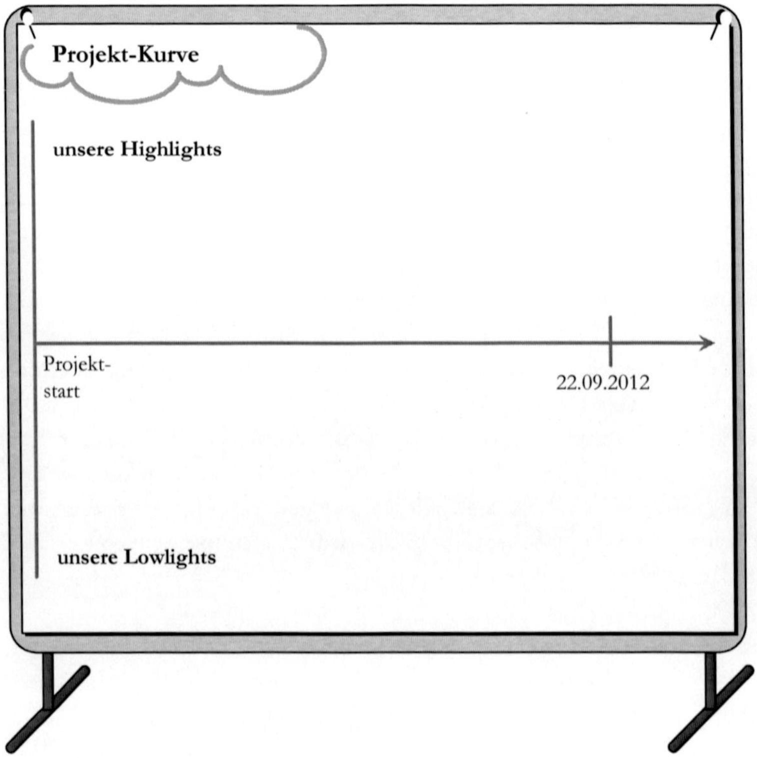

Abbildung 44: Highlights und Lowlights im Projekt

Anna Lembach hatte es sich nicht nehmen lassen, diesen Abschluss-Workshop zu moderieren. Professionell wie immer hatte sie ihn vorbereitet und wies auf die Pinwand: »Skizzieren Sie bitte die Höhen und Tiefen im Projekt. Schreiben Sie das jeweilige Datum auf die Zeitachse, sodass über die gesamte Projektlaufzeit eine Kurve entsteht.«

»Bei uns schlägt das ganz extrem nach oben und nach untern aus«, kommentierte ein Teammitglied diesen Vorschlag. Damit begann eine lebhafte Diskussion darüber, was denn Höhen und Tiefen im Projekt waren. Sie wurden eingezeichnet. Der Tod von Thomas Hartmann hatte das Projekt schwer getroffen, das wurde wieder einmal schmerzhaft deutlich. Alle schwiegen und legten eine Gedenkminute für ihn ein. Manche beteten für ihn.

»Das Leben geht weiter«, brach Charlie Keyser endlich das Schweigen, »soviel Tamtam wäre Thomas Hartmann gar nicht recht gewesen.« Einige nickten. »Frau

Lembach, ich glaube kaum, dass Sie uns für den Rest des Tages uns selbst überlassen wollen!« Er grinste spitzbübisch. »Was haben Sie ausgeheckt?«

»Auf der Tagesordnung steht *Zielerreichungsgrad*.«

»Wir haben unsere Ziele erreicht, damit basta. Wir können zum nächsten Tagesordnungspunkt übergehen.«

»So schnell sind Sie doch sonst nicht, Herr Keyser«, bremste ihn Julia Matthies. »Lassen Sie uns einmal genauer hinschauen.«

»Genau das hatte ich vor«, unterstützte sie Anna Lembach. »Hier stehen einige Fragen zum Projektabschluss.«

- Haben wir unsere Ziele erreicht? Wie hoch ist der Zielerreichungsgrad?
- Wie haben wir zusammengearbeitet?
- Wie wurden die unterschiedlichen Rollen im Projekt gelebt?
- Welche Probleme gab es hinsichtlich Verantwortlichkeiten, Vorgehensweise oder Zusammenarbeit mit anderen Stellen?
- Wo lagen unsere Stärken und Schwächen?
- Was hat jeder für sich aus dem Projekt gelernt?
- Was sollte man in Zukunft grundsätzlich anders machen?

»Bevor Sie sich gleich in einzelne Gruppen verteilen, werfen Sie bitte noch einen Blick auf die Pinwände. Darauf stehen nämlich die Ziele, die Sie vor gut zwei Jahren selbst festgelegt haben. Einige von Ihnen waren dabei. Sie erinnern sich?«

»Nur zu gut«, schmunzelte Charlie Keyser, »damals hat der ganze Quatsch angefangen.«

»Dieser ganze Quatsch«, ermahnte ihn Helmut Adler, »ist immerhin eines der erfolgreichsten Projekte in der Geschickte der H.UMOR AG geworden. Noch dazu eine Punktlandung!«

»Echt cool diese Zieldefinitionen«, sinnierte Julia Matthies. »Wenn wir sie damals nicht gemacht hätten, dann könnten wir jetzt den Zielerreichungsgrad nicht bestimmen. Schaut Euch mal an, was wir damals aufgeschrieben haben.« Sie las einige Passagen vor, und es begann ein lustiger Austausch darüber, was vor gut zwei Jahren bei der Zieldefinition festgelegt worden war. Diese gute Stimmung hielt auch in der Gruppenarbeit an. In der anschließenden Präsentation überraschte es niemanden, dass viele Ziele des Projektes erreicht, einige sogar deutlich überschritten worden waren. Die wenigen Ziele, bei denen der Zielerreichungsgrad kleiner als 100 % war, fielen bei so viel Erfolg kaum ins Gewicht.

Auf den Pinwänden standen die Antworten auf die obigen Fragen. Dies führte zu einer lebhaften Diskussion, die noch einmal die Wogen hochgehen ließ.

»Zu Ihrer Erinnerung, meine Damen und Herren«, lenkte Helmut Adler ein, »das Projekt ist bereits beendet. Wir sind schon angekommen.« Sprach's und löste damit allgemeines Gelächter aus.

»Es geht nicht darum, hier eine hieb- und stichfeste Antwort zu finden«, versuchte Anna Lembach, sich Gehör zu verschaffen, »es geht darum, die Unterschiedlichkeiten der einzelnen Sichtweisen transparent zu machen.«

»Und wertschätzend anzuerkennen«, ergänzte Julia Matthies.

»Ja, denn es gibt im subjektiven Erleben dieses Projektes nicht *die* eine Sichtweise, sondern viele unterschiedliche, und sie sind es wert, respektiert zu werden.«

»Wäre doch schön, wenn wir endlich mal alle einer Meinung wären«, sagte Charlie Keyser verträumt.

»Das wird nie passieren«, konterte Julia Matthies in gewohnter Manier.

Charlie Keyser schüttelte den Kopf, Sebastian Zink klopfte ihm auf die Schultern: »Mach dir nichts daraus, Frauen sind eben so.«

»Meine Damen und Herren, ich bin begeistert«, setzte Helmut Adler feierlich an.

»Ich auch«, unterbrach ihn Charlie Keyser, »und jetzt habe ich Hunger.«

»Gleich Charlie, ich will noch einmal mein Lob an Sie alle aussprechen und Ihnen auch im Namen der H.UMOR AG noch einmal herzlich danken. Wenn Sie dieses Projekt noch einmal vor Ihrem inneren Auge ablaufen lassen ...«

»Finden Sie nicht, dass wir schon genügend mit Lob überschüttet worden sind«, unterbrach ihn Julia Matthies, »Herr Adler, wir sind in Deutschland, an so viel Lob muss man sich ganz langsam gewöhnen, nicht zu viel auf einmal. Ich bin zwar selten mit Herrn Keyser einer Meinung, doch auch ich habe Hunger. Beim Essen können Sie Ihre Lobeshymnen dann weiter über uns gießen.«

Helmut Adler schaute sie verdutzt an. *Dabei habe ich mir diese Lobesrede so schön zurecht gelegt. Will sie am Ende etwa niemand hören?*

So, als hätte sie seine Gedanken erraten, sagte Anna Lembach: »Machen Sie beim Essen und beim anschließenden Abschlussritual weiter. Die Menschen können gar nicht genug Lob und Anerkennung bekommen. Doch Sie sehen, zu viel des Guten ist manchmal schwer zu ertragen.«

»Bevor Sie gleich in alle Himmelsrichtungen entfleuchen«, sagte Anna Lembach gegen Ende des Abendessens, »ich erinnere Sie daran, dass wir für heute Abend noch das Abschlussritual auf der Tagesordnung haben.«

»Also kein gemütlicher Abend?« Charlie Keyser war irritiert, hatte er sich doch auf einen Abend an der Bar auf Firmenkosten gefreut.

»Doch Charlie, ein gemütlicher Abend im Kaminzimmer.« Das war der Startschuss dafür, dass sich alle rasch in genau diesem Raum am bereits knisternden

Kamin einfanden.

»Wir, Frau Lembach und ich, haben uns auch noch etwas ausgedacht. Wenn wir schon in gemütlicher Runde vor dem Kamin sitzen, dann wollen wir den Kamin auch nutzen.« Er holte ein paar Ordner und stellte sie vor den Kamin. Er schlug den ersten Ordner auf: »Hier, der Projektauftrag. Hier, unsere Zieldefinitionen. Das war's.« Er nahm einige Seiten aus dem Ordner und warf sie ins Feuer. Ein Raunen ging durch die Gruppe. Julia Matthies öffnete den Mund vor Entsetzen.

»Keine Angst«, beruhigte Helmut Adler sie, »es ist nur eine Kopie unseres Projektordners. Und doch ... Hier, die Risikoanalyse«, er riss sie aus dem Ordner und warf sie ebenfalls ins Feuer, wo sie sofort lichterloh brannte. Das setzte sich Kapitel für Kapitel fort. Im Team war es sehr still, lediglich das Knistern im Kamin war zu hören. »Sie dürfen mich unterstützen«, sagte Helmut Adler, »ich habe kein Exklusivrecht auf dieses Ritual.«

Nur zögernd kamen einige Teammitglieder, taten es ihm nach. Sie lasen die Überschrift des jeweiligen Kapitels laut vor und warfen es dann in die lodernden Flammen. Die weitaus größere Mehrheit starrte gebannt ins Feuer und schwieg.

Julia Matthies hockte inzwischen vor dem Kamin auf dem Boden, hatte die Arme eng um die Knie geschlungen. Sie starrte ins Feuer und weinte. Ab und zu legte sie die Stirn auf ihre Arme, dann wieder schaute sie dem Ritual zu. Pascal Ajour setzte sich neben sie, legte seinen Arm um ihre Schultern, küsste ihre Tränen weg und versuchte, sie zu trösten. Sie legte den Kopf auf seine Schulter, dann wieder auf ihre Arme, zwischendurch schaute sie immer wieder ins Feuer, dorthin, wo *Das Projekt* sich gerade in Flammen auflöste.

Das Ritual dauerte bis weit nach Mitternacht. Ab und an wurden Getränke hereingebracht, doch auch das ging schweigend vonstatten. Worte waren nicht mehr nötig.

Das Projekt wurde hiermit endgültig beendet.

Das gemeinsame Frühstück am nächsten Morgen glich eher einem Katerfrühstück, die Stimmung war gedrückt. Allen war klar, dass dies der endgültig letzte Tag im Projekt war.

Helmut Adler tat sich schwer, die Runde zu eröffnen. »Machen Sie das für mich, Frau Lembach«, sagte er leise. »Ich will mich nicht drücken, doch heute ist mir auch sonderbar zumute.«

»Geht klar.« Nach einer kleinen Pause sagte sie: »Ich kann Sie gut verstehen, das ist ein mulmiger Augenblick. Ehrlich gesagt, mir geht es auch nicht anders als Ihnen, denn auch für mich endet hier ein Stück Weg, den ich mit Ihnen gut zwei Jahre gegangen bin. Doch bevor wir endlich *Auf Wiedersehen* sagen, gibt es noch ein paar Hausaufgaben zu verteilen.«

»Sie hören auch nie damit auf«, versuchte Charlie Keyser zu scherzen.

»Doch Herr Keyser, heute Mittag sind Sie mich endgültig los.«

»Schade«, murmelte er.

»Das sind ja ganz neue Töne, vor gut zwei Jahren kamen Ihnen ganz andere Worte über die Lippen«, Julia Matthies sagte zum ersten Mal an diesem Tag überhaupt etwas.

»Auch Herr Keyser ist lernfähig«, nahm Anna Lembach ihn in Schutz. »Lassen Sie uns noch die restlichen Aufgaben verteilen: Die Dokumentation des Zielereichungsgrades ist wohl Ihre Aufgaben, Herr Adler.« Dieser nickte. »Nächster Punkt: Nachkalkulation.«

»Die Gesamt-Nachkalkulation mache selbstverständlich ich«, sagte Helmut Adler, »doch ich sehe die einzelnen Teilprojektleiter in der Pflicht, dasselbe für ihr Teilprojekt zu machen.«

»Was genau muss ich da machen?«, fragte Nicola Lehmann.

»Hier wird der ursprüngliche Plan mit dem tatsächlichen Ergebnis bezüglich Aufwänden, Terminen und Kosten verglichen«, erklärte Anna Lembach. »Wir haben alle Zahlen zusammen, das Projekt ist beendet und Sie schauen, wo Sie unter, im oder über Plan waren.«

»Genau wie bei den Statusberichten!«, fiel ihr Pascal Ajour ins Wort.

»Ja, diesmal allerdings bezogen auf das Gesamtprojekt.«

»Nicht, dass ich mich weigern will«, sagte Sebastian Zink, »aber wofür machen wir das alles? Wir haben doch Tausende von Protokollen und Statusberichten. Wer noch einmal etwas über das Projekt wissen will, der kann doch dort nachlesen. Allerdings glaube ich nicht, dass sich noch jemand dafür interessiert.«

»Ja und nein«, sagte ihm Helmut Adler. »Es wird sich keiner die Mühe machen, alles zu durchforsten, um einen Überblick zu bekommen. In dieser Nachbetrachtung geht es darum, ein Gesamtbild darüber aufzustellen, was in Ihrem Teilprojekt abgelaufen ist. Berücksichtigen Sie dabei Inhalte, Aufwände, Kosten sowie Klima und Zusammenarbeit in Ihrem Teilprojekt. Unsere Controller haben noch ein paar zusätzliche Anforderungen an den Zahlen-Teil. Diese Anforderungen maile ich Ihnen zu, und Sie tragen dort Ihre Daten ein. Der andere Teil der Nachkalkulation, der sich auf das Klima und die allgemeine Projektabwicklung bezieht, ist für *alle* Mitarbeiter der H.UMOR AG gedacht. Alle sollen aus den Erfahrungen dieses Projektes lernen. Stellen Sie sich immer wieder die Fragen:«

- Was habe ich / wir aus dem Projekt gelernt?
- Was würde ich völlig anders machen und wie?
- Womit habe ich ausgezeichnete Erfahrungen gemacht und wie?

»Einen Teil der Antworten finden Sie auf den Pinwänden, die wir gestern gefüllt haben. Ergänzen Sie das und schicken Sie es mir per E-Mail. Ich werde es auf jeden Fall lesen. Andere werden es ebenfalls lesen; denn eines ist klar: Ein Projekt dieser Größe zum geplanten Termin fertig zu stellen, mit einem Budget, das genau um 182.463,45 Euro überschritten wurde«, Helmut Adler holte tief Luft, »meine Damen und Herren, das hat es in der Firmengeschichte der H.UMOR AG noch nicht gegeben. Ich bin sehr stolz auf uns alle.«

Applaus.

»Sind wir fertig?«, Helmut Adler schaute sich nach Anna Lembach um. »Die restlichen Aufgaben sind verteilt, was bleibt noch übrig?«

»Ein ganz kleines abschließendes Erfahrungslernen aus dem Projekt.«

Abbildung 45: Erfahrungslernen

»Füllen Sie diese Pinwand aus!«

Ganz selbstverständlich nahmen einige Teammitglieder Stifte in die Hand, gingen an die Pinwand und schrieben. Es entstand eine kleine Diskussion darüber, ob sie sich in Kleingruppen aufteilen sollten. Doch die einhellige Meinung war, dass sie diese Aufgabe gemeinsam machen wollten. Schnell wurden weitere Pinwände hinzu geholt. Die Gruppe arbeitete gemeinsam.

Helmut Adler nickte Anna Lembach zu, so als wollte er sagen *Prima, das hat alles super geklappt.*

»Dann bleibt auch mir nichts weiter übrig, als Ihnen tschüss zu sagen«, ergriff Anna Lembach das Wort, nachdem alle Ideen auf die Pinwände geschrieben waren. »Ich hasse lange Reden zum Abschied, doch eines noch«, und ihre Stimme klang bewegt, »es hat Spaß gemacht, mit Ihnen zusammen zu arbeiten. Sie waren ein wirklich tolles Team. Vielen Dank.«

»Dank zurück!«, sagte Charlie Keyser.

»Lassen Sie uns noch kurz in mein Büro gehen«, sagte Helmut Adler zu Anna Lembach, als sie wieder in der H.UMOR AG waren.

»Viel bleibt nicht mehr zu sagen. Es ist immer wieder schwierig, sich nach so einer langen Zeit von gut zwei Jahren zu verabschieden. Da bin ich auch eher hilflos, weiß auch nicht genau, was ich sagen soll«, sie wirkte überraschend verlegen und ratlos.

»Sie haben uns ganz klasse begleitet, vielen herzlichen Dank. Ich habe mir oft überlegt, was wir ohne Sie gemacht hätten.«

»Oh, danke! Aber auch ich bin nicht der Nabel der Welt und gerade werden zigtausend Projekte beendet, die ich nicht begleitet habe.«

»Fragt sich nur, mit welchem Erfolg! – Für uns war es überaus wichtig und hilfreich, Sie als Projektbegleiterin hier zu haben. Wir hatten stets den Spiegel von außen, Sie haben uns wertvolles Feedback gegeben. Und als mein Coach haben Sie mir persönlich sehr viel gegeben. Nicht immer das, was ich mir gewünscht habe.« Er machte eine Pause von schier endloser Länge. »Oft allerdings genau das, was ich gerade brauchte. Vielen Dank.« Er lächelte sie an.

»Sind alle Ihre Wünsche und Erwartungen vom Anfang dieses Projektes in Erfüllung gegangen?«, fragte Anna Lembach, der das viele Lob doch ein wenig unangenehm war.

»Übertroffen! Wirklich! Ich wollte immer eine Punktlandung mit dem Projekt machen, Sie wissen schon, unser magischer 22. September 2012. Das habe ich auch erreicht.«

»So ist das immer, wenn man sich etwas fest vorgenommen hat«, sagte sie. »Sie erinnern sich noch an *die sich selbst erfüllenden Prophezeiungen*?«

Helmut Adler lachte: »Ich habe noch viel mehr erreicht. Das Team hat nämlich zusammen gehalten und immer engagiert und begeistert mitgemacht. Das ist ein Wunder. Und selbst das Umfeld, unser Außendienst, die Filialen und die Lieferanten haben zu unserem Erfolg beigetragen.«

»Ja, so ist das. Erfolg zieht Erfolg an.«

Beide schwiegen.

Helmut Adler hätte noch gern etwas gesagt, doch es war bereits alles gesagt. Es war klar, dass Anna Lembach jetzt ging. Er konnte sie jederzeit anrufen und Beratungsleistung oder Seminare bei ihr buchen. Doch so eng und so intensiv wie in *Das Projekt* würden sie wohl nicht mehr zusammenarbeiten.

Anna Lembach stand auf und nahm ihre Tasche. Sie reichte ihm die Hand: »Ich finde, es ist alles gesagt. Sie wissen, wo Sie mich erreichen. Ich wünsche Ihnen alles Gute und weiterhin viel Erfolg.«

»Vielen Dank für die wunderbare Unterstützung«, sagte Helmut Adler.

Anna Lembach ging zur Tür, schaute sich noch einmal um. Sie hatte Tränen in den Augen.

»Frau Lembach, ich habe übrigens das vegetarische Restaurant ausprobiert. Gar nicht so übel. Wir...«

»Irgendwann…«, sagte sie und ging.

Literaturverzeichnis

Jacques Boy, Christian Dudek, Sabine Kuschel: Projektmanagement, Gabal Verlag

Tom DeMarco, Timothy Lister: Wien wartet auf Dich! Hanser Verlag

Tom DeMarco: Der Termin, Hanser Verlag

Hedwig Kellner: Die Kunst, IT-Projekte zum Erfolg zu führen, Hanser Verlag

GPM-Fachmann/frau: Deutsche Gesellschaft für Projektmanagement e.V.

Danksagungen

Mein Dank gilt euch, meinen lieben Freunden, Kunden und Wegbegleitern. Ohne euch wäre dieses Buch niemals zustande gekommen.
Allen voran Dieter Mahler und Helmut Ohle, die mir dazu verhalfen, weite Teile dieses Buches selbst zu erleben.
Vera Eberhardt, Peter Felske, Annemarie Niodusch, Oliver Rothfuß, Jack Sahhar, Ingrid Schaber und auch meine Kunden haben immer wieder nachgefragt, wie weit ich denn schon bin und mich dann zum Weiterschreiben aufgemuntert. Michaela Flick, Sabine Meyer und Dr. Ulrike Schimming haben mich mit ihrem Experten-Know-how bei der korrekten Verteilung der Satzzeichen unterstützt und alle überflüssigen Worte gestrichen.
Andreas Kabisch und Dirk Meiser haben mich bewegte Männerherzen erleben lassen, nur so war es überhaupt möglich, Fußball in dieses Buch einfließen zu lassen.

Niodusch Consulting

Sperberhorst 6
22459 Hamburg
Telefon 040 – 63 91 66 49
E-Mail Sabine.Niodusch@niodusch.de
Internet www.niodusch.de